有爱的青春陪伴者

去看星星好不好

咬春饼

著

花山文艺出版社
河北·石家庄

图书在版编目（CIP）数据

去看星星好不好 / 咬春饼著. -- 石家庄 ： 花山文
艺出版社，2022.3
ISBN 978-7-5511-6028-5

Ⅰ. ①去… Ⅱ. ①咬… Ⅲ. ①长篇小说－中国－当代
Ⅳ. ①I247.5

中国版本图书馆CIP数据核字(2022)第008873号

书　　名：**去看星星好不好**
qu kan xingxing hao bu hao

著　　者：咬春饼

责任编辑：郝卫国

特约编辑：欧雅婷

责任校对：卢水淹

装帧设计：Insect　cain酱

封面绘制：齐桑树

美术编辑：胡彤亮

出版发行：花山文艺出版社（邮政编码：050061）
　　　　　　（河北省石家庄市友谊北大街330号）

销售热线：0311-88643221

传　　真：0311-88643225

印　　刷：长沙鸿发印务实业有限公司

经　　销：新华书店

开　　本：880mm×1230mm　　1/32

印　　张：9.5

字　　数：290千字

版　　次：2022年3月第1版
　　　　　　2022年3月第1次印刷

书　　号：ISBN 978-7-5511-6028-5

定　　价：45.80元

目　录

contents

star

目 录

contents

star

楔子

QUKANXINGXINGHAOBUHAO

✦

冬至。

这一年的上海格外冷，寒潮几度侵袭，年关至，竟已下了两场雪粒子。

唐其琛坐车去公司，他一夜没睡，坐在后座揉了揉眉心，心中郁结未解。

十点钟，一个座机号打来电话。他中断会议，起身走向外面接听。

电话那头说："小霍的事有点难办，付家不愿和解。"

唐其琛沉默，表示知道。

半个月前，霍礼鸣与付光明口角争执，继而变成拳脚相向。付光明被揍得趴地，是被人抬回去的。这小子不是善茬，放话非要将霍礼鸣给办了。

傍晚，唐其琛找到霍礼鸣。

暗下来的天色像一张密不透风的幕布，窗外微光弱，沙发上四仰八叉的年轻人身形利落。

唐其琛拖了把椅子坐他对面，说道："去给他当面道歉，我还能保你一次。"

从唐其琛进来起，霍礼鸣便下意识地坐直了些，听到这里，仍是不肯低头，眼神里写着桀骜不驯的"我不"。

唐其琛不言，目光沉静，如月光流淌，就这么看着他。

霍礼鸣终于败下阵来，哑着声音说："他骂我，污蔑我，一张嘴成天在外头乱造谣。"

唐其琛冷声道："骂你的人这么多，你打得过来吗？"

霍礼鸣眼神安如磐石："我做过的事，我认，没做过的事，别想栽我头上。骂我的人是很多，除非别让我听见，不然见一个打一个。"

唐其琛说："现在摆在台面上的证据对你不利，你再闹，知道这意味着什么吗？"

不休不止的纠缠，接受调查，追责。

这一生都将背负阴影。

霍礼鸣目光坚定，以沉默与之分庭抗礼。

唐其琛冷冷地说："我的耐心有限。"然后不再多说，起身离开。

司机候在楼下，车里暖气十足。

寒热交替，唐其琛微咳两声，坐在后座，头枕靠垫闭目，思绪如一片涨潮的夜海。

在某个十字路口的选择，可以让一个人的一生变一番天地。可事实上，唐其琛偶尔会怀疑当时的选择。

十年前，他去江苏某个县级市出差，治谈金矿采购项目。车停在路边等甲方时，看见窗外有三个小子。时值盛夏，他还记得那个少年站在中间，身高体长，跟身后的香樟树一样，少年的脸庞掩在树荫里，却掩不住眼中的戾气。

另两个撺掇："你就去教训他一下，吓唬吓唬他。"说着，就往少年手里塞了作案工具。

少年的手抖了一下，眼中戾气被犹豫不决替代。

彼时的霍礼鸣十三四岁，穿着洗旧的白 T 恤，暗蓝色的牛仔裤，脚上的球鞋是回力。人生刚开始，方向尚未明朗。

唐其琛放下车窗，吩咐司机按了两下喇叭，然后对少年说："你过来。"

少年像是终于挣脱"鬼压床"的窒息感，他把工具飞快地推还回去，如一条从臭水沟奋力游去干净池塘的鱼，迎着盛夏艳阳，跑向了唐其琛。

唐其琛说："你家在哪儿，送你回去。"

"我没家。"少年答道。

这样的叛逆少年唐其琛见得多，又问道："父母呢？"

"死了。"

唐其琛怔然，与少年无言对视两秒，他略一颔首，让司机开车。

车驶远，后视镜里，少年定在原地不动，目光黏在车身上。

唐其琛放下交叠的腿，说道："停车。"

他送霍礼鸣去上学，少年逃课挂科，并无心思；他送霍礼鸣去学一门手艺，以后总能以此傍身，但次次不了了之。

霍礼鸣似乎从不屑于安稳的生活，这些年一点就炸的性子有所沉淀，但也只是收敛，如兽困于笼，钥匙掌握在自己手中。唯一能肯定的，就是霍礼鸣把唐其琛当成了恩人，更是亲人。

他在泥泞之中游刃有余。

可是，人生不能总追求江湖快意，还是该有一把精准的刻度尺。

夕阳落山，夜开始阴沉。

唐其琛紧抿的唇微微松开，拿起手机："送他离开上海。"

秘书惊讶："离开？"

唐其琛沉声道："马上。"

那是一个艳阳天，雨雪数日的城市澄明透亮。

霍礼鸣一米八四的身高，在熙攘的人群中很是惹眼。他连行李箱都没带，只有一只瘪瘪的双肩包搭在肩背上。

车站广播："上海南开往清礼的 G369 次列车乘客请注意，五分钟后停止检票，请您抓紧时间……"

霍礼鸣双手插兜，走了几步又停住，转身回望了一眼落地窗外的城市，然后表情无谓，脊梁挺得笔直，阔步并入人流中。

star

第一章
冬日初会

QUKANXINGXINGHAOBUHAO

"今天也太冷了，明天说不定得下雪。"佟承望下班回家，对着手心呵了呵气，边换鞋边问，"辛辛放学了没有？"

正在厨房烧菜的辛滟探出脑袋，瞥了眼墙上的时钟："还没回呢。老佟，你给斯年打个电话，看他顺不顺路去接一下妹妹。"

佟承望刚拿出手机，门就开了。

佟辛的小身板被风吹得没缓过劲儿，她打了个寒战，舌头都捋不直，半晌，才大喘一口气："好冷啊！"

辛滟又探了探头："你给哥哥打电话，问问他还要多久回家。"

佟辛把书包送回卧室："放学的时候我已经打过了，哥说要加班，晚上不回来吃饭。"

辛滟"哦"了声，继续烧菜。佟承望打开电视，调到新闻频道。佟辛杵在沙发旁，跟着一块儿听了几分钟。

一条新闻播完后，又播沿海某地发现了一座大金矿。

佟承望乐了："这个镇我去过，年前出差考察，就是这个地方。"

佟辛抬头看了一眼电视，对这个地名有点印象。七月份的时候，爸爸还带回来当地特产——一箱子带鱼。

结果回来都臭了，被妈妈念叨了好久："真不会买东西，下次就什么都别带了，浪费嘛这不是？"

佟承望挠了挠鬓角，自言自语地说："唉，又好心办坏事儿了。"

佟辛的爸爸是汉兰大学地质系教授，做事有板有眼。佟辛的妈妈是清礼市人民医院的妇科主任，从医几十年，手术做得太多，手落下旧疾，最近越发严重，便萌生了内退的想法，估摸就是这一两年的事。

"吃点儿鱼。"辛漪给佟辛夹菜。

佟辛尝了一口："好吃。给哥留了吗？"

"留了半条。"辛漪把最嫩的肚皮分成两半，一半给闺女，一半给老伴。

佟承望问佟辛："下周月考了吧？"

"嗯。"

"别有压力。"

"好。"佟辛应声。

佟承望赞不绝口："哎！这鱼不错。"

辛漪满脸悦色："也不看看谁做的。"

佟辛低下头，抿嘴轻轻笑。电视里的新闻播报在继续，餐桌上，偶尔有碗筷碰撞声。屋里暖和，花架上的绿植生长茂盛。

"对了，"佟承望说，"下班的时候，我瞧见隔壁亮着灯。老李一家子搬回来了？"

辛漪想起来了，答道："没回，租出去的。"

"哟，那是有新邻居了，"佟承望就着话题多问了两句，"邻居长什么样啊？"

"没看清楚，反正挺年轻。"辛漪今天轮休，买菜经过时远远看到一个身影，个儿高，站得直，没看到正面。

他们这小区原是单位福利房，户型大，地处市中心，周围有几所学校环绕，这几年房价水涨船高，一直是香饽饽。隔壁老李前年举家移民，房子便闲置，中间有过好几拨人来打听是否出售，最后都没谈妥。

佟辛吃完饭回卧室做作业，手机上，弹出鞠年年的消息。

【求救啊，辛辛！这道题我不会解！】

佟辛一看，给她拨去一个电话。

"老师今天讲了两遍这种题型的解答思路，你没听课吗？"

鞠年年小声说："佟老师，我错了。"

佟辛叹了口气："知错了吧？"

"嗯嗯！"

"好的，拜拜。"佟辛挂断电话。

一小时后，佟辛还是给鞠年年发了一份详尽的解题思路。

鞠年年马上打来电话，感激涕零："从现在起，我日日焚香求菩萨保佑佟辛同学能考上清华。"

佟辛回道："我不报清华，我考北大。"

鞠年年："……"

佟辛做习题到十一点，白墙壁映出她伏案的身影。佟辛伸了个懒腰，去厨房倒水喝。爸妈已经睡下，哥哥的房间床铺整洁，看来又是夜班。

第二天是周六，佟辛依旧六点起床，早读完英语才出卧室。

辛湁已经在做早餐，打了豆浆，煎锅里是南瓜饼，桌上还有一个餐盒。

"辛辛，待会儿吃完早饭，把这个给新邻居送去。"辛湁忙活完，端着豆浆走出来。

佟辛知道妈妈一向热情待人，给新邻居送温暖一点也不奇怪。

九点多，佟辛拎着南瓜饼出门。两家虽是独门独户，但离得近，也就十来米的距离。

邻居家的门没关，敞开着，里头的场景一览无余。今天天气大好，久雨初晴，阳光撒了欢似的亮堂。佟辛拿手遮了遮，有点儿刺眼。

"他真这么说？我离开上海是怕他？"

闻声，佟辛的脚步一顿。

男人的声音是清冷的，但不知是烟熏的，还是没睡好，听起来带点儿沙哑，还挺斯文。佟辛对他的好印象只维持两秒——

"我怕他？！

"我一走他又觉得自己能行了是不是？

"上次揍他不够狠，再有下次，两条腿都给他卸了。"

佟辛下意识地往后退了两小步，并且摸了摸自己的腿。

适应了光线，她看清楚了门里站着的人。

很高，头发比寸头要长一点，清爽利索，衬得五官分明。他背对着她，单手插兜里，另一只手举着手机在耳畔，十分不耐烦的样子。他没穿外套，黑色羊绒衫能看出肩宽且薄，腰也很窄，是惹眼的衣架子。

佟辛意识到自己看得有点多，便飞快地收回视线，捏紧了手中的南瓜饼。

"别躲，躲我就是他的爷，"霍礼鸣皱了皱眉，好像狠话不用撂，凶猛劲儿跟他本人的气质浑然一体，"死人我也饶不了他。"

佟辛惊惧，怎么回事，连死人都不放过？

她当机立断，抱着南瓜饼转身跑了。

房子里，霍礼鸣还在打电话："没一点意思的地方，周围都是学校，出门百米都能听见广播体操的音乐。"

霍礼鸣闲散地倚靠着门，对着入户玄关处的镜子慢悠悠地眇一眼："我昨天才来，能认识什么人？就一见到我就跑的小屁孩儿。"

方才透过镜子，他早就看到了佟辛。确切来说，是看到了她每一个表情变化。她站着的位置迎着光，灿烂地裹在身上，奶白的皮肤白得像加了滤镜。脸是稚嫩清秀的，眼睛生得灵动，约莫是年纪小，眼里藏不住事儿，见着他跟见了鬼一样。

霍礼鸣没放在心上，这地方简直无聊透顶。

佟辛走到一半忽然想起南瓜饼还没送出去，妈妈待会儿肯定会多问。想到这里，佟辛脚步转了方向，朝右边的大槐树走去。

"慢点儿吃，给弟弟留一口。"这是她上周发现的秘密，最靠铁门的绿植丛中，有一窝被遗弃的小狗崽。

佟辛蹲在地上，耐心地一遍一遍地拨开跳得厉害的小狗，让瘦小的那只也能吃上南瓜饼。

到家，辛滟正在做卫生。

"南瓜饼送掉了吧，辛辛？"

佟辛脸不红心不跳地说："嗯，邻居都吃完了，一口不剩。"

周日上午，辛滟回医院了，佟承望也忙。家里没做早餐，佟辛自己热了牛奶，煮了鸡蛋。

出门倒垃圾的时候，佟辛忽然想起了新邻居，心想着，不会这么巧碰到吧，迈出去的脚步犹豫不决。

走出小院儿，她下意识地往右边看了看。

还真就这么巧。

新邻居也要出去，手搭在门把上。外套敞开，衣袖卷到手肘。佟辛看清楚了，男人的手臂上，有一个青色的图腾文身，一直延伸到手腕。

佟辛再一次肯定，新邻居不好惹，那么大一个文身，简直是不良青年的标配。

霍礼鸣转过身，与她眼神撞了个正着。

佟辛眼里写着两个字：见鬼。

又是她啊。霍礼鸣看她来的路线，猜到应该是住隔壁的。既然是邻居，抬头不见低头见，打个招呼也是人之常情。

霍礼鸣先是对佟辛微一颔首，语气还算友善温和。佟辛却猛地向反方向躲远一大步。霍礼鸣哑言无语，一时没反应过来，就这么与她干瞪眼。佟辛身后竖起警备大旗，不想让对方瞧出自己紧张，也这么硬扛不挪眼。

霍礼鸣忽地想笑，挑了挑眉尾，三分捉弄两分不正经地喊了声："小妹妹早。"

偏偏佟辛对"妹妹"这个称呼很敏感，可以说瞬间激发了她的战斗力。她不那么害怕了，仰了仰下巴，不轻不重地反驳："我有哥哥。"

意思是，这声"妹妹"不是你叫的。

霍礼鸣笑意未散："哦。"

佟辛让自己的声音听起来比较威武："我哥也有文身，文身比你大，年龄比你大，长得比你高，他、他混社会。"

潜台词：我也是有人撑腰的。

佟辛站着的位置刚刚好，白色羽绒服将她衬得小小一团，像个刚出炉散发淡淡椰香的软面包。

霍礼鸣没什么表情，从兜里摸了半天。佟辛又往后退了一小步，在她眼里，以为不良青年要掏烟盒、打火机。可霍礼鸣只摸出一颗水果糖，他撕开包装纸，把糖果粒塞嘴里，眼神平静地扫了眼佟辛，并不把她当回事儿。半晌，他才不咸不淡地应了声："那还挺厉害。"

这时，轻短的一声鸣笛，一辆白色现代速度渐慢，靠路边停车。车窗滑下来，露出一张年轻俊秀的脸。佟斯年头发比平时软趴，一副无框眼镜架在高挺的鼻梁上，很显斯文。他半探头，叫了一声："辛辛。"

佟辛眼前一亮，欢快地跑过去："哥。"

霍礼鸣被她的语气逗笑，这么大声儿，生怕他不知道撑腰的来了似的。

佟辛边跑边朝佟斯年疯狂眨眼暗示。

佟斯年莫名其妙，迟疑地问："眼睛不舒服？"

身后的不良青年还看着，佟辛不好多说，正着急呢，一道清亮的声音从旁边传来："哟，佟医生下班啦？"一个七栋的小姐姐骑着小电动，乐呵呵地打招呼。

佟斯年笑道："啊，下班了。不好意思啊，这几天科室忙，连着两个夜班。中午我就去给叔叔瞧瞧腿。"

有那么几秒安静。

是吧，混社会的文身哥，文身还比霍礼鸣大。

霍礼鸣弯唇，一声轻笑："你哥还挺全能。"

佟辛两眼一闭，尴尬到脚指头能抓出个临海大别墅。

回到家好久之后，她的脸还是热的。

佟斯年洗了个澡出来，边擦头发边问："小强叔叔那房子租出去了？"

佟辛一手撑着脸，"嗯"了声。

佟斯年把湿毛巾换了个面继续擦："刚才那位是新邻居？还挺年轻啊。"

佟辛嘀咕了句："有我年轻啊？"

佟斯年乐了，走近两步，故意甩了甩头，让水珠溅到她脸上："瞎比较，你还是小朋友。"

水珠还带着淡淡的洗发水香，凉得佟辛一激灵。她觉得很有必要让哥哥知道，于是神秘兮兮、略带委婉地说："新邻居还文身，满手臂都是。"

"个人爱好而已。"

"可他的文身好大一只。"

"反正都是文，大一点儿不亏。"

不知怎的，佟辛就有点生气了。

其实佟斯年的性格很好，大约是医生职业的关系，他对很多事都看得淡、看得开阔。

佟辛安静了两秒，忽而认真道："你既然这么理解他，那你们一定会有许多共同话题。"

佟斯年噎住。

"下次你问问他，这么爱往身上扎，容嬷嬷是不是他偶像。"

佟斯年笑出了声，揉了揉佟辛的头："小脑瓜儿想什么呢？对新邻居有意见啊？"

手机铃声响起，没等妹妹说话，佟斯年便去外面接电话了。佟辛摊开习题册，笔尖在草稿纸上顿了顿，然后划出一道深深的印。

周一，清礼高中举行升旗仪式。

这所百年名校，每年的一本升学率在省里都能保持前三。仪式除了高三不参加，高一高二的两千多人列队在大操场。

佟辛正分神，站她前面的鞠年年忽然小声说："杨映盟他们晚上会去金水巷，你去不去？"

佟辛皱眉："他们要干吗？"

"还能干吗，"鞠年年一脸正义，"当然是去帮助薛小婉啊。"

薛小婉和她俩是同班同学，一个特别苦命的女孩儿。上周学校公布特困救助金名额，她排第一个。家里条件不好，父母病逝，唯一的亲哥也是嗜赌的混混，对她没少打骂。

佟辛明白了，准是杨映盟这帮小少爷冲动爆棚，去给同班同学讨个公道。一点就燃、理想至上，确实是这个年龄的标配，有好心超标，也有点自不量力。

佟辛对他们太了解，一点也不意外他们的中二行为，她只是担心鞠年年："你不会也去吧？"

"去啊！怎么不去？"鞠年年压低嗓音，跃跃欲试，"去收拾那个混账哥哥。"

佟辛斟酌片刻："我觉得不太好，他们男生瞎闹，你就别去了吧。"

鞠年年宛若行侠仗义的女侠："没事，有我在，不会乱的。"

高二下学期起，学业任务明显加重。佟辛不算天赋异禀的学生，好在勤学苦读也能将成绩保持在年级前三。

今天的英语听力随堂考她觉得发挥不好，放学后就多留了一会儿。

回家时，天色昏暗下来。进小区只有一条笔直的路，必须得路过新邻居家。临近时，佟辛下意识地瞅了眼，屋里亮着灯，人在家。

她跟见了鬼屋似的，脚步匆匆加快。

今天辛滟值夜班，佟承望也有大夜课。佟辛跑到哥哥房间一看，床被叠得整整齐齐，估计又回医院了。这样的生活她已习惯，佟家个个大忙人。妈妈把做好的饭菜放在桌上，热热就能吃。

进卧室做作业之前，她把家里的灯都开亮壮胆。她还是有点儿怕黑的，冬天的夜黑得特别快，夜幕压下来，没有一点缱绻的过渡。写完两张试卷，窗外漆黑，空气潮湿，连路灯都模糊阴沉。

佟辛瞅了眼时间，八点过五分。

她埋头继续写题，刚算了两道，又抬起头，心想，杨映盟他们应该回家了吧？

佟辛拿起手机给鞠年年发短信。

【你回家了吗？】

写了半张试卷的时间，信息一直没有回复。佟辛不放心，给鞠年年打电话，却提示是关机的。佟辛又给杨映盟打电话，通了却没人接。

薛小婉家里的情况很复杂，她哥更是那一片区臭名远扬的混混。佟辛心里生出不妙之感，仗义相助是好事，可就怕不自量力。她又重新打了一遍电话，还是没人接。

天已经黑透，风往窗户缝里钻，呼啸的声音又疾又尖锐。天气预报说后半夜有中雪，这么冷的天，万一他们挨了揍，倒在大雪纷飞里无人知晓，那第二天……佟辛越想越瘆人，脑补越来越恐怖。她搁下笔就往门外跑，外头比想象中更冷，她拢了拢围巾，冷风把她给吹清醒了些。

大晚上的，她一个人怎么去？

而且对方还是社会混混……

佟辛忽地一顿，下意识地看向右边。新邻居家亮着灯，也许"以毒攻毒"

是个好办法。

霍礼鸣刚洗完澡出来，就听见软绵绵的敲门声。他来这地方没两天，不认识什么熟人。

霍礼鸣多了个心眼，用不太好的语气硬邦邦地问："谁？"

敲门声停顿半秒，然后更加有气无力。

霍礼鸣把门打开，看见佟辛时，愣了愣。

佟辛的焦虑和犹豫全写在脸上，见到他时，还是本能地往后退了一大步。但她很快反应过来，自己是来有求于人的，于是又向前迈了一大步。这一步的力道没控制好，差点儿撞在霍礼鸣身上。

他身上有沐浴露的清香，头发软软地搭在额前，硬茬茬的发尖还在滴水。一件白T恤短袖穿着，好像也不觉得冷。

佟辛看到他手臂，顿时倒吸一口凉气。

两只胳膊上竟然都有文身。

这一次她不害怕，反倒庆幸，太好了，这个新邻居好像社会化得更彻底。佟辛的眼神很直白，将霍礼鸣从上到下扫了个遍，最后定睛在他脸上，似是打了个还不错的分数。

霍礼鸣皱了皱眉。

佟辛语气有着显而易见的急促："我同学遇到危险了，估计被揍得快死掉。你、你……"在霍礼鸣平静的注视里，她声音渐小。

霍礼鸣直接道："想找我帮忙？"

佟辛眼睛一亮。

就听他淡声说："不帮。"

"快死掉了就报警。"霍礼鸣撂话。

他伸手要关门，情急之下，佟辛竟一把抓住他的手臂，巴巴地望着他。

霍礼鸣一愣。

"邻居应该互帮……"

"互助"两个字还没说完，霍礼鸣不太客气地扒开她的手，嘭的一声关上了门。

佟辛被风扑了一脸，嘴角动了动，最后丧气地转过身。

屋里，霍礼鸣撩开窗帘往外看，佟辛纤细的背影迅速跑进夜色里。十有八九是自己去解决了。

霍礼鸣皱了皱眉，拿起外套。

两分钟后，佟辛果然跑出了小区。一个要下雪的晚上，这边又是小路，路上压根没什么车，偶尔一辆出租车也是满客。

佟辛裹着白色棉袄，小小一个身影站在路灯下，神情急切，不断地打电话。邪了门，等了十多分钟，都没见一辆空车。佟辛正无奈，一辆车亮了下双闪，然后缓缓停在她面前。

副驾驶的车窗滑下，佟斯年探着头，喊道："辛辛。"

佟辛如蒙大赦："哥。"

她还没开口呢，佟斯年语气严肃："不是跟你说过吗，晚上不许一个人出门。同学有事，你可以给老师打电话，也可以告诉他们的父母。万一真有危险，你一个人过去的后果会怎样？"

"可鞠年年她……"

"那也应该量力而行。"佟斯年对妹妹这几个相熟的同学略有耳闻，马上指出正确的方法，"我来帮你联系老师，你先跟我回家。"

佟斯年很温和的一个人，严肃起来，就是接近生气了。

佟辛有点怵哥哥，就在这时，鞠年年的电话回了过来，懒懒散散、悠闲地说："辛辛，对不起啊，我出门吃饭忘带手机了……我们没去，太冷了，杨映盟说他想打游戏。"

佟辛无奈又无语。

佟斯年准备开车，倒也没再多说。

很快，佟辛意识到不对劲之处："哥，你怎么知道我要出去的？"

"物业电话打到我这里。幸亏他提醒，不然真怕你出事。"

可物业又是怎么知道的？

佟辛想了想，明白了。

这新邻居怎么回事儿？一大男人还喜欢打小报告。

等白色现代车的尾灯在大门口消失，霍礼鸣才优哉游哉地从梧桐树后走出来，神色不甚在意，最后手抄进口袋，走小路回家。

雪是半夜下起来的，簌簌作响，夜比平日要亮。

次日，霍礼鸣起得早，外面白茫茫一片，他是南方长大的，极少有机会见到这样的雪景。他跑到外面，饶有兴致地拍了几张雪景，然后悉数发给了唐其琛。

今天周三，唐其琛应该是在忙。取景框随着他的手臂移动，松树全白了，只露出一点墨绿树尖，然后是雪地上一串串的脚印，再然后，取景框里出现一道熟悉的身影。

佟辛穿着件鹅黄色的羽绒服，她皮肤白，小小一个人儿走得很慢。有所察觉，佟辛很快抬起头看过来。一对上霍礼鸣的眼睛，她立刻如临大敌，像一只炸毛的刺猬。

霍礼鸣忽然想笑，这女孩儿有意思啊，演技自由切换，昨晚有求于他时，装乖，没帮她办成事，又成今天这样了。

他挑挑眉，脑海瞬间冒出三个字：

小渣女。

显然，佟辛不知道他脑补这么多，初见印象不好，昨晚吧，不帮就不帮，竟然还告状。是不是混社会的了？忒没仗义心了。

这个新邻居，已经彻底被打入了佟辛牌道德层的最底层。

她认真思考的样子过于严肃。霍礼鸣笑意更深，心想，这小姑娘什么表情啊。

过了几秒，佟辛还没回神，雪色里，万物更显安静。

忽然，霍礼鸣大叫一声："吼！"

佟辛吓得尖叫："啊！"

她惊魂未定，一脸蒙地望向"罪魁祸首"。

霍礼鸣单手插兜，微微歪头，对她笑得似是而非。他的眼睛生得曼妙，换上这副不正经的表情时，便写满了痞气。

佟辛的怒火顿时三丈高："你喊什么呀！"

她很凶，但再尖锐的话带了一个"呀"字，就变得奶声奶气的。

霍礼鸣冲她后边抬了抬下巴。

佟辛回过头，看到一只超凶的流浪狗夹着尾巴快速远离她身边。

她愣了愣，把头转回来，霍礼鸣已经进了屋。

误会新邻居了啊……

佟辛甩甩头，立马扭正心态，那也不是好人。

佟辛到学校，原本还有点生气，预备质问鞠年年昨天是怎么回事。她踏进教室，看到鞠年年拿校服盖着脑袋睡大觉，没有半点淑女形象。

算了。

她把气咽下去，拿出要交的作业。

杨映盟踩着点来的，坐在佟辛后边，小声问她："你昨天给我打电话了？"

佟辛"嗯"了声。

杨映盟乐得眉毛都往上飞，殷勤地说道："我中午请你去小食堂。"

"打错了。"佟辛没什么表情地说。

杨映盟撇撇嘴："哦。"

下午的时候，鞠年年和他们聊天，往佟辛身上瞥了瞥，小声问："你们觉不觉得，辛辛今天心情不太好？"

杨映盟凑过来："是因为我昨天没接她电话。"

鞠年年喊了一声，戳破他的幻想："得了吧，辛辛不喜欢你这一款。"

杨映盟来了精神："那她喜欢哪一款？"

"不告诉你！"

周五下午放学早，佟辛把手机开机。佟斯年一小时前给她发来短信，说爸妈晚上不在家，让她过去医院，晚上去吃火锅。

佟辛心情愉悦了些，坐公交车到清礼医院，轻车熟路地去二十楼的重症科。

科室里的人都认识她，笑眯眯地打招呼："辛辛来啦，坐会儿吧，阿姨这儿有蛋卷。"

佟辛抬起头，认真地纠正："不是阿姨，是姐姐。"

对方顿时喜笑颜开，又塞了一盒零食给她。

下班时间过了半小时，佟斯年才从 ICU 出来。他穿着蓝绿色的医护服，边走边摘口罩："临时来了个病人，忙晕了。"

佟辛在他办公桌上写作业，抬起脑袋嘿嘿笑了笑。

佟斯年揉揉她脑袋："饿了吧？走，去吃火锅。"

路上，佟斯年的电话也一直没断。手机连着车载蓝牙，下班前来的是个车祸重症病人，光听描述就血糊糊的。佟斯年从北大医学院毕业后，在清礼医院的重症医学科工作近三年。

终于打完电话，佟斯年轻轻呼口气。

佟辛递过水："佟医生，你要累的话，我们别去吃了，回家叫外卖吧。"

佟斯年说："没事，我明天轮休。"

"哦。"佟辛想了想，"那你明天别睡觉，出去转转。你这一天天的，不是在医院，就是在睡觉，要么就去酒吧听那个女歌手唱歌，给她刷大游艇666。你还怎么找老婆？"

佟斯年乐了，伸手弹了弹她脑门："想什么呢？"

"想你年龄这么大了，再不抓紧，就真没女生要你了。"

佟斯年不想跟她聊这么成熟的话题，说道："明天社区有个爱心活动要参加。"

"嗯？"

"是给社区贫困户送物资。"佟斯年在路口左转，"你先下去点餐，我停车。"

佟斯年似乎有无数精力，工作做得好，爱好也不少，除了谈恋爱。佟辛有时候会想，她哥是不是有什么难言之隐。

第二天，佟斯年临时接到医院电话，昨天那个车祸病人情况急转直下，又把他叫了回去。走前，佟斯年把还在睡觉的佟辛叫醒："时间来不及了，社区那个活动十点开始，我爽约不太好。辛辛你帮我去吧。"

佟辛睡得迷迷糊糊，哦了声。

她特意早半小时出门，拎着家里的剩饭去梧桐树那儿。在丛生的草堆掩盖下，佟辛小心翼翼地扒开泡沫板，一窝小狗崽朝她摇尾巴。

"吃吧，"佟辛把剩饭放下，"我明天再来看你们。"

他们这个社区的工作业绩在市里名列前茅，还得过不少荣誉。

这天，一地的爱心物资用红绸子绑着。佟辛挨个和社区的叔叔阿姨打招呼。

叔叔阿姨们都认识佟辛，笑着问："今天是辛辛来啊？"

佟辛点点头："我哥加班去了。"

阿姨笑眯眯道："医生就是忙。没事的辛辛，你跟着我们就好，会拍照吧？待会儿有需要，你就帮忙拍拍照。"

佟辛接好相机，问道："我们今天要去哪儿？"

阿姨说："很近的，这一家的住户身世挺可怜。父母早年车祸去世，原本还有一个姐姐，但姐姐现在也下落不明。他从外地搬到这里，一个人孤苦伶仃。"

佟辛连连附和："那是挺可怜的。"

就这么一段段的工夫，渐渐地，她觉得有点眼熟。

这不是去她家的路吗？

霍礼鸣刚睡醒，刷牙的泡沫还沾在嘴角。手机开的免提，就搁在桌子上。电话那头，程序的大嗓门嚷个不停："付家那小子太嚣张了，四处放话，说你走是怕他。"

霍礼鸣："我怕他个屁。"

"小霍爷，赶紧回上海得了！"

"不回。"霍礼鸣言简意赅。

程序捶胸顿足："你不憋屈啊？"

"憋屈，"霍礼鸣双手捧水往脸上扑，双臂撑着洗手台，看着镜子里的自己说，"但我更不想让琛哥担心。"

他似是自我宽慰，语气悠闲地说道："这里也没什么不好，我这小区附近好多所学校，每晚抬头都能看见文曲星。清净、没人吵、不多事。"

刚说完，敲门声响起。

"谁？"霍礼鸣语气微收。

亲热友好的声音响起："社区送温暖。"

霍礼鸣："……"

屋子里拥入一群人，个个面带微笑，慈爱平和。

"小霍啊，这是我们社区对你的一点心意。首先呢，欢迎你入住；其次呢，也希望你感受到温暖，有困难，一定跟我们说。"

霍礼鸣眯缝了眼睛，表情镇定，但嘴角还是微微抽动。他现在衣衫不整，就穿了一件短袖，青色图腾文满手臂，硬茬凶猛，跟他本人的气质十分贴合。他一个不良青年，在如此温良恭俭让的气氛中，怎么看怎么滑稽。

佟辛站在人群最后，忍笑不语，目光在他身上逡巡，转了个圈后，又一脸无害地看别处。

霍礼鸣有点头疼。

他来这之前，上海那边就已打点好一切。以唐其琛办事的手段和效率，把他户籍转了他都信。

霍礼鸣本来没觉得什么，可这小姑娘一副看好戏的表情，让他突然很想有点什么。

领导讲完一堆场面话，挥了挥手，佟辛立刻捧着相机往前。

咔嚓！咔嚓！

霍礼鸣闭了闭眼，差点儿被这闪光灯刺瞎。

佟辛平静地说道："请你站远一点，我再给你拍几张。"

霍礼鸣半眯眼缝，望着她。

佟辛无畏无惧，脸庞白皙，双眸跟水似的接纳他的目光。

顿了片刻，霍礼鸣忽地一笑："行。"他向前一步，离佟辛近些，散漫不恭的语气往上扬，"手下留情啊妹妹。"

好像一眼看穿了她那点小心思似的。

佟辛不为所动，清了清嗓子："站那边吧。"

霍礼鸣双手插兜里，懒洋洋地站出去一米远，好整以暇地看着她。

"左手叉腰。"

霍礼鸣照做。

佟辛拍了两张，又说道："右手摸摸你的右耳朵。"

霍礼鸣这下就不情愿了，这明显不是他的风格。

"快点呀。"佟辛放下相机，"友好"地催促。

这么多人看着，霍礼鸣只好飞快地挠了一下耳朵，然后眼神不轻不重地落向佟辛，有那么几分隐忍的警告。

佟辛一本正经地说："你长得真高，弯弯腰吧，我拍不到你。

"弯下去一点，好，手扶着腰——笑。"

霍礼鸣抿着唇。

佟辛歪了歪脑袋，无辜地问道："我没欠你钱吧。"她倏地咧嘴，"开心一点嘛哥哥！"

随行的人都笑出了声。

霍礼鸣算是看出来了，这小姑娘存心不让他好过，完全是把他当成了一天换二十套衣服的淘宝模特。

他从来不是好脾气的人，但这一刻，他一点也不生气，只是觉得有丝无奈。

心态无所谓，就放得开了。霍礼鸣意外地配合，佟辛说什么他都照做。

这下轮到佟辛心里没底了。

霍礼鸣忽然朝她伸出手："来，给我这文身来个特写。"

佟辛下意识地往右挪开一小步，小声说："一个棒棒糖，有什么好拍的。"

霍礼鸣忍笑，挑了挑眉，忽然转过头问社区领导："您刚才说，有任何困难都可以寻求帮助？"

领导应声："当然。"

"这样啊，"霍礼鸣吊着眉梢，狭长的眼睛又转到佟辛身上，"我刚来，确实有些不习惯，也就旁边学校每天的广播体操音乐还挺熟悉。"

他平静地问："你在附近上学吧？"

佟辛陡升不好预感。

下一秒，霍礼鸣似笑非笑："你会做广播体操的吧？做一下，我看看和上海的有什么不同。"

旁人的笑声控制不住。

佟辛抬起头，目光灼灼，丝毫不见局促。她的语气和霍礼鸣同出一辙，还带着十六七岁女孩儿特有的软糯温和："这个哥哥好像有点热爱人体艺术。"

闻言，大伙统一看向霍礼鸣的手臂和脖颈。凡是他暴露在外的皮肤，除了这张脸，好像都有恐怖的文身。

佟辛说："你演容嬷嬷一定很逼真。"

霍礼鸣漫不经心地站着，还是那副懒散痞气的表情。有点无谓，有点狂妄。他笑了笑，大方地说："你演紫薇？那行啊，来吧，咱们一块试试。"

佟辛失语片刻，顿时愤懑，怎么会有这么厚脸皮之人？瞧瞧他这样，容嬷嬷一定是他偶像吧。

一个爱打小报告的"社会哥"，谁要跟他试！

眼见着明争暗呛有那么点硝烟味时，社区阿姨适时插话，说了一大堆官方发言，最后留下两箱土鸡蛋当慰问，便要离开。

长辈走前边，佟辛拿着相机，慢吞吞地跟在后头。擦肩而过时，霍礼鸣忽地把人叫住："嘿。"

佟辛转头看他。

这个距离比刚才近很多，他的皮肤纹理都瞧得一清二楚。不算白，但紧实干净，与他偏硬朗的五官相辅相成。

佟辛在他的双眸里，看到自己的身影。

正微微怅然，就见霍礼鸣倏然弯唇，带着薄薄笑意低声说："慢走啊，佟紫薇。"

这梁子算是彻底结下了。

佟辛有怨气，给佟斯年发短信：【我再也不去参加社区送温暖了。】

一小时后，佟斯年给她发了一串红包：

【买糖的。】

【买牛奶的。】

【买裙子的。】

【买发夹的。】

最后一条信息：【妹妹乖。】

佟辛很有骨气地没拆这些红包，以表她今天被人说成是"佟紫薇"的愤怒。

晚上吃饭的时候，辛潲熬的那锅鱼汤很受欢迎。

佟承望盛了一碗晾在一边："辛辛待会儿喝。"

"斯年又加班？"佟承望瞅了眼卧室，"感觉好久没见着他了。"

"你还记得有这么个儿子啊，"辛滟给佟斯年留了菜，"说是要八点才回。"

"辛辛你今天去参加社区活动了？"辛滟问。

"嗯，"佟辛扒了一大口饭，"我替哥哥去的，帮人拍照。"

"正好，路上碰见胡阿姨，还嘱咐我让你把照片发给她。"

"我记得的。"

佟承望顺口问："今天去的哪户送温暖？王阿姨那儿？"

"不是，"佟辛脆声答："就那个新邻居啊。"

佟承望顿了下："哪个新邻居？"

"不良青年。"佟辛脱口而出。

"辛辛，"辛滟适时提醒，"不许这样评价别人。"

佟辛撇了下嘴："哦。"

"给隔壁小霍送温暖啊？"佟承望疑惑，不解地问，"他还用送温暖？"

佟辛仿佛找到泄愤的点，一股脑儿地说出口："他就是很惨，很穷，还有一个姐姐下落不明。"

"可我问了你小强叔，"佟承望匪夷所思地说道，"他那房子不是出租，是出售。卖给了小霍。"

佟辛无语。

佟承望回忆了一番，当即确认："没错，你小强叔跟我说了好一会儿呢，价格卖得不错，买家也爽快，一次性就给付掉了。"

佟辛差点儿握不住筷子。

买了房？还是全款？

那他还好意思要那两箱土鸡蛋？

佟辛细数新邻居身上的标签，社会哥、文身男、爱告状、脸皮厚，还撒谎。他自己应该也很绝望吧？

辛滟惊讶："买的啊？小霍看着很年轻，他做什么工作的？"

"鸭。"佟辛忽地出声。

餐桌安静，父母都望向她。

后知后觉，佟辛真不是故意的，她指了指离得远的碗："妈妈，我想吃这个鸭。"

晚上九点,外头的风又凛冽了些。天气预报说晚上雨夹雪,新一轮寒潮即将来袭。

佟斯年打电话回家,说科室走不开,晚上就不回来了。佟辛有点失望,盼了一晚上,还想跟哥哥当面诉诉苦,说那个新邻居是怎么欺负人的。

豆大的雨点跟裹了一层冰沙似的,硬茬茬的,拍打在窗户上发出声响。佟辛在写最后一张试卷,被这变天的动静弄得集中不了精神。她抬头看了好几次窗外,然后放下笔,从柜子里找出两把雨伞,轻手轻脚地出了门。

这个点,外面基本没什么人。气温比想象中还要低,佟辛被兜头而来的寒风扑傻了,拢了拢外套,加快脚步往小区最西边去。一排大梧桐的尽头,因地方偏,物业疏于打理,加之外墙的空地等待施工改造,这里就成了"无人区"。

地上有一些废旧材料,下雨路滑,佟辛走得十分艰难,全部注意力都在脚下。等她抬起头时,三米远的地方,一道黑色人影骤然定在那里,吓得她心脏狂跳,差点儿失声尖叫。

太黑,根本看不清是谁。直到他主动出声:"你怎么每次见着我,都跟见着野兽似的?"

声音太熟悉,佟辛不可置信:"是你?"

霍礼鸣走近两步,一脸雨水,看不出表情。

佟辛脱口纠正:"不是野兽。"

"嗯?"

"是怪兽。"

"……"

很快,佟辛警惕地问:"你来这里做什么?"

霍礼鸣觉得好笑:"你能来,我就不能来啊?"

对峙数秒,佟辛越想越不对劲,下意识地往前面跑,焦急忧虑全写在脸上。佟辛把遮挡的泡沫板挪开,看见狗崽子一只不少,总算松了口气。

"怕我吃狗肉?"

"也不是没可能。"话是这么怼,但佟辛心里还是冒出一丝误会他的愧疚。

"狗肉就不吃了，"霍礼鸣的声音和着雨声，"这么可爱，一屁股坐死得了。"

佟辛："……"

霍礼鸣呵了一声："就你搭的这两块泡沫板，不出一个小时，这些狗都会被冻死。"

语罢，他动作麻溜地忙活开来，一手撑着伞，一手去搬围墙边的铁板。

铁板有点重，雨势越来越大。霍礼鸣回头看她一眼："过来，帮你邻居撑个伞。"

佟辛回过神，哦了声。

两人身高差有点悬殊，佟辛踮起脚也够不着，还把手伸到最高，才勉强遮住霍礼鸣的头。

霍礼鸣做事利落，用铁板把狗窝围成方形，再盖个顶，还细心地留了一条缝给它们透气。

小狗奶声哼叫，霍礼鸣伸出食指，勾了勾其中一只的下巴："挤紧点儿就暖和了。"

佟辛看到他的侧脸，嘴角上扬，表情意外温和。

"看傻了？"霍礼鸣忽地出声。

佟辛眨眨眼，说不出话来。

霍礼鸣拿过她的伞，又拽了把她的衣服："过来点，别淋雨。"

刚才打伞的时候，伞大半都在他头顶，佟辛左肩淋了不少雨。佟辛默默抿唇，跟着他往前走。

霍礼鸣走得慢，每一步都踩稳了才说："踩这里，实心的，别摔跤。"

亦步亦趋地走到水泥地，佟辛心里刚有点好感，就听他说："跟个矮子走，真累。"

"矮什么矮？"佟辛不怎么坚决地嘀咕，"我都一米六五了。不像某些人，一把年纪了，身上没一块好皮。"

霍礼鸣啧的一声："一把年纪？"

佟辛认认真真地将他从头扫到尾："我说错了，其实您看起来很年轻，最多六十岁吧。"

霍礼鸣停下脚步，眼睛眯成缝，语气也变缓拖长："怎么说话的？"

佟辛蓦地一抖，完了，社会哥要让她见识暴脾气了吗？

三秒后，霍礼鸣倏地一笑，扬起的嘴角在这丝丝冰雨里，竟有了几分热腾腾的暖意："虽然我文身、喝酒、打架……"

佟辛愣了愣，看向他。

"但我是个好男孩。"

"不是好男孩，"佟辛加重那个"好"字，短暂安静后，然后轻声纠正，"是老。"

周一，佟辛起得比平日更早。

她戴好手套，捧着热好的牛奶，背上书包出门。下了一夜雨，天是阴的，云层厚成一团，冬风冷飕飕刮脸。

佟辛往梧桐树的方向走，想先去看看狗崽们。还有差不多十米的时候，佟辛皱起眉头。

狗窝那儿围了四五个男孩，十岁模样，隐隐传来一阵哄笑。佟辛定睛一看，倒吸了一口凉气。隐蔽的狗窝被他们发现，小狗崽被捞出三只。其中一个男孩拎着狗崽在空中抛来抛去："哟嘿，云霄飞车！"

狗崽发出呜呜的惊恐叫声，夹着尾巴缩成一团。

这群熊孩子哈哈大笑。

"你们干什么！"佟辛冲过去，大声呵斥。

熊孩子吓了一跳："不关你的事。"

佟辛火气往上涌："这是虐待动物！"

"又不是你的狗。"熊孩子直接把狗往天上抛，然后单手接住，跟玩溜溜球似的。小狗吓得惨叫，一个劲儿地往佟辛的方向爬。

佟辛心都凉了，不管不顾扑过去。其中一个故意伸脚，绊了佟辛一下，佟辛随即踉跄，差点儿摔个结实。

又是一阵大笑。

佟辛愤懑："你们哪个学校的，我要告诉你们老师。"

"你去告啊，略略略！"对方根本不怕事，还冲她做鬼脸。

佟辛气得眼睛都红了，正想着该怎么办。一道严厉的男声自身后响起："干什么呢！"

佟辛一怔，转过头。

霍礼鸣站在她身后，高高大大的，像一座靠山。他穿着黑色羽绒服，冷眉冷眸，皱眉成"川"，不耐烦里带着几分锋利劲儿。

这人短寸头、眉眼狂妄，老大气质过于突出。这群熊孩子瞬间弱了气势。其中一个胆大，嘴硬道："这狗你们养的？刻名字了吗？"

霍礼鸣抬脚就把地上的一块砖头踢向他们身后的残墙，砖头顿时四分五裂。

熊孩子们一抖，通通闭嘴。

霍礼鸣冷声说："再让我看见一次试试。你怎么弄狗，我就怎么弄你。"

这气势让人不寒而栗。熊孩子们正欲跑，霍礼鸣猛地出声："站住！"

他指着当中的小胖子，食指隔空点了点，继而转向佟辛："跟她道歉。"

正是刚才故意绊她的那个人。

小胖子不情不愿地说了句。

"大声点！"

对方颤了颤，吐字清晰："对不起。"

一群熊孩子灰溜溜地跑了，剩霍礼鸣和佟辛。寒冷晨风悄然停滞，风口处，竟然感觉不到一丝冷。

霍礼鸣看佟辛一眼，恢复正常语气："没摔着吧？"

佟辛摇摇头："没事。"

霍礼鸣蹲下来，把地上两只小狗抱起，他的动作轻柔耐心，与方才判若两人。

佟辛跟着帮忙，一大一小蹲在地上，谁都不说话。

扒开围挡，狗崽子们仍害怕得直发抖。

霍礼鸣说："这地方不能再给它们住了，这群小屁孩儿还会来捣乱的。"

佟辛内心赞同，不吱声。

"我对这边不熟，你知道哪儿有流浪狗救助站之类的地方吗？"霍礼鸣问。

佟辛垂下眼帘，仍不吭声。

霍礼鸣轻声说："知道你舍不得，但你得上学，不能一直照顾。"

佟辛撇了撇嘴，最后还是点了头，小声说："你把手机给我吧，我给你输导航地址。"

霍礼鸣淡淡笑了下，一瞬即收，然后把手机递给她。

佟辛打开导航软件，点搜索栏。

搜索记录自动弹出历史列表，前五个里，有三个都显示同一个地方——巨浪会所。

佟辛第一个想到的是冲浪的地方，想不到清礼市还有这样的大型人工浴场。

地址输好后，霍礼鸣看了看，离这八公里，不远不近。

佟辛捏了捏书包带子，默然要走。

"嘿。"霍礼鸣忽然把她叫住，很轻的一声。

佟辛微微仰头，下意识看着他的眼睛。

"这样多好，"霍礼鸣目光与语气一样，都带着笑意，半认真半调侃，"今天乖多了。"

明明是握手言和的示好，佟辛却莫名脸热，于是不识时务地回一句："嘿什么嘿，我没名字吗？"

"哦，不好意思啊，佟紫薇。"

沉默两秒，佟辛突然绽开笑颜，灿灿烂烂地露出白牙："没关系，霍嬷嬷。"

她背影远去，霍礼鸣原地失笑："你叫什么名儿啊？"

背影又远去两米，若有似无的声音像弹起的棉花："佟辛。"

霍礼鸣又问："星星的星啊？"

佟辛脚步一顿："辛酸的辛。"

还有五分钟开始上第一节课。

教室闹哄哄的，鞠年年正绘声绘色地和后桌闲谈。

佟辛忽然想到一个问题，拉了拉鞠年年的手，小声问："你知道巨浪会所在哪儿吗？"

鞠年年猛地收声，然后挤眉弄眼："你问这个干什么？"

佟辛说谎话会眨眼，此刻却一眨不眨地说："夏天我们可以一起去那里游泳冲浪。"

安静几秒，鞠年年趴在桌上捂着肚子笑。

佟辛莫名："干吗？"

"你傻啊，"鞠年年凑近，压低声音神秘道，"不是冲浪的地方，是那种地方……就是新闻上说过的那种。"

佟辛瞬间反应过来，眉头皱了皱，然后彻底无语了。

这个新邻居怎么回事啊，文身、抽烟、打架，还做……这还能算好男孩儿？他怎么好意思这样夸自己。

不过，佟辛称奇，原来会所真的这么挣钱，都能全款买房了。

之后，鞠年年跟她科普了五分钟那家店。

"据称，清礼市最帅的男人就在那儿。

"很贵的。

"付了钱，什么要求都能提。"

佟辛神色复杂地问："你怎么这么了解？"

"我干妈经常去。"

伴随上课铃响，佟辛纠正鞠年年方才的一句话："清礼市最帅的男人不在那儿。"

"啊？"

佟辛语气笃定地说："在我家。是我哥。"

数学老师扶着眼镜踏进教室，佟辛下意识地回头看了眼右边后座，小声问道："薛小婉又没来？"

鞠年年点头："听说好像要退学。"

印象中，薛小婉成绩下游，很少说话，冬天里，就两件旧棉袄换着穿。

佟辛知道她有个凶神恶煞的哥哥，没想到会艰难到要辍学。

佟辛从来不是喜欢多管闲事的人，便开始认真听课。

晚上，佟辛忽然想起一件事——周日参加社区送温暖活动的照片忘记导出来了。做完作业，她把相机打开。

相册里有二十多张都是那个新邻居的照片。平心而论，新邻居长得还不错，脸形明明偏硬朗，却很上镜，身材也是 OK 的，身高腿长，手臂上的文身也有点小神秘。

大冬天的，他就穿一件短袖。佟辛想起巨浪会所，新邻居能全款买房，身体应该很好。

顿了顿，佟辛猛地甩头，想什么呢！

这边，霍礼鸣破天荒地正在打扫卫生。

他今天心情很好，一小时前接到上海打来的电话，说唐其琛在附近出差，明天过来看他。

唐其琛于霍礼鸣，亦师亦友，救他于泥泞，送他上青云，有知遇之恩。某种程度上，唐其琛就是他的亲人。

次日七点多，冰清白的跑车停在门口，霍礼鸣斜倚着门栏，看见车里下来的人时，挑眉笑了下。

陈飒一身职业装，飒爽英姿，亦笑眯眯地朝霍礼鸣走去。

她说："比我想象中要远，唐董会找地方。"

霍礼鸣歪头，不怎么正经地朝她吹了声口哨："飒姐，你胖了啊。"

"去你的，"陈飒不乐意了，"都瘦五斤了。"

霍礼鸣一声轻笑，站直了些，然后张开双臂抱了抱陈飒："好久不见。"

陈飒拍拍他的肩，弯唇："好久不见，小霍爷。"

冬季晴日，天光尚早，还没到上班高峰，小区的人并不多。几米外的马路边，佟辛正去上学，恰好看见这一幕。

她的脚步被粘住一般，立在原地迈不开腿。

大清早就开工？新邻居够勤快的啊。

她也没想到，竟在这种场景下，抠出了他的优点。

佟辛内心感慨，一步三回头。停在路边的豪车，拥抱的美女姐姐，他笑得又温和真诚。佟辛立刻抠出他第二个优点——敬业。

陈飒在屋里溜达了一圈："房子户型不错，我刚过来的时候，看到附近很多学校。"

"这是教育片区，学校是挺多的。"霍礼鸣拧开矿泉水瓶盖儿，递过去，

"我哥真忙得抽不开身？"

听出他语气里的失落，陈飒笑道："你也不是第一天认识他，一直都是这样的。"

"琛哥身体还好？"

"都好。"

霍礼鸣微微垂头，短暂安静。

陈飒轻叹气："你别怪他，他有他的考虑。"

霍礼鸣这么桀骜不驯的一个人，被送出上海，来到这人生地不熟的地方。明知他不愿来，也没有半分商量的余地。

陈飒说："他送你出来避风头，等那边平息了些，就能接你回去了。"

很长一段时间的沉默，霍礼鸣垂下眼帘，不给人瞧见半分情绪。

末了，他轻声说："我不怪他。"

陈飒点点头，也不戳破他的言不由衷。

霍礼鸣看到她手上戴了一只玉镯子，岔开话题："新买的？"

陈飒立刻眼睛一亮，举起手晃了晃："陪儿子去青海旅游，在一古董店淘的，老板说得可神乎，说这宝贝和我有缘。"

霍礼鸣点头："嗯，和你钱袋子有缘。"

"被骗了？"

"玉石料子一般，里头棉絮太多，"霍礼鸣没往深里讲，露出白牙，尾音带着痞气，"但挺衬美女。"

陈飒笑得花枝乱颤，然后又看了看时间："我九点半谈事，就先走了。我会在清礼市待一周，先说好啊，每天晚饭你请。"

霍礼鸣呵了声："我算看出来了，你就是琛哥派来监视我的。"

陈飒笑道："怎么又被你看出来了？"

两人相视一笑。

陈飒是上市集团高层，不输男人的女强人。她与唐其琛共事多年，是唐其琛的得力干将。这次唐其琛又被临时工作绊住脚步，确实不能过来。陈飒一方面是受老板之托，一方面也是真的想来看看霍礼鸣。

接下来一周，陈飒白天忙完，晚上还真的过来接霍礼鸣去吃饭。

她开的那辆车太扎眼，佟辛每天放学经过，都看见这辆豪车停在门口。佟辛下意识地看了看时间，才五点多，他夜班服务开始得真早啊。

十分钟后，陈飒从洗手间出来。

霍礼鸣看她一眼："闹肚子啊？要不别出去吃了。"

陈飒说："昨晚陪客户，喝高了，没事，走吧，我也垫垫肚子。"

两人出门，路上，陈飒记起一件事："对了，之前这东西忘记拿给你了。"她指了指后座放着的一个文件袋。

"听唐董说，你离开上海之前，又去了一趟公安局。他让我转交给你的。"

霍礼鸣倾身往后，伸长手，把东西拿了过来。他并不着急打开，放手里掂了掂，看起来没什么表情。

陈飒问道："不看看？也许有好结果呢？"

霍礼鸣笑了下，不语。

这笑容很平静，但过于平静，也代表着对结果习以为常。经历太多次，连失望都变得麻木了。

他打开，看了几页，就把纸页塞了回去，表情没有丁点波澜。

陈飒宽慰："没事，总会找到的。"

霍礼鸣的父母车祸早逝，但他还有一个姐姐，两人彼时被安置在福利院，后来霍礼鸣被领养走了，中途几经坎坷曲折，等他再回去找姐姐时，福利院说姐姐自己跑了，下落不明。

霍礼鸣这些年一直没放弃找她，也一直没结果。

他无所谓地笑了笑，懒散地说道："我前两天印了一堆寻人启事，明天就去张贴小广告。"

陈飒以为他开玩笑："快到了，说好，这顿你请啊。"

晚上八点，霍礼鸣一个人坐车回小区。他提前两站下的车，没别的，就想走走，吹吹风。

车流呼啸，尾灯成片闪烁，乍一看，好像跟上海也没太大区别。霍礼鸣目光深幽，投向远处，单手插兜里，轻轻踢开路上的石头子。走了几米，霍礼鸣脚步渐慢，最后停住，饶有兴致地看着路边那辆白色现代车。

佟家两兄妹站在车边，引擎盖掀开，佟斯年弯腰检查。霍礼鸣的视线落向佟辛，她好像很喜欢穿纯色的衣服，奶黄色的羽绒服在霓虹灯下显得更柔和。佟辛提了提书包肩带，应该是等了很久，目光百无聊赖地转悠。

佟辛转过头，就这么对上霍礼鸣的眼睛。她下意识地往后退一步，哪怕两人之间的距离至少还有三米。

霍礼鸣走过去："车坏了？"

佟斯年抬起头，他没见过这个人，目光正疑惑。

"新邻居。"佟辛小声告诉他。

佟斯年了然，拍拍手上的灰，无奈地笑道："是，车坏了，提示是发动机出故障，我一时看不好，叫拖车吧。"

离家其实也不远，但实在没办法了。

霍礼鸣走过去，说道："我看看。"

经过佟辛身边时，他能感觉到这姑娘又往后挪开一小步。

霍礼鸣这就有点不舒坦了。他稍停顿，微眯眼缝，扫了眼佟辛。

佟辛故作镇定，对佟斯年说："哥，有点冷，我走路回去了。"说完就转身离开，不带半点良心的。

佟斯年提醒："注意安全，有事打电话。"

"哦。"佟辛没回头，脚步越发快，跟避洪水猛兽似的。

霍礼鸣敛了敛眼睫，帮佟斯年看车。他动作熟练，并且很有思路，拨开发动机旁边的两根线，摆弄了一会儿，说道："接口松了，拧紧就好。你车上有工具箱吗？"

"有。"佟斯年小跑去尾厢。

佟斯年看着年轻，鼻梁高挺，眼睛细长，笑起来时，是很让人动容的桃花眼。但他气质斯文，并不会觉得风流，像是春风拂面。

兄妹俩长得还挺像。

"简易的，你看够用吗？"

霍礼鸣收回打量的视线，看了眼箱子，拿出小扳手："够了。"

见他拿工具的姿势相当娴熟，佟斯年问道："你干过这个？"

"玩过一年赛车，简单的会修，"霍礼鸣右手发力，把接口都拧了一遍，

star

"行了，试试。"

佟斯年发动车，故障灯熄灭。他下车，递给霍礼鸣一瓶水，由衷道："谢了。"

霍礼鸣没吭声，接过水瓶，蛮酷地点了下头，然后仰头喝水。

佟斯年笑了，靠着车门，闲适地聊天："很早就听辛辛说过隔壁来了新邻居。本想去拜访的，但我工作实在忙。改天请你吃饭。"

霍礼鸣只抓住重点："你妹妹总提起我？"

是提了很多次，但都不是好话。佟斯年友好地伸出手，善意地转移话题："怎么称呼你？"

霍礼鸣把水瓶换去左手，右手握上去："霍礼鸣。"

"佟斯年。"

"他们都叫你佟医生，"霍礼鸣问，"你在哪个科？"

佟斯年笑得温和："重症医学。"

霍礼鸣竖起拇指："了不起。"

男人之间，三两句就能说开，气场合不合，眼缘说明一切。马路上一辆车起步慢了，激起后头此起彼伏的鸣笛催促。

霍礼鸣摸出烟盒，朝佟斯年晃了晃。

"谢了，我不抽。"

霍礼鸣自顾自地低下头，风大，打火机灭了一次。他笼住火苗，再次低头点烟，边点边问："佟医生，我有个疑惑。"

"嗯？"

"我长得很凶？"

佟斯年愣了愣，不知道他为什么忽然问这个，但还是坦诚道："还好。"

"那我是长得像怪物？"

佟斯年腹诽，没这么俊俏的怪物。他坦然的笑意也说明了答案。

那霍礼鸣就真的不明白了："既然如此，为什么那小姑娘，也就是你妹妹，每次看见我都要绕着走？"他勾了个有点儿野的笑容，"是怕我？"

寒风吹过，钻进衣领，有那么一丝丝的冷意。

佟斯年温润有度，如实说："你不凶，也不像怪物，我妹妹更不是怕你。可能……"佟医生尾音停顿，字字清晰，"是不符合她审美。"

霍礼鸣的手一抖，烟又没点着。佟斯年怕他误会，连忙解释："我妹妹从小就是这性子，你看她挺文静的，其实有很多自己的想法。"

都嫌弃了，还能有什么想法？不是老，就是丑呗。霍礼鸣不再自取其辱，把烟收回盒里，觉得好笑。

佟斯年回来时，佟辛在厨房喝水。辛滟和佟承望今天都在家，关心地问："听辛辛说你车坏了，你爸正准备过去的。"

"没事，新邻居帮忙修好了。"佟斯年换了拖鞋，揉着后颈走到客厅。

"邻居很热心啊。"辛滟起身，"正好，你爸学校发了两箱甜瓜，拿几个给他送去，总得谢谢人家。"

佟斯年转过头，对着厨房喊："我还有封邮件要回，辛辛，你跑一趟。"

佟辛在原地磨蹭，不情不愿。

佟斯年装好两个甜瓜，意有所指地说："不能以貌取人，要懂礼貌。"

佟辛僵持了一会儿，无奈地接过。

霍礼鸣到家把外套一脱，里面就穿了件黑色短袖 T 恤。他打小就不怕冷，那年跑去黑龙江漠河玩，也是外套加短袖，冻得鼻涕成冰条了也不加衣服。

正准备去洗澡，听见敲门声。

霍礼鸣把门打开，看到佟辛小小一只，英勇赴死一般的神情，递过塑料袋："给你。"

霍礼鸣视线向下，就是不伸手。

沉默地僵持了三五秒，佟辛陡然大声道："是甜瓜！"

霍礼鸣咝的一声，皱皱眉："吓我一跳。"

"我以为你没听见，"佟辛把手又伸近了些，还特意强调，"是我哥让我给你的。"

佟辛忍不住催促："你拿着呀。"

霍礼鸣站得直，但肩膀懒散地窝着，看起来就挺吊儿郎当。他淡淡地说："不要。我没洗澡，不干净，手上有病毒。"

佟辛一愣。

"会传染给你，你会不治身亡。"

佟辛听出来了，这是故意说反话呢。

霍礼鸣双手环胸，吊着眉梢看她。

佟辛用力点头，用跟他同出一辙的淡定语气说："下次让我哥哥别送甜瓜了，他是医生，有很多消毒液。你是挺脏的。"

怼完人，佟辛把甜瓜往他怀里一塞，转身就跑了。

霍礼鸣真给气笑了，站在原地，看她背影消失在院外。

第二天佟辛起床，看见客厅地上有两箱樱桃和两篮子草莓。她爱吃这些，蹲在地上欣喜地问道："妈妈，你这么早去买水果啦？"

辛滟在厨房做早饭，说道："是小霍送的。"

一听那个"霍"字，佟辛下意识地将手里的大草莓放回篮子里。

"他还不打算敲门呢，放在门口就走，我这不是正好瞧见。他说怕打扰我们休息，小年轻看着高高大大，但性格挺好，懂礼貌。"

"他干吗送我们水果？"

"说是回礼。"辛滟端着早餐出来，"还特意嘱咐，都洗干净了，放心吃，不脏，没传染病。这孩子，还挺幽默的哈。"

这是他和她才懂的言外之意。

佟辛叹气，这个新邻居这么记仇啊。

下周就要月考，这几天大家的学习都很紧张。

佟辛学的是理科，刷起题来游刃有余。最后一张化学试卷写完后，她回头看了眼右后方仍空着的位置。

"薛小婉真的不来上学了？"佟辛小声问。

"是真辍学了吧，下周来办手续。"鞠年年望着试卷发愁，求救道，"辛辛把你的给我抄一下。"

"你抄杨映盟的吧，我的解题步骤太详细，放学前你抄不完。"

"杨映盟的字跟狗刨似的。"

这话被杨映盟听见，立刻炸毛："谁是狗呢？"

鞠年年朝他吐舌头："汪汪。"

喋喋不休的嘴炮又开始了。佟辛习以为常，平静地收拾书包，手一顿，又回头看了眼薛小婉的座位。

这天放学，公交车久久等不来一辆，说是前边出了严重的交通事故，不知得堵到什么时候。

佟辛干脆走路回家，小路还好，比大路短三分之一的距离。因为车都堵在事故点，所以小路上的人和车便更少了。中间段，有两条岔出去的小巷子，佟辛经过时，听见一个男声。她本没多想，径直路过，直到又听见一个细小的、卑微的、耳熟的声音——"我没钱了。"

佟辛脚步一顿，然后倒回去，转头看向巷子深处。

三个男生围一个女孩，他们没穿校服，虽年轻，但气质跟学生搭不上边。佟辛没看错，被围住的是即将辍学的薛小婉。

其中一个男生阴阳怪气道："你哥到处借钱不还，我们只能找你了，谁让你是他妹妹。"

另一个凶神恶煞地说："你哥借钱填的担保人都是你，没钱就把你卖了。"

薛小婉缩了缩肩膀，在发抖，但表情仍是麻木的，一声不吭。

"臭哑巴。"最胖的那个男生猛地抬起手。

薛小婉下意识地护住脸。但巴掌没落下，是故意吓她的，男生们发出一阵嬉笑。

胖子又抬高手，薛小婉本能地偏开头。

"哈哈哈，怕不怕？"他们恶意地捉弄。

重复第四次，薛小婉这次没躲，啪的一声，耳光扇在她脸上。她本就瘦小，猝不及防地挨这一下，直接坐在了地上。

"老赖，不要脸的。"胖子啐了一口，抬脚要踹她。

佟辛被这一幕激着了，愤怒直冲心口，她冲过去，大声呵斥："住手！"

声音软，但气势惊人，还真把那三人吓得抖了下。可一看见是这么个女学生，顿时又雄了。

"欠债还钱，天经地义，走开点，别多管闲事。"

佟辛脚步坚定，眼神明锐："她是未成年人，担保就是无效的，欠钱的是她哥哥，跟她没有半点关系。"

"你活腻了是吧！"胖子火冒三丈，捋着衣袖朝她走来。

佟辛不卑不亢，晃了晃手机："我已经报警了，并且把你们刚才打她的事录了下来。"

"报警"两个字，很有威慑力。五十米远的地方，确实就有一个派出所。三人面面相觑，最后还是心虚退缩。

擦肩而过时，胖子瞅了眼佟辛的校服，冷笑道："正义使者是吧，你给我等着。"

人走后，地上的薛小婉依旧低着头，眼泪往下掉，但她咬紧牙关，一声不吭。半晌，视线里出现一双浅色雪地靴，还有一包纸巾。

佟辛声音很平静："擦擦，会好起来的。"

薛小婉抬起头，看着佟辛的身影消失在巷口。

到小区，佟辛走不动了，腿软，膝盖发抖，她停下来，扶了扶栏杆，站了好一会儿。当时不觉得，现在背上还在冒冷汗。佟辛摸了摸脸，热得发烫，后知后觉，刚才还是有点恐怖的。

突然，身后冒出一句："走不动了？"

佟辛猛地回头，看到霍礼鸣似笑非笑的表情，眼里勾了几分明目张胆的调侃。

佟辛下意识地站直身子，没吱声，一脸"你别多管闲事"的冷淡。

霍礼鸣从外边回来，正好瞧见她这模样，打趣道："怎么了这是？气虚脸红的，刚跟人打架了？"

佟辛脸更热，加快脚步离开，不想理他。

霍礼鸣习惯这邻居小姑娘的脾性，呵声轻笑，想起忘买烟了，便又出了小区。买完烟，出超市的时候，门口蹲了三个男生。

"那死丫头是住这里吧？"

"错不了，我跟着她，看她进去的。"

"行，哪天逮住她吓唬吓唬，让她多管闲事。"

闻言，霍礼鸣脚步一顿。他转过身，锐利的目光落在那个胖子身上。

这三个人年龄虽不大，但毕竟当了这么久混混，还是有点眼力见儿的。

比如眼前这个男人，气场充分说明大家是一路人。

霍礼鸣太熟悉这些东西，他敏锐且有经验，下意识地联想到佟辛。他甚至没有犹豫，肯定了自己的直觉。

霍礼鸣换上一张笑脸，笑里藏刀，还是磨得锋利的那种。他走过去，挺亲和地挨个儿发了根烟，语气轻松地闲聊："哥们儿，小姑娘哪里惹着你们了？"

对这莫名其妙冒出来的路人，他仨没好脸色，其中一个受不了激，嗤笑："怎么，是你的人？"

霍礼鸣笑而不语，眼尾微微上扬，像三月春燕的剪尾。

三人琢磨，这是踢到真铁板，还是又遇到一个多管闲事的疯子？

下一秒，霍礼鸣帮他们选出答案。

他目光温度降了降，虽笑意上脸，但眼神骤变阴鸷，低声说："嗯，我的人，宝贝得很。"

还有四天月考，这几日，佟辛发现不太对劲。不知是不是自己多想，连着三天上学、放学，都会巧遇霍礼鸣。

上学路上，他正好也出门，也不打招呼，各走各的。放学下公交车后，又会碰到霍礼鸣正好路过。

当然，多数时候，他都没发现她，形同陌路。偶尔一次对上视线，他也没啥表情。也是这时，佟辛才发觉，其实这个新邻居独自一人时，气质很孤冷。

这天，佟辛一进教室，鞠年年就惊惧万分地将她拉到一边："这么严重的事你怎么不说呢？"

佟辛莫名其妙："什么啊？"

"你是不是跟人杠上了？"

佟辛脑子卡壳，真不明白。

鞠年年急得直跺脚："就薛小婉啊，你替她出头了？"

佟辛总算知道是指哪件事了，事实上，她并不觉得那叫出头，顶多算是一次路见不平罢了。

"你竟然还这么淡定！你知道那伙人是谁吗？都是混混，拿刀砍人的那种。据说他们早就放话，说要给你教训。幸好，后来又说不找你了。"鞠年年惊魂未定，拍拍胸脯，"辛辛你胆真大。"

佟辛愣了愣，问道："不找我了？"

"是啊，你运气真好。"鞠年年点点头，"你最近还是注意点啊，放学一块儿走。"

后面的话佟辛没听进去，脑海里陡然冒出了霍礼鸣的身影。少女的直觉，是一种讲不清缘由的精准。

傍晚，公交车还有两站到小区的时候，佟辛就下意识地往窗外看。下车后，毫无意外地又"巧遇"了新邻居。

霍礼鸣双手插兜里，浓眉衬得眼睛越发明亮，没穿高领，喉结袒露微凸，与下颌连成一道漂亮的弧线。他不言不语的时候，敛去痞相，有一种引人多看几眼的冷然。

快要擦肩而过时，佟辛忽地出声："那个……"

霍礼鸣侧头看她一眼，笑意渐渐驱散冷傲，又是一贯的调侃语气："真是稀奇啊，会主动跟我打招呼了。"

佟辛轻扯嘴角，直接道："谢谢你。"

霍礼鸣微愣，平静地问："谢我什么？"

佟辛说："谢你当保镖。"想了下，她又很快补充，"但我没钱付你工资。"

霍礼鸣显然有些无奈："就不能说好听点啊？"

佟辛挠挠鼻尖，低了低头："反正就是谢谢了。"

西边升太阳了，头一回见这小倔苗儿主动示好。

霍礼鸣忽地一笑，眉毛也往上扬："谢谢有什么用？"

佟辛抬起头，怔怔望着他。

霍礼鸣说："周六把作业写完，周日跟我去贴小广告。"

虽然没弄清他这又是哪门子陷阱，但是佟辛凭直觉抗议："违规破坏市容，会被城管抓的。"

霍礼鸣拖着尾音，给他理所当然的语气镶上两分不正经："所以才让你去。我跑得比你快，肯定抓不住我。"

佟辛："……"

真是，谢谢你啊。

第二章
糖水樱桃

佟辛解救薛小婉的事很快在学校传开来。

所有人都震惊，似是不相信性格软糯温顺的佟辛会这么勇敢。之后，关于那天发生的事的几个版本都传得火热，甚至连佟辛是跆拳道黑带五段都捏造出来了。

佟辛不关心这些，照常安安静静学习。只是在听到"有个黑社会大哥罩着她，那群混混才不敢动她"的传言时，她会稍稍分心。

黑社会大哥？

脑海里瞬间蹦出新邻居的脸，不黑，他皮肤还挺白净的。

周三，薛小婉竟然过来上学。

她跟在班主任身后，站在教室门口的那一瞬，全班安静。几十道目光齐刷刷地带着毫无遮掩的惊讶投在她身上。

班主任简明扼要地说："薛小婉同学回归课堂。"他扫了眼教室，对中间的位置抬了抬下巴，"就坐李芙蕖旁边吧。"

李芙蕖是文娱委员，家境优越，穿着精致，听到这里，不高兴全写在脸上。

下课后，大家小声议论。

"薛小婉怎么又回来了？"

"要债的会不会堵到校门口啊？"

"太可怕了吧，咱们离她远一点儿。"

薛小婉弓着背，衣服依然破旧，默然无言地低头坐在那儿。

佟辛专心刷题，不加入话题，也没用那种审视、猜疑的目光去看薛小婉。

很快到了周五这天。

放学路过新邻居家时，佟辛蓦地想起霍礼鸣说要她一起去贴寻人启事的事，真是什么话都编造得出口。

佟辛暗骂了两分钟，到家门口时，又下意识地去看邻居家。风又大了些，吹冷了她的抱怨。突然，她自我反省——自己为什么会记住他所说的无厘头的话呢？

还一字不差。

佟辛甩甩头，压下莫名其妙的情绪，拿钥匙开门。

晚饭，难得一家人齐齐整整。辛滟做了兄妹俩都爱吃的烧小排骨，佟斯年把第一块夹给佟辛。

佟辛说："以后你有女朋友了，第一块小排骨就不会夹给我了。"

佟斯年差点儿咬上舌尖，无奈地失笑："对哥有意见啊？本来爸妈不会催我这事。"

辛滟把第二块排骨夹给儿子："你妹妹说得也没错，妈也不是非要催你，二十七岁的人了，是要上点儿心。"

佟承望体恤儿子，笑呵呵地打圆场："我不也是二十八岁才结婚的吗？"

辛滟瞪老伴一眼，到底不再提这茬。

"对了，社区宣传册发下来了，上次送温暖活动的照片是辛辛拍的啊？挺不错啊。"佟承望说道。

佟辛嚼断一半青菜叶，问道："在哪儿？"

"鞋柜上。"佟承望拿回来的，已经看过一遍了，他感慨道，"没想到隔壁小霍的身世这么坎坷。"

闻言，佟辛手一顿。

辛滟也问："怎么会？都能全款买了老李的房子。"

"那肯定是工作干得好。但人家父母车祸早逝，还走散了一个姐姐，送温暖活动，本就不限于物质，心灵的抚慰、让他感受到大家庭的温暖，也是很重要的。"佟承望一本正经地说。

脑袋里嗡嗡声飞旋，佟辛一个字都没听进去。

饭后，她趁家人不注意，悄悄地把社区宣传册拿回卧室，然后拿试卷盖着，仔仔细细地翻阅。送温暖活动做了个专栏，霍礼鸣在第三页。文字描述与爸爸所说差不多，佟辛盯着一行字：姐姐走散。

所以，他那天说去贴寻人启事，是真的了。

视线往下，是那一日霍礼鸣和社区工作人员的合影。他站在中间，高瘦俊朗，背脊挺直，明亮的眼睛里一派从容神态。他一点也不像悲苦青年，游刃有余又放松，似乎对自己的过往与身世早已看淡。

正入神，传来辛滟的声音："辛辛，出来吃点水果。"

佟辛迅速用试卷盖住宣传册，心狂跳一秒，声音还有点发虚："来了。"

周日天还没亮，佟辛就醒了。

五点半，天色是一层沉重的灰蓝。佟辛坐在床上，抱着英语课本记单词，记一课，就过去半小时。记到第三课时，天空从蒙蒙亮到终于看见淡橘色的朝阳。佟辛飞快地洗漱换衣，跟在做早餐的辛滟说："妈妈，我今天出去一小会儿啊。"

辛滟边做早餐边问："去找年年的吧？注意安全，早点回家。"

佟辛含混地"嗯"了声，背着小挎包出了门。

她在霍礼鸣家那儿一步三回头，门是关着的，人出去了，还是在睡觉？或者那天他根本只是说说而已？

佟辛绕到侧边，踮脚往他窗户方向望。

"你干吗呢？"一道声音忽地从身后响起。

佟辛猛地回头。大冬天的，她吓得背脊流汗，像被当场抓获的小偷。

霍礼鸣穿了件棒球衫样式的短黑外套，薄薄一层夹棉，黑裤显腿长，挨得近，佟辛只及他锁骨。

佟辛紧张极了："我只是路过，你别多想。"

霍礼鸣似笑非笑："我多想什么了？说说看。"

佟辛抿了抿唇，被堵得一时无语。

霍礼鸣看出了小姑娘的不自在，半晌，痞笑着说："正好，自投罗网了，作业写完了吧，走，贴小广告去。"

从天而降这么个救命的台阶，佟辛大松一口气，然后面色淡淡地说："既然你这么求我，那就帮你一次吧。"

佟辛仰着下巴，像只骄傲的小孔雀。

霍礼鸣笑了笑："行，求你。"

两人坐车去市中心的商业广场。

"这里人流量大，看到的人会很多，"佟辛伸出手，"小广告呢，我看看。"

霍礼鸣从袋子里拿出一沓，内容就跟一般的寻人启事一样。一张小时候的照片和一张二十岁左右的照片，还有几行简单的描述：

找姐姐，199×年3月出生，江苏同里人，八岁在明海福利院，十一岁出走，之后下落不明。右肩有圆形（偏椭圆）烫伤疤痕，如有有效线索提供，重谢。

佟辛盯着那张成年后的照片，疑惑道："不是从小走散了吗？为什么还有长大后的照片？"

霍礼鸣得意地说："哦，照着我的长相P的。"

佟辛神色复杂地看他一眼又一眼，为难道："那希望应该很渺茫吧？"

"嗯？"

"毕竟世界上，很难有第二个长这么丑的人。"

霍礼鸣回过味，轻轻啧了声，故作凶状："给你机会再说一遍。"

佟辛看向他，眼神清澈无瑕："哦，你这么爱听实话啊。"

这天儿，他没法聊。

而佟辛总算明白，霍礼鸣为什么要让她过来帮忙。

一是霍礼鸣对清礼市不熟，需要一个带路的；二是他需要佟辛帮忙去女洗手间发寻人启事。

毕竟是女性，或许希望会大一点。

但希望再大，那也是渺茫的。

连佟辛都明白的道理，他又怎会不知？所以发到一半的时候，佟辛问："你找她找了多久？"

"一直在找。"

佟辛默了默："可以去登报纸。"

霍礼鸣笑了下，没说话。

佟辛意识到，这些方式，他也许早就试过了。

瞧她欲言又止，但最后沉默的模样，霍礼鸣挑眉问："没什么想问的？"

佟辛摇摇头："对别人的故事减少好奇心和窥探欲，是一种基本的礼貌。那是别人的苦，不应该去试探。"

霍礼鸣愣了愣。

佟辛已经做贼似的，紧张兮兮地又溜进了洗手间："抓紧时间，我还能再塞三个厕所。"

小广告行动持续两小时。

上午十点，霍礼鸣说："回家吧。"

"还早。"

"不早了，你回去搞学习。"

倒没忘记她是学生，不管什么理由，出来太久，会让她家里人担心。

佟辛"嗯"了声，然后朝他伸出手。

霍礼鸣莫名："干什么？"

"工钱结一下，"佟辛歪着头认真地说，不带一丝玩笑，"我还是童工，可能还得涨点价。"

霍礼鸣一顿，然后不太正经地说："行啊，但我这边工资一个月一结，早着呢，干满再说。"

佟辛小声喊了声："真黑。"

霍礼鸣蹙了蹙眉，学着她姿势，跟着把手伸过来："哪儿黑了，男人里我皮肤很白的吧。"

佟辛忍不住翻了个大白眼，怎么有这么厚脸皮的人啊！

两人坐的地铁，回程路线人少，两人坐在不同的位置，自此没再说话。

出地铁站后，看见路边围了一堆人，还有响亮的吆喝声："为六十岁以上老人免费清洗黄金首饰！还有礼物随便拿！"

两个穿着职业装的年轻男人支了个摊，摆了一个装满液体的玻璃容器和一堆眼花缭乱的小礼品。

因为打着免费的噱头，所以过来清洗黄金首饰的老人还不少。摊主热情，手脚麻利地把首饰丢在容器里，浸泡一分钟，捞出来果真焕然一新、闪闪发光。

估摸着是哪家首饰店做的活动，吸引顾客的方式很常见。但佟辛忽然站定原地，一直盯着那个装满液体的容器看。

霍礼鸣调侃："怎么，你也有金子要洗啊？还挺富有啊。"

佟辛眨了眨眼，平静道："这不是水。"

她声音没有刻意压小，所以离得近的人都听到了。大家还没往深处想呢，摊主的反应却颇大，指着佟辛说："小姑娘别乱说话，这就是水。"

佟辛定定地望着摊主："不是。"

对方显然急了，语气也冲："怎么就不是水了？摆在这大家都看得到。嘿？小小年纪，你懂很多啊？你懂，那你说，你说！你很厉害是吧？！我看你能说出个什么花样来！"

那人瞪着佟辛，目露凶光，妄图把她吓走。

佟辛很冷静，神色平淡："是吗？真的要我说吗？"

佟辛一脸"那好吧，我就不客气了"的表情："这里面不是普通的水，而是王水，可以溶解金子。看着金子是变漂亮了，其实克数减少了，等回去他又能提炼出来。这是很简单的化学知识，就能骗骗老人家。"

一语出，围观群众哗然。

摊主面子挂不住，凶悍地吼道："你胡说！"

"我胡说没胡说，很简单，"佟辛指了指容器，淡然道，"既然你说是水，那你伸手进去试试就行了。"

王水腐蚀性超强。摊主敢怒不敢言，僵在原地。

这反应已经说明一切。不少刚免费清洗过的老奶奶骤然愤怒，吵嚷着骂摊主。

摊主窝火，卷起衣袖，气势汹汹地要朝佟辛走去："你个死小孩儿！"

腿还没迈出去半步，一只手用力扣住摊主的肩。看似不经心的动作，那摊主却立刻一脸痛苦，那劲儿跟扎进肉里似的，掐得骨头疼。

佟辛不卑不亢地说："离这里两百米远的地方就有派出所，你不仅诈骗，还想蓄意伤人。我哥是特警，我不怕你。"

霍礼鸣本来还有点严肃的，听到这里，差点儿笑出声。

佟医生真全能啊。

摊主急得脸红脖子粗，刚想朝霍礼鸣吼，转过头，一看他高大清冷，立刻虚了气势。

霍礼鸣没凶人，反倒笑了笑，神态轻松道："喂，好心提醒你个事儿啊，那小姑娘，喏，就她。"

他朝佟辛抬了抬下巴，低声说："不好惹的。"

摊主一头乱，喘着粗气。

"别看她年纪小、个儿矮，"霍礼鸣轻叹一口气，指了指自己，"你看我，现在长得还挺帅吧？其实，我可以更帅的。但昨晚被她揍了一顿，就成这模样——毁容了。"

佟辛："……"

摊主："……"

霍礼鸣凑近他耳边："她是个怪力萝莉。"顿了下，他抠住摊主肩膀的手劲猛地收紧，方才闲适调侃的表情收得分寸不留，目光如凛冬，落下一层阴鸷的警告，"所以，哥们儿，别惹事。"

其实用不着霍礼鸣放狠话，这骗局一戳穿，被骗的老人家第一个不干，抓头发的、报警的、骂骂咧咧的，摊主哪还顾得上佟辛。

佟辛转身继续走。

走了好远一段路后，霍礼鸣把她叫住："你好像很喜欢路见不平一声吼啊。"

他撞见的都有两次了，有正义感是好事，但也容易遇到危险。他担心地说："万一没人照看，你这样会很麻烦。"

佟辛停下脚步，转过头很认真地看着他："是他自己说的。"

"嗯？"

"他问我是不是很厉害，"佟辛想了想，坦然从容，"我就是证明给他看，我是挺厉害的。"

霍礼鸣愣了愣，反应过来后，佟辛已经走进了小区大门。

几天后，霍礼鸣又印了一箱子寻人启事，和之前剩下的一起码到墙角。那儿还有半米高的存货，他刚想去倒杯水喝，手机响了，程序打来的。

程序的嗓子跟打鸣似的："小霍爷，两件事跟您汇报。第一，周嘉正的火锅店年后开业！"

一提起周嘉正，霍礼鸣就脑仁儿疼。

周嘉正是他上海的哥们儿，典型的钱多任性，跟霍礼鸣关系铁得很，一听他来清礼，立马就决定在这边搞投资，说死也要和小霍爷死在一块。

他直接忽略："第二件事。"

"下周我来清礼市看你！"

霍礼鸣嫌噪，手机拿远一点儿，等那边安静了，才挪回去："随你。"

"我不满意，你咋就这反应？"

"我对你要有什么反应？"霍礼鸣轻嗤，"别恶心我。"

"我也不敢让你有反应啊，我吃不消。"程序就是这贼痞的性子，大大咧咧，乍一看有勇无谋，他跟霍礼鸣认识快十年，交情没的说。

程序嬉笑："我下周五晚上到，要不要给你带几个姐？"

霍礼鸣冷冷地说："嗯，带你妈来吧。"

这就硌硬得慌，程序为难道："恐怕有点困难，我都不知道她坟在哪儿。"

不正经交流了三分钟，程序总算关心了哥们儿一回："你在那边还好吧？心情可还愉悦？身体是否健康？有没有感受到世界的真善美？"

霍礼鸣无语，但听到最后三个字，脑子里忽然蹦出那个怪力小萝莉。

"对了，我可给你提个醒，"程序是跳跃式思维，想一出是一出，只不过这一次，他语气是认真的，"付家那小子最近很嚣张，到处编排你，这就算了，他一张狗嘴吐不出象牙。不过你得注意点，这狗真可能到清礼找你麻烦。"

霍礼鸣火气陡升："他嫌活得不痛快就尽管来。"

程序叹气："总之，你最近多注意。"

敲门声响起，霍礼鸣也不想聊这糟心话题，转身就把电话掐了。

他打开门，戾气未散，阴鸷积在眉心，加之在家只穿了件白色短袖 T 恤，手臂上的文身一览无余，看起来非常修罗。

佟斯年愣了下，有那么半秒怀疑自己是不是敲错门了。

霍礼鸣一见是他，表情收了收："佟哥啊。"

佟斯年手里拎着车钥匙，车就停在路边没熄火，很着急的样子："不好意思啊，我是有个不情之请。我本来答应去给辛辛送伞的，这天马上会下雨。"

天际阴沉，云团厚重得快要砸到地上似的，是变天的前兆。

"爸妈都不在家，医院刚才来电话，有个危重病人得手术，"佟斯年为难道，"你能不能帮忙去给辛辛送下伞？"

霍礼鸣淡淡地问："哪个学校？哪个班？几点下课？"

"清礼一中，高二（1）班，五点半。"

"行。"

佟斯年如释重负："谢了啊。"

霍礼鸣看着手里那把草莓图案的小花伞，轻嗤，不太配，大力水手比较好。

五点刚过，雨就下起来了。

临近放学的自习课，又没老师在，教室里乱哄哄的，大部分人无心学习。

鞠年年在讨论选秀出道的男明星，偶尔犯花痴。

杨映盟喊了一声："就那种白斩鸡身材，有什么好喜欢的？"

鞠年年誓死捍卫偶像："你懂什么？那叫穿衣显瘦，脱衣有肉！"

"无脑滤镜。"

"死开！"

杨映盟是学校富二代里比较有名的一个，家世显赫的小少爷，性格自然傲气，他拿过海报伸到佟辛面前："那要佟辛说，就这，帅吗？"

鞠年年跳起来要打人："还我海报！"

杨映盟死皮赖脸地问佟辛："你喜不喜欢这款啊？喜不喜欢？不喜欢是吧？那你喜欢什么样的男生？"

杨映盟之心，全班皆知。隐隐的、暧昧的笑声刚传来，就听教室右边一声尖厉的叫声："你干吗又拿我东西啊！"

全班的注意力瞬间转移，几乎同时往那边看去。

第二组第四排，李芙蕖站起来，委屈地、大声地质问她的同桌薛小婉。

李芙蕖梳着公主头，良好的家世让她的漂亮多了一分高高在上的凌厉。

薛小婉脸通红，低着头，弓着背，一语不发。

"芙蕖，怎么啦？"与李芙蕖玩得好的两人走过来。

李芙蕖更委屈了，指着薛小婉说："你要用，跟我说一声就是了，我不会不给你的。可你三番五次这样，我、我……"

欲言又止，人见犹怜。话虽没说完，但意思已经很明确了。

同学小声议论："是说薛小婉偷东西？"

"天，不会吧！"

眼见形势控制不住，班长走过来主持正义，问李芙蕖："到底怎么回事？"

李芙蕖挤出两滴眼泪："她拿我的卫生棉！"

全班炸开锅了。男生哄堂大笑，女生惊愕地看向薛小婉。薛小婉仍是那个姿势，低着头，弓着背，桌上摊开一张写了一半的试卷，手搭在上面一动不动。

她像一块木头，以至于很小声的"我没有"都没被人听见。

同学们的反应让李芙蕖更有底气，索性哭得更厉害了，抽抽搭搭地控诉："这已经不是第一次了，我知道你条件困难，虽然我们是同桌，但你也不能这样啊。"

李芙蕖的朋友帮腔："就是，芙蕖没得罪你吧。"

"贵的买不起，七八块一包的也有啊。"

"连这都要拿。"

薛小婉咬着唇，试图抬起头来理论，可一听她们的话，像霜打的茄子一样。她一遍遍地说着"我没有"，但教室里的起哄声太大，盖过了她的声音，或者是根本没人去听她说话。

"我没有。"薛小婉嘴唇翕动。

教室里，嘲笑声、议论声、李芙蕖的哭声，交织在一起，成了一张浓密的网，比外头的阴沉天气还要令人窒息。

佟辛挺直背脊，写完试卷的最后一道题目，笔尖停在上面好久。

李芙蕖阴阳怪气地说："那就上报学校，反正你本来就想要退学的。"

一定是语气太讨厌，佟辛忍无可忍，倏地站起来。

她转过头，冷冷地盯着说话的人："她说她没有，你们没听见吗？"

清冷的一句话像开关，全班瞬间安静。完全不敢置信，佟辛竟然替薛小婉说话了！

李芙蕖面子挂不住，这会儿反应过来，肯定是不会服软的："她说的话也能信？"

"那凭什么你的话就能信？"佟辛反问。

全班同学瞪大眼睛，内心疯狂叫嚣：佟辛和李芙蕖正面刚！

这时候，赶过来送伞的霍礼鸣正好到了教室门外，他脚步一顿，眉头皱了皱，然后定在窗户斜后方，饶有兴致地看着佟辛。

李芙蕖大概也没想到这一出，一脸蒙地看着佟辛，没说一个字，眼泪倒是汹涌而出。

佟辛还是四平八稳的语气："你先别哭，外头走廊上的监控可以看到你们的座位。等查完监控，你再哭也来得及。"

李芙蕖气急败坏："你！"

佟辛直视她："我可以帮你去报告老师。"

一旁的鞠年年早就看不惯李芙蕖的娇小姐做派，附和道："就是，查监控，如果与事实不符，你就看着办吧。"

李芙蕖突然大声哭起来："她就是拿了，就是拿了！她这样的人，拿我东西很正常！你为什么要针对我？"

佟辛依旧平静："为什么？你心里没数吗？"

教室再一次寂静下来。

窗外的霍礼鸣，目光落在佟辛身上，不自觉地弯了弯嘴角。

"从老师第一天安排薛小婉当你同桌，你就对她各种嫌弃。拿你的优越感，当作衡量他人道德的标杆。"佟辛一字一字地说。

十几秒的安静后，教室里的同学忽然自发地响起雷鸣般的掌声，还有男生吹起长长的口哨。

李芙蕖羞愤难当，大概没料到场面会反转成这样，于是大声嚷嚷："和她同桌的不是你，你当然在这儿说风凉话！"

佟辛二话不说，合上试卷，然后直接将桌子搬到李芙蕖旁边，平静地说："换吧，我和她当同桌。"

这操作。

这操作!

全班再一次惊呆。

李芙蕖愣愣地望着佟辛,傻了一般。

座位就这么换过来,只是李芙蕖把桌子搬到佟辛原来的位置时,新同桌"无辜"地叹了一大口气,用大家都听得到的声音说:"我怎么这么倒霉!"

李芙蕖觉得羞辱,但她之前就是这样对薛小婉的,打落牙齿和血吞,只能干巴巴地受着。

闹剧平息,仍有人时不时地往后看。探究的目光如万箭穿心,扎在薛小婉身上。从头至尾,薛小婉始终不曾抬起头,直到一只干净白皙的手伸过来。

佟辛递过粉色包装的纸巾:"别哭。"

放学铃响。

鞠年年立马冲过来,一把抱住佟辛激动道:"辛辛威武霸气!"

杨映盟也围上来。几个人收拾书包,鞠年年挽着佟辛的手,叽叽喳喳地走出教室。

"李芙蕖这次踢到铁板,太解气……咦?"鞠年年忽然收声,眨巴眼睛看向走廊栏杆那儿。

霍礼鸣一八五的身高太惹眼,再配上他这张有点野的俊脸,存在感淡化了周遭一切。

佟辛看到他,也有点蒙。

霍礼鸣走近两步,把手里的伞递过来:"下雨了,你哥让我来送伞。"

佟辛慢半拍地接过,一时竟不知道该说什么。

霍礼鸣看她一眼就走了。

不知是否是错觉,佟辛总觉得,他转身的那一瞬好像在笑。

直到霍礼鸣的背影消失在楼梯口,佟辛才留意到他今天里面的那件打底衫是高领。

高领把他脖子上的文身遮得严严实实。他以前从来不穿高领,大冬天的,露出修长脖颈一点都不怕冷。佟辛恍然,是因为今天要来学校,怕吓着她同学吗？

鞠年年拽着她的手，激动地问："这是谁啊！也太有型了吧！是谁啊，辛辛？"

佟辛垂下双眸，忽然就不太想告诉任何人新邻居的信息了。

她淡淡地说道："没谁，就我哥的一个病人。"

"啊？"鞠年年纳闷，"你哥哥不是在 ICU 工作吗？他有很严重的病？"

"也还好吧，"佟辛语气四平八稳，"我哥给他做过手术，算是救命之恩。"

"什么手术？"

佟辛轻轻扯了下嘴角，说道："换了张脸，他以前太丑。"

"……"

"这是他手术后第一次出来见人。怎么样，勉强还能看吧？"

佟辛说事的时候，就是这样的表情，以至于鞠年年竟相信这是真实的。鞠年年刚想开口，头一转，吓了一跳。

霍礼鸣一只脚跨上楼梯，整个人立在那儿，表情极其复杂。

佟辛也没料到他还能杀个回马枪，毕竟自己背后说人坏话，心顿时虚了。

霍礼鸣静静地看着她，然后笑起来，扬起的嘴角像切慢的镜头，每一帧都是一种情绪变化，最后成了熟悉的那一种不正经，认可地说："是有救命之恩，我真想以身相许，但他家不要，同学，帮忙说点好话呗。"

鞠年年张大嘴巴："哇！"

佟辛无语片刻："你可入不了我家的眼。"

鞠年年又把张大的嘴巴捂紧。

霍礼鸣回过味，很轻地笑了下，然后把伞递给她："拿错了。"

刚才给她的是一把暗色格子伞，小草莓的那一把留在他手中。

换好后，霍礼鸣单手插兜，走了。

雨还在下。

鞠年年总觉得霍礼鸣有点眼熟，下了几阶楼梯后，好像突然想起什么："辛辛，这人跟你上次看到就流鼻血的那个杂志男模特是同一款啊。"

鞠年年还以为佟辛没想起来。

鞠年年兴奋地提醒："就是那个只穿了条内裤的，胸肌还挺……"

"闭嘴！"佟辛一把捂住她的嘴，一滴汗顺着背脊往下坠。

佟斯年晚上十一点才回来，做了一台车祸病人的手术，一站就是四五个小时。佟斯年累死了，靠着门板深呼吸。

佟辛站在卧室门口，开了一条门缝。

佟斯年皱了皱眉："还没睡啊？"

"作业多，我刚写完。"佟辛给他倒了杯温水。

佟斯年笑了下，又问道："隔壁小霍给你送伞了吗？"

佟辛点点头。

佟斯年说："上回他帮我们修车，我就说要请他吃饭的。下周日我轮休，要不就定在周日吧。"

佟辛没吭声，但下意识就蹦出一个念头——我要不要在周六把作业全部写完？

"去睡觉？"佟斯年温柔地提醒。

佟辛犹豫半晌，还是决定问个明白："哥，你知道巨浪会所吗？"

"怎么问这个？"

佟辛抿了抿唇："就……在那儿上班，工资是不是很高？"

安静两秒，佟斯年直接站起来，眉间带着薄薄怒意："辛辛，你怎么能因为北大难考就改变人生理想？不允许，不可以，想都不要想。"

佟辛一脸蒙，有口难辩。

接下来半小时，佟斯年给妹妹讲了八千字的正确价值观。

佟辛默默叹气，都怪新邻居，她替他背锅了。

佟斯年讲得口干，一口气喝完半杯水。

佟辛盯着他，道理她都懂，但……

"所以，哥，你这么了解那个会所，是因为经常光顾吗？"

佟斯年："……"

每周四下午，清礼一中高二年级都会多半小时实践课。佟辛又被老师叫去誊试卷分数，放学时，天色暗得只剩一层淡淡光亮。

常坐的那趟公交车久等不来，佟辛就坐了另一趟，只不过下车后得多走几百米。下车后，佟辛路过一个煎饼摊，想着抄近路，就绕着去了小道。走到一半却发现这边在重建施工，立了一块前方禁止通行的警示牌。

佟辛只能往回走，可一转身，听见一声很清晰的异响。仔细分辨一番，佟辛已隐约猜到可能是哪个学校的中二学生在打架。这附近的学校多，其中不乏好学校，但中间鱼龙混杂，不读书的、混日子的也有。

不说多的，上学期她就撞见过两三次。

她本该和以往一样，不闻不问地走掉。但忽然一道熟悉的声音入耳：

"一个个来还是一起上啊？"

之所以说熟悉，倒不是这声音有多惊为天人，而是因为尾音，佟辛一直觉得霍礼鸣说话的时候有一股浑然天成的散漫野性。

佟辛循着声音往右边围墙方向看。

霍礼鸣绕远路去买了包烟，清礼市这块儿他还不太熟，回来就走岔了路。实际上，他从昨天起就隐约发现了不对劲。

十五分钟前，他在这条闹中取静的巷子里停住脚步，望着三米远处堵着他的人不屑一笑。他早料到付光明不会放过他。

在上海的时候，两人便水火不容，付光明就是一傻富二代，霍礼鸣也是刺头，人生就没"忍"这个字，对视一眼都能火花闪电地干个架。后来霍礼鸣被唐其琛送出上海，付光明简直得意，在上海将他说得一无是处。

梁子结得深，付光明找了清礼市的三个混混把他堵在了这儿。前边两个，后边还有一个——身板壮实，满目贼光，一看就是货真价实的练家子。

这一架正反逃不过，霍礼鸣慢条斯理地脱去外套，单手拎着往地上一丢，是一种极度轻蔑的挑衅。

三人谈不上礼让，凶狠地一起动手。

霍礼鸣动作凌厉，且不留一丝余地。

这一幕猝不及防，佟辛没踩稳垃圾桶，差点儿从墙上摔下去。

她捂住嘴，心脏狂跳。

霍礼鸣的身手绝不是等闲之辈，对方也显然有备而来。

尘土飞扬，每一声都伴着骇人的皮肉响。

佟辛呆了。

这不是她认知范围内的世界。

霍礼鸣以一敌三，叫嚷声，痛呼声，响成一片。

佟辛亲眼见到了什么叫以少胜多。

男人干架时的凶狠，以及行云流水的招式，让她某一瞬间宛如魔怔，竟然觉得这个场景是一幅生动的画，画里的人太带感。

佟辛趴在墙上正出神。

"嘿！"霍礼鸣突然冒出来的一个单音节，短暂脱离了冷情，甚至还有一分放松。

佟辛回过神，发现他正望着自己，漆黑的双眸被煞气晕染，显得越发明亮。他抬起手，抹了把脸，挑着眉梢，望向她隐隐噙笑："不是怕我吗？今天不躲了？"

对视这一眼，佟辛心脏狂跳。

而下一秒，她视线全黑。

霍礼鸣怕那三个人看清她的长相，伸脚挑起地上的衣服，再用力一甩，精准地抛盖住佟辛的脑袋。

因为这一分心，让对手有了可乘之机。霍礼鸣的肩胛骨被扭住往死里掐。他闷声冷哼，额头冒出豆大汗水，但仍不忘冲墙上厉声喊："回家去！"

佟辛从垃圾桶上半跳半摔地下去了。

霍礼鸣再一瞥，人已不见，一颗心总算落了地。

身上负伤，他依旧站得笔直，脸上有青紫血痕，只添修罗戾气。像是彻底没有了顾虑，他舌尖抵了抵腮帮。

就在这时，一声响亮的大叫："住手！"

霍礼鸣不可置信，转过头。

墙头上，佟辛趴在那儿，可以说是摆出了她这一辈子最凶的表情。

"离这里两百米就是派出所，我哥是警察！不信你们就等着，还有三分钟，警察马上到！"佟辛不卑不亢，而恰好远处隐约传来警车鸣笛声。

这一串连贯的动静，在气势上很能压人。加之那三个混混心里很有谱，再这么刚下去，未必是霍礼鸣的对手。

他们后退几步，一瘸一拐地跑了。警车鸣笛还在响，在这骤然安静下来的气氛里，愈显诡秘。

霍礼鸣慢慢弯下腰，双手撑着膝盖，胸口剧烈起伏。数秒后，他望向墙上的佟辛，语气跟薄刃一般："我让你走为什么不走，想死是吗？"

佟辛没吱声，费劲地从墙上想下去。她已经爬过两遭了，再加上这场面一点也不真善美，所以腿软得跟面条似的，根本站不太稳。

她踩空，滑坐在地上。

霍礼鸣下意识地向前一步，但人已经拍拍屁股又站了起来。

佟辛嘟囔一声，白色羽绒服脏了一大块。她把脚边的手机捡起来，播放器里循环的是警车鸣笛的背景音乐。

霍礼鸣松眉，手往后撑着地，蹲坐在地上似笑非笑地望着她："还挺聪明啊。"

佟辛的手仍在发抖，闻言狠狠瞪他一眼。

霍礼鸣笑意更深，扯着伤口，又立刻龇牙皱眉。佟辛惊惧犹存，站了一会儿，默默转身跑了。

白色背影像一团移动的云，转眼不见。

霍礼鸣轻笑一声，吓着乖女孩了。

天色又深了一点，穿堂风涌入巷子，卷走了厮打后的血腥味。霍礼鸣忍了忍疼痛，刚准备起身，熟悉的白色身影，又跑了回来。

只不过这一次，佟辛拎了一大包药。跑得太急，她还在喘气，蹲在霍礼鸣跟前，两下把塑料袋扯开。

碘酒、棉签、云南白药……霍礼鸣愣了愣。

佟辛把他这表情理解成怕疼，于是没好气地说："疼死活该。"

伤大部分在左手臂，佟辛不敢动，举着药瓶无措。

"没事儿，骨裂而已。"霍礼鸣从她手里把药接过，自己熟练地上药。

佟辛震惊得话都说不利索："骨、骨裂而已？"

霍礼鸣被她表情逗着了："第一次看人打架？"

佟辛睨他："你还觉得很光荣啊？"

霍礼鸣点头："我以一敌三，赢了。"

佟辛的思绪飘到了远方，盯了他好久。

发现她眼神很专注，霍礼鸣心里微微发虚："干吗？"

佟辛说："你身体真好，难怪可以全款买房。"

"什么意思？"

既然聊到这个话题，或者说，佟辛早就想跟他聊一聊了。她抬起头，目光升温，语重心长道："虽然任何职业都应得到尊重，但你年纪轻轻的，总得想长远些。

"你打架很厉害，但人会老，同理，等你年华耗尽，身体不太行的时候，又该怎么办？"

霍礼鸣彻底糊涂了。

佟辛觉得话说到这份儿上，已经很露骨了，她的脸开始发烫，但还是有始有终地说完："希望你不要再去那种地方上班了。因为巨浪终会回归宁静，而你也吃不了一辈子的青春饭。"

巨浪？

霍礼鸣皱了皱眉，明白过来："你以为我在那儿上班？"

佟辛心想，是不是刚才话说太重了，伤着他自尊心了？于是，她放缓语气道："没关系，知错能改就好，我不会看不起你的。"

怕他尴尬，佟辛站起身，想让他一个人静静。要走的时候，他忽然出声："等等。"

他从地上爬起，往佟辛手心塞了一些钱："谢了，帮我买药。"

佟辛下意识地想还回去。

霍礼鸣只用一根食指，隔着她厚厚的棉衣衣袖，就这么轻易地制止了她的动作。

佟辛看着他，眼神澄澈无言。

霍礼鸣表情认真，低声说："拿好，这是我卖肾换来的辛苦钱。"他还故意扶了扶腰，"可把我累坏了。"

"……"

临走时，佟辛一脸嫌弃的表情和仿佛被硫酸泼到手的反应，让霍礼鸣费解了三天都没想明白，这邻居究竟是怎样产生这种误会的。

他晚上对着镜子照了又照，看着镜子里的自己匪夷所思，到底是什么让她误会了？

霍礼鸣几天都没出门，那一架弄得脸上有条很明显的瘀青。

程序在周四给他打来电话："我周五下午的高铁，来接驾吧，小霍爷？"

"不来。"

"要不要拒绝得这么干脆，还能继续我和你之间的兄弟情吗？"

霍礼鸣开了免提，正在给自己换药。左胳膊裂得有点狠，还要养几天。他不隐瞒，说道："付光明那小子玩阴的，找人堵了我。"

程序大骇："受伤了？"

"胳膊和脸。"

那头一声暴吼："他手脚够快的啊，知道你在清礼无依无靠，专挑这时候下手。"

霍礼鸣绑绷带，没搭话。

程序又问："要不我先不来了吧？"

"没事，来。"

"可你不是受伤了嘛，胳膊不方便。"

"胳膊方便，脸不太方便。"

"啊？"

霍礼鸣抬起头，对着前边的镜子偏了偏脸："没那么帅了。"

程序："？"

霍礼鸣低头咬着绷带，与另一只手配合着打了个结。

这时，响起敲门声。

"等会儿说。"霍礼鸣挂了电话，去开门。

门口，佟斯年见着他，愣了愣，温和的笑意一瞬即收，职业性地皱眉："怎么受的伤？"

霍礼鸣把胳膊往身后藏了藏："佟医生，有事？"

他这反应是委婉地拒绝任何窥探和关心。

佟斯年沉默了两秒，知趣地不再探究，又换上方才的笑容："明天有没有时间？我请你吃晚饭。"

霍礼鸣说："没必要，修车什么的，都是举手之劳。"

"这样啊。"佟斯年语气微敛，立在原地若有所思。

佟斯年一米八多，戴一副无框金属眼镜，典型的温润如玉型男人，一双桃花眼不显多情，只布满温情。

霍礼鸣发现佟家兄妹的眼睛长得一模一样。佟医生些许怅然的模样，让他莫名升起两分愧疚，尤其自己刚才的语气还不太好。霍礼鸣缓了缓语气，解释道："明天我有朋友过来。"

佟斯年笑了下："那好吧。"

霍礼鸣以为到这告一段落，便礼貌地点了下头。

"一块儿来，更热闹。"佟斯年说。

霍礼鸣看人很准，知道哪怕自己拒绝，佟斯年还会有一万个办法等着。再者，他知道佟医生人不差。

且又一次发现，佟家兄妹同样不按常理出牌。

吃饭的地方是佟斯年订的。周五，程序直接从高铁站打车过来，霍礼鸣到得早，吊儿郎当地坐在椅子上玩手机。

程序欠揍地撩他下巴："我瞧瞧，哎哟！这颜值，跟程国华一个级别了。"

程国华是程序他爸，老来得子，今年六十有八。

霍礼鸣甩开程序的手："找死。"

程序本还担心，见到霍礼鸣囫囵完整便放了心。他和霍礼鸣并肩坐下，递过一根烟。

霍礼鸣没接烟，也没说话。

程序自己点燃抽起来，斜睨他一眼，调侃道："我大老远来看你，你能不能热情点儿？"

霍礼鸣轻哼，转过头："热情不了，心冷。"然后，眼神又勾出几分不正经，语气也变得耐人寻味，"晚上工作好辛苦的，都被榨干了。"

"浪不死你！"

霍礼鸣终于笑了，勾着程序的肩拍了拍："行了，等会儿还有个朋友一起吃饭。"

程序笑嘻嘻地问："能喝酒吗？"

"喝吧，"霍礼鸣想到佟斯年经常临时加班，又补充，"别上白的，啤酒就行。"

话刚落音，门口传来佟斯年的声音："抱歉啊礼鸣，我来晚了。"

霍礼鸣先是被这声比"小霍"更显善意的"礼鸣"热了耳朵，他转过头，又被佟斯年身后的那个小人惊得眼皮一跳。

佟辛背着书包，她今天穿了冬款校服，深蓝色，很普通的款式，宽宽大大的，把脸衬得似乎还没他半只巴掌大。

"我爸妈今天都加班，家里没人，我接辛辛一块吃点。"佟斯年天生和气，笑着主动朝程序伸出手，"你好，我是佟斯年。"

程序叼着烟，还没从"这医生好帅"的感慨里回过神，受宠若惊地说："你好你好。"

佟辛故意躲在佟斯年身后，只微微探头，恰好与霍礼鸣的目光撞了个正着。她周身还带着室外的冷意，眼睛更显清亮。

对视两秒，霍礼鸣下意识地转开头，压低声音对程序说："任何酒都别上了。"

程序点点头："好，就我喝。"

"你也别喝，"霍礼鸣大概是良心发现，"实在想喝，就喝奶。"

程序震惊："你有病？"

"没见着有未成年人？"霍礼鸣睨他一眼，又顺手把他嘴里叼着的烟给摘了下来。

程序内心是复杂的，但菜一上桌，他就被美味勾了魂。

见服务员端上来几瓶旺仔，佟斯年咦了一声："不喝酒？"

程序还没说话呢，桌下的脚就挨了霍礼鸣一踹，他立刻龇牙摇头："我爱喝奶，我还想长个儿。"

佟斯年笑了笑："好，喝奶。"

程序这人藏不住话，问道："佟医生，你真是医生啊？我看你长得有明星那味儿。"

"什么味？"

"星味儿。"

佟斯年还是笑，微微偏头，作势嗅了嗅自己的衣袖："还好吧，不腥啊。"

程序笑点比较低，张嘴哈哈大笑，半尴尬的气氛被佟斯年悄然化解。

"你们都是上海人？"佟斯年边问边给佟辛夹菜。

"我是，他不是，"程序大大咧咧道，"他江苏的，不过在上海生活了十来年。"

"礼鸣上海有亲戚？"

程序关键时候封住嘴，看了一眼霍礼鸣。

霍礼鸣背靠椅背，左手臂往后搭着椅背沿，自始至终都是随意的。

他小声说："嗯，有个哥哥。"

一旁的佟辛默默扒拉饭粒，只是在霍礼鸣开口时，她的动作越来越慢。

"那怎么想着来清礼发展了？"佟斯年顺着话题闲聊。

程序挤眉弄眼，声音特大："他啊，在上海欠了不少情债。"

佟辛的筷子停在饭粒上，然后抬起头，眼神不偏不倚地落向霍礼鸣，带着点质疑、挑衅、看戏的意味，最后汇成一种意思——你好没职业道德啊。

霍礼鸣无语，冲程序不轻不重地喊了声："喂。"

程序笑嘻嘻地说："瞧见没，戳他痛处了。"

佟辛默默低头，继续吃饭。

服务生端来特色菜，这家店的香辣口味虾做得一绝。

佟斯年蛮客气地指了指："来，尝尝招牌菜。"

很快，人手一只肥美小龙虾，汤汁香浓。

"佟医生，你们当医生的是不是都特注意保养？什么保温杯里泡枸杞之类的。"程序辣得嘴都红了。

佟斯年拿纸巾擦了擦手："过犹不及，天天泡枸杞肯定上火。但平时注意点饮食总没错。比如，你看这个虾啊。"

他夹起刚上桌的香辣口味虾，悬空展示。

佟斯年漂亮修长的手指一点点往下挪，说道："它的头部是寄生虫的温床。饲养地一般潮湿，这里面应该有上百种寄生虫产卵。"

程序："？"

霍礼鸣慢下了剥虾的动作。

"这是它的肠子，直通大脑。"说到这里，佟斯年温和一笑，"我昨天接了一个病人，自己不注意，小肠露了一半到体外。差不多就是你们吃虾，虾线抽到一半的这个状态。"

霍礼鸣垂眸，若有所思地看着手中剥了一半的小龙虾，然后放下了仿佛被命运遏制住的手。

程序听得愣住，很欠地问了句："然后呢？"

佟斯年平静道："做个小手术，塞回去就好。"他对霍礼鸣抬了抬下巴，"但你手上的小龙虾，它的肠子是塞不回去了。所以，吃吧，趁热。"

佟斯年语气虽温和，但已足够留下画面感，仿佛让他们趁热吃的不是小龙虾，而是一脑袋屎。就连程序这种吃货都一言难尽地放下了筷子，端起了桌上的牛奶喝，但一口吸得太用劲，空气流窜的声音很突兀。

"你喝我这瓶，新的。"佟辛把自己的推给他。

程序直肠子，一把接过刚要说谢。佟辛轻声道："多喝点，不仅能长高，你的血也会变成稀有的少女粉，再撒点金片，你就变得会发光，然后就更值钱了。"

程序："？"

偏偏佟辛目光无辜友善，霍礼鸣撇过头，嘴角微微弯了弯。

佟斯年也笑起来，亲自给程序夹了一只最大的小龙虾："抱歉啊，我妹妹不懂事儿。"

"喝吧。"霍礼鸣把自己的旺仔塞给程序，附赠一个你好蠢的眼神，"她给你的，你还真敢喝？也不看看，这桌上谁才是真正要长个儿的人。"

方才还狡黠机灵的佟辛顿时抬起头，无语地看向他。

霍礼鸣云淡风轻地接收她目光，淡淡笑意里是些许玩味。

佟斯年轻呵："一物降一物了。"

佟辛："……"

谁要被他降！

莫名的情绪堵在胸口，说不上高兴或不高兴。但在霍礼鸣看来，佟辛好像不高兴的成分比较多。

服务生端上最后一道菜，是酱血鸭，把菜放下的时候，顺手转了下餐桌圆盘。

佟斯年对佟辛说："你不是一直念叨要吃这菜？多吃点。"

声音很小，也没什么特意的。但霍礼鸣忽然伸出食指，悄然定住了旋转的餐盘，那道酱血鸭恰好停在了佟辛面前。

佟辛还沉浸在莫名的情绪波动里，茫然地伸筷子去夹。但夹了几下，鸭肉块都没夹上来。她这才回了神，觉得这样不太好，便用了点力气。

夹是夹上来了，但……佟辛无语地看着这只肥美的鸭屁股。

她从来不吃鸭屁股，又不可能放回碗里，丢掉好像也不合适。正忧愁犯难，面前多了一只碗。

霍礼鸣就坐她旁边，伸碗过去后，很快地往上抬了抬，正好碰了下她的筷子。那只鸭屁股就这么不经意地掉进他碗里。

佟辛怔怔地看着他。

"谢谢啊，"霍礼鸣一本正经，压了压声音，"知道我要补什么。"然后转过头，对佟斯年笑了笑，"佟医生，你这妹妹好贴心。"

一旁的程序看得目瞪口呆，他这哥们儿没事吧？

下一秒，程序默默坐远些，不要出现人传人现象才好。

心里像有一根小引线燃了点火苗星子，又被悄悄扑灭。直到饭吃完，佟辛都是安静少话的。佟斯年和霍礼鸣他们聊天话越来越多，什么都能扯上几句。那是一种属于成年人的宽阔眼界。

发现他们回家的时候同路，程序才惊觉："他们跟你是邻居啊？"

霍礼鸣拿钥匙开门，应了声。

程序还意犹未尽地探头去瞅佟家兄妹的背影："长得真像。哎，他妹妹有意思啊。她说血会变奶白色的时候，我都蒙了。她上高二？我怎么觉得跟大二似的。她也不用长高了吧，至少一米六五了，腿跟佟医生一样，好长好直。"

"知道了。"霍礼鸣打断。

"知道什么？"

"你不就是说她显老。"霍礼鸣突然提高声音。

"哎哟!你小点声儿!我不是这意思!"程序去捂他的嘴。

霍礼鸣偏头躲开,然后拎着程序的衣领就往门里丢:"你这双眼睛还瞎往哪儿看?嗯?"

程序喊了声:"我看她怎么了?"

霍礼鸣淡淡地说:"看了也没用。"

程序风中凌乱了,乱得他一时忘记了自己的初衷。

来都来了,程序决定待十天再回上海。乍一听他要待这么久,霍礼鸣无语之中透着显而易见的嫌弃:"票我给你买,早点走行吗?"

程序挤眉弄眼:"那怎么行,我得给你过生日啊。"

霍礼鸣的生日是在下周四,但他对这种日子没有特殊的情感。

程序看着挺爷们儿的一个人,但年年都会给霍礼鸣买蛋糕,简直就是猛男少女心。

程序就这么暂住在霍礼鸣家,他天生爱社交,不出一天,就和小区里的大叔大妈熟络起来。

"原来佟医生的爸爸是教授,他妈也是医生,全家都是知识分子啊。

"你知道佟医生有多牛吗?北大的医学博士,小学连跳两级,就是天才少年啊!

"还有他妹妹,重点高中的尖子生,名校预定就对了。"

程序激动地说了二十分钟,最后一声叹气:"我也好想当个文化人啊。"

霍礼鸣睨他一眼,弹了弹指间的烟灰:"我看你当妇联主任比较好。哪这么多话?是个人你都能聊。"

"总比你好,搬来一个月了吧,酱油上哪儿买知道吗?"程序不客气地呛回去,然后又笑眯眯道,"我们弄顿火锅,你去请佟医生来吃饭怎么样?"

霍礼鸣手里的烟一顿,皱了皱眉:"我说过,少打他们主意。"

"你想哪里去了,我就是想跟文化人多交流。"

霍礼鸣半晌没说话,抽完半根烟,然后摁灭:"他们跟我们不是一路人。"

周一下午,月考成绩公布。

鞠年年高兴地去找佟辛："辛辛，我数学及格啦！"

佟辛拿过她的卷子看了看："这种题型你之前做过的，为什么会做错？还有这一道，死记硬背的公式你都不知道？"

鞠年年被泼冷水，立刻安静地装死。

毫无意外，佟辛发挥稳定，继续保持年级前三。

教室里格外热闹，都在讨论成绩。

佟辛看了一眼薛小婉。她把试卷盖住，低着头，微微驼背，这好像是她一贯的姿势。两人当了这么久同桌，但交流很少，说话都不超过十句。其实佟辛还是瞥见了她的数学试卷分数。

"咱们班最低分多少啊？"有人问。

安静下来，谁都没出声。

就在这时，李芙蕖扬着笑脸，清脆地问道："薛小婉，你上次数学 45 分，这次多少？进步了没有？"

所有人的目光齐刷刷地落到薛小婉身上。

她的头更低了，脖子也缩了缩。这微小动作被佟辛看得一清二楚。

"我刚路过办公室，听见老师说了，最低分 30 分，拖全班后腿了。"和李芙蕖玩得好的女生故意说。

同学们发出一阵若有似无的嘘声。

李芙蕖仰着下巴，表情微微得意。

佟辛说："把试卷拿出来。"

听到这句话时，薛小婉抖了抖，不可置信。

佟辛的声音很轻："哪里不会的，我教你。"

她身上有一股柔静的力量，任凭别人目光如何异样，仍能镇定地圈出一小块地盘，只执着于自己的事，刀枪不入。

在佟辛耐心的语气里，薛小婉的眼泪落湿试卷。

佟辛顿了顿，说道："多大点事，别哭。"

就这样，她教了薛小婉一周数学。虽然还没迎来考试，但薛小婉发现老师布置的作业，自己已能解出大部分了。

周四放学，猝不及防地迎来一阵瓢泼大雨。佟辛刚收拾好书包，有些无语，她没有带伞。

薛小婉碰了碰她的手："我有伞，你拿去吧。"

"你也要打伞。"佟辛没接受。

僵持了一小会儿，薛小婉带着些许怯懦小声问："那要不我们一起走？"

佟辛欣然同意："好啊。"

薛小婉眼眶发热，这是第一次有人愿意跟她一起放学同行。佟辛高她许多，撑着伞，大雨中，从背后看，伞微微向她那边倾斜。

薛小婉的家离学校也有四五站路，但她没钱坐公交车，从来都是走路。佟辛也不多说，陪她走回家。

金水巷是清礼市出了名的脏乱差，虽然听说过，但佟辛亲眼看到薛小婉这一贫如洗的家时，内心还是震惊的。

薛小婉局促不安，习惯性地低着头，尴尬得红了耳朵。佟辛深呼吸，对她笑了笑："那就借你的伞用了，明天我再给你带去学校。明天见。"

佟辛刚说完，就听见一个尾音拖得长长的、流里流气的声音："哟嘿？"

薛小婉脸色一下变差，眼神也变得怯懦惊惧。她哥回来了，二流子一个，嚼着槟榔，站在佟辛身后。

佟辛转身，被男人泛黄的牙齿吓着了，猛地后退一大步。

薛小婉哥哥的三角眼将佟辛从头到脚扫了一遍，眼神让人不适，笑眯眯地问："这是你朋友啊？"

薛小婉一把将佟辛拦在身后："不是朋友，同学而已。"

佟辛没说什么，拿着伞就走，走了几步又回头看了看。那男的表情凶狠，正冲薛小婉骂骂咧咧的。

佟辛心事重重，快要出巷子的时候，听见有人叫她："小美女。"

薛小婉的哥哥笑呵呵地追过来。

佟辛下意识地站远了些，目光警惕。

"那个，我手机没电了，你有手机吧？借我用一下呗，我叫个外卖给我妹妹吃。"他看起来贼眉鼠眼的。

佟辛本还犹豫，可一听是给薛小婉叫外卖，便还是将手机递过去。接手机时，那男人的手从她手背上滑了一把，笑眯眯的。

佟辛触电一般飞快收回，心里极不舒服。

"谢了啊，小美女。"

佟辛拿过手机，转身跑出了巷子。她的心狂跳，刚被那男人"无意"摸过的手也跟沸水浇泼似的。

本以为这只是一个插曲，两天后，开始有一些归属地未知的号码打佟辛的电话："这个月还钱。"

佟辛莫名其妙："你打错了。"

挂断后，一个新号又打来："挂什么电话呢！"

"我不认识你。"

"你是不是叫佟辛？清礼一中高二？薛明你认识吧？他借了我们十万块钱，紧急联系人填的是你。"

佟辛蒙了。

"死三八你再挂电话试？你在哪个班、你家地址，我们查得一清二楚。"

佟辛的背直冒冷汗，仍强迫自己冷静下来："欠钱的不是我，你们这是犯法的。"

"谁让姓薛的填的是你号码，他躲着不见人，那就你还！"

佟辛二话不说就把电话挂了，心彻底凉下来。

而薛小婉从那天起，就没再来上学，班主任说她请假了。

那些骚扰电话不停地往佟辛这儿打，佟辛拉黑一个，立刻又有新的号码跟上，并且源源不断地发送威胁短信轰炸，最可怕的，这些人能把佟辛的情况说得一清二楚，话里话外全是伴随真实信息的恐吓。

佟辛把手机关机，心理阴影依旧挥之不去。

她开始变得沉默、多疑，有时候鞠年年找她说话，她都半天没反应。上下学途中，碰到那种打扮稍微新潮点的男性，她都如临大敌，心脏狂跳。

这天放学，佟辛下公交车，正好有两个二十出头的青年站在站牌边上抽烟。佟辛看向他们时，他们也正看着她。

佟辛捏紧拳头，顿时头皮发麻。她低下头，加快脚步往前走。她侧头瞥了眼，呼吸一滞，那两人竟然也跟过来了！

佟辛越走越快，他们似乎也加快了脚步。

今天放学有点晚，天色阴沉，路上没几个人。佟辛整个人都是紧绷的，她开始小跑，恐惧跟黑云似的罩住头顶。

佟辛拿出百米冲刺的速度，不顾一切地狂奔，身后的俩青年竟然也跟着跑。佟辛捂住嘴，心里惧怕。因为跑得太快来不及刹住，转弯的时候，她直接撞进一个坚硬的怀抱。

霍礼鸣吓一大跳，看清人后，急脾气瞬间退潮，甚至有心情调侃两句："干吗啊这是，人体炸弹同归于尽啊？"

佟辛抬着头，望向他。

霍礼鸣微微皱眉，看出她的不对劲："怎么了？"

佟辛急促道："有人在跟踪我！"

话落音，那两个青年有说有笑地从路口走过，走了几步，又笑呵呵地互相追逐。霍礼鸣有点没搞清楚状况，把头转回来看着佟辛。

不是追她的，不是要债的。佟辛失魂落魄，大汗淋漓，这么冷的天，她像从水里捞上来似的。

她神思游离不在状态，直到闻见霍礼鸣身上淡淡的洗衣皂香，悲伤委屈的情绪瞬间决堤，眼泪夺眶而出。

佟辛在霍礼鸣面前崩溃大哭，哭得上气不接下气。

霍礼鸣没有问原因，沉默了几秒，淡淡地说："被欺负了是不是？"

穿堂风在路口穿梭了数个来回，带走所剩不多的光亮，天色越发阴暗。

佟辛把这几天的经历讲了一遍。

四五分钟后，霍礼鸣说："手机给我。"

佟辛的手机这两天一直关着，开机后，无数条短信不停地振动，霍礼鸣扫了几条，眉头又皱了皱。

短信还没弹完，电话就进来了。未知归属地的号码，拉黑名单都没用。佟辛眼皮跳了跳，露出不知所措的怯意。

霍礼鸣按下接听。

对方声音十分暴躁："敢不接电话是吧！我马上来学校找你！"

霍礼鸣表情平静，大概是嫌脏了耳朵，挂断，关机。

"那人叫什么名字？"

佟辛回忆了一下，说道："不知道，但他妹妹是我同学，叫薛小婉。"

霍礼鸣点了下头，然后踱步到一旁打了个电话。佟辛真是落下心理阴影了，他一走远了些，她心里就空了，然后本能地走近他，像是寻求保护。

电话打完，到电话回过来，不超过五分钟。霍礼鸣看了眼微信上的地址，说："人找到了。"

佟辛愣了愣，那帮要债的都找不到的人，他这么快就能找到，除了神通广大，她再也想不出别的词来形容。

她在原地犹豫。

霍礼鸣回头看她一眼，平静地说："没事，跟着我，别人欺负不了你。"

佟辛身上像绑了两斤棉花糖，有点儿软。等她再回过神时，不知是巧合还是方才太紧张而忽略，路口天边，一颗不甚明亮的星星若隐若现。

而霍礼鸣，长腿阔步地朝着那颗星星走去。

薛小婉的哥哥在一个酒吧里蹦迪。

霍礼鸣找着人，拍了拍他肩膀，拎着衣领把人给提了出来。

渣哥喝多了，迷幻不醒："你、你谁啊你？"

霍礼鸣按住他的肩，看着动作不大，但手臂发力，直接把人给按蹲在了地上。这股劲道让渣哥的酒醒了一半，也看清了三米远处站着的佟辛。

"哦，是你啊小美女。"渣哥嘿嘿笑。

霍礼鸣身体一偏，把他的视线堵得严严实实，然后弯腰，拍了拍他的脸，一下一下地，问道："是男人吗？"

隔得太远，佟辛听不清他们说什么。霍礼鸣这个姿势维持了两分钟，两分钟后，渣哥的脸色骇然一变。

该说的说完了，霍礼鸣直起身，朝佟辛走来。

"没事了，回家吧。"他微微低头，对佟辛说。

佟辛脚底生了根一般，突然不想走了。

"嗯？"霍礼鸣皱眉。

佟辛抿了抿唇，握紧右手，指甲刮着手心。她小声地说了一句话，恰好马路上有车鸣笛，霍礼鸣没听清，于是侧了侧脸，耳朵离她近了些："什么？"

"他那天在巷子里摸了我的手。"

霍礼鸣一顿，意识到这代表什么后，脸色骤然一变，然后对佟辛说："转过身。"

"啊？"

不再重复，霍礼鸣推了推她的肩膀，把人给转了个方向。

"不许回头。"他声音很低，语速很慢，但有一种不容置疑的魄力。

几秒后，佟辛只听见身后传来惨叫。

霍礼鸣蹲在地上，狠狠抽了那男人两耳光，然后飞起一脚："给爷死！"

从发生到解决，过程不超过一小时。回程，佟辛坐在出租车里还有点轻飘飘的不真实感。

霍礼鸣上车的时候，就叮嘱司机开快一点。

佟辛低着脑袋，闻言抬起头："晚上我家没人。"

司机瞥了眼后视镜，霍礼鸣也吊着眼梢，斜睨她一眼。

佟辛后知后觉，这话的确有些怪怪的，遂又解释："我爸、我妈、我哥晚上都加班的。"

司机师傅咳了两声："小姑娘，还是早点回家的好，外面坏人很多的。"

霍礼鸣眼皮微跳，有被洞穿心思的感觉。

车停在小区大门口，车里开了空调不觉得冷，一下车，迎面一阵寒风把佟辛给吹蒙了。霍礼鸣看她冷得哆嗦，便停下脚步，然后往右挪了挪，将人遮了个严实。

佟辛下意识地站定。

霍礼鸣索性转过身，与她面对面。两人有身高差，所以他低了低头，早就看穿佟辛的心思，问道："不想我告诉你家里？"

佟辛沉默地点点头。

"原因。"

"怕麻烦。"

star

霍礼鸣给听笑了："路见不平一声吼的那些事，忘了？"

佟辛抬头看他一眼："我是有分寸的，之所以敢吼，是因为你在啊。"

"我在？"

"这不是，有帮手嘛。"佟辛小声说道。

霍礼鸣："……"

佟辛不知道他什么态度，再次央求："你能不告诉我家里人吗？"

霍礼鸣没说话，安静中，风呼呼吹在耳边，吹得她一颗心忐忑不安。

"好。"霍礼鸣答应。

佟辛如蒙大赦，笑脸跟着扬起来，明晃晃的，像极了他初来清礼时看到的第一场雪。

霍礼鸣也弯了弯唇。佟辛眼神变得温和了些，自动将他划分到能共同守住秘密的人里。

当然，霍礼鸣还是有自己的考量。他在确保佟辛不会再有事的前提下，确实不想节外生枝。万一闹大，别人还会议论他和佟辛什么关系。

姓薛的是个人渣，但他这模样看起来也不像个好人。这小姑娘的人生一帆风顺，霍礼鸣实在不想做那根绊脚的海草。

所以霍礼鸣想，过几天找个机会再跟佟医生说一下。

本以为这事翻了篇，但两天后，佟辛家人还是知道了。

请假的薛小婉突然来上学，并且主动跟班主任坦白了这件事。

班主任一口水差点儿喷出来："啊？"

薛小婉声音苍白麻木："我已经报警了。"

班主任立刻给佟辛家里打了电话。

佟斯年请假，直接从医院赶到了派出所，陪佟辛做完笔录，并且了解了事情始末后，晚上才到家。

辛滟是真担心后怕，忍不住说了佟辛几句重话。

佟承望护着女儿："行了行了，少说两句，错的不是辛辛。"

辛滟心疼地问："你确定没有受伤吧？一定要跟妈妈说。"

佟斯年拦在佟辛身前："没事的。"

老盯星星好不好

辛滟叹气，又说："多亏了小霍。这样吧，晚上请他来家里吃饭，当面谢谢人家。"

一听，佟辛抬起手，默默地挠了挠鼻尖。

"你去吃饭为啥不带我？"程序一听是去佟斯年家吃饭，就差没撒泼打滚。

霍礼鸣无语，皱了皱眉："人家就邀请我，没请你。"

程序说："是人吗你？亏我大早上的还去给你订蛋糕，都不想祝你生日快乐了。"

其实霍礼鸣本来是拒绝的，但佟承望亲自上门来邀请，总不好拂长辈的意。霍礼鸣整理了一下衣领，然后拍了下程序的后脑勺："行了，我吃个饭就回来，蜡烛等我吹。"

程序没搭理。

霍礼鸣对着镜子看了又看："我穿这个外套是不是有点凶？要不要换一件？"

程序："嗯？"

"换一件吧。"霍礼鸣自言自语，选中一件中规中矩的黑色外套，这才满意，"走了。"

程序神色莫测，一直盯着他："我知道了。"

"知道什么？"

"你对佟家有一些特别的想法。"

霍礼鸣懒懒地睨程序一眼："知道就好。"

"嗯？"

"所以，别再跟我抢人了。"

霍礼鸣在佟辛家门口站了会儿，离约定时间还有五分钟时他才敲门。

"来了，来了。"佟承望来开的门，他系着围裙，手里还举着蒜苗，笑呵呵的，没任何架子，"欢迎你啊小霍，快请进。"

"小霍来了啊，请进请进。"辛滟也从厨房探出头，笑得和善热情，"辛辛，泡茶。"

佟斯年迎过来，笑着打招呼。

"佟医生今天没上班？"

"调休。"佟斯年笑了下，"我们全家人谢谢你。"

这时，佟辛泡好茶走过来。霍礼鸣接过，低声说："谢了啊。"

"斯年来拿水果。"辛滟在厨房喊。

"哎，就来。"

霍礼鸣看了一眼佟辛，就剩他们两个人时，才正经道："那个，我没有告密啊。"

佟辛垂眸，抿唇忍笑，点点头。

"你爸妈怎么知道的？"

"我同学自己报警了。"

霍礼鸣挑眉："妹妹告哥哥？"

佟辛"嗯"了声："她哥老打她，她很可怜的。"

霍礼鸣似乎有点印象，上次给佟辛送伞，正好撞见佟辛怼人换座位那一幕。他想了想，问道："怕不怕？"

"不怕，"佟辛忽地大声道，"因为佟医生不打我，清礼模范哥。"

霍礼鸣觉得有点儿肉麻，身后的佟斯年正好听见这一句，笑得眼睛都弯了。霍礼鸣回过味，这小妞，挺机灵啊。

离开饭还有十来分钟，佟斯年带霍礼鸣参观了下家里。他们家的户型和霍礼鸣的住处有点区别，很大，很宽敞，装潢也是经久耐看的中式风。

"那是我妹妹的房间，右边是个阳台。"

霍礼鸣瞥了一眼，门敞开，干干净净的书桌靠着一整面书架，淡蓝色的床单垂下来，床上摆了一只暗黑系毛毛虫造型的大型玩偶。

佟斯年领着人去自己房间，从小冰箱里拿了罐汽水给他。霍礼鸣接过，看着透明书柜里满满的荣誉证书和奖杯，都是佟斯年大学、工作时所得的。

佟家天才少年，名不虚传。

霍礼鸣感慨了番，问道："佟医生，你有女朋友吗？"

佟斯年摸了摸心脏："没事扎我心做什么？"

霍礼鸣很意外："没有？"

"工作太忙了，姑娘瞧不上。"佟斯年笑了笑，很坦然。

这就有点自谦了，霍礼鸣刚想说话，佟辛端着水果站在门口："你没有机会的。"

霍礼鸣转过头。

"就算没女的看上他，你也没有机会的。"佟辛声音不大不小，还挺老成。

霍礼鸣挑了下眉，也摸了摸心脏："没事扎我心做什么？"

佟辛："……"

佟斯年笑意更深，摸了摸佟辛的脑袋："要懂礼貌。"

佟辛把水果放在桌子上，自己挑着小草莓吃起来。

霍礼鸣视线重新落向书柜角落的一个水晶式样的小奖杯。因年代久远，上面金色的字已看不太清。霍礼鸣辨认了一番，写的是"少儿杯小主播大赛金奖"。

"佟医生，这你都能拿奖？"霍礼鸣竖起大拇指，"厉害。"

佟斯年说："那不是我的，是辛辛的。"

霍礼鸣饶有兴致地看佟辛："你的？"

佟辛的半颗草莓停在唇边，眉眼里闪过一丝不自然。

"那怎么放你房间？"霍礼鸣没多想，又问。

佟斯年安静两秒，笑了下："她卧室已经放满了。"

佟辛一口吃掉剩下的半颗草莓，垂着头，看不清神色，走了出去。

在佟家吃了一顿轻松愉悦的晚饭。辛滟热情，佟承望和善，一个劲地给霍礼鸣夹菜。

一只鸡两个大鸡腿，佟教授说："家里头三个孩子不好分啊。"

"怎么不好分？"辛滟将两只鸡腿全部夹给霍礼鸣，"这不挺好分的嘛！"

佟斯年小声说："妈，偏心了啊。"

辛滟还没发话呢，佟承望第一个不乐意："你妈做什么都是对的。倒是你，老大不小了，一点也不抓紧。"

佟斯年举手投降，无奈地看了眼霍礼鸣："唉，亲儿子的待遇。"

碗里的鸡腿鲜香美味，油光都是适口的灿烂黄。这是霍礼鸣太久太久没有感受过的烟火气，把他包围了，温热肺腑。

star

吃完饭，霍礼鸣不多打扰，佟家送他到门口，笑呵呵地让他常来吃饭。

人走，门关。

佟辛忽然扯了扯佟斯年的衣袖。

佟斯年问："嗯？怎么了？"

佟辛小声说："今天其实是他的生日。"

顿了顿，她又补充："早上我去上学的时候，在蛋糕店门口碰见了他朋友。他朋友告诉我的。"

霍礼鸣到家后洗了个澡，不想听程序絮絮叨叨地追问，索性洗得久了些。等他换好衣服出来，程序已经点上蜡烛了。

"小霍爷，八十大寿开不开心啊？"

敲门声就是这个时候响起来的，霍礼鸣一边指着程序，一边去开门，见着人后愣了愣。

佟斯年和佟辛站在门口，手里拎着蛋糕。

佟医生的笑容一贯灿烂："礼鸣，生日快乐！"

霍礼鸣大感意外，眼里的迷茫和探究一瞬即逝，门口寒风猛烈，可他只觉得点点暖意涌进胸口。

"太晚了，蛋糕店只剩最后一个小蛋糕，别介……"佟斯年看到屋子里已经点燃蜡烛的大蛋糕，蓦地失笑。

霍礼鸣也跟着笑起来，尴尬一下缓解。

行吧，两个蛋糕，一大一小，蜡烛通通都点上。

程序惊叹："小霍爷，大牛了，世纪美男给你过生日！"

霍礼鸣心情很好，弯着嘴角说："嗯，还有世纪美少女。"

忽然被点名的佟辛手指蜷了蜷，心跳悄悄加快。她无法适应这莫名的情绪，于是脱口而出，想转移自己的注意力："许愿吧。"

霍礼鸣闻言一顿，然后说："我从不许愿。"

"生日就要许愿的。"佟辛目光明亮地看着他。

对视几秒，霍礼鸣低头松眉，再抬起时，爽朗地应声："行，"他语气轻松调侃，"那就保佑你学习进步。"

佟辛还是盯着他："我从小到大成绩都很好，进无可进，你没必要这样。"

霍礼鸣嘴角扯了扯，一旁的程序放声大笑。佟斯年去窗边接电话了，只往这边看了眼。

霍礼鸣往椅背上一靠，语气越发慵懒散漫："真没许过，你教教我？"

佟辛依旧认真："你可以许平安快乐。"

"好，许愿平安快乐。"霍礼鸣挑眉学她。

"也可以许长命百岁。"

"嗯，长命百岁。"

佟辛抿了抿唇，眼睫眨了眨，语调也有了些许改变，她声音变慢、变轻："还可以许愿，让自己做个正经人，找个正经工作。"

霍礼鸣听出来了，这是循序渐进搞铺垫呢。他忍着笑意，眉毛下压，故作深沉："好，许愿，保佑我生意兴隆、昌盛，还有……腰可别再疼了。"

佟辛无语，云淡风轻的眼神立刻变得怒其不争，生无可恋。霍礼鸣笑得剑眉横飞，他开始觉得过生日是件还不赖的事。

至少这一年，他心情明亮得一塌糊涂。

吹蜡烛，许愿，吃蛋糕。

霍礼鸣把草莓最多的那一块切给了佟辛。佟辛还有点小情绪，不怎么搭理他。霍礼鸣压低了声音问："还生气啊？"

佟辛一脸"你别自作多情"的表情："你许什么愿，关我什么事？"

"那你笑一个。"

"我为什么要笑？"

"因为我刚才许的就是这个愿。"

他说这话时，语气如常，淡淡的，察觉不到一丝玩笑的意味。佟辛这就没辙了，低下头，老老实实地吃起了蛋糕。

佟斯年接完电话，随意吃了两口蛋糕便带着佟辛要走。到门边时，他瞥见角落半米高的寻人启事，佟斯年对霍礼鸣的情况有所耳闻，也知道霍礼鸣在找亲人，于是说："我拿点走可以吗？去医院附近帮你发一发。"

霍礼鸣点头："好。谢了，佟医生。"

他的神色很平静，语气也无波澜，好像是麻木了，抑或是早已不抱幻想。

佟斯年拿了两百来张，回去的路上仔细看了看。

佟辛说："他姐姐的这张照片是按照他的模样P的，这姐姐真惨，本来可以很漂亮的。"

佟斯年却抓住了重点，侧过头，目光笔直："你怎么知道是P的？"

佟辛心惊肉跳，糟糕，不能让哥哥知道她和霍礼鸣一块儿去贴过小广告。她把耳边的碎发拢下来，挡住侧脸："计算机课学过，我会看的。"

佟斯年静静地看着妹妹，最后没再说什么。

新的一周，清礼一中照例举行升旗仪式。佟辛来得晚，自觉地站在队伍最后头，她扫了一眼，没有看见薛小婉。

"年年，"佟辛拍了拍鞠年年的肩膀，小声问，"薛小婉真的退学了？"

"肯定得退，她哥这么坏，你还想着她干吗啊？"

佟辛默了默："下午你能陪我去个地方吗？"

"哪儿？"

"薛小婉家。"

"我不去！"鞠年年反应颇大，义愤填膺，"那种地方我才不去呢。"

佟辛有点小脾气："不去就算了。"

这一天，佟辛都不怎么搭理人。虽然没再说什么，但大家都看得出来，佟辛心情很不好。

今天辛滟和佟斯年都值夜班，佟承望去长春参加讲座，家里又只剩她一个人。佟辛在学校就把作业写完了。这会儿她复习也集中不了精神，看了几遍时间，正准备拿钥匙，鞠年年的电话就打了过来。

鞠年年和杨映盟就在小区外面，见着佟辛远远地招手。

"辛辛你别生气啦，我跟你一块儿去行不行？"鞠年年黏着佟辛的手，一顿狂摇。

佟辛无语，被她摇得头晕。

小区门口的便利店里，霍礼鸣买完烟没走，跟老板熟了，说坐会儿，然后就这么看着那三个小孩儿。

都什么表情啊？

一个个视死如归的。

而且他发现，佟辛这小妞妞天生就是这种清冷范儿，对谁都一样。

"也不是有偏见，薛小婉住那种地方，还有一个那么可怕的哥哥，我是有点点怕的。"鞠年年小声唠叨。

杨映盟大大咧咧道："没关系，我保护你们。"

"你？就你？"鞠年年翻白眼，然后做了个抹脖子的动作。

"干什么，瞧不起人？我有肱二头肌！"

"你有个屁。"

两人又吵起来了。

佟辛沉默着，她不是一意孤行的人，鞠年年的话确实有道理，万一又碰上薛小婉的哥哥……

佟辛后怕，发愁啊。她暗叹一口气，抬眼望远处，不偏不倚地，和便利店门口的霍礼鸣对上了视线。

莫名地，霍礼鸣拿着烟盒的手一抖，然后下意识地背到了身后。觉得再藏下去好像也没意思了，霍礼鸣自然而然地走过去，点了点头便要与她擦肩而过。

佟辛忽然把人叫住："拜托你不要告诉我哥哥。"

霍礼鸣："嗯？"

佟辛说："别告诉他，我要去薛小婉家。"

霍礼鸣皱了皱眉："去她家？"

佟辛一见他变了表情，立刻道："你一定很担心的吧？"

霍礼鸣噎住。

"那好吧，就让你跟我们一起去。"佟辛语速快，转头对鞠年年说，"这是我的邻居，他很想陪着我们。你同意吗？"

鞠年年一见霍礼鸣这气势，帅还是其次，主要是眉眼里的气质骗不得人，桀骜不驯的锋芒压根藏不住，于是她疯狂点头："同意同意！"

直到到了金水巷，霍礼鸣还有一种震撼到蒙的不真实感。

佟辛来过一次，记得路，领着他们往前走。

鞠年年左看右看，先是叽里呱啦说这儿破，说那儿旧，越往里，越不堪，她也渐渐沉默了。

远远地，佟辛就看到薛小婉正蹲在门口洗衣服。零度往下的天气，薛小婉脚上就一双布鞋，手浸在冷水里已经通红。薛小婉以为自己看错，惊愕一秒后，立刻把头埋得更低。

对立的姿态维持了将近一分钟，佟辛走过去，问道："你真的不读书了？"

薛小婉不吭声，搓衣服的动作变快，溅起不安分的水花。

"那你的一生，就只能是这样了。"佟辛又说。

听到这话，走在最后的霍礼鸣一直看着佟辛，她明明是个不经世事的少女，话语也显老气，但她这样说，竟然有一种天生的信服力。

霍礼鸣目光渐染温度，情绪也往里陷了一下。

薛小婉哭了。

她的头靠在膝盖上，哭得好伤心。

鞠年年有点受不了，也跟着红了眼睛，一个劲地安慰："你回去上学吧，会好起来的啦。"

悲苦人生，最难共情。比如这些美好祝愿，在现实面前，多少显得苍白无力。

薛小婉拿冰凉的手背擦拭眼泪，脸上冻得皮肤粗糙："我家里没钱了，我哥还关着，那些要债的天天到家里来，我害怕。"

她声音无力，对未来毫无期许。

一时间，静默得只剩女孩儿的哽咽抽泣声。

佟辛声音依旧平静、执着、有理有据："你可以寻求政府救助，去区里打申请，流程很简单。你还未成年，理应受到保护。错误不是你犯下的，不该由你承担。再者，那些都是高利贷，本身就违法。你把信息搜集好，一起报警。邪不压正，该害怕的是他们。不信，你问他。"

然后，四双眼睛齐齐望向了霍礼鸣。

霍礼鸣脑子有点乱。

"在可以努力的时候，请你不要放弃自己，"佟辛抿抿唇，轻声说，"不会再有比现在更差的时候了。"

说完，她从包里拿出一张字条，上面工工整整写好了相关救助机构的电话、邮箱、地址。

薛小婉哽咽着问："可以吗？"

"不知道，"佟辛默了默，"但不做，就一定不可以。"

寒风飒飒像刀割，可连娇气怕冷的鞠年年此刻都如魔怔了。

半晌，薛小婉很用力地点了点头。

佟辛脸上扬起浅浅的笑容，像春风劈开严寒。

看到她笑，霍礼鸣也跟着弯了弯唇。

回去的路上，鞠年年和杨映盟热血上涌，又激动又高兴。杨映盟觉得佟辛简直是女神，他勇敢地提议："我们去吃烤肉吧！"

鞠年年连声附和："好啊好啊！小霍哥一起嘛！"

霍礼鸣瞅了眼佟辛，一直没开口。

佟辛被他看得有点不自在："那去吧。"

霍礼鸣这才说："好。"

杨映盟豪爽极了，说今天他买单，热情张罗去点菜，东西一上桌，光烤串就有两百串。

鞠年年震惊了："我们就四个人，哪里吃得完啊？"

杨映盟也觉得尴尬，但小少爷心高气傲，又不想失掉面子，于是指着霍礼鸣说："他这么高，他能吃啊。"

"谁说长得高就一定能吃了？"佟辛忽地反问。仔细辨别，语气里似乎有一丝丝的不高兴。

杨映盟面子挂不住："壮呗。"

嘴硬起来，就会不顾及他人的感受。

"壮个屁啊，"鞠年年十分捧场，"小霍哥这身材才叫完美，穿衣显瘦你懂吗你？人家这才叫真正的肱二头肌。"

小孩儿的情绪很微妙，甚至一个无厘头的点都能把情绪燃烧起来。

杨映盟不服气："你怎么知道他有？你又没见过，他就没有！"

这男孩儿的语气实在不太好，话中带刺的，霍礼鸣不太爽利，于是淡淡道："我还真有。"

他一边说，一边将衣袖挽上去，皮肤紧实、线条流畅，伴着蜿蜒的文身图腾，给人一种强烈的视觉冲击。

那是介于男人与男孩之间的微妙平衡。

霍礼鸣秀肌肉的时候，佟辛直愣愣地盯着，心跳加速，觉得体温骤然升了，搭在腿上的手指也不自觉地轻颤。他的表情坏得浑然天成，不至于和一小男生较真，可就是这种随意，让他看起来气质独特。

杨映盟忒不爽了，一拍菜单，站起身。

"你干吗去？"鞠年年也挺凶。

"点菜！"

"钱多人笨。"鞠年年小声嘀咕，又笑嘻嘻地看向霍礼鸣，"小霍哥，你和辛辛是邻居啊？"

"嗯。"

"哥哥你最多二十五岁吧？"

佟辛为掩藏情绪的失衡，故意夸大语气地怼人："你什么眼神？"

霍礼鸣闻言一笑，还挺配合："嗯，我前几天才过完八十大寿。"

鞠年年哈哈大笑。

而佟辛安静下来，垂着眼帘，不搭腔。

鞠年年笑够了，忽然把话题又十八弯地转回了原处，一脸记忆犹新地问："辛辛，你还记得吗？"

"什么？"

"以前我们一起看杂志，你流鼻血的事儿。"

佟辛眼皮一跳。

这是她高中生涯中的一桩糗事。

上学期，鞠年年非拉着她一起看一本很有名的模特杂志。前面几页都是封面模特，那一次的造型是复古风，模特穿得严严实实。鞠年年一边翻，一边犯花痴，但佟辛却没什么反应，很冷静，甚至可以说是冷漠。

"呜呜呜，这个衣服太绝了吧。"

"像个麻布袋。"

"我喜欢这个腿！"

"瘦得跟杆子似的，还不如杨映盟。"

鞠年年简直震撼："辛辛，你到底喜欢什么样的男生？"

佟辛嘴角敛了敛，一边翻杂志，一边挺冷淡地说："总之不喜欢这样的。"下一页，一个让人血脉偾张、荷尔蒙味十足的半裸男模赫然入眼。

这对十六七岁的女孩来说，实属禁忌。连一向胆大开朗的鞠年年都结巴："这，这……哎呀。"她转过头，吓得捂嘴，"哎呀！辛辛，你怎么流鼻血了？"

鞠年年用一惊一乍的语气说出这桩巧合事，只觉得是凑巧的搞笑而已，她还帮忙解释："天气干燥，正好上火流鼻血了，只是也太巧了吧。"

佟辛从窘迫得想打人，再到生无可恋，最后到心如死灰、自暴自弃，平静地冷冷道："不是天干物燥，是真的看到这个身材才流鼻血的。"

她强迫自己镇定，若无其事地转动眼珠，就这么迎上霍礼鸣的目光。

安安静静地对视，两秒，五秒……霍礼鸣倏地露出笑意，看着她，眼神微妙回转，轻声提醒："就像现在这样？"

佟辛愣住，只觉得鼻尖有点痒。她下意识地抬手抹，果然一指殷红。

鞠年年化身尖叫鸡："啊！辛辛你又流鼻血了！历史重演了！"

佟辛觉得那血像要烧燃自己的脸。

历史重演啊……

霍礼鸣眼神逐渐沉静，好像在说：哦，知道你对我身材的肯定了。

这顿烤串，霍礼鸣没吃完就走了。

走之前，他悄悄去买了单，并且跟老板打了招呼，到时候帮这三个小孩儿叫一辆出租车。佟辛等了好久不见人，吃得也心不在焉。刚准备去找人呢，忙活的老板告诉她："那小哥让我转告你，单买了，他先走了。"

很久之后，佟辛想起这一晚，还会有一种濒临窒息的尴尬。什么都是巧合，而只有她自己知道，巧合里或许藏了一丝若有似无的命中率。

差不多从月中开始，就进入期末收尾。因为一班的化学成绩相对落后，而马上临近年末师资评比，所以最近学习氛围格外紧张。

一天十几张试卷地发，大家叫苦不迭。佟辛这两天感冒了，头疼得厉害，嗓子也发炎，一吸冷风，脑子被针扎似的疼。也是邪门，她上高中后每次临近期末，都会重感冒一次。

唯一值得高兴的事，是薛小婉重返校园。

她哥因为盗窃和赌博，被判有期徒刑三年半。薛小婉由政府专业救助机构出面，承担其学杂费及成年前的生活费用。

她被班主任领进教室时，依旧瘦弱，但抬起了头，背脊也挺直了些。班主任轻咳两声，在讲台上问："谁愿意和薛小婉同学同桌啊？"

安安静静的，没一个人吭声。

而薛小婉曾经的同桌李芙蕖，露出隐隐看戏的愉悦神情。

良久之后，佟辛举起手："我。"因为感冒，嗓子嘶哑得很厉害。

"老师，我可以。"班长说。

"我愿意的。"学习委员说。

很快，十几双手都跟春天种子发芽似的伸了起来。

李芙蕖面子挂不住，暗了下去。

薛小婉又把头低下来，忍着发红的眼眶，再抬起时，对佟辛露出一个久违的微笑。

很快到考试周前一个礼拜，化学老师的重点全放在他们班。

化学老师叫刘伶俐，四十多岁，人如其名，在全校确实以"凌厉"出名。鞠年年这种半吊子都胆战心惊，不敢不认真听课。

大概是太想抓成绩了，刘老师往死里布置作业不说，周三这天，还单独给一班发了一本《难题多练》。说这本习题册的题目质量非常高，明天起，化学课就会着重讲解其中的题型，要大家务必带到课堂上。

神经紧绷的一天终于结束，拖堂到近七点，天色又黑了一度。佟辛感冒难受得厉害，她刚准备收拾书包，小腹的不适感隐隐袭来，皱了皱眉，深呼吸，然后拿了纸巾去了洗手间。

书包整理到一半，桌上还放了几本没来得及收拾的书。教室空了一大半，剩下的几个同学自顾自地干自己的事。

李芙蕖和玩得好的路过，三人眼神交会，李芙蕖往佟辛桌上示了示意。

因为身体不舒服，回家的路上，佟辛走得很慢。生理期第一天最疼，加之感冒，她整个人都蔫儿了。好不容易到家，佟辛找了半天，意识到自己没带钥匙。

辛滟和佟斯年都在医院值班，佟承望去长春出差。起风了，是要降温下雪的前兆。佟辛实在没力气再坐车去找哥哥拿钥匙。小腹的不适让她腿没力气，蹲了两秒，感觉更疼。

佟辛抬头看了看隔壁，房子亮着灯。她走过去敲了两下门，很快就开了。霍礼鸣正在吃泡面，一屋子红烧牛肉味儿，许是吃惊，半口面还挂在唇边。

佟辛说："我没带钥匙，我能不能先在你家待一会儿？"

霍礼鸣看她脸色不好："感冒了？"

佟辛点点头："嗯。"

"进来吧，"霍礼鸣把路让出来，没把门关紧，留了半人宽的缝，又把暖气调高了些，"随便坐。"

这房子买来是什么样，现在还是什么样。

以前佟辛也常来小强叔家，所以并不陌生。她只是有点意外，霍礼鸣一个人住，房间收拾得干净整洁。

霍礼鸣被她眼神逗笑："怎么，不像我住的地方啊？"

"这么干净，跟你气质不太搭。"佟辛说。

霍礼鸣啧了声："小妞，你拐着弯地骂了我多少回了，嗯？"他故作凶状，"我身上很多文身的。"

佟辛哦了声："下次会记得给你颁奖的。多大点事，不用这么委婉。"

霍礼鸣无奈："嗓子哑成这样还这么能说，坐那儿写作业去。"

佟辛肚子疼，早就想坐了。她没有马上拿作业，手捂着小腹，一脸强忍痛色。

霍礼鸣捧着面，站在客厅吃，视线偶尔掠到她身上。

佟辛察觉到他的目光，立刻不动声色地坐直了些。不想让他看出异样。佟辛打开书包翻了会儿，忽然皱了皱眉。

她重新再里里外外找了一遍，还是不见《难题多练》。

佟辛回忆了番，确定放学时她的课桌上没落任何东西。佟辛又给鞠年年和杨映盟打了电话，问他们有没有见着。

"不在我这儿啊。是不是老师忘记发给你了？"

"不可能。"佟辛记得清楚，她还打开看了看提纲。

"辛辛你赶紧找找，刘老师那人可厉害了，你明天要是没带去，她肯定发飙。"鞠年年心有余悸。

佟辛很冷静："没事，我再找找。"

电话挂断，她再回忆一遍放学的时间段。

"怎么，作业丢了？"霍礼鸣走过来，带点调侃的意味，"老师很凶啊？"

佟辛转过头："是，很凶，能杀人。"

霍礼鸣笑了笑："我喜欢，能和他交朋友吗？"

佟辛说："朋友是有点难，努力找个正经工作，也许还能做她女婿。"

佟辛牙尖嘴利的，霍礼鸣收了收嘴角，不再和她瞎扯："你写作业吧，我出去会儿。"

佟辛目光疑惑地看着他。

霍礼鸣睨她一眼："肚子不饿？"

佟辛愣了愣，所以，他是去给她买吃的吗？

八点不到，天已黑透。

寒风湿冷刺骨，天气预报有大雪，霍礼鸣出门的时候，已经下起了雨夹雪。运气不错，出小区大门就有一辆下客的出租车。

霍礼鸣坐上去，司机问他去哪儿。

"新华书店。"

霍礼鸣又记了一遍书名，是叫《难题多练》没错吧？

到书店一问，没有。

"那请问，这书哪里可以买到？"

"我怎么清楚，要不，你去小店里问问吧。"临近下班，工作人员的态度不怎么耐烦。

外头的雨越来越大了，带着南方特有的湿寒，冷风一吹，扑面刺骨。出来的时候，霍礼鸣没有带伞，顾不上了，他一头扎进雨雪中。

清礼市这边他不熟，开个导航跟着跑，坏天气里，跟上海一样难打车。折腾了一小时，总算在一家小书店找到了名字一模一样的书。

霍礼鸣浑身都湿透了，付钱的时候，手指湿得连指纹都解不开手机。拎着塑料袋出来时，霍礼鸣迎着风直哆嗦。

回去的车更难打，等他到家时，佟辛已经走了，桌上留了一张字条，字迹清秀工整：我妈妈回来了，谢谢。

霍礼鸣浑身湿透，站着的地方很快滴成了水洼。有一种莫名情绪，竟给一小屁孩儿满城市跑买练习册。

小霍爷，你可以啊。

次日，佟辛特意早点去学校再找找，虽然知道教室里大概率没有。到校门口，发现杨映盟在等她。

"佟辛，早上好啊。"杨映盟热情地打招呼。

"嗯，早上好。"佟辛兴致不高。

"你作业真的丢了吗？第一节就是化学课，刘老师可凶了，不会因为你成绩好就放过你的。"

佟辛脚步顿住，皱眉不悦："你能不能别说了？"

小少爷咬牙后悔，关心人的语气下次一定要改。

他看着佟辛漂亮白皙的侧脸带着淡淡的忧愁，杨映盟忽然冒出一个想法，于是神神秘秘地说："不用怕，我昨天帮你重新买了一本。"

佟辛转过头看着他，眉间透出狐疑。

杨映盟暗喜，终于吸引了女神的注意力，于是从书包里真的拿出了《难题多练》："喏，拿去。"

佟辛眨了眨眼，没有接，几秒后，忽然问："你在哪家书店买的？"

杨映盟神色有点不自然："你拿着就是啦。"

"哪一家？"

"就……就新华书店啊。"

"不可能。我昨晚第一个电话就是打给新华书店，工作人员说没有这本书。你怎么会买得到？"

少年不擅长说谎，顿时慌了神色，结结巴巴地又胡乱报了另一家书店名。

佟辛当即拆穿："这家我也打电话问过，没有。"

杨映盟背后有点冒汗了。

尴尬的安静维持了半分钟,佟辛目光笔直,平静道:"说,这是谁给你的?"

杨映盟梗着脖颈,当没听见。

"好。"佟辛点点头,冷漠地要走。

杨映盟有点崩溃了,气呼呼道:"就是那个文身男啊!上次吃烤肉串,你和鞠年年都护着的那一个!"

佟辛愣了愣,然后用不耐烦掩饰情绪:"什么叫我护着?"

"你说他肱二头肌比我好!"

"他的本来就比你好。"

直到下午放学到家,佟辛做作业的时候都有些心不在焉。

六点多,佟斯年难得下了个早班,一进门就说:"最近流感挺严重,辛辛你感冒没好全,去上学的时候记得戴口罩。"

辛滟探出头:"你也要注意身体,快过年了。"

佟斯年揉了揉后颈:"刚在路上碰见小霍,我让他上车,他说他感冒了,不想传染我。"

听到这里,佟辛写作业的动作顿住。

辛滟做的晚饭很丰盛,还炖了香喷喷的老鸭汤。

佟辛扒了两口饭,问道:"妈妈,我们吃不完的我能不能拿去喂流浪狗?"

一家人饮食习惯都很好,食量适中,吃不完的确实浪费。辛滟便说:"可以,待会儿拿个碗吧。"

就这样,佟辛时不时地夹一块好点的鸭肉放在碟子里,还给里头添了大半盘米饭。

辛滟随口问了句:"这么多啊?"

佟辛含混道:"流浪狗很能吃的嘛。"

一旁的佟斯年不动声色地留意妹妹的举动。

饭后,佟辛拎着保温盒,飞快地出门:"妈妈,我去喂狗啦。"

路上，佟辛长呼一口气，她特意绕了远路，从侧面绕到霍礼鸣的家。佟辛轻轻敲门，过了很久，里头的人才慢吞吞地开了门。

霍礼鸣在睡觉，头疼流鼻涕，还有点发烧。他顶着一头乱发，有点不在状态，冷硬的五官似乎也变得轮廓柔和了些。他看着佟辛，眉间皱褶未平，但语气是平和的："又没带钥匙啊？"

佟辛把保温盒递给他："给。"

霍礼鸣看清是鸭汤后，倏地笑起来，嘴角向上扯出一个很好看的弧度，语调不太正经："喂，你就这么恨我啊？"

"嗯？"佟辛没明白。

他挑眉道："把我就这么炖成汤了？"

霍礼鸣病容显肤白，眼睛如点漆，某一瞬的神色像一匹黑丝绒。他大概是觉得逗人上了瘾，继续调侃："把我炖了，再给我喝，小妞你是个狠人哪。好了我发誓，下辈子做个好……"

最后的"人"字还没说完，佟辛变戏法似的，从宽大的羽绒服口袋里拿出一瓶牛奶。她踮起脚伸出手，牛奶瓶贴住了他的嘴。

"闭嘴，难听。"

因为身高差，佟辛微微仰着头，他低着头。

对视两秒，佟辛往后退了一步，又很小声很乖巧地说："谢谢。"然后转身跑了。

吃的和喝的都是刚刚好的温热，霍礼鸣却像被沸水浇了全身。他缓缓看向掌心的牛奶和鸭汤，才发现袋子里还有两盒感冒药。

药盒上贴了一张小黄鸭图案的便利贴，笔迹清秀：吃了它，get 新魔法，解锁延年益寿，解锁老当益壮，解锁寿比南山。

晚上，霍礼鸣洗半天澡没出来，光着膀子，手撑着盥洗台。他摸摸左脸，又蹭蹭右脸。

二十四岁年纪轻轻的一酷哥儿，真这么显老？

究竟哪里出了错？

霍礼鸣摇摇头，不懂，清礼市十大未解之谜吧。

star

第三章
青梅荔枝酒

QUKANXINGXINGHAOBUHAO

　　其实，前天霍礼鸣买到习题册后，并没有直接拿给佟辛。虽然真的只是出于热心，但他到底是个成年男性，热心这个词便自然而然有了一把刻度尺。于是他昨天清早守在校门口，掐着点儿，拦下了杨映盟。

　　他不知道杨映盟这小子如此蠢，但能预料到那小妞的伶俐聪明。

　　鸭汤很鲜美，感冒药很奏效，晚上他就不发烧了。而那瓶草莓牛奶喝完后，他将瓶子洗得干干净净，没丢，顺手放在了卧室桌子上。

　　早读课铃响前十分钟，佟辛掐着点才来教室。

　　鞠年年看她脸色不对劲："怎么啦？"

　　"没事。"

　　佟辛把书包放好，拿出语文书和习题本，看似一切如常。教室很吵，大家都抓紧最后的几分钟聊天，谁也没有注意到佟辛站起身，径直走向后排。

　　邹丽还在和同桌说说笑笑，冷不丁地撞上佟辛的身影，吓了一跳。

　　"你干吗？"邹丽没好气地问。

　　佟辛直视她，语气尚算平静："你为什么要拿我的习题册？"

　　"我哪里拿了？"邹丽虽有一瞬慌乱，但仍底气十足的模样。

　　争论声音不小，同学都看了过来。

　　"周三下午放学，六点半左右，我去洗手间，你拿走了放在我桌上的《难题多练》。"

　　"你胡说！"邹丽仗着家里有钱，平时就不怕事儿。

佟辛沉默了下，在对方的大声下，她便显得很像被欺压的那一方。她不争不吵，只是微微叹了口气："我最后再问你一遍，你，有没有拿？"

她不是质问，而是语气平和。看着邹丽时，眸色如点漆，亮得让对方不可直视。

邹丽有点心虚了，但还是不承认，叽里呱啦说了一大堆。

坐在前排的李芙蕖，暗暗攥紧了掌心，低着头假意认真写作业，不敢有多的动作。

"佟辛你不要冤枉人！凭什么说是我拿了你的习题册，昨天上化学课，你不是有书吗？！"

"你还说！"杨映盟一股热血冲上来护在佟辛跟前，"那是她重新买的！是我给她的！"

班上的同学顿时起哄，杨映盟对佟辛有好感这事已是公开的秘密。杨小少爷热血直冲脑门，忽地拽住邹丽露在外面的书包肩带，用力把书包给扯落在地。稀里哗啦落了一地书，两本一模一样的《难题多练》赫然显现。

杨映盟护犊子更甚，特凶道："说谎还不承认是吧！"

邹丽被男生吼得眼圈都红了，灰头土脸地站着，惊慌失措地看向李芙蕖。

佟辛有些无语，这个杨映盟啊……她真的只是想和平友好地解决问题。

事已至此，佟辛还是把话说完："我已经去保卫部申请查监控了，教室走廊外的监控正好对准教室。你不承认也没事，我们一起去保卫部。"

邹丽还没慌呢，李芙蕖慌得不行。

恰好这时候班长把班主任叫了过来，班主任皱眉道："先上课！邹丽和佟辛下课来我办公室！"

有监控辅证，事情处理得很快。邹丽留下来挨了一小时训，又是打电话叫家长，又是写保证书，虽然没有通报批评，但高二年级都传遍了这事。

佟辛不是想找事，错就是错，她不过是要一个公平与真相。但没几天，她就有了新的忧愁，因为杨映盟帮她出头，全校都知道了他的心意。

喜欢就喜欢吧，青春期嘛，能理解。关键是杨映盟这傻子反倒受到了鼓舞，竟然明目张胆地给她送起了爱心早餐、爱心牛奶、爱心午餐，上下学的路上都像骑士一般关心护送。

佟辛已经很明确地拒绝："我不喜欢你。"

杨小少爷只当是少女的羞怯，还挺绅士地说："没关系，我理解。"

"不，你不理解。"

"我理解，我就理解！我不跟你说了！"杨映盟气冲冲地跑开。

这少爷现在是油盐不进，一切婉拒都是欲拒还迎，不但不放弃，反倒更来劲儿了。佟辛觉得再这样下去肯定不行，以后连朋友都没得做了。

这天放学，她埋着头想如何才能让杨映盟死心。走着走着，佟辛脚步慢下来，然后又倒退了几步，看向霍礼鸣的家。

反正已经敲过不知道多少次门了，佟辛越发轻车熟路。霍礼鸣也已经见怪不怪了，他在清礼市没熟人，除了佟家兄妹，这门也没谁会敲。所以在看到佟辛时，他一副"我就知道是你"的表情。

佟辛低着头，双手揪着衣角，欲言又止。

"又怎么了？"霍礼鸣问。

佟辛神色委屈，还有几分恰到好处的害怕："我能不能请你帮个忙？"

她把邹丽拿她习题册这事儿添油加醋地说了一遍。教室大吵，办公室写检讨，一个天崩地裂的场景。

良久，霍礼鸣皱眉："你是说她找人报复你？"

佟辛点点头："是，这两天总有小混混等在校门口，我好害怕，我失眠，我学习成绩都下降了。"

"怎么不告诉你家长？"

"我爸妈在省外出差，我哥天天在手术室，"佟辛愁眉不展，还用手抹了抹眼角，"而且不能告诉我哥，我哥看着很斯文，但他跆拳道黑带五段，双面性格，看起来温和，其实是个暴躁男，会把他们打进手术室的。"

霍礼鸣有点凌乱，所以，佟医生到底有多少不为人知的身份。

"你以前不是常躲我？说我不是好人？"他懒洋洋地问。

佟辛当即反驳："这不是日久见人心嘛，你是斯文人。"

看她一脸真诚，霍礼鸣自己都差点儿信了，是吧，不帮不是斯文人了。

迟迟没等到回答，佟辛偷瞄他一眼，然后与他目光撞了个正着。佟辛长叹一口气："唉……"

霍礼鸣哭笑不得，不知道的还以为是他欺负高中生呢。

佟辛转身慢吞吞地离开，踩着小碎步还一步三回头。

霍礼鸣倚靠门板，低头点烟，啪嗒一声脆响，传来打火机点燃的声音。

佟辛心里空落落的，突然背后声音响起："几点放学，我在校门口等你。"

事实证明，霍礼鸣看着桀骜不驯不靠谱，但实则是个时间观念相当强的人。佟辛五点半放学，他五点就等在校门口，暗中观察周围的小混混。

守了几天，他自己也有点拿不准了，并没有看到什么小混混。难道是这种乖乖女认为的小混混，和他这种真混混认为的不一样？

虽存疑，但霍礼鸣还是恪尽职守地当好一个斯文守护者。

"你看，喜欢我的人这么多，都每天追到校门口来了，"佟辛有理有据地对杨映盟说，"不是针对你，是我对男的一视同仁。"

杨映盟呆愣地看着远处的霍礼鸣："他……他也喜欢你啊？"

佟辛无奈地点头："是啊，还挺过分的。"

"怎么过分？"

"他怕有别的男生追我，所以就守在这里，你也见识过他的肱二头肌了吧？文身也看到了吧？你想想，这种文复杂图案的男人有多可怕，不用我再详述了吧？"

杨映盟一脸蒙的表情里，还有一丝丝的犹豫与不确定。

佟辛语重心长地说："杨映盟，你和鞠年年一样，你们是我最好的朋友。你长得帅，家里又有钱，成绩也不错，乐于助人，才高八斗，侠骨柔肠。"

杨映盟有点飘飘然，原来自己这么优秀啊，佟辛就是比鞠年年有眼光。

佟辛目光诚挚，心无旁骛地和他对视："我不希望你遭受无妄之灾，毕竟那个男的很厉害的，你会被打得半死。"

杨映盟想了想："你怎么知道他很厉害？"

佟辛面不改色地说："他要吸引我的注意，必须不择手段。你想想，除了以色诱人这个点，他还有什么能拿得出手的？没有了，这是唯一。"

杨映盟震惊了："辛辛！报警！"

好像有点说过头了，佟辛很快解释："没关系，不碍事。"然后言归正传，

"杨映盟，我们还是做回朋友吧，毕竟你长得这么帅，不要被他揍毁容才好。"

少年心悸动算什么，当然是脸比较重要啊！

杨映盟努努嘴，就这么知难而退了。

如此，佟辛机智地解决完事情。正当她心情愉悦时，并肩而走的杨映盟忽然觉得不对劲。

"辛辛。"他停下脚步。

"干吗？"佟辛侧过头。

杨映盟狐疑地问："他都以色诱人了，你还说不碍事？你是不是对他……"

佟辛一阵猛咳，牙齿磕中了舌尖，疼得她眼泪都出来了。

杨映盟心如死灰："看来你是真的喜欢他，都喜极而泣了。"

佟辛过于激动，所以忽略了心尖上一闪而过的微妙情绪，像轻羽，一瞬即逝。

佟辛期末考试正常发挥，年级前三，过两天领了通知书就正式放寒假。

这轮变天过去，清礼市的天气好上了几天，临近春节，正好方便置办年货。正午太阳暖热，有点春天的气息了。

佟斯年负责的一个车祸病人情况稳定，转出 ICU。他下班早，晚上八点从医院驱车去雅水路上的一家酒吧，这是他常去的熟地。

在重症科工作的压力太大，每天经历生死，刚入职那会儿，佟斯年还看过心理医生。这几年是看淡了，但偶尔还会过来喝一杯释压。

驻场歌手是个年轻女生，长得明艳动人，嗓音极具辨识度。佟斯年每次过来，都会挑着她的演出时间捧场。

今天他点了长岛冰茶。

暗蓝液体通透旖旎，佟斯年靠着椅背，只穿着一件深色高领羊绒衫。他的袖子挽上去，白金表盘下是白皙漂亮的手指。

女歌手坐在高脚椅上，眉眼冷艳动情，是一种极具张力的美，望向台下时，与佟斯年的目光撞了个正着。

佟斯年抬手举杯，微微对她颔首。

走的时候，他把那沓寻人启事给了酒吧老板。

老板与他关系匪浅，笑着问："怎么了这是？"

佟斯年温声说："受人之托，本来想早点给你，但我这阵子太忙，耽搁了。"

"行。"老板爽快答应。

凌晨三点歇业，宁蔚在吧台结工资。

"蔚姐，明儿可能得麻烦你早点来，好几桌都特意订了座。"

宁蔚裹着黑色皮外套，下面配一条同色系的纱质长蓬裙，暗黑系更显艳丽妆容。她冷淡地点头："涨价。"

话落音，她就瞥见吧台上放着的寻人启事，看了两行字，手指顿住。

每到年前，辛滟和佟承望都会受邀去参加论坛讲座，几天见不着人。佟辛放寒假，佟斯年一有空就带她去外面下馆子。

这天，两人去吃老火锅，佟辛在车里念叨："你是医生，还总在外边吃饭。"

佟斯年笑道："怎么，要给我做饭？"

"是要你给我找个嫂子。"佟辛俨然敲黑板画重点的小老师，三句不离家中头等大事。

佟斯年头疼，这妹妹，尽得辛滟真传。

"哥，你春节几天假？"

"三天吧，初二值夜班。"

"那你们医院，年后会招新的吧？"

"应该，不过 ICU 别人都不太愿意来。"一是要求高，二是压力大。就算愿意来，

。

佟斯年问："怎么？"

"那你留留神，那种年轻漂亮的小姐姐，可得抓紧了。"佟辛压低声音，还老气横秋地叹了口气。

佟斯年哭笑不得："待会儿在礼鸣面前别乱说话，给我留点面子。"

佟辛一愣："他也在？"

佟斯年把车掉头，边看后视镜边说："嗯，回来接你的路上正好碰见，顺便了。"

车刚停好，安全带还没解，医院的电话便打了过来。

"主任……行，好，二十分钟吧，我这边过去有点堵。"佟斯年捏着手机晃了晃，无奈地叹气，"一个病人出了点意外，我得回医院。"

佟辛隐隐有预感。

果然，佟斯年交代："让礼鸣带你吃饭吧，我给他打个电话。"

佟斯年赶时间，很快走了。

霍礼鸣受人之托，怕佟辛找不着地方，就到电梯口等。

电梯门打开，两人恰好对上视线，霍礼鸣故意捉弄："你哥不在，怕不怕啊？"

佟辛瞪他一眼："该怕的是你。"

"为什么？"

"你钱包不保。"

霍礼鸣一想不合理："怎么又成我买单了？白给你当了那么多天斯文保镖了？"

一提这事，佟辛的良心还真的痛了痛，于是退让道："好吧，这顿我请。"

"你请？"霍礼鸣皱了皱眉。

佟辛以为他会说他从不让女的买单。

他却悦色浮面："那我得多吃两碗饭。"

佟辛感慨，还真是受职业影响啊，一男的，吃软饭吃得这么理所当然。

服务生过来点菜，反正是自己买单，佟辛便不客气地全点了自己爱吃的。霍礼鸣坐得不太直，靠着椅背，一只手搭着椅子边沿，百无聊赖地看她点菜。

服务生礼貌地问："你们吃什么锅底？"

佟辛看着霍礼鸣，问道："你吃辣吗？"

霍礼鸣摇头："不太吃。哦，你帮忙点个水果拼盘。"

服务生热心建议："不如点个鸳鸯汤底吧？"

佟辛默了默，那还是别鸳鸯了吧，最后她要了菌子汤锅底。

上菜很快，霍礼鸣拿公筷将腐竹、海带这些放进去："你哥怎么会想当医生，这么忙。"

"他从小就想学医，我哥周岁抓周，抓的就是听诊器。别的小孩儿买玩具，他买骨架骷髅这些，他五岁就敢杀鱼了。"

霍礼鸣点头，是个狠人。

"那你呢，你喜欢什么？"霍礼鸣语气带着些许调侃意味，"女学霸的理想，说出来我开开眼界。"

佟辛调蘸料的手一顿，若无其事道："记者。"

"娱乐记者？"霍礼鸣不太当回事，笑着说，"我有熟人，以后能给你介绍明星资源。"

佟辛抬起头，轻声打断："不是那种记者。"

霍礼鸣无言，被她认真的目光盯着，自觉不再开玩笑。自这个话题后，佟辛吃得很沉默，筷子一点一点拨弄葱姜蒜，明显心不在焉。

霍礼鸣把熟透的腐竹夹到她碗里："怎么突然还有偶像包袱了？"

佟辛瞪他一眼，脸上写着"要你管"！

霍礼鸣失笑："你们这种乖小孩儿，是不是都喜欢让人猜心思？阴晴不定的，还以为又得罪你了。"

佟辛没好气地问："那你猜我现在什么心思？"

"想骂我，"霍礼鸣眉毛上扬，"但又不敢骂。"

佟辛冲他翻了个大大的白眼。

霍礼鸣还逗人上瘾了："那你骂一下我听听。"

"你什么怪癖啊，烦人。"佟辛懒得理他，夹了一筷子鸭肠放进火锅。

霍礼鸣说："真不会骂啊？我教你。"

说罢，他把佟辛刚才放进去的鸭肠烫熟了夹去她碗里，问道："你看这个东西像什么？"

"像你的职业。"

霍礼鸣心梗半秒，无言以对。

佟辛直起身子，慢条斯理地又把鸭肠夹出来，然后往盘子里一丢："去你'鸭'的！"

霍礼鸣一愣。

佟辛若无其事地说："骂对了吗？"

"……"

两人对视三秒，窒息般的安静，佟辛冲他眨了下眼，像是触动开关，心情和这沸腾的火锅一样，忽地舒朗开来。

霍礼鸣哈哈大笑，眉眼活泛，身上的凌厉气质拂灭不见。佟辛被他这副模样晃了晃眼，她脸有点热，欲盖弥彰地低头吃东西，笑意在嘴角探了头，一点点地，跟清酒似的。

几天后，春节至。

霍礼鸣在清礼市没亲人，自然就回上海过年。

除夕这天，佟承望亲自下厨做年夜饭，佟教授对自己的厨艺相当自信，辛滟却哪儿哪儿看不顺眼，佟承望笑呵呵的不反驳，但也不改正。

佟斯年今年终于排班到年三十和初一轮休，都除夕了，仍忙到下午三点才到家。辛滟立刻从厨房出来，跟儿子说正事。

"你李叔的一侄女，在国外上学，正好回来过年，约个时间见一面。"

佟斯年无奈："我没记错的话，她比我小五六岁？妈，我不喜欢比我小太多的，不懂事。"

一旁在吃草莓的佟辛感觉有被内涵，龇牙咧嘴敲桌子抗议。

佟斯年笑着揉了揉她脑袋："家里有这一个就够伺候的了。"

辛滟忧愁地说："介绍的你又不要，平时也没见你有什么女性朋友，有点休息时间总去酒吧听歌，有什么好听的？能听出女朋友来？"

佟斯年扶住辛滟的肩膀把人往厨房推，笑着说："对您儿子这么没信心了？"

"只剩寒心。"辛滟不乐意地走进厨房，忽地扬声，"大蒜怎么是这样切的呢？去去去，我来！父子俩都不让我省心。"

年夜饭，佟家四口其乐融融。辛滟给一双儿女发了红包，还把包好的铜钱饺子"无意"夹给佟承望，嘴硬心软道："来年可让我省点心。"

佟斯年也给佟辛红包，里面装了银行卡，轻声说："一闪一闪亮晶晶，佟家小星星快乐、健康！"

春晚直播时，外头已隐隐有爆竹声。佟斯年坐在沙发上，草莓才刚拿到手里，医院的电话就打了过来。前几日一个肠梗阻病人病情突然恶化，值班医生摸不准情况。

佟斯年条件反射地边说边去拿外套："好，我就来。"到门口，他冲屋里喊了声，"辛辛好好陪爸妈，医院有点事我得去看看。"

辛滟和佟承望把人送到门口，还给儿子拎了一袋草莓："去吧去吧，拿给值班同事吃，开车注意安全。"

佟斯年匆匆往医院赶，才出小区，电话又响。他看了眼屏幕，按了接听："礼鸣？"

霍礼鸣忙不迭道："佟医生，不好意思打扰啊。想拜托你一件事儿，我走的时候不记得燃气阀门关了没有。"

佟斯年皱了皱眉："哎哟，不凑巧，我在去医院的路上。这样吧，我给辛辛打电话，让她过去帮忙看看，行吗？"

想了想，他又改口："我把辛辛微信推给你，具体的你教她怎么做。"

就这样，佟辛在除夕这天，和霍礼鸣成了微信好友。

佟辛看到霍礼鸣发来的申请备注：斯文人。

斯文人还挺懂行情，通过后二话不说，直接发了个 200 元的红包，然后再说事。

过了一会儿，佟辛回了个表情包：【嫌弃】

嫌弃钱少啊。

此时正在上海的霍礼鸣笑了起来。一旁喝酒打牌的哥们儿面面相觑，然后暗中观察。

斯文人：【半年工资都在这儿了。】

佟辛：【你半年工资这么高？我还以为是三年。】

斯文人：【我就这么不值钱？】

佟辛：【谈什么钱？有辱斯文。】

霍礼鸣脑子突突的，行吧。很快，佟辛的视频电话打了过来。铃声骤响，振得霍礼鸣差点儿把手机掉地上，他一手捞起且正好按准接听键。

佟辛的声音猝不及防响彻包厢："我出门了，现在去你家。"

所有人安静，所有注意力都在语音上。

霍礼鸣无语，拿手捂了捂手机，抬头低声呵斥："看我干吗，都有病？！"

程序摸了摸脑袋，欲盖弥彰地向大伙儿解释："邻居，邻居家的妹妹，真邻居。"

佟辛从门口的报箱里找出备用钥匙，进去霍礼鸣家厨房，问道："怎么看关没关啊？"

"右边白色的旋钮，是不是归零了？"

"嗯！"

"但指示灯还亮的。"

"什么颜色？"

"绿。"

"绿？"霍礼鸣皱了皱眉，"那我真的忘记关。"

佟辛抬头观察许久："你这燃气表装得有点高。"

霍礼鸣忽然笑了下："知道你矮，我家有梯子。"

一般女生听到别人说自己矮多少会有点介意，但佟辛完全不会。她已经一米六五，并且还有继续生长的趋势。十七岁的女生，都偏向于娇小可人的审美观，她在班上的女同学里，已经算是高个儿了。

所以乍一听，佟辛还觉得挺悦耳。

她去杂物间搬梯子，手机搁在桌子上，所以霍礼鸣只能看到天花板。他下意识地提醒："你好点拿，那梯子有点重。"

几个小弟倒吸一口凉气，偷偷拉着程序的衣袖："小霍爷这是有情况？"

程序故意吊人胃口："你觉得有就有呗。"

佟辛将梯子搬去厨房，再回来拿手机，她一路小跑，画面抖得厉害，霍礼鸣能看见她晃动的长发丝。

"两个开关，是哪个？"

"第一个。"

佟辛刚要放手机，霍礼鸣倏地又说："手机立起来，让我能看到你。"

佟辛愣了愣，继而耳尖发热。

"万一你从梯子上摔下来，我还能马上打120。"

佟辛发热的耳尖一下子退烧了。

很快，燃气阀门关好了，霍礼鸣语气松了些："梯子就放那儿，我回来自己收拾。"

佟辛"嗯"了声，走时，她在门口顿住，视线又移回屏幕："那个寻人启事，我拿点走，明天回乡下拜年，可以帮你贴一些。"

霍礼鸣眉头舒展，眼里带着点笑意："这么好啊。"

佟辛反驳："不是特意对你好，是想早日找到你家人，至少能让你正回来。你这人吧，太歪了。"

程序他们竖起耳朵，人人震惊脸。

霍礼鸣用投降的语气说："好好好，你说什么都是对的，行不行？"

佟辛没有正面回答，而是不自然地结束："那我挂了。"

"等会儿，"霍礼鸣把人叫停，然后放低声音，"新年快乐啊，小妞妞。"

轰的一声，烟花恰好划亮天边，映红了佟辛的眼。她下意识地望向光亮处，烟花光芒显现，散去，烟云薄薄弥漫，宛若涂出一片星轨。

佟辛的耳朵，是真的发了烫。心绪被那声"小妞妞"搅得有点飘，她脱口而出："嗯，新年快乐啊，霍鸭鸭。"

视频断了，手机还捏在掌心，霍礼鸣架着腿，明暗光影里看不清表情，但他整个人在这一刻的感觉都是平和的。

安静五秒，憋太久的这群人终于爆笑："哈哈哈，霍鸭鸭！"

"小霍爷，你离开才多久就改名了？"

"我怎么觉得有点甜。"

"你异食癖。"

程序凑过来："小霍爷，难怪你从不和我们去泡温泉。"

霍礼鸣皱眉："干吗？"

程序挤眉弄眼："原来你那个，歪了啊。"

霍礼鸣冷笑，猝不及防地伸手钩住他脖颈，膝盖一顶，干脆利落地把程序摁在了地上，嘴里咬着的烟迷住了眼，霍礼鸣微眯眼缝："给爷死。"

大年初一，佟家回镇上老家拜年，因为佟斯年除夕夜零点后才回，开车路上，辛滟一直叮嘱他开慢一点儿，并且时不时地给他递个水果提神。

佟承望还有一个姐姐和一个哥哥，佟辛姑姑经商，大伯在国土资源局上班，平日都忙，也就过年能好好聚聚。

到姑姑家，佟辛照例成为"别人家的小孩儿"。佟家出了一个天才少年佟斯年，一路坦途，职业体面，佟辛似乎就必须成为天才少女才正常似的。

于是乎，一群弟弟妹妹被家长丢给她，美其名曰听姐姐传授经验，实则是让佟辛带孩子，自己好去玩麻将。

这群娃吵得哟，其中一个小胖子话最多：

"姐姐，怎么考 100 分啊？"

"姐姐，我们数学老师的袜子烂了个洞，我能跟她说吗？"

"姐姐，你有男朋友了吗？"

佟辛没好气地说："没有。"

小胖子用老气横秋的语气说："你们这届 00 后不太行啊。"

佟辛："……"

实在聒噪，佟辛开了电视，调到"奥特曼变身"，熊孩子们的注意力转移，总算安静了。

佟辛刚松口气，不远的牌桌上，大人们闲聊。

"你家辛辛明年高三了吧。"一个远房表亲问。

辛滟打出一张二饼："是啊。"

表亲哎呀叫唤："碰！"

另一个小表姐问："辛辛成绩这么好，考哪所大学？"

"看她自己。"

表亲来劲了："我跟你说，国内大学哪有国外好，镀镀金，洋气的嘞，回来都上外企工作的。"

这话辛滟不爱听，碍于礼貌，干笑两声便不搭理。

小表姐打圆场："咱国内好大学多得是，再说了，辛辛考清华北大希望也是很大的。滟姨，你想让辛辛学什么专业啊？"

女儿被夸，辛滟自然高兴，笃定地说："我和你姨父支持她考金融。"

很快，一片赞叹声响起，有夸辛滟教女有方的，还有夸孩子懂事乖巧的。

佟辛靠着沙发，微微低头时，长发轻遮侧脸，恰到好处地藏住了表情。

同一时间的上海，阴雨笼罩，寒气刺骨，往后一周都是这糟糕的天气。霍礼鸣每年大年初一都会去芳甸路，执着地头一个给唐其琛拜年。

室内开了暖气，伴着幽淡的檀香入鼻。霍礼鸣到时，唐其琛在落地窗边接电话，一件羊绒衫打底，把男人身型勾勒得笔挺。不惑之年，却依旧温润儒雅，面庞不见丝毫风霜。

温以宁切了水果，满满当当一大盘递过来。

霍礼鸣接过："谢了啊嫂子。"

温以宁和霍礼鸣年龄相仿，关系向来融洽，关心地问："在清礼过得还好吗？"

"还行。"

"我听说那儿有个瀑布很好看。"

"不好看。"霍礼鸣语气硬硬的。

他吃了口橙子，又朝唐其琛看了眼，说道："你让我哥注意点身体，大过年的还这么忙。"

"行，"温以宁眨眨眼，故作小声，"给他换个老人机。"

"快别提'老'字，"霍礼鸣嘘声，"别人随便说，你说就不行，待会儿他又得急了。"

唐其琛比温以宁大八岁，修成正果不容易，好在如今家庭和睦，一儿一女亦圆满。

"过来了。"唐其琛声音由远及近，握着手机往这边走。

霍礼鸣站起身："哥，新年好！"

"新年好！"唐其琛将他从头至脚看了个遍，"是不是瘦了？"

也不知道为什么，霍礼鸣被这句话说得眼热。他年少轻狂时藏不住情绪，现在倒学会了兼容并蓄，但在唐其琛面前，面具和堡垒自然而然都卸了下来。

霍礼鸣没忍住："琛哥，我想留在上海。"

唐其琛面色始终平静，拒绝得干干脆脆："不行。"

微妙的安静，一个态度淡淡神佛不近，一个沉默寡言犟劲儿不减。

最后，霍礼鸣妥协："好。"

都是心里有谱的主，不至于为三言两语闹不愉快。再者，唐其琛是恩人，也是亲人，十几年的情分真金白银。

午饭气氛轻松愉悦，霍礼鸣还陪唐其琛打了会儿牌。

人走后，温以宁有些于心不忍，看着丈夫："真不让他留上海？"

唐其琛微微叹气："付家至今不安生，几次搁外头放狠话。我明里能护，但暗里总怕有个万一。只有人不在上海，他才最安全。"

霍礼鸣自己开车，从别墅群出来，开到一半的时候，忽然就不想开了。他把车靠边停，懒散地拎着外套就四处瞎转悠。

这边春节有活动，多是中国风的喜庆玩意儿。霍礼鸣慢悠悠地看，看中了一个搪瓷娃娃。

胖脸，眯眯眼，塌鼻梁，小肥腿，鸡窝头。

啧！

怎么就想到邻居家那个小妹妹了呢。

万一被佟辛知道这丑萌的玩意儿像她……霍礼鸣笑了出来，握紧娃娃，问老板："多少钱？"

"六十元一个。"

"还有别的吗？"

"有，可爱的很多。"

霍礼鸣说："不要可爱的，要最丑的，凑一对，帮我包一下。"

包装好之后，霍礼鸣才想起忘记拍个照了，他把包好的拍照发给佟辛。

【谢谢你帮我关燃气阀门，买了份礼物，你跟你哥一人一个。】

佟辛收到信息时，动画片里正在嚷："狗狗们全体都有——出发！"

她问：【是什么？】

霍礼鸣却没再回复。

佟辛拿着手机，时不时地看一眼，又点开他的朋友圈，空空如也。晚上回家，佟辛洗完澡出来后，没忍住，主动给他发信息。

【你几号回？我把你家钥匙还给你。】

睡觉前，霍礼鸣一直都没回复消息。第二天起床，佟辛才看到霍礼鸣在凌晨三点多的回复。

【大年初四。】

佟辛本来是要刷牙的，此刻却盯着这几个字发呆。

凌晨三点多，他不睡觉？

也是，他就长了一张玩世不恭的熬夜泡吧脸。

佟辛思维发散，遂又莫名怅然，自己还没泡过酒吧呢。

都说年味越来越淡，但佟家一直热闹氛围浓厚，走亲戚的多，加之佟承望的学生多，每年都有好几拨人上门给恩师拜年。

不知不觉，到大年初四。这天佟辛睁开眼，就鬼使神差地想起了霍礼鸣今天回来这件事。她说服自己只是"无心"记住，其实很久以后她才明白，所谓的无心记住，实则都是有心蓄谋。

上午家里有客人，佟辛是那种不合群的女孩儿，一般打完招呼，就关在卧室做作业。但今天，她破天荒地去厨房给辛滟打下手。

厨房窗户敞亮开阔，抬起头就能看到对面的房子。佟辛看了好几次，大门紧闭，霍礼鸣还没回来。

饭做到一半，辛滟找了半天生抽，念叨道："我明明买了瓶新的啊，放哪儿去了？"

佟辛捏着菜叶子，说道："妈妈，我去超市买吧。"

菜太多，辛滟抽不开身："行，快去快回。"

佟辛出厨房后并没有马上走，而是去房间拿零钱，然后随手拿起床上的黑色羽绒服，刚要穿，手顿住。黑色是不是太深沉了？

于是佟辛打开衣柜，又拿出鹅黄色的那件面包服。这个颜色很衬肤色，可左边那件是过年新买的衣服啊。

佟辛犹豫两分钟，最终选定新衣。她边穿边转身，恰好对上佟斯年略带审视的目光。佟辛心跳加速，是那种做坏事儿被抓现场的心虚。

佟斯年反倒笑起来："是要去参加同学聚会？"

"买生抽。"佟辛低着头，一溜烟地跑了。

佟斯年看着妹妹的背影，定定的，若有所思。

这天直到吃完晚饭，隔壁仍是黑黢黢的。佟辛说不上什么心情，就觉得这人真不是好人，骗人的都不是好人。

事实上，清礼天晴，上海暴雨。

高铁票卖完了，只能坐飞机。霍礼鸣本来都走不了，但他还是改签到最晚班回了清礼。从机场打车到家，已是凌晨两点。

他这人有点洁癖，这房子一周不住人，看哪儿哪儿都脏，于是一通收拾到三点。

霍礼鸣睡得不好，做了好多乱七八糟的梦，最后梦到一个戴面具的怪物，拿着大铁锤朝他胸口碎大石，再揭开面具，竟是隔壁佟辛的脸。她张牙舞爪暴吼："我的礼物呢？"

霍礼鸣猛地睁眼，下意识地摸了摸心脏。

小妞不好惹。

他急忙坐起身，想着赶紧把礼物送过去。但这才六点半，太早了。

霍礼鸣洗漱完之后去窗口望了望对面，佟家没开门，估计都没起。

晨间有薄雾，空气凛冽清新，今天该是个好天气。霍礼鸣被当头吹来的冷气扑得有点晕，四仰八叉地躺在沙发上又睡了个回笼觉。

这一觉睡得踏实，醒来后神清气爽。霍礼鸣拎着那两个搪瓷娃娃，出门前顺便又提了两箱水果，新春佳节的，长辈肯定在。打开门，却被蹲在门口的"活物"吓得眼皮一跳。

霍礼鸣连退三步，皱眉看清了，确切来说，是个大活人，女活人。

霍礼鸣不耐烦地问："你谁啊？"

女人的眉眼清冽，五官温软，气质却明艳。因为仰视，所以目光异常夺彩，光芒拢聚其中，锦上添花的野生眉，让她看起来气势如虹，有那么几分侵略感。

她站起身，黑衣黑裤裹体，马尾高高束起，有一种酷极了的美。

霍礼鸣注意到她手上拿着的一张纸，再熟悉不过的东西——他印了几万份、发过无数地方的寻人启事。

清冷的声音响起，与这冬日清晨意外合拍："大你两岁，3月生，右肩有个烫伤，五岁时你欠揍，和我抢糖吃打翻桌上的开水泼到的。"

说完，她一脸淡定地解开外套，抽出一只手，再将打底的薄羊绒衫斜扯下去。白皙的肩膀皮肤暴露于寒冷空气中，上面赫然有个现在来看都很丑陋的疤痕。

这是那份寻人启事上，最有力、最生动、最鲜明的一个线索。

她就这么站着，言简意赅："宁蔚，叫姐姐。"

而刚从家里出来，站在大门口的佟辛，脚步被胶水粘住一般。视线所及，就是这一幅美人露香肩，款款对视的刺激画面。

佟辛的幼小心灵有点受冲击，她完全不敢置信，新年第一次见面，霍礼鸣竟是在认亲。

这个认知瞬间挑燃了她的情绪，她佯装无意路过，无意转头，无意打招呼："小哥哥，从去年到今年，你还是这么敬业啊。"

霍礼鸣："……"

大过年的，这都什么事儿！

门砰的一声摔得震天响，霍礼鸣拽着宁蔚的手臂粗鲁蛮横地进了屋子。

隔着几米的距离，佟辛都好像吃了一嘴门板灰。她渐渐收起面具，嘴角轻松看戏的笑容也落幕大半，剩下的那点弧度，透着点意兴阑珊。

佟辛回家后径直去卧室，三两下脱了过年买的新外套，换上旧衣服。

她出来时，佟承望回头看了眼："咦？刚才不是穿这件衣服的呀。"

辛滟从厨房探出头，问道："不是去买生抽吗？生抽呢？"

"没开门。"佟辛说。

坐在沙发上回邮件的佟斯年抬头看了佟辛一眼，忽然问道："礼鸣回来了吗？"

"回了。"佟辛脱口而出。

一个问得微妙，一个后知后觉。这两秒的安静，是兄妹俩各怀心思。尤其佟辛欲盖弥彰地又补了句："我顺路看到的。"

佟斯年哦了声，继续低头回邮件，只是打字的速度悄然慢了下来。

相比佟家的宁静，隔壁就是一片火热。

霍礼鸣对着这个突然冒出来，看样子还不好打发的"姐姐"，真是一脸蒙。

两人四眼相瞪，静静的、久久的，铆出了一股势均力敌的劲儿。宁蔚眼廓曼妙，是典型的杏眼，本该是温柔似水，但长在她脸上，像深夜霓虹，冷冽又多情。

霍礼鸣不耐烦地先挪开眼，抽起了烟。烟雾升腾遮掩表情，他眉心蹙成川字，一只手勾出钱包，点了一沓扔在桌上："你走。"

宁蔚看都没看："当我敲诈？"

霍礼鸣丢了个"难道不是"的眼神。

这么些年，上门儿认弟弟的都能组一支足球队。哭天喊地的有，声泪俱下打感情牌的有，抱他大腿儿撒泼打滚的也有，最后都离不开一个"钱"字。

这种可笑又可悲的经验，逐渐磨灭了他的至诚期盼。

霍礼鸣近乎麻木，跟背书似的流畅启唇："不过你肩上的疤，画得是上门认亲的人里最逼真的。"

宁蔚被他又拽又嚣张的语气逗笑了，冷哼道："你什么毛病？不信人还找什么找？"

霍礼鸣的火气也上来了："你走不走？我可不是怜香惜玉的主。"

宁蔚低喃一句："还跟小时候一样浑蛋。"说罢，她拉下外套拉链。

霍礼鸣皱眉："你干吗？"

宁蔚直接脱了外套，扒拉开羊绒衫，再一次露出光洁的右肩。

霍礼鸣真要窒息，语气危险警告："你这女人什么毛病？"

宁蔚用手指很用力地去戳那个圆形的疤，自证所言不假。

霍礼鸣到嘴边的骂人的话瞬间憋了回去。

"你五岁就是个熊玩意儿，抢我糖吃，太烦人了，不然我也不至于被开水烫伤；你不肯去托儿所，半路躲起来让我找不着，害我回家被妈骂，拎着我的耳朵在大街上找，你倒好，躲建军超市玩老虎机；七岁还怕黑，非挤我床上跟我一块睡，半夜还尿床。一男的丢不丢人？"

霍礼鸣耳边是有螺旋桨的声音，刺破耳膜，明明每个字都听清楚了，却又好像什么都没听见。

他定定地问："九岁呢？"

宁蔚平静地说："九岁？爸妈死了。"

十分钟后,霍礼鸣把人按坐在椅子上,和她面对面,眼对眼,一副谈判架势。

"寻人启事哪里看到的?"

"酒吧。"

"凭什么笃定我是你弟?"

"本来不笃定,现在差不多。"

"为什么?"

"我弟从小也是个浑蛋。"

霍礼鸣忍了忍:"寻人启事上说了电话联系,你堵门口算什么事儿?"

宁蔚简明扼要:"我没钱交房租,我缺钱。"

对视三秒,霍礼鸣冷哼:"你是缺爱。"

宁蔚忽然一笑,骨子里的风情像荷叶香,不自觉地散漫而出:"臭小子。"

到现在,霍礼鸣还有一种恍惚的不真实感。

宁蔚不请自来,把自己安排得明明白白:"我睡那间房,搬张桌子给我用,不然化妆品没地儿放。房子钥匙给我一把,我上夜班,凌晨回,你要不嫌我敲门吵不给也行。对了,你睡觉把门关好,我神经衰弱,听不得鼾声。"

霍礼鸣才神经衰弱了,听了这么多,最后只干巴巴地反驳一句:"我睡觉从不打鼾。"

宁蔚笑了笑,转身进卧室。

霍礼鸣后知后觉,火速冲过去:"你住这儿?"

"不然呢?"宁蔚睨他一眼,"你要把亲姐姐扫地出门吗?"

霍礼鸣顿悟,论脸皮厚,玩不过她。

宁蔚是一个气场非常强的女人,不是那种外在的、直接的。相反,她刚靠近你时,并没太多存在感,但待久了,主场就悄无声息由她拿捏。

霍礼鸣冷嗤,依然觉得魔幻至极。

宁蔚关上门,一早上的折腾短暂落幕。

霍礼鸣慢半拍地呼出一口气,总算想起自己还有事没办。他被宁蔚搞得头昏脑涨,出门被冷空气一扑,拉回几分魂魄。刚走几步,就看见佟辛正好出来。

隔着绿化带,霍礼鸣叫她:"佟辛。"

佟辛表情冷淡,跟没听见似的,迈出两步的脚又收了回去,转身回了家。

这小妞，绝对故意的。

他给她发微信：【在家？出来一下。】

小星星：【不在。】

霍鸭鸭：【撒谎会被月亮割耳朵的，我刚才明明看见你了。】

小星星：【这么弱智的传言你也信？】

霍礼鸣想笑，被宁蔚搅得烦乱的心情一下子没了踪影。他靠着墙，单手回信息：【出来，给你带了礼物。】

佟辛磨磨蹭蹭地出来了。

霍礼鸣盯着她："这年过得不喜庆啊？怎么这表情？"

佟辛别开头，又转回头："礼物呢？"

霍礼鸣看见她素着一张脸，皮肤白净，情绪全挂在脸上。但再质朴，也不会觉得不修边幅，这样的年龄，天生气势如虹。

霍礼鸣抬起一半的手又缩了回去，说道："附近有奶茶店吗？带我去买。"

小区附近就有，佟辛把人带过去，这是她比较喜欢的一家，店名好听，叫"仲夏柠叶"。她在这里有积分卡，二十个能兑一个保温杯。

佟辛正好还差四个，问道："你要买几杯？"

"怎么？"

她把兑杯子的事说了一遍。

霍礼鸣扭过头，对老板干脆道："二十四杯。"

佟辛惊了："买这么多你喝得完吗？"

"不是想兑杯子？"

"那也只差四个呀。"

"兑两个，"霍礼鸣言简意赅，"给佟医生带一个。"

佟辛咧嘴，白牙如贝，一下子鲜活可爱起来："你这么喜欢我哥？"

霍礼鸣无语，伸手揉了把她脑袋："你哥长得那么帅，谁不喜欢？"

他的劲儿不大，佟辛却有些发怔，等他背过身去付钱的时候，她抬起手，慢慢摸了摸刚被他揉过的地方。

佟辛心里下意识地蹦出四个字：意犹未尽。

奶茶做好了，二十四杯。霍礼鸣没事人似的，把这些全拎去了小区门口

108

的保安亭，只拿了一杯带走。

"小李叔。"霍礼鸣熟络地打招呼。

"哟！小霍。"

"奶茶放你这儿，你挑着喜欢的口味先喝，剩下的那些阿姨过来休息的时候，让她们也喝。"

李师傅赞不绝口："好好好，天这么冷，搞环卫也不容易。"

来去不过两分钟，霍礼鸣办事利利索索。走的时候佟辛还没反应过来，被他拍了拍后脑勺："走了。"

佟辛慢半拍开口："这都不像你了，都不坏了。"

霍礼鸣嗤笑："一看就没社会经验，真坏人，都喜欢用做善事掩盖。"

佟辛盯着他："所以呢，白天送奶茶，晚上出去拧人头？"

霍礼鸣随即狡黠一笑："行，晚上拧一个大的，给佟妹妹当球踢。"

佟辛："行啊，踢完之后再让我哥给缝好，安回你脖子上。"

霍礼鸣："……"

乱七八糟地聊了一路，佟辛到家门口才发现，礼物呢？她都怀疑自己记忆力衰退了，想了想，还是自我说服地决定折回霍礼鸣家。

礼物是吧，本来就是他说要送的，接受也不过分了。又不是她一个人的，还有佟斯年的，帮哥哥拿回来而已。

多么正当的理由。

佟辛深吸一口气，敲门都光明正大了些。

门很快开了，迎上宁蔚明艳慵懒的脸，佟辛脑子嗡的一声，她反应颇快，目光也亮出明晃晃的刺，语气很不友好："你是谁？"

宁蔚笑起来，眼睛跟荡漾开来的湖水似的涟漪阵阵，带着散漫的表情，拖着音调道："你敲我家门，还问我是谁？"

"你家？"佟辛盯着她，"这家姓霍。"

宁蔚笑眯眯道："改姓了，就早上。"

其实佟辛已经认出来了，她就是大清早和霍礼鸣在门口深情对望的女人。

佟辛心里有一种说不出的滋味，明明早就了解，为什么还会觉得硌硬？

她不甚明了地斟酌辨认几秒，盖棺论定，是因为这女人态度太差才硌硬的，没有别的原因。

一定没有。

同性之间的气场反应很奇妙，是敌是友，是喜是厌，是相见恨晚的投契，还是王不见王的相斥，无关年龄，无关相识多久，一个眼神就能嗅出对方底细。

比如此刻。

佟辛不及宁蔚成熟老到，但定在原地，不走不搭腔，云淡风轻地与之拉锯。

宁蔚弯了弯唇，刚要说话，霍礼鸣脱了外套，手里搭着换洗衣服从卧室走出来，眉间透露着不耐烦："你别欺负小孩儿啊。"他的目光始终落在佟辛身上，"本来要去洗澡的，想起礼物忘了给。"

佟辛敷衍地扬了扬嘴角。

"你进来待会儿，在桌子上，你自己拿。"霍礼鸣冲佟辛招了招手，便往浴室去了。

如果是在平时，佟辛完全可以甩头就走。但此刻，她跟鬼迷心窍似的，忽然就不想动了。宁蔚吊着眼梢，兴致盎然地盯着她。目光一相碰，兴致就衍生成了一丝丝故意为之的挑衅。

年纪小又如何，谁还没个临时起意的胜负心呢？佟辛挺直腰杆，是这屋子的主人让她进去坐坐的。

她迈进门，撞上宁蔚的肩，一点都不带退缩的。

宁蔚双手环胸前，浓密的鬈发搭在左肩，像新鲜的海藻。宁蔚不避讳地将佟辛从头至脚打量了个遍，脑子里忽然跳出四个字：

少女玫瑰。

宁蔚咧嘴笑："邻家妹妹啊。"

佟辛不走心地弯了弯唇，拿起立在桌面上的礼物纸袋。浴室在右边，水声隐隐入耳，佟辛下意识地看过去。

"他啊，昨晚一宿没睡，折腾得厉害。"宁蔚忽地开口，不怎么正经。

佟辛手脚僵了僵，安静几秒后，直视她，一天的不痛快终于找到原因。

"你是他女朋友？"

宁蔚灿烂展颜，声音清脆："是啊，我们姐弟恋。"

十分钟后，霍礼鸣洗完澡出来，目光四处扫视："人走了？"

宁蔚盘腿坐在沙发上，拿着个本子不知写着什么，头也未抬道："走了。"

霍礼鸣拭头发的动作变慢，警惕地盯住她："你没跟她乱说什么吧？"

宁蔚倏地抬起脑袋，笑眯眯道："不用说，她知道你去洗澡了。你怎么回事？洗澡那么大声，人家小姑娘听得耳尖都红了。"

方才佟辛转头看向浴室时，耳尖红了，眼神也极力掩饰不自然。

霍礼鸣斜睨宁蔚一眼，皱眉道："你别胡说。"

宁蔚一副洞察世事的表情："这小姑娘喜欢你。"

霍礼鸣愣了愣，骤然大怒，把擦头发的湿毛巾往她脑袋上狠狠一盖："毛病！"

宁蔚咬牙警告："别拿湿毛巾打我。"

霍礼鸣勾了把椅子，砰的一声立在离她半米远处，坐下来和她面对面，眼对眼。这样的霍礼鸣已在动怒的边缘，他耐着性子，全然因为对方是女生。

"在这里，你想说什么，想做什么，哪怕放个屁我都不管。但在别人面前，你不要乱说话。"

宁蔚不甚在意地笑了下："行啊，不说。"

出其不意的卖乖，直接把霍礼鸣搞无语了，心梗只能自己忍着，但仍不甘心地放狠话："我留你在这里，不是傻白甜地信了你。"

宁蔚点了下头："怎么，要赶我走？"

霍礼鸣还没来得及开口，她拉着尾音，带着笑，说道："挺大胆啊，大逆不道。"

霍礼鸣从不是好脾气的男人，压低眼睛，直白又锋利地盯着她。

宁蔚以静制静，云淡风轻地接纳他目光，半晌后才轻飘飘地说："我知道，你要去做 DNA 鉴定。"

霍礼鸣愣了下。

宁蔚已经把湿毛巾重重砸回他胸口，变脸如六月天之迅速，在温情和冷冽之间切换："再用搓澡巾盖我，你试试。"

霍礼鸣眯了眯双眼，小霍爷最不怕被威胁。他把毛巾揉成一团："试就试，我还怕你？"

宁蔚冷笑："你试啊，下次再碰见那小姑娘，我就问她是不是要跟姐姐抢人。"

霍礼鸣一愣："什么意思？"

宁蔚语气纯真无害："我刚告诉她，我俩姐弟恋。"

"你能不能好好说话？"

大年初八，佟斯年终于结束连班，这几天累得够呛，做了四台手术，晚上开车的时候都有点儿犯晕。

辛滟给他熬了银耳莲子羹，说道："你们科室还不招人？这样下去哪受得了。"

"小章去国外进修半个月，所以特别忙，"佟斯年接过碗，"谢谢妈。"

喝了两口，他问："辛辛呢？"

辛滟说："在屋里写作业吧，你妹妹这两天不怎么出来。"

佟斯年"嗯"了声："等会儿我进去看看她。"

"不急，你趁热喝，"辛滟用手肘推了推佟承望，"徐教授那儿说了没有？"

佟承望正看报纸呢，推了推鼻梁上的老花镜："啊？什么？"

辛滟颇不耐烦："啊什么啊，女儿的事你也不上心。"

"哦哦哦，"佟承望忙不迭地点头，遂又啧了声，"急什么，辛辛才高二。"

"高二还不急？徐教授在行业内那可是名号响当当，多少人走后门费尽心思想见他一面。你倒好，蜗牛性子。"辛滟一说起就不痛快，她和老伴是两种截然不同的性格，一个雷厉风行，一个温吞慢热。

佟承望笑呵呵："咱们辛辛没准儿想考别的专业呢？"

辛滟倏地严肃起来："没有别的，就考金融。"

佟承望还想辩两句，被佟斯年打断："妈，粥还有吗？我想再喝一碗。"

辛滟顿时转移怒火："有有有，我帮你盛。"

人去了厨房，客厅里，儿子望了一眼老子，都有几分意味深长。佟斯年笑了笑："老佟，还想看报纸吗？"

"想啊。"

"那就少说两句，我妈全对就成。"

卧室里，晚上的暖气供得好像大了些，暖烘烘的，像个温度过高的小火炉。佟辛坐在书桌前，试卷摊开两页，半小时前写到一半，然后一字未动。

她一直盯着窗外黑漆漆的夜空，不知道的还以为有天女下凡，实则连月亮都没有。佟辛望了很久，蓦地弯下腰，伸手拉开书桌最下层的抽屉。

佟辛拿开最上边的三本习题册、草稿纸、荣誉证书，终于露出抽屉最底层的两本……男模杂志。

这杂志吧，不太正规，倒也没有十八禁内容，就是一些国外男模的硬照，再配一些佟辛不能理解的时尚穿搭。十五块钱一本，据说鞠年年还订了三年的年刊。

鞠年年就是个张扬的性子，一来新刊了，非得跟佟辛分享。一页一页的男模翻过，佟辛总能评价个头头是道。

"肌肉太造作，蛋白粉喝多了。"

"不喜欢留胡子的，看着邋遢。"

"他能不能换条内裤，感觉好油腻。"

鞠年年张大嘴巴半天没合上，最后朝她挤眉弄眼："小色女。"

偏好这种东西，与生俱来。佟辛从小就比较偏爱正正规规的男性审美。初二那年，很流行花样美男子，女生们私下评选校草，一个高三的学霸小哥哥和一个高一的学渣。最后学渣以飘逸的头发、稀碎遮眼的忧郁刘海获胜。

班上女生的八卦话题三句不离他刘海，好迷人、好神秘、好飘逸。

佟辛实在受不了了，叹气提醒："就校门口小强叔的理发店，三十五块钱能烫个半永久。两人成团还能打折。"

大伙儿："喊！"

佟辛腹诽，有什么好喊的。学霸小哥哥身高体长，浓眉凤眼，干净利落的寸头走路带风，比那阴郁学渣帅多了。后来学霸考去国防科大，学校荣誉榜上也用了一张他身披戎装的证件照。

佟辛赞不绝口，真是帅得让人赏心悦目。

佟辛将杂志翻到某一页，入眼的是一个二十岁的年轻男模，赤裸上身，黑色平角裤下，一双结实强劲的腿。他赤脚踩着地，对着镜头是酷且高冷的表情。

佟辛盯了他半天，手指戳了戳男模的脸："长得也不是很帅。"说完就觉得有点违心。

霍礼鸣那张脸，够帅的了。

她手指又下移，停在男模的喉结处。她几乎瞬间想起了某人同样的部位，手指跟烧着似的，飞快往下挪，最后停在男模的腰腹上。

佟辛顿时有些恼火："也就个子能看，脱掉衣服指不定什么松垮样呢！一点都不好看，不好看！"

她自言自语，愤愤发泄，妄图平复心里的不痛快。

姐弟恋。还姐弟恋！才认识多久就姐弟恋，也太不知检点了！

佟辛心里闷闷的，太入神，以至于有人敲门她也没听见。而当佟斯年走到身边时，已经晚了。

"妈熬了粥，还喝吗？学习也别太辛苦，要注意……"佟斯年一眼看到桌上摊开的杂志，结实光裸的男模赫然入眼。

佟斯年的话戛然而止，表情从怔然到深沉，最后有了薄薄的怒意："辛辛。"

佟辛吓得一哆嗦，猛地将杂志合上。

合上了，露出了封面，这本正巧是去年情人节特刊，封面照就一男的戴着米奇耳朵发箍，捧着颗粉色大爱心。

佟斯年："……"

佟辛愣了愣，急忙解释："不是，哥哥，你听我解释。"

佟斯年反手关上门，搬了把椅子坐在佟辛面前，痛心疾首地开始长达一小时的思想教育课。

"哥哥知道，你这个年龄对某种事物很好奇。

"但这种违规杂志，真的不适合成为你的读物。

"辛辛，你成绩好，但也不能松懈。"

佟辛始终低着头，不吭一声。

她甚至有些微微走神，想的仍是霍礼鸣家出现的那个艳丽美人。她浑然不知，自己这个态度已经彻底将温和的佟医生激怒。

佟斯年控制了一下情绪，严肃地说："如有必要，我可以给你安排去上两性教育课。"

佟辛："……"

佟斯年离开卧室，关上门，说希望她好好想一想。

室内骤然安静，像一个扎紧的塑料袋，空气越来越稀薄。佟辛觉得自己力气都被抽空了，神游四海，没着没落。她颓废地坐着，神情空洞地扫了遍卧室，最后停在墙角的纸袋上。

忘了，霍礼鸣从上海回来带的礼物还没拆。

佟辛好像找到了可以暂时分神的事，三两下把礼物打开。不可否认，在拆礼物的时候，那点灰暗失落的情绪短暂被治愈。

礼盒包装倒精心，一层层拆开，终见真身。

眯缝眼，鸡窝头，蒜头鼻，雀斑脸，两个丑到人神共愤的搪瓷娃娃咧嘴冲她笑。佟辛的心脏像从九万英尺高空垂直落地，砰的一声，砸得稀巴烂。

所以，她只配得上这样的礼物？

霍礼鸣五点多就醒了，冬季清晨天亮得晚，睁眼时窗帘不透一丝光，要不是客厅传来声音，他以为自己还在梦里头。

门边放着吉他，吉他边摆着换下来的高跟鞋。宁蔚赤脚踩地，正窝在沙发里仰脸闭目。她的烟熏妆还没卸，累极了，安静得像一只病了的波斯猫。

霍礼鸣有点起床气，语气不善："要么你就晚点回，要么就换个工作。"

宁蔚睨他一眼，昨晚跑了两个场子，嗓子嘶哑没恢复，懒洋洋地说："行啊，你给我钱花。"

霍礼鸣冷嗤："凭什么？"

"凭我是你姐，给你个机会修复姐弟情。"

霍礼鸣淡淡道："别往脸上贴金。"

宁蔚是真累了，眼睛一闭，不再搭腔。

霍礼鸣无语片刻，走过去踹了踹她脚尖，没好气儿地撂话："走开，别挡我道儿。"

宁蔚猛地睁眼，眼妆晕染，让她目光越发明锐犀利。

霍礼鸣甩了个背影："睡客房！"顿了下，"床新买的。"

115

从家里出来，天刚蒙蒙亮。东方的云雾逐渐散开，露出白光轮廓，该是太阳升起的地方。初九，年味散得差不多，路两边的红灯笼提醒着喜庆的收尾。

霍礼鸣双手插兜，慢悠悠地往小区外走。快到大门时，恰巧瞧见一个人影。佟辛低着脑袋，拎着个快递袋，像一团移动的椰香面包。

霍礼鸣看了她一会儿，佟辛全然未觉，快撞上他胸口了，霍礼鸣才出声："走路不看路的？"

佟辛一愣，慢慢抬起头，望向他的目光先是茫然，然后飘忽忽地看向别处。

霍礼鸣微微弯腰，视线与她眼睛平行，语气不自觉地紧张："我又惹你了？"

佟辛撇了撇嘴："没。"

"你生气就是这表情？"

"我什么表情？"

"像绿豆冰棒。吃过吗？硬硬的，特别不好咬，牙齿都能给冻掉了。"霍礼鸣似笑非笑，肩膀又塌下去了些，看着她的眼睛，"说说，哪儿惹着你了？我死也得死个明白。"

这语气，一听就是调笑，而调笑意味着不正经与不上心。

佟辛听着他欢快轻松的声音，心情却同夜海中的幽深海藻，闷闷不乐。她想起昨天被佟斯年抓包现场，误以为她看小黄文，又想起那个不说期盼很久，但真的心有所系的礼物，居然是那么丑的玩意儿。

佟辛喉咙一哽，低下头，不看他。

霍礼鸣愣了愣，顿时手忙脚乱："不，不是，怎么还哭起来了？"

"……"真的只是风迷了眼睛。

但他这么一问，佟辛还真冒出了几丝委屈，于是便煞有介事地抬起手，擦了擦眼角，闷声哼："没事。"

"女生说没事，那一定是有事。"

佟辛忽然就沉默了。这么了解，一定是有经验了。心里头的两分委屈莫名被放大，像被水草缠住，使劲拖着她往深海坠。佟辛低着脑袋，眼里真有了莫名其妙的湿润。

霍礼鸣慌了，一米八四的高个儿站在马路边手足无措："你别哭啊，待会儿被人看见告你家长，我真说不清了。

"能不哭吗？我请你吃早餐行不行？"

佟辛鼻尖红红的，就是不吭声。

霍礼鸣也很绝望，他没有哄姑娘的经验，沉默了两秒，说道："答应你，换个工作行吗？"

佟辛倏地抬起头，目光清透澄明："这可是你说的。"

她将快递往他手里一塞："走。"

"干吗？"

"你说要请我吃早餐的。

"两碗粉，一碗牛肉一碗排骨，加一笼蒸饺，蘸酱不放醋，谢谢。"

等餐的时候，霍礼鸣一言难尽地回头看了眼坐在窗户边的佟辛。后知后觉，大概率是被这小妞给套路了。

佟辛坐得笔直，很规矩，且敏感，隔空察觉到被人注视，下意识地回望，然后对霍礼鸣天真无邪地一笑。

八点钟的冬日阳光带着一层毛茸茸，从窗外漏进几缕，恰巧给女孩儿镶嵌了一道温柔的金边，与她的笑容完美贴合，甚至让霍礼鸣微微恍然——

凛冬过去，春天该来了。

佟辛肚子饿，走过来视察进度。不等她开口，霍礼鸣主动道："交代了不放醋，点了蒸饺，牛肉片多放点。"

佟辛扑哧一笑："哦。"

她歪了歪头，与方才的小哭包判若两人，勾着尾音轻轻说："你好乖啊。"

她唇瓣微张，看口型，霍礼鸣以为她至少会叫声"哥哥""帅哥"之类的。

佟辛一脸正经："叔叔。"

霍礼鸣嗤笑，脸凑过去，意味深长地反问："真这么显老啊？我十七岁生日的蛋糕还是你和佟医生给买的呢。"

佟辛无语，就这么伸出食指，轻轻戳住他的右脸颊："十七岁？脸呢？"

霍礼鸣笑了："脸不就在你手上吗？"

对视一眼，两人都反应过来了。一个飞快地收回手，一个挪开眼。

"早餐打包好了。"老板吆喝。

霍礼鸣道谢并问："多少钱？"

付完钱，他手机上来了电话，上海那边的。

霍礼鸣顿时严肃了些，边看边对佟辛说："排骨那碗帮我加点葱，不要蒜泥，辣椒油也少放。"

"你不吃辣？"

"给人带的。"霍礼鸣说完，便走去店外接电话。

女生的直觉总是不讲道理地准确，该敏感的时候，一猜一个准。

佟辛盯着那碗排骨面，才缓解的心情又不太好了。

霍礼鸣接完电话走进来："回家？"

佟辛指了指排骨面："小料加好了。"

"行，谢了，"霍礼鸣一手拎餐盒，一手拎着佟辛的快递，"走。"

到家，宁蔚窝在沙发上睡觉。她睡眠质量很差，开门动静一响便醒。霍礼鸣没轻没重地把面条往桌上一搁："早餐。"

宁蔚一晚没吃东西，胃里烧得难受，偏嘴上还调侃："可以啊，这悟性，值得调教。"

霍礼鸣冷声："不吃倒掉。"

"吃。"

宁蔚简单洗漱出来，捧着排骨面吃了一大口，停顿两秒："呕！"

她面色痛苦，跑到垃圾桶前全给吐了，狂咳不止："我……我说了不放辣椒啊。你谋杀啊！"

霍礼鸣皱了皱眉，走过去翻了翻餐盒里的面条。上面一层那叫一个清淡可口，实际上，辣椒油、蒜泥全加在最下边儿，用面条盖得严严实实的。

回过味儿，霍礼鸣冷不丁地笑出了声，拖慢语调："谋杀你的可不是我，不过也都怪你。"

"咳，咳咳。怪我？"

他的语气蛮无赖："哪怕你长得有那么一点点像我，都不至于被人嫌弃成这样。"

宁蔚莫名："为什么要像你？"

小霍爷指了指脸，眉毛往上挑："招人疼。"

宁蔚："……"

不知是潜意识的，还是无意的，他指脸的地方，恰好是佟辛方才在早餐店用手指戳过的位置，不偏不倚。

宁蔚愣了几秒，走过来捏住他的脸，狠狠往右边一甩。

霍礼鸣一愣，然后低骂一句："毛病啊。"

虽对年幼记忆不甚清晰，但这个动作，和小时候的模糊印象忽地重叠，凿出一条清晰的脉络，勾出似曾相识。

宁蔚恍了恍神，低声吐槽："跟小时候一样浑蛋。"

霍礼鸣抿了抿唇，不客气地把人往客房推："睡不睡？不睡就把床拆了！"

夜幕深降，宁蔚背着吉他，化好妆，九点准时出门。人走后，霍礼鸣走到窗边打电话。

对方接得快："小霍？"

"叫礼哥，"霍礼鸣问出这句话时，声音不自觉地紧绷，"跟你打听的事儿什么时候能出结果？"

"快了，就这几天，"对方笑道，"怎么，这次不一样？"

霍礼鸣没说话，良久才"嗯"了声："没事儿，我就问问。"

还有几天元宵节，年过完了，寒假也将过去。鞠年年约了佟辛一起逛街。去了才发现，杨映盟也在。

一个寒假不见，鞠年年惊呼："辛辛，你长高了耶！"她伸手比画，"你以前只比我高这么多，现在这么多了。你吃什么啦，我也想长高！"

佟辛兴致缺缺："我也觉得自己长了点儿。我不想长太高。"

"傻瓜，"鞠年年痛心疾首，"女生个子高多好看，穿衣服随便挑，气质也好，身材也好。"

一旁的杨映盟冷不丁地说一句："那也得看脸吧。"

"你什么意思？"

"你明白的。"

"杨映盟你欠揍是不是？"

佟辛拦住气急败坏的鞠年年："我身高分你一半行了吧？"

这俩欢喜冤家，待一起十分钟准吵架。

鞠年年气呼呼地走前面，佟辛叹了口气，宛若一个老家长。

三人坐地铁去市中心，这个点错过早高峰，空荡荡的列车里还有位置坐。三个人坐一排，晃晃荡荡的，看着车外明暗交替的广告牌。

杨映盟看了眼佟辛，问道："他还追你吗？"

佟辛差点儿咬到舌头，随即故作镇定，不清不楚地"嗯"了声。

"那就是还在追？！"

佟辛皱眉："你小点声音。"

小不了的，鞠年年耳朵尖，声音更大更尖："谁在追你？！"

车厢里的乘客望向他们，佟辛无语。

"我都让你报警了，你怎么还没报？"杨映盟说得隐晦含蓄，"条件这么好的你拒绝，干吗对一个这样的人心慈手软了？"

佟辛下意识地反驳："怎样的人啊？"

"小混混，混社会的，还爱打架，一看就没上过大学。"

"没上过大学的这么多，你不要人群歧视，"佟辛不高兴道，"还有，什么叫混社会，读完书，参加工作，谁还不是在社会上混呢？"

杨映盟辩驳："你明知道我不是这个意思。"

佟辛停了下，说道："我不知道啊。"

杨映盟这小少爷委屈巴巴道："你就是偏袒他。"

佟辛不说话了，若无其事地扭头看车厢外的广告牌。

到站，杨映盟一包子的气冲去前头。

鞠年年扯了扯佟辛的手："辛辛。"

"嗯？"

鞠年年笃定地看着她的眼睛，小声问道："你是不是喜欢他啊？"

佟辛一怔，脱口而出："不喜欢。"

"我还没说是谁呢，"鞠年年心灵鸡汤看太多了，说话一套套的，"'杨映猪'说得对，你偏袒。偏袒意味着双标，而双标，代表着情不自禁。"

佟辛心口忽地一麻，像触了电似的，看她好几眼，不吭声了。

鞠年年撇了撇嘴角，还有半句话没说完："沉默，意味着言不由衷。"

元宵节这天，辛滟亲自揉汤圆。一早上买食材、备料，做事雷厉风行。佟辛在旁边帮忙，一手的白糯米粉。

辛滟耐心地手把手教："面你得这样揉，往里头发力，再加点糯米粉，对。"

辛滟的性格虽外向，但对女儿却是极富耐心的。从小到大，没有对佟辛发过一次脾气。幼升小的时候，佟辛单韵母和复韵母傻傻分不清，拿着第一次语文考试不及格的试卷哭成了小花猫。

辛滟那天累得只剩半口气，但仍旧打起精神，笑眯眯地抽了张小藤椅和闺女面对面坐着："我们家小辛辛也太厉害了，只差三分就六十了，一百分的试卷答对一大半呢。"

佟辛在这样充满爱与包容的环境中成长，张弛有度，也塑造了她身上不失天真的部分。

佟斯年昨天很晚才回，难得一天休息能睡个懒觉。八点半了，佟辛看了眼卧室门，她昨晚睡得早，问辛滟："哥昨天又上夜班啊？"

"没，"辛滟哼了声，"又去酒吧听人唱歌了。"

提起这事儿，辛滟又有得念叨："本来就忙，空出点时间也不知道做点正经事。你李叔都问了我好几回，问你哥什么时候有时间。"

"哥哥要相亲？"

辛滟心烦意乱，糯米团都不想揉了："他能记得这事儿我就酬神谢佛了，李叔的女儿，明芳姐姐你见过的。李家都主动抛出橄榄枝，你哥说忙，一拖再拖。"

佟辛说："哥哥不是忙，是不想。"

辛滟一手掌重重按在糯米团上："不想不想，二十好几的人了，有时间就去酒吧听歌。我看他是想转行当歌手。"

佟辛扑哧一声笑了起来。

辛滟也就一时情绪，不至于真埋怨儿子。她叹了口气："我只是觉得，你哥工作这么忙，再不抓紧，怕是要娶不着媳妇儿。"

今天天气放晴，明亮的太阳悬挂高空，天空也是纯净的湛蓝，一长道白色云团横跨天际，像极了初夏。

宁蔚一天没回来。

霍礼鸣起床的时候，特意站在门口看了眼她房间，干净、整洁，桌上摆着彩条样式的化妆包。

霍礼鸣已经出去办完一轮事，下午到家，还是没见她人影。在屋里溜达了一圈，上海的一个座机号码打来电话。他手机没换号，乍一看以为是小广告，拖到最后一秒才按了接听。

那头问："是霍先生吗？"

霍礼鸣没搭腔，开着免提搁一旁。

直到那边说了一句话："我们是同莘医院生物遗传科，您这边委托的检测结果出来了。"

霍礼鸣如垂死病中惊坐起，瞬间清醒了。

他打开邮箱，迅速翻开报告扫描件。这类报告的格式、内容，他熟得不能再熟，目光扫至最后一页……

半世所寄，尘埃落定。

艳阳为深夜腾挪，城市霓虹闪烁。霍礼鸣坐在出租车里一秒没耽误，万物似有感知，这一路开去闹市，竟难得没有堵车。

MIS 酒吧，人头攒动，吧台都坐满了人。霍礼鸣找人拼了桌，在最后排。

灯光已经变暗，从焰火红到烟花蓝，一圈圈的光影游晃朦胧，唯有台上正在试音的宁蔚光鲜耀眼。

她一身朋克装，穿着马丁靴，两条腿笔直匀称。她的肩颈优美，无论何时，都像一只高傲的天鹅。宁蔚坐在高脚椅上，叠着腿，一派悠然从容。前奏响，音乐起，那是一首粤语歌。

"人生艳如花卉 / 但限时美丽 / 一览始终无遗 / 回望昨天剧场深不见底 / 还是有几幕曾好好发挥……"

霍礼鸣一口灌下半杯酒，眼底像被烟熏着了，深邃且怅然。他听了宁蔚一整晚的歌，脑子里想把那些破碎的记忆完整拼图。

酒尽了，歌停了。霍礼鸣深吸一口气，起身走了出去。

凌晨三点，宁蔚背着吉他出酒吧。

"喂。"柱子后面的霍礼鸣懒洋洋地出声。

宁蔚吓得一哆嗦，看清人后，陡然火大："大半夜的你跑这儿来做什么？"

霍礼鸣双手插兜里，黑色外套薄薄的，似要与这夜色融为一体。他看着宁蔚，还是那副懒得打不起精神的神情："改名干吗？叫霍丽美不挺好的吗？"

宁蔚愣了下，快要被这三个字烧着了耳朵，她眼神定定地问："鉴定结果出来了？"

霍礼鸣用鞋底磨了磨地面："嗯。"

宁蔚嗤声一笑，波澜不惊地问："所以，准备怎么对亲姐，嗯？"

霍礼鸣还认真想了想，平静道："明天带你去派出所。"

"干吗？"

"把名字改回来。宁什么蔚？我看霍丽美就很美。"

宁蔚脸色崩了："死开。"

霍礼鸣嬉皮笑脸地追上来："死不开，我是你弟弟啊，亲姐。"

宁蔚："……"

两人唇枪舌剑地一路到家，是冬夜，天边却有圆月。

霍礼鸣想象过无数次和姐姐相认的场面：痛哭流涕，抱头痛哭，或是说上几句矫情话，再干脆物是人非、沉默以对。

却从未想过会是这般情景。

霍礼鸣想到了生日那天，在佟辛家吃的那顿晚饭。热闹、自然，被烟火气拥抱。

到家后，宁蔚蛮霸道地说："主卧让给我睡了啊。"

霍礼鸣冷笑："睡，你睡，我床下养了一笼子老鼠。"

宁蔚翻了个白眼："你到底经历了什么，竟长成了这样？"

霍礼鸣淡声说："没经历什么，也就认了个上市集团老总做哥哥，上海两套房，三辆车，存款五百万，长得稍微出众了那么一点点。"

宁蔚忍不住笑出声："毛病。"

不再搭理他，她去洗澡。等她洗完澡出来，霍礼鸣坐在沙发上一动不动。

霍礼鸣转过头看着她，目光深沉而认真："我想问你个问题。

"这些年，你有没有找过我？"

男人年轻的面庞轮廓流畅，眼里还有了隐隐的期盼。

宁蔚静静地站立着，半晌才说："从未放弃。"

第二天，霍礼鸣煞有介事地找了支笔和本子，同时给佟辛发了个表情：

【戳一戳】

小星星：【问号】

霍鸭鸭：【回复挺快啊。】

小星星：【我正好在给朋友发解题步骤，是顺便，不是特意回复你的。换作平时，我不会这么快回复的。】

打这段话时，佟辛手指都快摩擦起火了。她好像忘了，越解释，就越难掩饰。

霍礼鸣的电话直接打了过来："你现在有空吗？"

佟辛启了启唇，正想着该怎么答。

霍礼鸣："我在你家门口，出来。"

佟辛："哦。"

出去之前，她在衣柜前犹豫着穿哪件外套好。这件新的和鹅黄色的都穿过了，黑色有点儿显老气。最后，佟辛选了件淡水粉的早春款毛衣开衫。

霍礼鸣等在门口，一眼就能看见他挺拔的背影。察觉动静，他转过身，先是将佟辛从头至尾扫了眼，最后盯着她的毛衣开衫，问道："穿这么少，不冷？"

"不冷。"佟辛把手悄悄背去身后，指尖已经快冻得没知觉了，"你找我什么事？"

霍礼鸣往右挪了一步，不动声色地挡住风口。

"帮个忙，会取名儿吗？"

"取名？"

霍礼鸣兴致颇高，看得出来心情轻松愉悦，甚至有一种隐隐的示好："佟医生太忙，我不好去麻烦他。怎么样，小学霸，帮个忙呗。"

佟辛腹诽，原来只是看上了我的才华。多大点事，佟辛答应下来。

佟辛语文成绩很不错，写得一手好作文，让她取名，无非就是引经据典，取几个有内涵的好名。这事她有经验，年前就帮小表姐的新生宝宝取过名字。

两人分别后，佟辛坐在书桌前，想了想，给霍礼鸣发信息：【男生女生？】

他回复很快：【女。】

那还挺好取的。

佟辛背出几句诗：

"重重叠叠上瑶台，几度呼童扫不开。"

瑶台不错。

"苍苍竹林寺，杳杳钟声晚。"

声晚，意境唯美。

"帝乡明日到，犹自梦渔樵。"

渔樵，寓意深刻。

佟辛很认真，想着再翻翻词典，多备几个供他选择。等她写了十来个，觉得差不多了才拿起手机。

页面还停留在十五分钟前和霍礼鸣的对话框，所以新消息没有提醒，看了才发现，霍礼鸣又补了一句：【就是上次给你开门的姐姐。】

佟辛无语，心凉，郁闷，愤怒。给她取名？她配不上这么好的名！

佟辛把纸盖住，定神数秒，紧抿唇瓣，挥笔题字。

时间拨后两小时，宁蔚今天接了个商场开业的演出，中午才到家。开门时，踩着了门缝里的一张对折的小雏菊信纸。

她捡起来，也没打开，问霍礼鸣："你的？"

一看就知道是佟辛塞的。她敲过门？他怎么没听见呢？

宁蔚两根手指夹着信纸，似笑非笑："你的情书。"

"别胡说。"

"知道小雏菊的花语吗？"宁蔚晃了晃信纸，"'深藏心底的爱'，俗称暗恋。"

霍礼鸣无语，但心情愉悦，忙不迭地催促："你打开看看，我让隔壁的妹妹给你取的名。"

"取名干吗？"

"周一去派出所，把你户口改回霍姓。我知道你嫌霍丽美难听，你从里面挑一个，佟医生的妹妹成绩挺好，比我取得好。"

宁蔚一时竟不知从哪里开始吐槽。她打开手中的雏菊信纸，看了几个，差点儿昏厥。

霍旺财、霍春香、霍艳秋、霍美红，最后一个霍翠妞的旁边还画了一个大拇指，意思是这个最棒。

天气真的开始回暖了，还有两周立春，太阳迫不及待地开始脱去冬衣，罩在人身上时，竟也有了蓬松的暖意。

过两日就要开学了，佟辛约了鞠年年一起去买文具和书。她今天裹了件厚厚的格子大衣，翻领帽，扎了一个高高的丸子头，清新甜美得像春天里破土的萌芽。

佟辛不记得带没带手机，低着头从包里翻找，路过霍礼鸣家时也没注意路边站了个人。宁蔚裹着宽大的棉袄，露出巴掌大的脸，眼睛艳丽多情，不轻不重地叫她："嘿。"

佟辛蓦地一怔，抬起头，目光瞬间带刺，如临大敌。

宁蔚被她这反应逗笑，怎么了这是，吃人啊。

佟辛被宁蔚的神情惊艳到了。

怎么说呢，佟辛的审美一直很传统，无论男女。而宁蔚是典型的艳丽美人儿，一颦一笑都透着点风情。

宁蔚带着笑意，慵懒地问："妹妹，对姐姐有意见啊？"

佟辛被美色所惑，纯属看呆的。但在旁人眼里，就像受欺负的委屈模样。

不知何时开过来的白色车身滑下车窗。下夜班的佟斯年一只手撑着窗沿，另一只手搭着方向盘，目光不着痕迹地落在宁蔚身上。

他弯唇，人如春风，笑意温润，对宁蔚说："妹妹，对我妹妹有意见啊？"

那个尾音很微妙，隐约带着迷人的小鱼钩。

第四章
少女心

宁蔚显然被噎，但也只是冷淡且漠然地回视一眼佟斯年，就进了屋。兄妹是吧？都不是好招惹的。

佟辛走到车旁边："哥哥。"

佟斯年这才慢悠悠地把目光匀给妹妹。

总不能污蔑人，佟辛坦诚地说："那个姐姐没欺负我。"

佟斯年却问："她和小霍是……"

佟辛酸不溜秋地说："姐弟恋，挺时髦的。"

佟斯年面色平静："这样啊。"

佟辛盯了他三秒："哥。"

"嗯？"

"你的语气听起来，怎么有点遗憾呢？"

佟斯年笑了下，很久之后才冷不丁地说了句："是啊，真还挺遗憾的。"怕她误会，又轻飘飘地补了句，"小霍这么年轻，都有女朋友了啊。姐弟恋？他挺有眼光啊。"

这下误会更深了。

佟辛费解，哥哥今天怎么怪怪的。

佟承望和辛滟今天都加班，晚上，佟斯年给佟辛煎牛排。二月份清礼市还供着暖，佟斯年就穿了一件纯白短 T 恤，系着深蓝色的围裙站在灶台前。

"辛辛，"佟斯年闲聊一般地问，"那个姐姐是什么时候和小霍谈上的？"

正在吃水果的佟辛哼道："就过年。"

她把撞见宁蔚的那一幕添油加醋说了番，希望和哥哥统一战线。最后还总结道："她一看就不好惹。"

佟斯年不以为意地说："那不挺好？"

佟辛一愣。

"多有个性。"佟医生平静的语气之下，藏不住由衷的赞许。

佟辛这就不乐意了，这叫什么个性啊，是咄咄逼人好不好？话不投机半句多，佟辛一怒之下吃了三碗饭。

佟斯年看笑了："慢点儿，没人跟你抢。"

开学，高二下学期正式开始。

一个寒假不见，教室里乱哄哄的，三五个同学聚在一起叽叽喳喳，有说不完的话题。

鞠年年跟谁关系都好，溜一圈回到座位，点了点佟辛的肩膀："小星星，你怎么越来越好看了啊？"

佟辛转过头："聊完了？"

鞠年年八卦出一个消息，压低声音说："你听说了吗，学校要推人去市里参加优秀学生的评选，我们年级有一个名额。"

这事不稀奇，年年都有，佟辛没觉得特别。

"咱们班可有一个人很在意的，"鞠年年往右边斜了斜眼睛，然后声音压得更低，"邹丽好像不高考，要出国。"

这也不稀奇。邹丽成绩吊车尾，本人也无心读书，加之家里有点钱，捐点建校费直接出国上大学。

"但她要去的学校好像挺看重在校表现，最好有点荣誉傍身，"鞠年年小声哼唧，"邹丽对外放话，说她爸妈找好关系了，这次学校推荐名额铁定是她的。"

佟辛不关心这些："随便吧。"

鞠年年一点也不喜欢邹丽，气愤地说："上次她藏你习题册，可不想便宜她。"

佟辛拍了拍鞠年年的手背："不说了，老师来了。"

邹丽这人咋咋呼呼的，不出一天，全年级都知道她不高考要出国。不出两天，又全都知道她家里找了关系，这次推荐名额她要定了。

然而一周后，年级对今年的推荐突然增加一道投票程序。二十位候选人，每个学生匿名投一票，得票数高的再进入学校层面的审核筛选。

清礼高中在公正廉洁这方面一向看重，估计也是听闻了风言风语，正面回应反而显得有什么，干脆加个投票环节，流言不攻自破。

邹丽一学渣，加之平日与同学关系也处不太好，怎么可能得民心。看看佟辛挂在墙上的证件照，没修图的证件照而已，都唇红齿白，清雅秀丽，又是年级第三，性格温和不惹事儿。

投票结果毫无意外，佟辛是绝对第一名。而邹丽勇夺倒数，理所当然地被排除在外。

结果公布那天，邹丽犹遭晴天霹雳，走进教室的时候把书本摔得啪啪响，但没一个人理她。

放学后，李芙蕖特意在路上等邹丽，且笑容可亲地递给她一杯奶茶："喏，别生气啦。"

邹丽愤怒地踹走脚边的石子儿："不知道搞什么鬼！以前都没有投票的！我爸妈费了不少关系，怎么还没把事情办好。"

李芙蕖揽住她的肩，开导道："他们是你爸妈耶，肯定百分百尽力的。这事儿也不能怪他们，唉，就当运气不好吧。如果少点竞争人选，没准就是你了。别的班顶多就一个，我们班有两个呢。"

邹丽一听，火气腾腾往上冒："我有什么办法，她成绩那么好。"

"这种事情也不单单看成绩的吧，还要综合考量的。比如在校表现啊，风评啊，万一出错，也拿不到荣誉的呢。"李芙蕖主动牵起她的手，笑盈盈的，"一起走吧，别不高兴了。"

邹丽思索着，忽然觉得这话很有道理。

这学期的学习节奏明显加快，这才刚开学，班主任就宣布从下周起开始上晚自习。试卷一张张地发，压根不给人喘气的空间。

晚上，佟斯年下班回家，连衣服都没换，径直去佟辛房间晃了圈。

"作业写完了？"

"写完了，"佟辛扬了扬词典，"我记单词。"

佟斯年没走，环着胸，闲散地靠着门。安静几秒后，他问道："那个姐姐白天都在家？"

佟辛一时没明白："哪个姐姐？"

佟斯年语气悄然变了调："就……小霍女朋友。"

"不知道，"佟辛对宁蔚本就没有好感，态度略为不耐烦，"你怎么总问她啊？你都不关心我。你想知道，自己去看看嘛。"

佟斯年没说话，拿起她桌上的笔，在手里转了两下便走了。

佟辛看了好几眼他的背影，还真是莫名其妙。

开学第一周，数学老师便猝不及防地组织了一次摸底考，全班叫苦不迭，毫无意外，佟辛拿下150分的满分。出成绩那日，班主任顺便说了句，周三公布此次校方推荐参加市优秀学生评选的名额。

大家心照不宣，都认为佟辛实至名归。课间议论的时候，邹丽坐在后排，冲她邻座的小姐妹翻了个大白眼。

这天晚自习，佟辛给同学讲解错题晚了五六分钟才走，有说有笑地走到校门口时，几个蹲在路边的小青年站起身。

"你就是一班的佟辛？"其中一个紫毛小脏辫拦在佟辛跟前，嚼着槟榔，流里流气地问。

佟辛皱了皱眉，警惕地看着他。同行的同学也往后退了两步，对这种社会青年又惧又厌。

小脏辫吊儿郎当地说："我稀罕你，我要你当我女朋友。"

放学路过的学生们也频频回头。

佟辛冷漠道："让开，找错人了。"

小脏辫也没拦人，冲她背影大声吆喝："明天跟我约会看电影啊。"

走了几十米，同学小声问："辛辛，这些是什么人啊？"

"我不认识，"佟辛没当回事，"认错了。"

"哦哦。"

但到第二天，这帮没事干的竟真的从早上开始就等在去学校的路上。校门口有保安，他们很有经验，就堵在岔路口，这是学生必经路段。

几个非主流本就惹眼，小脏辫还到处问："看见你们学校的佟辛了吗？我女朋友。"

一上午，几乎全校都听说了这件事。

"佟辛成绩不是很好吗，怎么会认识这种人啊？"

"她谈恋爱啊？看不出来啊。"

"啧啧啧。"

佟辛都听见了，但自己也是一脸蒙，毫无头绪。

晚自习下课，小脏辫等在校门口，早上上学时，他就到处问学生。

鞠年年吓个半死，一到教室就问佟辛："你怎么被这种人缠上了？"

"我说我不认识，你信吗？"

"我信啊，就那长相，杨映盟都瞧不上，"鞠年年紧张兮兮，"要不你跟老师说吧。"

佟辛很平静："我有办法。"

这边，宁蔚嗓子发炎，这两天没去驻唱。听人说西芙园区那边有一家诊所治嗓子挺厉害，就赶早去了一趟。

打了针开了药，回来是下午了。

霍礼鸣也刚到家，坐在沙发上理账单，回头看她一眼："嗓子废了没？"

"怎么说话的？"宁蔚不悦。

"你这工作迟早有天废嗓子，"说实在的，霍礼鸣不喜欢她这日夜颠倒的活儿，"你二十七岁了吧？爱好还挺非主流啊。"

宁蔚说："二十六岁。我身份证改大了一岁。"

霍礼鸣手一顿："我服。"

安静了一分钟，宁蔚边拆药，边看他。

霍礼鸣头也没抬："被你弟弟的容貌帅到流连忘返了？"

宁蔚冷笑一声，问道："隔壁那个小妞妞是不是在附近上学？"

霍礼鸣一听是佟辛，抬起头："怎么？"

"我早上去诊所路过一中，看见她跟几个小混混待一起。"宁蔚的语气意味深长，"看不出来啊，这么乖的女孩儿，人脉还挺广，玩得很开啊。"

霍礼鸣皱了皱眉："你别乱说，佟家人不差。"

宁蔚不置可否："估计是见小姑娘长得漂亮，缠上了。"

霍礼鸣没说话，维持着看手机的姿势没反应。就在宁蔚以为他不当回事的时候，霍礼鸣猛地起身，拎着外套出了门。

五点半下课，中间一小时休息再接着上晚自习。时间不长不短，大家在食堂吃完饭一般就回教室学习了。

佟辛没去吃饭，一个人去到校门口。小脏辫似有预谋，上学放学掐着点在路上等。

远远地，佟辛就看见两个社会哥在路边说笑，笑得前俯后仰，站没站相，佟辛站在身后了，他们还没知觉。

佟辛无奈，这一届的非主流不太行啊。

她清了清嗓子，终于引起对方的注意。

小脏辫嘿一声："来了啊，来做哥哥的女朋友了？"

佟辛面色平静，把一早备好的东西丢到他脚边。

"这是啥？"小脏辫低头一看，"给我面镜子干吗？"

"给你照一照，看清自己长什么样子。"佟辛说。

小脏辫的脑回路山路十八弯："我知道我长什么样啊。"

他旁边的小弟急得跺脚："蠢货，她是骂你丑！"

佟辛"嗯"了声："不是骂，是说实话。"

小脏辫暴跳如雷："你想死是吧！"

眼见着他捋起衣袖就要上前揍人，佟辛往后退一大步，冷冷道："你混哪边儿的？跟华南虎哥还是东北浩天叔啊？"

小脏辫迷乱了，这都谁啊，他咋一个都没听过？但佟辛太镇定了，煞有介事的模样还挺像那么回事儿。

小脏辫想，总不能让一个死丫头看笑话吧，于是不懂装懂，凶巴巴地说："我，虎哥的人。"

佟辛咧嘴一笑："你撒谎。昨天我还跟我哥吃饭，他说没见过你这号人。"

小脏辫彻底蒙了。

佟辛语气陡变，扬高声音："去道上打听打听我是谁。这次是给你们面子，再有下次，你就不是站着跟我说话了。"

小脏辫和同伴面面相觑，虚得很，真有点被唬住。

同时间，站在梧桐树后的霍礼鸣听得怀疑人生。

宁蔚也跟被点穴似的："这个妹妹，嗯，很特别。"

霍礼鸣笑了起来，靠着树，双手环胸，好整以暇地看起了热闹。

佟辛穿着校服，这校服尺码大了，把她衬得小小一个人儿。她扎马尾真青春，头型漂亮，额头饱满，浑身贴满了标签：好看。

佟辛的直觉很敏感，下意识地抬眼看向前方，就这么猝不及防地和霍礼鸣的视线撞了个正着。

佟辛顿时冒起了冷汗。

什么情况，这还能偶遇？

那自己刚才母老虎的样子没被他看到吧？

佟辛自我催眠，我不管、我不管，没看到、没看到。

她眼睛一闭，再睁开时，竟撒腿往霍礼鸣那边跑，眼角红了，鼻尖也红了，穿得太少，面色被风吹得也有点白。

她像一只仓皇出逃的兔子，往霍礼鸣背后一躲，扒拉着他的衣袖仰起脸，说道："他们欺负人。"

宁蔚："……"

霍礼鸣低头看着她，他点点头："别怕。"

宁蔚："嗯？"

只见霍礼鸣长腿阔步地走上前，脸上带着动真格的怒意，外套没扣，里头一件平领 T 恤，恰好露出从锁骨延伸至颈侧的图腾文身。

凄凄夜色里，他像一只从鬼门关乱入人间的修罗。

小脏辫是彻底萎了，他才是真混混该有的样子啊！

宁蔚怕霍礼鸣乱来，跟过去扯人。霍礼鸣在小脏辫面前站定，倒也没出现挥拳干架的场面。相反，他很从容，甚至可以说是平静。

佟辛离得远，没听清他说什么，但应该是说了句很管用的话，因为顷刻之间，小脏辫和他的同伴一溜烟地逃命了。

霍礼鸣再回来面对佟辛时，又是另一副温和的、淡淡的表情："他们不会再找你麻烦了。"

佟辛僵硬地点了下头，还适时叹了口气，小声嘀咕："吓死了，吓死了，我真快吓哭了。"

一旁的宁蔚已经快要神经错乱了。搭台子演戏的她看过不少，但真没见过这么合拍、默契、心灵合一、忘乎所以的男女演员。

佟辛一步三回头，委屈巴巴地回教室上晚自习。

宁蔚一到家，啪的一声把门关上，转过身，直视霍礼鸣："你今晚有毛病了？"

霍礼鸣睨她一眼，要笑不笑："邻居之间互相帮助多正常。"

"正常个屁，"宁蔚冷声，"你明明看见她不带怕的。"

"她不怕？"霍礼鸣尾音拖得散漫，"她怎么不怕，就是逞能。没看见她跑向我时，脸都惨白了。"

"那叫惨白？她皮肤本来就那么白好不好？"

"那就是惨白，你不懂。"

宁蔚点点头："好。"然后直视他，"那你为什么要说那句话？"

听到这里，霍礼鸣的目光像被戳漏，露出了两分不坚决。

就刚才，霍礼鸣走到小脏辫面前，带着他身上天生的欠揍狂妄，不屑地问："小子，想追她啊？"

小脏辫气势完全输了，脑子飘了，眼睛昏花了，呼吸停滞了，于是木讷地点了下头。

霍礼鸣从容友好地理了理小脏辫的衣领，笑得松松垮垮，眼神却跟刀锋似的："你觉得自己是长得比我高，还是比我帅？"

小脏辫疯狂摇头："不不不。"

霍礼鸣冷呵："那你还这么自信地去追人……当我死了，嗯？"

宁蔚行走声色场，人间什么样的情态她都见过。

她走过来，也温和亲近地理了理霍礼鸣的衣领，笑盈盈道："他们当没当你死了我不知道。但我清楚，你在自欺欺人啊，我的弟弟。"

宁蔚明晃晃的眼神很扎人，像要扎穿人的心底事。

霍礼鸣看她两秒，冷哼道："你别驻唱了，改行当算命的得了。"

宁蔚顺着话反问："看来我是算准喽。"

她志在必得的表情有点嚣张，小霍爷可不吃女人这一套。他目光硬茬茬的，向前一把拽住宁蔚的手腕，巧施力，瞬间把宁蔚的手反到背后。

动作干脆利落，霍礼鸣单手扣住她，扣得她没法儿动弹。

宁蔚弓着腰，回头大骂："兔崽子你干吗？！"

霍礼鸣呵了一声："做兔崽子该做的事。"

他劲儿大，是真没什么温柔可言。

宁蔚被掰得疼，恶狠狠道："你是不是没谈过恋爱？"

霍礼鸣用力一掐："我这张脸，像没谈过恋爱的样子？"

"像，"宁蔚答得干干脆脆，"并且以你刚才的反应，是恼羞成怒。"

"我现在是挺怒的。"

姐弟俩鸡飞狗跳，都是不服输的主。宁蔚这人性子犟，疼得半死愣是不服软讨饶。

霍礼鸣倏地把手松开："行吧，你赢了。"

他往沙发上一坐，长腿敞开，摸了支烟出来叼着也不点。

宁蔚揉了揉酸疼的手腕，瞥他一眼："不是吧，你真没谈过恋爱？"

"对，没谈，我有个死了的白月光，我被白月光骗身骗心，远离上海跑到这儿来避世疗伤，满意吗？"霍礼鸣一口气说完，"不满意我继续编。"

宁蔚翻了个白眼："真浑蛋。"

霍礼鸣哼声："对，没少骗小姑娘。"

宁蔚笑道："你不是，真渣男不长你这样。"

再聊下去，霍礼鸣真得被她怼得翻白眼了。烟嘴不自觉地被他咬碎，尝到丝丝辣苦，他不耐烦地将烟摘下。

安静了会儿，宁蔚说："你这个邻居小姑娘是不是得罪人了？这么个乖学生，按理不会认识这些人。"

这话倒是提醒了霍礼鸣，宁蔚不了解，但他太清楚佟辛的性格，长了一张天使脸，但生了一颗汉子心，没准又是哪天见义勇为得罪了谁。

"你也不用眉头紧锁，顶多就是学校哪个女生看她不顺眼使出的小伎俩。"

霍礼鸣一惊："这你都知道？"

宁蔚笑着说："我有经验啊，想当你姐夫的人比在门口包子铺排队的人还多。"

"那我谢谢你了。"

这件事不难探出底细，霍礼鸣问了一圈就套出小脏辫的底细，第二天找着人，小脏辫抱头蹲下："哥，别打脸行吗？"

就这水平的，日工资应该不超过两百块。

果然，小脏辫说："对方是学生，没钱，但她让我连续堵那女孩儿十天半个月，我就给她打了个八折。"

霍礼鸣冷冷地说："我给你开二百五十块一天，你按我说的做。"

小脏辫一听，震惊地问："这也行？"

"做还是不做？"

"做、做、做。"小脏辫见钱眼开，又觉得这位酷哥好说话，于是贼心不死地谄媚，"哥，二百五这数字不太好听，你再涨点价呗。"

霍礼鸣冷淡道："你就值这价。"

小脏辫执行力很强，次日就跑到清礼一中校门口继续蹲点。这次他还重新染了个头发，从紫色变成了屎黄色，破洞牛仔裤，耳钉、舌环一个不少，相当辣眼，逢人就问："邹丽呢？见到邹丽了吗？"

有个同学壮着胆子问："请问你有什么事？"

小脏辫声大如喇叭："我要追她，我要跟她处对象。"

不出半天，全年级都传遍了。大家都不傻，这小混混先是找佟辛麻烦，这才多久，又用同样的套路找上了邹丽。除非小脏辫精神分裂，不然只有一种可能——以其人之道还治其人之身，究竟是谁先作恶，不言而喻。

邹丽先是蒙圈，然后害怕。流言蜚语不说，这小脏辫特意守株待兔，上学放学路上阴魂不散。就这短短三天，邹丽已经神经衰弱了。

霍礼鸣就付了小脏辫三日工资，差不多行了，说到底对方也是一个学生，虽然手段下作，吸取教训也算达到目的。

宁蔚一听，冷笑："你'圣父病'挺严重。"

霍礼鸣："……"

"犯罪不分年龄，未成年杀人的新闻真不少。"

"……"

倒也没这么严重，不过，真还提醒了霍礼鸣，佟辛这事应该告诉她家长。万一对方消停这一次，还有下次。

霍礼鸣捏着手机站起身："剩下的我管不着，也没必要去管，我跟她哥说一声，这是他家事。"

宁蔚嗤笑："你帮她的时候，怎么没想过是人家的家事？"

霍礼鸣睨她一眼，顿了顿才说："佟家是好人。"

他已经过了丁点温暖就感动流涕的阶段，人世间走一走，堕过深渊，也摸过明月，所以如今可以十足坦然地感怀给予他善良和热心的人。

萍水相逢，才至纯至真。

宁蔚有几秒默然，在霍礼鸣出门前说："别小看女人之间的嫉妒，无关年龄，发作起来也没有丝毫同理心。算了，你们臭男人不懂。"

她说他不懂，霍礼鸣也确实不懂。他跟佟斯年打了个电话，把这事简短说了一遍。

佟斯年那头应该在忙，听到好几声电子音提示病床换药。

佟斯年第一遍没听清，听第二遍后，语气紧张："这件事辛辛没跟家里说，这样，礼鸣，我马上去学校找老师问清楚情况，把那位同学的家长叫过来面对面地谈。"

霍礼鸣："……"佟医生，这么迅速的吗？

佟斯年顾全周到，说四十分钟后到，让霍礼鸣也一同前去。热心助人没问题，但霍礼鸣想到他们俩大男人去解决俩小女孩儿的矛盾，是不是有点诡异？

霍礼鸣想把宁蔚叫上，但打个电话的工夫，人已经不见了。他这个半路姐姐，个性是真个性，做出什么事都不稀奇。霍礼鸣看了看时间，决定提早去学校门口等佟斯年。

岔路口过条马路就是，但当他看到对面的一幕时，差点儿不敢相信自己的眼睛。

不是放学的点，今天的天气也阴雾连绵。高挑的宁蔚站在女学生面前，简直气场碾压一切。

宁蔚逼着邹丽一步一步往后退，手里捏着一柄小号的削皮刀。她脸上带笑，但笑得像头母豹子。

"你很会玩儿啊，妹妹，"宁蔚散漫的语调，"一天天的，不学习，想什么呢，嗯？"

邹丽吓蒙了，结巴道："我、我没有。"

宁蔚只笑，用食指戳了戳她脸上的酒窝儿："脸还要吗？不要的话，正好给姐姐试试这把刀锋不锋利。"

霍礼鸣简直怀疑人生，她还是女人吗？一点温柔如水的样子都没有。

怕这女豹子真拿刀划人脸，霍礼鸣大喊："宁蔚！"

没反应。

"霍丽美，可以了啊。"

宁蔚顿时回过头，凶悍道："不许叫这个名字！"

邹丽连滚带爬地跑了。

霍礼鸣走过来："你怎么跟土匪一样，这么暴力？"

"她还不死心，我听见她打电话叫人，"宁蔚手背在身后，漫不经心道，"这种心术不正的，就得一次唬住。"

这时，白色现代驶近，一把停进车位，佟斯年皱着眉从驾驶座下来："礼鸣。"

"佟医生。"

"辛辛她……"佟斯年这才看见霍礼鸣身后的宁蔚，他一顿，语气不自觉地放慢，"辛辛的事，谢谢你了。"

霍礼鸣说："举手之劳。"

佟斯年平静了许多，好一会儿没说话。

宁蔚侧头看他一眼，目光不起波澜，是她一贯的冷淡。

佟斯年视线下移，问道："你受伤了。"

宁蔚的手指尖是刚才被水果刀划的，她自己都没知觉，低头一看，就一点破皮，冒出了颗圆圆的小血滴。

宁蔚不甚在意地要走。

佟斯年说："伤口要及时处理，我车上有医药箱，你过来一下。"

宁蔚看他一眼，没动。

"手指血管与心脏相连，破皮就有感染风险，然后组织坏死，诱发凝血功能障碍，慢性出血，产生瘀斑，最终脑组织缺血缺氧，神经系统紊乱。"

顿了顿，佟斯年说："俗称傻子。"

宁蔚："……"

换作别人，她一定破口大骂了。但佟斯年长得太好看，皮肤清白如瓷，干干净净，就连渣男风的桃花眼安在他脸上，都变得正经深情了。

佟斯年也不等她发话，自己把医药箱拿过来："伸手。"

宁蔚一定是灵魂出窍了，抑或是医生的语气自带威严和说服力，她真的伸出了手。

佟斯年的指尖温热，碰触她，轻拭而过。他动作熟练，且带着一丝丝不易察觉的温柔。

"好了。"佟斯年松开手，很绅士地退后一步，温和道，"最好再去医院补一针破伤风，清礼人民医院很近，留个电话，你过来可以直接找我。"

宁蔚目光探究地看着他，没有动作。

佟斯年依旧耐心，亦不再催促，笑意温和："不留你的电话也行，我住礼鸣家隔壁，他有我的所有联系方式。任何问题，随时找我。"

说完，佟斯年就去学校办正事了。

冬末与初春的风交融，吹得宁蔚鼻尖有点痒。她想打喷嚏，但忍住了，低头一看，食指尖被佟医生包得严实细致，还用绷带给她系了一只小小的、萌萌的蝴蝶结。

佟斯年直接去找学校，这事引起轩然大波。邹丽原本不肯承认，但在看到佟斯年打印出来的她与小脏犇的交易聊天记录时，她瞬间认错。

她痛哭流涕差点儿下跪求饶，她父母被请来学校喝茶，免不了一顿揍。邹丽最后被记大过，并且从一班转去了三班。据说，转班后的日子也不好过，天天被群嘲。

　　不久后，市优秀学生的名额公布，是二班的学习委员。邹丽更是呆滞了，所以，做这么多错事，结果根本就不是佟辛。

　　事情告一段落，周六，鞠年年来找佟辛玩。

　　大人都上班，总不能自己做饭。鞠年年早想去吃火锅了，于是提议道："新开的店，我有优惠券呢，算下来打七折。"

　　佟辛其实不太想去，她这几天有点上火，但看鞠年年口水都快流了三千尺了，就不扫兴吧。两人走到门口，鞠年年猛地扯住她胳膊："酷哥！是酷哥！！"

　　霍礼鸣正出门，听见声音转过头。

　　"小霍酷哥好！"鞠年年夸张地招手，颜值决定热情度。

　　霍礼鸣点了下头算是招呼，目光落向佟辛："出门啊？"

　　鞠年年马上答道："对对对，去吃火锅，哥哥你要不要一起？！我有七折优惠券，还送两瓶草莓冰冰乐。"

　　霍礼鸣笑了笑，没马上回答，又看了眼佟辛。

　　鞠年年纳闷，不是，大酷哥，你这样子很像想吃糖但又害怕，所以要先经过家长同意的小孩啊。

　　佟辛接收他的目光，撇撇嘴角，刚要说"那就一起吧"，霍礼鸣笑了下："不了，有事。"

　　人一走，鞠年年惊叹："多久不见，他又变帅了！"

　　佟辛说："是啊，我哥又给他整了三次容，你觉得怎么样，还有进步的空间吗？"

　　鞠年年："……"

　　新开的火锅店位于新商圈中心位置，生意火爆。佟辛望着一长溜的排号心如死灰。鞠年年乐此不疲地去拿号，前面还有89桌。

　　这个火锅店真挺土豪的，服务也特别好。柠檬水、小食餐点一样儿不少，这些都快把人给吃撑。

店里，二楼。

霍礼鸣站在玻璃窗前，看到那俩小孩的身影时，蓦地笑了起来。

这叫什么，有缘？

"你傻笑什么呢，啊？"周嘉正走过来，一脸指点江山的豪迈，"我这火锅店不错吧，斥巨资自主开发的火锅系统。"

霍礼鸣视线挪回来，"嗯"了声："你是不错，你爸可能会怀疑当初生你的时候是不是抱错了。"

周嘉正是他上海的哥们儿，典型的钱多任性，跟霍礼鸣关系铁得很，一听他来清礼，立马就决定在这边搞投资，说死也要和小霍爷死在一块。

这火锅店盘下来，小五百万是砸进去了。

"你感动吗，小霍爷？我特意为你开的火锅店。"

"我不敢动，"霍礼鸣瞥周嘉正一眼，"怕你吃不消。"

周嘉正喊了一声："今天我的店开业，你别骚翻了店里的天花板。"

不再贫，霍礼鸣往右边的方向抬了抬下巴："腾一桌出来。"

周嘉正顺着看过去："干吗？你女朋友啊？"

霍礼鸣说："小朋友。"

佟辛和鞠年年被服务员请进去的时候，一脸蒙，直到看见霍礼鸣，两人更蒙了。

"傻了？"霍礼鸣轻拍了下佟辛的后脑勺，不怎么正经地说，"VIP 服务啊大小姐。"说完，就往前走了几步。

佟大小姐宛若被拍傻了，被点穴似的站在原地不动直视男人的背影，宽肩、窄腰、室内他就穿了一件短袖，被撑得甚至能看清脊柱微凸的轮廓。霍礼鸣偏爱利落的寸头，跟他青色的花臂竟意外贴合。

霍礼鸣察觉人没跟上来，转过头："怎么了？"

问完，他就愣了下。

佟辛也感觉到异样了，鼻子里的不适感越发明显。她一动，嘴唇上隐隐约约就有腥咸的味道。

鞠年年失声尖叫："啊啊啊！辛辛你又流鼻血啦！"

佟辛猛地蹲下，小声说："你别说话！"

她拿手捂着似火烧的脸，只觉得有点丢脸。

"别说话的是你，"霍礼鸣迅速拿起纸巾也蹲下，"别仰头，别乱擦，把脑袋低下来。"

佟辛一定是被店里的火锅底料味儿给熏晕了，竟一时趔趄着往前栽。霍礼鸣一把将人扶住，手心贴着她衣袖，又稳又有力。

是真怕她摔着，霍礼鸣想都没想，掌心贴向她额头，给她一个支撑力，然后大声叫周嘉正："阿正，拿杯冰水来。"

他处理这些很有经验，佟辛止住了血。再抬头时，两人视线相对，她下意识地想要躲闪。

霍礼鸣蹲着，和她差不多高，先是收回手，然后笑了笑，调侃地问："这次我穿得很保守吧，也没露肌肉，怎么还流鼻血了？"

佟辛耳尖都红了："上一次我也不是因为你才流鼻血的！你以为你身材很好吗？肌肉也就二两肉，跟我哥比差远了！"

一旁的鞠年年心里疯狂呐喊：就这？就这还叫二两肉啊！都能去拍杂志封面了！佟辛你丧心病狂吧！酷哥的身材是真的很好啊！

霍礼鸣缓了两秒："不是因为我？"他按了按胸口，"我心好痛怎么办？叫佟医生出来一趟吧。"

佟辛："嗯？"

"我要跟他打一架，证明给你看，我没有比他差很远。"

周嘉正倍儿热情，麻溜地腾出一张靠窗的桌子，亲自点菜上菜："这火锅都是无烟专利，放心，吃再久都没有火锅味。哎，同学，一定要尝尝这个猪脑，农场养殖，一头猪就一个脑。"

霍礼鸣睨他一眼："不然呢，要有几个脑？"

周嘉正摸了摸后脑勺，笑得憨厚。店里很忙，他陪不了太久，于是说道："同学随便吃，想吃什么就点，哥哥请客。"

霍礼鸣冷呵："难得见你这么大方。"

"不难得，"周嘉正拍了拍他的肩，"我说的是，你这个哥哥请客。"

脏话到嘴边了，霍礼鸣一想起佟辛还在，又给硬生生地咽下去。

鞠年年大大咧咧的性子，有得吃就忘乎所以。她把配菜都往辣锅里放，佟辛一直盯着，口水也快流出来了。

"熟了！吃吧！"鞠年年兴奋道。

佟辛的筷子迫不及待地往辣锅里夹，还伸进去呢，就被忽然伸过来的筷子给挡开了。

"这么看我干吗？"霍礼鸣皱了皱眉，"流鼻血自己不知道啊？"然后夹起清汤锅里烫熟的蘑菇放她碗里，"熟了，吃吧。"

佟辛："……"

一时间，鞠年年若有所思地安静下来。

霍礼鸣心说，是不是太凶了点？刚想缓缓气氛，鞠年年啧啧感慨："这样的哥哥更酷了。"

佟辛："……"

以后这种花痴朋友，就少带出来了吧。

吃完火锅，周嘉正还送了俩人一个火锅公仔，说是找香港那边的设计团队专门给弄的。别说，这公仔还挺可爱，佟辛摸了摸它的爪子。

霍礼鸣说："再多送一个。"

佟辛抬起头。

他笑道："给佟医生也带一个。"

人走后，周嘉正顺嘴提了句："这两个妹妹很可爱啊。"

"具体说说是哪个。"

"那个扎马尾的。"

扎马尾的是鞠年年，霍礼鸣"嗯"了声，不甚在意。

周嘉正又道："但另外一个，叫什么？星星？美人坯子，漂亮得很。"

霍礼鸣扫他一眼："周嘉正！"

"啊？干吗？"

"你别打她主意，也不算算自己什么年龄，老就算了，颜值也没法儿弥补，还开火锅店。"霍礼鸣冷飕飕地说。

"不是，开火锅店的怎么了？"

"油腻。"

周嘉正一脸黑线外加一脑袋莫名其妙:"至于吗,我就夸了一句女同学很漂亮。"

"不是你的女同学,你有什么好夸的?"霍礼鸣这表情不像玩笑,还有了几分较真,"你别打她主意。"

周嘉正:"……"

自己不到三十,年轻有为大好青年,突然被哥们儿说得怀疑人生,难不成岁月不饶人,自己真长得像猥琐男了?

"姓霍的,你摧毁一个男人的自信只要十秒。"

这一天,周嘉正的心情都不好了,他给远在上海的程序发微信。

【认识一妹妹吗?清礼市的,挺漂亮,皮肤白。】

程序秒回:【认识啊,小霍爷的邻居,佟妹妹。】

周嘉正字还没看完呢,程序又发信息来:【怎么了?是不是你也知道小霍爷从不跟我们去泡温泉是因为他其实是有长歪了的难言之隐了?】

周嘉正一顿,还有这种热辣的小八卦?这火锅店今天开业还真开对了。

【你怎么知道的?】

【佟妹妹泄露的,你可千万保密啊,知道的人不多。不过在李小强那群人面前说没事儿,他们都知道的。】

这还叫知道的人不多?

晚上,霍礼鸣一直打喷嚏,莫名其妙的。他在客厅打喷嚏,宁蔚就在卧室里狂咳嗽,咳得撕心裂肺,震天撼地。

"拖了这么久还没好,你要不要换个医生看看?"

宁蔚嗓子嘶哑:"没事。"

"都这样了还叫没事?"霍礼鸣眉头紧蹙,忽然冒出一念头,"你没钱看医生?"

宁蔚白他一眼,没吭声。

霍礼鸣心里有数了。这姐姐的路子他一看一个准,坦荡荡地承认时,一般都是逗人扯淡；唯有沉默不说话，那就有几分真了。

"你驻唱那酒吧收费不便宜，我看你也有那么多粉丝，赚得应该不少，"霍礼鸣皱眉，"你怎么会连看病的钱都没有？"

宁蔚费劲地开口："我是嗓子疼，不想说话。"

霍礼鸣："……"

待了一会儿，他走去外边给佟斯年发微信。

【佟医生，请教个事，咳嗽快把肺咳出来了，是什么病？】

佟斯年五分钟后回的消息，言简意赅：【拍个片。】

霍礼鸣又问：【你上班的医院行吗？】

【得排队。】

【行，那我让她去别处。】

这一次，佟斯年秒回。

【她？】

【这个季节是容易呼吸道感染，这样吧，你让她来医院找我，我帮她举荐一个好点的教授。拍片子不好插队，中午休息时间来，我跟同事打个招呼就行。】

发完文字，佟斯年的语音消息紧接而来："她咳得很严重？咽痛吗？嗓子哑吗？感冒发烧吗？你描述得详细一点。"

霍礼鸣忽然产生幻觉，这态度，是同一个人？

辛滟今日下班早，难得地和佟承望一起到家。她还在忧愁内退的事，申请报告已经递交，但几位院长都找她谈谈心。

辛滟一方面是真的热爱自己的岗位，另一方面，她的腱鞘炎越发严重，握手术刀都很吃力了，和老伴感叹道："罗院长希望我再坚持一年，带带这帮年纪轻的。"

佟承望说："量力而行，你要能坚持，多传授技艺也是好的。"

"我再考虑考虑。"辛滟话锋一转，总算有了个让她欣慰的迹象，"斯年最近转性了啊？休息时间也不往外头跑了，早起出门晨跑，晚上出去夜跑，都没听辛辛说'哎呀！哥哥又去酒吧听人唱歌了'。"

辛滟都学起女儿说话了，可见心情是真不错。佟承望对这事比较神经大条，拎着菜进门："我去烧鱼喽。"

佟斯年晚上八点半去学校接佟辛一块儿回的。佟辛最近学习压力大，总犯困，想着明天周末，终于能晚点起床。

但第二天，佟斯年大清早的就叩门："辛辛。"

佟辛眼睛都睁不开："啊？"

佟斯年穿着家居服，也不是要出门上班的装扮，他手里拎着一个鼓鼓的塑料袋，说："去给礼鸣家送点药。"

佟辛稍稍清醒了些："他病了？"

"他女朋友病了。"佟斯年微微抿唇，似是提及了不愉快的事，"我早上看礼鸣出门了，我一男的上门不太方便，你去送吧。"

佟辛一听是宁蔚，嘴巴就往天上噘，满脸不乐意。

佟斯年直接忽视："赶紧洗漱，早点去。"

佟辛有点不可置信，这才六点半吧，我的亲哥。她才不乐意去给宁蔚送药，回床上又呼呼大睡，刚睡着，敲门声又响起来。

佟斯年的声音隔着门板温和又清亮："起来了，辛辛，别赖床。"

佟辛磨磨蹭蹭地洗漱完，坐在房间里想怎样去隔壁见那个漂亮姐姐。

霍礼鸣什么眼光？好吧，还挺不赖的。

佟辛又看了看镜子里的自己，素面朝天，双眼皮不明显，鼻梁虽然高，但好像没那个姐姐的好看，刚睡觉起来嘴唇泛白，好像失血过多的病人。

佟辛越看自己越丑。她猛地起身，拉开书桌最下层的抽屉，把一个积灰的小纸袋找出来打开，里面是眼影盘、口红、睫毛膏、化妆刷。

这还是鞠年年送她的。鞠年年挺时髦，高一就开始研究化妆，各种倒腾，还买了乱七八糟的化妆品。当时这一套送给佟辛时，佟辛就说了一句话："我如此天生丽质，用不上的。"

鞠年年狂晕，摸了把她的脸："好好好，清礼市花。"

现在佟辛才懂得自己不是市花，简直就是井底之蛙。

她对着镜子开始第一次化妆。先化什么？她沉思了半天，拿起了睫毛膏。看着很容易的事儿，怎么一凑近眼睛就开始手抖呢？

佟辛勉勉强强地化完，一看，凑合。

接着是画眉毛吧？可她的眉毛还不错，就不画蛇添足了；然后粉底液和腮红，佟辛把所有东西挨个儿往脸上糊。她自己觉得行云流水，可一照镜子，她沉默了。

怎么形容呢，很像一个恨嫁的、花枝招展的、要出去浪的女人。不过佟辛转念一想，女人就女人吧，至少在某一层面，也是和那个姐姐平起平坐了。于是，佟辛挺直背脊，自信地去送药。

佟斯年正在厨房喝水，隐约瞥见人影一晃而过："辛辛你出……"

嘭的一声，门关了。

佟辛做了一路心理铺垫，告诉自己别蔫。

她站在门口深呼吸，扬高下巴敲门。

咚咚咚……咚咚咚……

半天都没人应声。

佟辛又绕到左边从窗户往里望了望，似乎没人在家。

佟辛拎着药回家，佟斯年听见开门动静立刻走出来："姐姐怎么说？"可当他看见佟辛这张脸，顿时收了声。

佟辛有点心虚，她哥这什么眼神啊。

佟斯年尽力语气委婉："辛辛，你今天化妆了？"

佟辛不自然地笑："嗯啊，没事随便化化，鞠年年送我的化妆品，都快过期了。"

佟斯年本想说妹妹你还是不化妆比较好看，但看着佟辛青葱稚嫩的面庞，又觉得没必要打击女生的积极性。

谁还没有个第一次呢？不管美丑，那也是小姑娘啊。小姑娘就是用来赞美以及温柔对待的。

佟斯年笑着说："嗯，很好看。只是去隔壁送药还特意化了妆？看来你很喜欢那个姐姐。"

不，不喜欢，还有点排斥。

但佟辛现在有点儿心虚，"嗯"了声："隔壁没人在家，晚点再送。"然后一溜烟跑回了卧室。

回卧室对着镜子一看。

她震惊了。

刷好的睫毛变成了苍蝇腿，黏糊糊地晕在眼角，让她看起来像被人揍了一拳。就这——佟医生还说很好看？

客厅里。

佟斯年若有所思，他不傻，也不迟钝。从佟辛种种反应来看，一定是心里藏了事儿。他脑海里蓦地冒出一句话——女为悦己者容。

他皱了皱眉，然后下意识地往窗外望。

下午，佟斯年出了趟门，开车去商场。

他在化妆品专柜前徘徊了很久，各个品牌眼花缭乱。他打了个电话给科室的女同事，问女生一般用哪个品牌的化妆品比较好。

结果同事说了一大堆，这也好那也好的，佟斯年一个都没记住。他索性直接问："里边最贵的是哪个？"

佟斯年找到专柜，跟导购说了一下是年轻女孩儿用的。导购很热情，推荐了一些适合少女涂的口红和粉底。

导购介绍道："这个是今年的新品，樱桃红。您可以看看试色，非常青春，适合日常使用。今天正好是会员日，您加入会员，双倍积分哦。"

佟斯年想都没想，点头说："那帮我买两套。"

想着当是买一送一了，这样，送礼的理由就名正言顺得多。佟斯年开车回去，停好车，就这么巧地看见霍礼鸣在路边走。

"礼鸣。"佟斯年叫他。

霍礼鸣颔首，停在原地："佟医生，今天不上班？"

"休息。"佟斯年从车里下来，打开后座门，把两套化妆品都拎了出来，"正好碰见了。朋友给了两套东西，我留一套给辛辛，多余的也用不上，喏，送你，你给你女朋友用吧。"

霍礼鸣低头一看，这品牌 Logo 他见过。之前和唐其琛去美国，看他在免税店买过送老婆，价格不便宜。佟斯年这朋友可真大方，一送还送两套。

不过，这都不是重点。

霍礼鸣皱皱眉:"你说给谁用?"

"辛辛,"佟斯年顿了下,云淡风轻的语气,"还有你女朋友。"

霍礼鸣一愣,连忙解释:"不是,佟医生,你可能误会了,那不是我女朋友,是我姐。"

屋里飘着红烧肉的香味,佟承望端上丝瓜汤,辛滟看了眼时间:"斯年怎么还没回来,我刚才在窗户那儿都看见他的车了。"

佟辛帮忙添饭,自己那碗只添了一小坨。

"吃这么点儿啊?"辛滟瞅了眼,"多盛点,长身体呢,这么少怎么行?"

佟辛兴致缺缺:"我今天没胃口。"

客厅传来开门声,佟承望:"回了啊。"

"爸。"佟斯年声音愉悦,放下车钥匙,走进厨房,笑容满面,"妈,老远就闻见您的菜香了。"

辛滟笑着问:"怎么回事,出去一趟心情变得这么好了?"

佟斯年蓦地笑了下:"是挺好。"

"行了,洗手吃饭吧。"

佟斯年洗完手顺便拿筷子,看了眼佟辛,因为情绪大好,所以忽略了妹妹的低落表情。他有些雀跃,迫不及待地说:"原来我们搞错了。"

佟辛语气蔫蔫的:"搞错什么啊?"

"隔壁那姐姐。"

佟辛一听,更加烦了,饭勺都快要被她掰断。

"不是礼鸣的女朋友。"

"嗯?"

"我们误会了。"佟斯年自嘲一笑,摇了摇头,"她是礼鸣的姐姐,他们是姐弟。"

佟辛先是错愕,然后茫然,最后惊奇,缓过劲儿后,心底又升起一片无声焰火。佟辛得承认,自己这一瞬很高兴,高兴得一脚踢开了那个"恋"字——

是姐弟,只是姐弟!

吃饭的时候,辛滟和佟承望面面相觑。

这是怎么了？

连着几日神神道道且时刻独思的儿子，此刻笑得像个毛头少年；而刚才还说没胃口的闺女，叫嚣着要吃三碗饭。

晚上，佟斯年把化妆品礼盒拿给佟辛，体贴道："女生化点妆挺好的，一是自己开心，二是自己开心。"

佟辛接到礼盒眼前一亮，笑得眼如弯月。辛湜和佟承望出门散步消食，佟斯年也不知出去干吗了。家里只剩佟辛一个人，她摸了摸那套化妆品，指尖描摹着烫金的字体。

佟辛第一次化妆，为了不服输的倔强。她太清楚，这股倔强背后的真实原因是不甘下风。一个女生有了燃烧的斗志，有了好战因子，有了真实的怒容。

那么就只有一种可能。

一个反转惊喜的周末过去，周一又恢复了往日的生活。

刚响铃，班主任走到门边通知："语文老师临时有事，一二节上化学课。"

大伙儿顿时苦不堪言，刘伶俐上学期调过来当他们班的化学老师，眼睛一瞪向你，下一句一定是"站起来回答这道题"。

然而哪怕答对了，她也能挑三拣四出一堆不是。被刘伶俐支配的恐惧，连佟辛这种尖子生也有点不适应。

这堂课叫了五个人上黑板做题，五个人连握粉笔的手都在颤抖。刘伶俐一顿敲黑板，所有人战战兢兢，气压极低。好不容易挨到下课，她又丢下最后一记重磅炸弹："周四晚自习考化学，都不许请假。"

人一走，教室里叫苦连连。连鞠年年都紧张兮兮地开始翻化学书了："我的妈，不及格是会被刘老师请家长的。"

佟辛合上书，不甚在意地说："没事儿，别紧张，重点就几大块，我帮你画出来，你再刷点题就是了。"

初春的午后阳光带着毛茸茸的温度，懒懒地晒在人身上。清礼一中东南边是一块很大的生态示范园林，背靠清飞湖，凉亭石凳错落，专供同学休息用。

佟辛和鞠年年坐在靠湖边的凉亭里，鞠年年咬着笔杆，时而抓头发，时而唉声叹气："怎么这么难啊？辛辛你给我讲讲呗。"

"辛辛，辛辛，"鞠年年在佟辛面前晃了晃手，"发什么呆呢！"

佟辛收回思绪，很平静地看向鞠年年。

这么认真和淡定的模样，让鞠年年有点紧张了："怎么了？"

佟辛低了低头，说道："我喜欢一个人。"

鞠年年的表情千变万化，十分扭曲，但也就短短几秒便恢复了"我早就察觉出蛛丝马迹"的坦然。还没等佟辛开口，鞠年年明晃晃地说出名字："是那个酷哥吧。"

佟辛蓦地一愣，和她对视五秒，陡然丧气："哎？这么明显啊？"

鞠年年真不意外，有理有据地指出："光我知道的，你都为他流了两次鼻血了。上一次见你流鼻血，还是为那个杂志裸男呢。"

佟辛咳了咳，不怎么坚决地纠正："没全裸。"

鞠年年看她一眼："反正，酷哥儿是你喜欢的类型就对了。"

这点佟辛不否认。其实第一次和霍礼鸣见面，自己最先注意到的是他的身高和腰臀比例。高就算了，长得还好看，这就非常致命了。

"辛辛，你喜欢他什么呀？"鞠年年顿了顿，似是非常了解这个朋友，"除了身材。"

佟辛答得很快："70%，不，80% 吧，是因为他身材。"

这个问题她昨晚就认真分析过了，好感这种东西，还是有点原因的，比如她对霍礼鸣。

鞠年年像被枣核儿卡住了气管，瞪眼无语："那剩下的 20% 呢？"

"谁知道呢。"

"我就知道。"

"嗯？"

鞠年年感慨："你是个小色女。"

佟辛用手指戳了戳她肩："别告诉别人啊。"

两人的关系没的说，从初中到高中都黏在一起。

鞠年年问："那你打算怎样？放在心里吗？就远远看着他，祝福他，其实也蛮好的。"

佟辛蹙眉，眼神始终镇定："哪里好？"

"不然呢？"鞠年年惊呼，"你要跟他表白吗？！"

佟辛翻了个白眼："要不要给你个喇叭啊？"

鞠年年立刻捂住嘴，用气声问："你真要表白？"

佟辛不是没想过，但她觉得自己现阶段没有那份厚脸皮。但那些苦情小白花的戏码，也绝非她赞许的剧情。

"慢慢来吧。"佟辛情绪很稳定，话没说太满。

中午这番谈心，倒是给了佟辛启发。细想，她对霍礼鸣的情况的确知之甚少。晚自习放学后回家的路上，因为想事太认真，佟辛低着头走路，没发现前面的人。

"地上有钱捡？"

佟辛一愣，抬起头就看见霍礼鸣笑着站在她面前。

"走路不看路，坏习惯。进出小区的车多，要注意安全。"

佟辛的脸颊烫起来，偏偏霍礼鸣还盯着她，佟辛下意识地别过脸，不太自然地咳了咳。

霍礼鸣习惯她这种冷淡了，刚要走，佟辛忽然说："我想喝奶茶，你请我喝奶茶。"

"仲夏柠叶"奶茶店的老板正准备打烊，一看是他俩，立刻笑眯眯地说："给你们做完，不过只有蜂蜜柚子茶喽。"

霍礼鸣转头问佟辛："蜂蜜柚子茶可以吗？"

佟辛点点头。

老板开始忙活，霍礼鸣斜倚着柜台，站没站相，但一点都不让人觉得没精神。他的散漫和痞劲儿似是刻在骨子里的，好像就得这样才符合他的气质。

霍礼鸣有一搭没一搭地和老板闲聊，佟辛也不知道他俩什么时候这么熟了。

"积分卡。"霍礼鸣又转过头。

佟辛从书包里找到递过去。

老板笑着说："章在那儿，你自己盖。"

"那我就盖二十个了啊，"霍礼鸣不正经道，"正好再送她一个保温杯。"

佟辛说："不用不用了，杯子我有的。"

霍礼鸣忍俊不禁："逗你的，真给啊？"

佟辛无语，做了个挥拳的动作。

霍礼鸣伸手隔空抓了把空气，然后作势往柜台俯身："猛女。"

柚子茶买好了，佟辛捧着慢悠悠地往小区走。两人一前一后，地上是长长的身影，路灯下，明暗交替，时长时短。

佟辛小口喝着柚子茶，每一步都踩在霍礼鸣的影子里。她的目光直白，一直看着男人的后背。

霍礼鸣脚步一顿，猛地转身，两人视线撞了个正着。

"总看我？"他问。

佟辛抿抿唇，倒也没躲闪，反而追上前在他面前站定："我想问你一个问题。"

霍礼鸣被她认真的模样震慑住了，不自觉地站直了些："什么？"

佟辛一本正经地问："你什么时辰出生的？"

霍礼鸣着实没想到是这种无厘头的问题，没忍住笑出了声："干吗？合八字啊？"

佟辛：要不要猜得这么准。

下一秒，他眉尖挑了挑："不告诉你。"

到家，宁蔚正在吃药。这药是上次霍礼鸣拿回来给她的，还真挺有效，才两天就好了大半。霍礼鸣往沙发上一躺，拿抱枕盖住脸。

宁蔚问："你去搬砖了？说真的，你在这儿做什么工作？"

透过枕头，他的声音听起来有点奶："不好说。"

宁蔚一惊："你出台？"

霍礼鸣掀开抱枕："我出屁。"

宁蔚笑了下："你有这个资本的，怎么样，考不考虑啊？"

"你是我亲姐吗？"霍礼鸣懒散道，"重新做亲子鉴定。"

嘴上点炮刚起了个头，他电话响，上海打来的，霍礼鸣嘴角还挂着笑意，随手接听："什么事？"

听了几句后，他目光骤然降了温，猛地从沙发坐起："琛哥受伤了吗？"

电话那头的程序忙不迭地宽慰："你哥没事，丰田蹭了副驾那一边，玻璃碎了，温姐手背划了道口子。放心啊，就皮外伤。"

安静两秒，霍礼鸣冷不丁地问："是付光明干的？"

程序说："他没那么大胆去动你哥，他就这德性，嘴上过瘾，确实没少说'整不死你，就找你上头的人'，但哪次不跟蔫货一样。"

霍礼鸣倏地站起身，眉间戾气开始蔓延："付光明最好给老子记住了，骂我可以，敢编排琛哥，明天我就回上海扇他两大嘴巴！"

宁蔚抠了抠桌角，被这样的霍礼鸣吓着了。

他出去接电话，十分钟后，裹着寒气回来。

宁蔚有点摸不准，试探地问："你要干吗？"

霍礼鸣平静地说："回上海砍人。"

宁蔚默了默，忽然有些分不清真伪了。等她再想搭话时，霍礼鸣径直进了卧室，砰的一声关紧了门。

宁蔚这几天都睡得早，生物钟难得正常了一回。第二天她起床，却发现旁边卧室的门敞开着，床上叠得整整齐齐，霍礼鸣早没了人影儿。

她有一种不好的预感，但理智又劝服自己别多想。

宁蔚一天没出门，可直到晚上都没等回霍礼鸣。她给他打电话、发信息，通通没有回音。宁蔚有些慌了，想到昨晚他满身戾气，刀锋不藏的模样，心里"咯噔"一下漏了节拍。

佟辛下午放学回了一趟家。

辛滟今天下了个早班，炖了鸡汤，特意让她回来吃晚饭。佟家离学校来回就半个小时，时间宽裕，佟辛可以吃完饭再去参加晚上的化学考试。走的时候，佟辛还给鞠年年带了两个蜜橘。刚出门，就和迎面而来的宁蔚打了个照面。

宁蔚喊道："妹妹。"

其实宁蔚知道这小姑娘对她不甚友好，主动招呼是有事相问，没指望得她个好态度。

但佟辛与上次相比像是变了个人，笑容甜美热情："姐姐好！"

宁蔚："……"

这妹妹和她弟弟一样，搞得她心里没底，此刻她却来不及想那么多，言简意赅地问："你今天见过霍礼鸣吗？"

佟辛摇摇头："怎么了？"

"他不知抽什么风，接了个电话便喊打喊杀的，我早上起床就不见他人影了。"宁蔚半抱怨地说完，冲佟辛笑了笑，"你要出去？"

佟辛木讷地点了下头："嗯，上晚自习。"

宁蔚挺和气地冲她挥挥手："那再见。"

佟辛去公交车站的脚步开始飘忽，像被下了蛊似的，脑海里全是"喊打喊杀"四个字。霍礼鸣打打杀杀的模样她又不是没见过，上一次在巷子里，他以一敌三的场景记忆犹新。佟辛就没见过嚣张狂妄到那份儿上的人。

她的速度越拖越慢，公交车到面前了，她迟迟不迈步，马路上的鸣笛此起彼伏，她的世界却异常寂静。佟辛的天灵盖像被谁用力敲了敲，她本能地转过身，朝反方向一路小跑。

她先去"仲夏柠叶"奶茶店，这个点生意正好，佟辛仔细看了一圈，没发现霍礼鸣的身影。她又去一起吃过饭的早餐店，李伯伯早打烊了。顺着这一路，找遍了便利店、超市，还有所有她知道的他可能去的地方。

结果一无所获。

佟辛跑得上气不接下气，弓着背，双手撑着膝盖大口喘气。所以，他是真的回上海了？他在上海生活了十几年，有更重要的人，更多的回忆，那才是他真正的栖息地。

清礼算什么？

一个临时落脚点，一个日后问他有没有什么美好回忆，也只能想起，哦，还好，没印象了。

一阵冷风扫过，佟辛跟着一块儿心凉。

很快，佟辛蓦地抓紧裤腿，轻轻拧了半个圈。她想起来了，还有一个地方。

打车去市中心，凭借记忆找到了火锅店。火锅店生意依旧好，不是饭点，里头也人满为患。佟辛喘着气，站在门口定定地望向里面。靠窗那一桌，几个人围坐着，霍礼鸣靠着椅背，一只手搭着桌沿，明亮中，他的手指悬空，闲适地上下轻敲。

大概是谁说了一个段子，他眉目飞扬，笑意在俊朗容颜上荡漾。

佟辛忽然眼热，猛地低下头，怕再多看，情绪就收不住了。

店里的周嘉正推了推霍礼鸣的肩："哎？那是不是上次的妹妹啊？"

霍礼鸣的视线焦点落向窗外，蓦地怔住。

大家还没反应过来的时候，他推开椅子起身，急急地追了出去。

"佟辛？"霍礼鸣把人拦住，惊愕地问，"你怎么在这儿？"停顿半秒，他皱眉，"我记得你每天都要上晚自习的吧？"

佟辛始终低着头，不看他，不说话。

霍礼鸣脸色变严肃："说话。"

佟辛却一把推开他，跑了。

霍礼鸣蒙了，如果他没看错，刚才佟辛望向他时，眼睛是红的。

这一耽误，佟辛回教室时，化学考试已经开考二十分钟。

刘伶俐阴沉着脸，双手环胸，盯着佟辛："既没有请假，也没有特殊情况，佟辛，你是觉得自己成绩太好不用考，还是不想上我的课？"

全班瑟瑟发抖。刘伶俐的"女魔头"称号全校出名，六亲不认如钢铁女战士。佟辛迟到二十分钟，这无疑让她觉得自己的权威被挑战。

佟辛缓缓抬起头，小声说："对不起，刘老师。我会在考试时间内完成试卷的。"

刘伶俐的怒火倏地被点燃："你想证明你成绩好，就不用学习，不用尊重老师，不用重视考试，是吗？"

佟辛张嘴欲辩，刘伶俐把书重重一敲："滚出去！你不用考了！"

班上顿时有了骚动，刘伶俐大声说："安静！考试！"

走廊里，穿堂风几度路过，吹得佟辛鼻子眼睛哪儿哪儿都难受。她背靠墙，清瘦的身体被余光拉长，映在地板上的影子黑黢黢的。

佟辛抬头望天，心想，都春天了，怎么还看不见星星呢？

后续可想而知，刘伶俐这种暴脾气哪会轻易放过佟辛，考试完后又把她训了半小时，各种打击讽刺的话往她身上浇。

训完话，比平时晚半个小时才出校门。佟辛肩膀疼，就将书包反着背在胸口。她慢吞吞地踢着地上的石子儿，远远看过去，像一根可怜分分的豆芽苗儿。

霍礼鸣在路边等了她一小时，风把嗓子吹得有点干哑："佟辛。"低沉的、纯粹的、存在感极强的语调，生生听出了几分心无旁骛和言不由衷。

佟辛怔然，看过去。

霍礼鸣笑了笑："这么晚放学啊，再晚点，我就成冰雕了。明儿新闻头条，清礼一中门口发现千年冰尸。"

佟辛不为所动，又把头低下去，长发盖住她侧脸，盖住了眼睛的湿润。

"想吃火锅跟我说啊，还逃课去吃啊？"霍礼鸣调侃的话说到一半，陡然收声。

地上，一滴滴坠落晕开的湿润，像云里拦不住的雨滴，像天上漏下的月光。佟辛红透的眼睛再也忍不住，看着他，委屈地哭了起来。

霍礼鸣蒙了。

他大概没想到会是这种情况。

这是什么情况？！

"好了好了，别哭，"他手忙脚乱地围着佟辛转，"谁欺负你了跟我说，我替你出气行吗？"

佟辛哭不出声，眼泪跟碎珠似的往下砸。

霍礼鸣没有哄姑娘的经验，现在百度还来得及吗？

"你有什么委屈告诉我，什么事儿我都帮你做好不好？"他的声音不自觉地放低，焦急里，竟无师自通地奉献出一片温柔。

"佟辛。

"辛辛？

"小星星。

"大猩猩？"

霍礼鸣叹气："究竟要怎样，才能让你不哭？"

佟辛哭崩了，听到这句话后却忽然抬起头，上气不接下气地哽咽："把你的生辰八字告诉我……要精确到分钟，呜呜呜。"

霍礼鸣："……"

这天深夜，佟辛毫无睡意。

她时刻留意门缝，直到客厅灯光熄灭，她才从床上爬起来，悄然拧亮台灯。她拿出手机，搜索算命网。

五分钟后，结果弹出来，一大段金木水火土、四柱命盘、夫妻宫之类的神乎其神猛如虎的分析末尾，最后两个字——

绝配。

佟辛看着这两个字，嘴角慢慢上扬。

她吃到了今年春天的第一颗糖。

佟辛昨晚迟到的事，刘伶俐并没有放过她。一大早，又把人叫去班主任那儿，开始极其不满地批评教育。

有些话太尖锐，其实班主任也不太认可。再者，佟辛还是年级前三，这么好个学生，他内心铁定是护短的，但这位刘老师在同事里也不好相处，特别能抬杠的那种，较上劲了，几天都别想安生。

班主任想着，听她说说算了。

"我觉得还是把佟辛家长叫过来比较好。"刘伶俐最后道。

班主任愣了下："啊？"

其实佟辛能看出来，班主任是维护自己的。为了不让他难堪，佟辛主动给佟斯年打了电话。

佟斯年今天很忙，但接到妹妹的电话，还是抽身来了学校。班主任是认识佟斯年的，他也是清礼一中毕业，是当年的高考状元。

"斯年啊。"班主任笑眯眯地打招呼。

刘伶俐抢先一步："你就是佟辛的家长吧？我想，你们有必要重新审视她的教育问题。"

佟斯年耐心听完刘伶俐口中的前因后果，对这种尖锐的指责和讽刺的语气，始终容颜温和。

刘伶俐一口气说了半个小时，说得有点喘不过气了，这才停下来。

安静十来秒。

佟斯年温和依旧，但嘴角的弧度收了收，清亮的声音不卑不亢："老师，感谢您对我妹妹的关心，但我认为您所说的有失偏颇。"

刘伶俐愣了愣。

佟斯年不急不缓道："迟到，是她不对。您可以询问原因，可以了解始末，再不济，也可以第一时间给我打电话。您当然可以处罚她，但您不可以阻止她参加考试，不可以让她滚出教室。"

刘伶俐面子挂不住："我……"

佟斯年截断她的辩解："抱歉，来之前，我已经去监控室看过昨晚的监控视频。"

佟辛小小一个身影，在全班同学的目光里，在老师那个宣泄愤懑的"滚"字里，沉默地离开教室。

隔着屏幕，佟斯年都觉得心疼。

佟斯年风度温润，一席话有理有据："严教是应该的，但刘老师，您可能不太记得还有一个词，叫作宽育。"

班主任内心都要疯狂打 Call 了——说得好，说得好。

刘伶俐被堵得无话可说，憋红了脸。

办公室里还有别的老师，纷纷转过头来，眼神不自觉地流出赞许。

佟斯年笑得更从容，退后一步，朝她微微颔首："刘老师，若有得罪，请您多担待。"

言下之意，我来，是尊重人师；我道歉，是风度使然。但不代表我认可你的所作所为。

人都是平等的，而平等的首要原则就是摒弃个人情绪，做到起码的尊重。

佟斯年从办公室出来，佟辛蹲在墙角，抬起头眼巴巴地看着他。

"蹲这儿啊？"佟斯年笑着摸了摸她的头，"浇点水，是不是就要发芽了？"

佟辛眼眶有点热。

下一秒，佟斯年牵起她的手："下次有事记得跟老师请假。还有，进去跟刘老师道个歉。"

佟斯年大战刘伶俐的事很快在年级传播开来，大家纷纷打探他，甚至有人翻出了那一届的清礼荣誉榜，佟斯年高考状元的头衔赫然在列。

大家纷纷感叹，原来学霸是有遗传的！

这天食堂吃饭，鞠年年给佟辛传达这些小八卦："你哥简直成男神了。"

佟辛语气毋庸置疑："他本来就是男神。"

鞠年年又问："对了，那个演讲比赛你去不去啊？"

清礼一中作为省重点高中，经常有类似的活动。今年与四大名校联合举办高中组演讲比赛，分量还是不言而喻的。

佟辛啃着鸡爪，想都没想："去。"

很快到周末，佟辛准备了一下即将参赛的演讲初稿，查了几处资料核对。书桌靠着窗户，春天的阳光撒欢儿洒进屋，万物生长，春日的香甜隐隐露面。

忙碌告一段落，佟辛伸了个懒腰，视线扫过桌上那套佟斯年送的化妆礼盒。这个牌子她听鞠年年说过，一个基础套系都得四千多，据说妆面效果绝了。

有多绝啊，佟辛默默想象。反正没什么事了，试一试呗。礼盒拆到一半，佟辛心思一转，抱着它出了门。

宁蔚在家，这一病耗了十多天，几个平日交好的酒吧老板一直等她复工。什么"你不来客人都少了三成"这种话倒也不是奉承。宁蔚在圈子内名气不小，有时候跨市跨省跑场子也是常事。

她嗓子恢复得差不多了，正商量晚上重返舞台的事。敲门声响起的时候，事情刚好谈妥。

宁蔚从猫眼里看见来人，忙开门："是你啊妹妹。"

佟辛抱着礼盒，笑得眸若星辰，特别乖："姐姐，你教我化妆好不好？"

宁蔚视线落到她脸上，也弯唇："嗯？"

佟辛胡诌道："我下星期要去参加同学的生日会。"

宁蔚长长"哦"了声，朝她眨眨眼："喜欢的男孩子？"

佟辛眼珠狡黠一转，不正面回答，而是撒娇着央求："姐姐，我喜欢你。"

这么一个软萌美少女至诚至纯至真，哪怕是恭维，也让人心旷神怡。

宁蔚笑了笑，把路让出来："进来吧。"

同时，宁蔚看到了礼盒，顿了顿，这……跟霍礼鸣那晚送她的一模一样啊。

宁蔚收敛心思，问道："你想化什么风格的？"

"姐姐自由发挥就好。"佟辛蛮乖地讨好。

"也是，长得这么漂亮，化成花猫也漂亮。"

佟辛撇了撇嘴："那还是别了吧。"

宁蔚乐出了声儿，捏了捏她的脸："怎么这么可爱啊，妹妹。"

佟辛有样学样，也伸手碰了碰宁蔚的脸颊："怎么这么漂亮啊，姐姐。"

宁蔚快要晕厥了，啧，谁不想有个天使姐妹，她高兴道："来，姐姐教你化妆。"

近距离观察，少女皮肤如瓷釉，清白透亮。

"先打底妆，选合适自己的色号，你看这一款，对你来说还可以白一点。日常的这样就好。读高几？"

"高二。"

"明年高考了呀？"

"嗯。姐姐，你是怎么被他找到的？"

"姐姐自己找上门的，我在酒吧看到寻人启事了。"宁蔚如实说。

"那你看到他后，落差有没有很大？"

宁蔚嗤笑："有有有，比小时候更浑蛋了。"

佟辛倒吸一口凉气："那他小时候得成什么样了？"

"想一拳打下去让他哭很久，"宁蔚作势磨了磨牙，"来宝贝儿，闭上眼睛，画眼线。"

佟辛有好多话想问，一秒也不浪费："姐姐，你们是怎么走散的？"说完，就觉得过于直接了，于是连忙道歉，"对不起，当我没问。"

宁蔚笑了下："没事儿。父母过世后，我们在一家福利院，后来他被领养，剩我一个人，我自己从福利院跑了。"

佟辛只知道霍礼鸣从上海来的，于是问道："他被领养去了上海？"

宁蔚摇摇头，平静道："他被领养过两次。"

"两次？"

"第一个领养家庭在一年后弃养了他，后来他又被一对结婚十年没能生育的夫妻第二次领养。这次久一些，三年还是四年吧。"宁蔚神色始终淡然，"但在他十二岁那年，女主人怀孕了，生下孩子后，对他也没了心思。"

佟辛呼吸不匀，一阵冰寒，声音都有些颤抖："他们赶走了他？"

"他们带他出去玩儿，然后把他丢在一个乡镇客运站，他再没回去过。"

空气像慢慢涂抹上了一层糨糊，窒息感一步步逼近。在一个少年失去父母的情况下，以为遇到了温暖，命运却又一次以更残酷和无情的方式抛弃他。归属感与伤口的治愈，是多么难。

而在少年好不容易重拾对生命的信心时，他又成了被放弃的那一个。

一刹那，佟辛理解了他的全部。

宁蔚望着呆怔的佟辛，笑着打趣："别心疼他，小浑蛋一个，丢哪儿都能向阳生长，皮实着呢。"

佟辛还是不吭声，呆呆仰着脸的模样，看起来太乖了。佟辛忽地问道："姐姐，你是不是会唱歌？"

晨间去上学时，佟辛看到过两次宁蔚背着吉他从外头回来，行走的人间尤物。

宁蔚斜睨她，一眼拆穿她的心思："想听姐姐唱歌？"

佟承望去长春参加知识讲座，辛滟和佟斯年今晚都是夜班。晚七点，佟辛跟着宁蔚一块儿去古熙路上的清吧。

宁蔚病后第一次接活儿，酒吧老板跟宁蔚熟，特意只安排了早场七点，五首歌，四十五分钟结束。这是佟辛第一次来酒吧，虽然只是清吧，但迷离绚烂的光影和氛围是她从未体验过的。

宁蔚把她安顿在离舞台最近的一个座位："乖乖坐着啊，只许喝姐姐给你的这瓶水，别人给你的东西不许喝，听见了吗？"宁蔚神情严肃认真的时候，冷艳展现得淋漓尽致，骨子里的距离感让人不由得生畏。

不交代佟辛也明白，她点点头："好的，姐姐。"

宁蔚弯唇，捏了捏她的脸："第一次见你的时候，以为你不喜欢我。"

她拖长声音，乐悠悠道，"想不到是个千面娇娃。"

临近演出，清吧里陆陆续续有客人进来。佟辛回头扫了眼，好家伙，都满座了，后来的还有拼桌的。

宁蔚今天唱的是一首粤语歌，美人跷着腿，慵懒从容地坐在高脚椅上。她的脸在晦暗不明的灯效里，像一座宝藏迷宫。

佟辛忽然能理解佟医生为什么如此热衷泡吧了。

一曲毕，掌声起。宁蔚起身离座，去后台换下一首歌要用的吉他。

佟辛还沉浸在姐姐的艺术氛围里有些恍神，一个男的笑眯眯地递过来一杯酒："小妹妹，一个人呀？"

佟辛吓了一跳，下意识地往旁边坐，警惕地盯着，不搭理。

这男的三十来岁，脸红眼眯，一看就是喝高了。他把酒往佟辛面前送："请你喝酒嘛，一点点度数的，喝不醉的。"

黏腻的气味涌入鼻间，一下子触了佟辛的逆鳞。她想都没想，果断出手，接过那杯果酒就往男人脸上泼。

男人顿时醒酒，暴躁地拿手擦脸："年级小小这么暴力，不喝就不喝嘛！"

这时，宁蔚正从后台上来，一眼就看到佟辛被人纠缠的场景。其实那个男人只是脑子不清地过过嘴瘾，也没想真干吗。

宁蔚冷着脸，抄起一瓶啤酒跑过来就往男人脑门上浇。冰啤酒冰得男人呜哇呜哇惨叫。

"砰"，宁蔚麻溜地敲碎酒瓶，尖锐的豁口直接抵住男人的喉结，语气如霜降："道歉。"

男人估计也傻了，反应过来后，竟开始号！啕！大！哭！

宁蔚："……"

佟辛："……"

一大老爷们儿，哭得跟娘儿们似的，一屁股坐在地上撒泼打滚："嘤嘤，我要报警！"

这人猛男脸，嘤嘤怪，可太让人意外了。

后来酒吧老板来打圆场，劝不动，那男人非得报警。趁那边还在协商，宁蔚掂量了番，很清醒地给霍礼鸣打了个电话。

佟辛就在一旁，起先不甚在意。

宁蔚说道："佟辛碰到点麻烦，你跟他哥说一声，最好过来一趟。"

佟辛："……"

姐姐，这么直接的吗？

宁蔚被那人哭得心烦，她斜倚着吧台，顺手点了根烟，在霓虹碎影里，烟雾都带着风情万种的气质。

霍家姐弟太符合佟家妹妹的审美了。

半小时后，霍礼鸣和佟斯年开快车赶到。相比当事人的悠闲，这两人可以说是又急又火大。

佟斯年飞奔而来，衬衫领扣都没扣完整，松开两颗，露出隐隐的肌理线条。他先确定佟辛没受伤，然后去处理烂摊子。

两个大男人搁在人群里，混乱中，吵嚷里，他们当仁不让，冷静从容。二十分钟后，众人作鸟兽散。

佟斯年站在原地，没有马上过来。他抬起手，狠狠掐了把眉心。

霍礼鸣睥佟斯年一眼，多少有些过意不去。他也太费解了，他姐和佟辛是怎么搭到一块儿的？

佟斯年朝佟辛走去，冷面肃眼，褪去一贯的温和，凌厉得像冰锥。他在佟辛面前站定，医院做了四台手术，此刻累得眼冒金星："佟辛，你现在是不是翅膀硬了？"

佟辛张了张嘴，知道错了，便低下头受着。

佟斯年极力压制火气，呼吸却克制不住地起伏："是爸妈对你宽松，还是你盲目自信，觉得十几岁的年龄，就天不怕地不怕了是吗？"

佟辛头更低。

一旁的宁蔚听不下去了，不悦地皱眉："你吼她干什么？"

佟斯年太阳穴一抽一抽地疼，脑子里一团乱，心里跟烧了一把火似的。他盯着宁蔚，一字一句道："是吧，你还很光荣是吗？"

宁蔚这颗心本已经刀枪不入，硬如磐石了，什么彪悍恶毒的咒骂没听过？但此刻被这男人清冷理智的语气给镇住了。

宁蔚与佟辛一样，也陷入了自闭。

料峭的春风在四人之间游走过，佟斯年被风吹清醒了。他审视言行，知道自己方才的语气有点过。

佟斯年深呼吸，很快向佟辛道歉："对不起，哥哥刚才语气不好。"

停顿三秒，他又走向宁蔚。

宁蔚的面子其实已经有点挂不住了，夜风送来男人身上清淡的香味，带来莫名的安稳与踏实。

"跟你也道个歉。"

宁蔚心里一酸，若问她世间最坚硬的力量是什么，那一定是"温柔"二字，浩瀚汹涌，直击人心。她眼睛也跟着润了润，低着下巴轻哼："跟我道什么歉？"

她明白，如果当时不顺从佟辛，就不会出这意外。

佟斯年忽然伸手，轻轻拍了拍她的右肩。这个距离，近乎将宁蔚揽入臂弯。男人声音更低："你也是妹妹，对不起，哥哥不该凶妹妹的。"

一旁的霍礼鸣瞬间就不乐意了："喂喂喂，你抱她经过我同意了吗？那是我姐姐，信不信我也抱你……"

"妹妹"两个字戛然而止，因为佟辛抬起头，目光笔直地望向霍礼鸣。

这目光太直白了，把他心脏戳成筛子，漏了气，只剩心虚。也不知是不是自己的错觉，霍礼鸣总觉得，这小姐的表情甚至闪过一丝狡黠和挑衅。

"算了，我不喜欢比我小的。"霍礼鸣干脆道。

这让佟辛不乐意了："你就是职业病犯了，专挑比自己大的喜欢是吧？"

霍礼鸣无语。

佟辛奋力解释："我跟你说，我一点也不小的。因为入学的时候，我妈非说我脑瓜子看起来不太聪明的样子，就让我多读一年学前班，我七岁半才读小学，我是班上年龄最大的一个。"这是她内心的痛，谁还不想当个娇柔可人的小仙女呢，这在年龄上就输了一大截。

佟辛信誓旦旦："明年我就满十八岁了！"

霍礼鸣听得目瞪口呆，嘴巴张了张，哦了声："十八岁了不起啊？"

佟辛幽幽道："就是了不起，十八岁能谈恋爱了，你说是不是了不起？"

霍礼鸣语气微变，忽地低下头，视线和她平齐："这么说，你现在是有喜欢的人了？"

佟辛不慌不忙，目光鬼使神差地落进他眸中，像一片无声的潮涌，内力磅礴，能卷走一切浮游生物。

霍礼鸣忽生幻觉，好像自己就是其中的一种。

女孩儿坏得明目张胆，坏得势在必得，抛给了他一个惶惶不安的小鱼钩。

霍礼鸣的调侃之词收拢于舌尖，然后莫名其妙地听了话，点头说："是很了不起。"

第五章

十八岁

QUKANXINGYINGHAOBUHAO

✦

佟斯年开车来的，回去的路上，谁都没有说话。

宁蔚和佟辛坐后座，别开脸看窗外。霍礼鸣倒是想缓解气氛，但佟斯年冰着脸，下颌骨绷得紧，周身写着"哥哥不爽"。

这事儿有自己人参与，霍礼鸣也不好说太多。

到达后，佟斯年让佟辛先进去，他坐在车里，手肘撑着方向盘，埋头深呼吸。静了一会儿，有人敲车窗。

佟斯年转头看过去，宁蔚弯着腰，近距离地看着他。佟斯年下车，教养使然，他待人仍是温和的。

宁蔚道歉："对不起，是我把你妹妹带去的。"

安静数秒，佟斯年开口说的第一句话却是："嗓子好全了？"

宁蔚顿了下："我弟告诉你的？"

"嗯，"佟斯年淡淡地说，"那些药要按时吃。"

宁蔚目光流连在他的脸上，然后哦了声："我就说他怎么这么会买，一吃就有效？"

"那些药买不到，我自己配的。"

佟斯年毫不掩藏，坦荡直言，他的眼里像有一匹黑丝绒，泛着隐晦的光，很能蛊惑人。

宁蔚混迹过江湖，见识过声色犬马，哪能被轻易拿下。她以动制静，望着佟斯年。

佟斯年抿抿唇，说话的时候喉结微微滑动："你真对我没印象？"

"当然有，你是那小姑娘的哥哥。"

这显然不是佟医生期许的答案，他的心像被一拳打瘪。两人没再说话，真实演绎什么叫她眼中的陌生人，连"再见"两个字好像都没必要说了。

佟斯年看她一眼："剩下的药还是要吃完，多休息。"

说完，他锁车欲走。两人擦肩而过时，宁蔚忽然出声："我怎么可能对你没印象啊？"

女人的声音像黑夜骤燃的烟花，轻轻道："每周来听我唱歌，右手边中间位置，每次都点一杯'堕落天使'。这么捧场的迷弟，谁会不记得？"

宁蔚说完，悠然自得地朝家走。佟斯年清冷的目光注视她的背影，撞出一圈涟漪。

日子平顺而过。

佟辛不是恋爱脑，从小习惯养成，什么年龄该以什么为重，她拎得清。比如，她确实对霍礼鸣有好感，可以承认，但绝不会为之堕落。

五月中旬第二次年级月考，她的成绩依旧名列前茅。月考过后这一阵，她开始准备六月份四大名校联合举办的演讲比赛。这种比赛虽是学校之间的角逐，但四大名校在省里赫赫有名，自然会得到更多关注。

清礼一中自愿报名的学生很多，经过三轮内部筛选，真正报上去的就佟辛和高三的一位学长。佟辛准备演讲稿，不断修改润色，核查资料，课间休息的时间都贡献了。

鞠年年觉得她这样可累："辛辛，你周末在家多筹备一下嘛。"

佟辛神色平平："不了。"

下旬，她的演讲稿经过几个老师过目提建议，终于确定下来。参赛在即，佟辛回家路上都故意提早两站下车，边走边背。

这天，佟辛背得太认真没看路。霍礼鸣跟了她一站路，她都无知无觉。

霍礼鸣忍不住出声："还走？踩到狗屎了啊。"

佟辛条件反射地跳起来："哪里啊！"

霍礼鸣乐死了，隔着两三米，好整以暇地望着她："粘你鞋底了。"

佟辛抬起一只脚，真还看了看："你骗我。"

"你想什么这么入神？"霍礼鸣走过来，"嘴里还念念有词的。"

风大，佟辛往他右边站了点，躲风，说道："背演讲稿，我下星期要参加比赛。"

霍礼鸣顿时来了精神："这么厉害啊。"

佟辛喊声："还有更厉害的呢。"对你有好感这件事，说出来怕吓着你。

"那你把我当老师，来来来，做一遍演讲我听听。"

"没别的，全英文，怕你听不懂。"

霍礼鸣点点头："不用怕，我是真的听不懂。"

佟辛抿嘴轻笑，手指揪了揪腿侧。

霍礼鸣瞧见她这动作，说道："背吧，我帮你看路，有狗屎提早告诉你。"

佟辛扇扇鼻子，一脸嫌弃地望着他。霍礼鸣哈哈大笑，顺手拎着她外套上的帽子往她脑袋上戴："拿奖了请你喝奶茶。"

人走远，鼓励的话犹在耳边。佟辛摸了摸他盖过的脑袋，抿唇隐隐笑。连日的忐忑和不安烟消云散，她觉得，至少做这些事情，还是有人对她心怀期许的。

比赛前几天，领队老师问佟辛需不需要给几张入场券，让家里人来现场加油。佟辛想都没想便拒绝了。

这不是佟辛第一次参加比赛，她沉着冷静，小小的身躯迸发出无限能量。时隔很多年后若再回首，这一天的比赛，像浩瀚海洋里大浪淘沙过后的珍珠，微小，却亮晶晶的，不卑不亢，闪闪发光。

佟辛以领先榜眼的巨大分差一举摘得桂冠，评委席里不乏相关专业的大学教授，相互低声交流，对这个女生投去赞许的眼神。

获此殊荣，清礼一中面上有光，还特意开了表彰会，并且将佟辛的演讲稿张榜公示，甚至还提议办个座谈会，诚邀佟辛父母来校传授教育经验。

佟辛一口回绝掉："老师，不用的，我父母很忙，没时间来。对了，还请你们不要以任何方式告诉他们。"

老师："……"

佟辛同学境界这么高的吗？

比完赛第二天，佟辛放学回家的时候，在路口碰见了霍礼鸣。确切来说，霍礼鸣是特意等在这里。远远地，他就对她扬起笑脸："这颗星星可以啊。"

佟辛慢下脚步，停在原地。

霍礼鸣朝她勾了勾手："答应你的，请你喝奶茶。"

其实佟辛看到他时，心情是很好的，还伴着一点小激动。可一听到这句话，她脸色就变了。

"你知道我拿奖了？"

"知道，还是第一名，"霍礼鸣语气散漫却真诚，"挺厉害的嘛小钢炮。"

佟辛忍不住打断："你在哪里知道的？"

"就社区那面墙上，你上光荣榜了。"

准确来说，是赛委会将档案这些转到了对应的社区。

佟辛心里一惊——爸爸妈妈肯定知道了。

发现佟辛脸色难看，霍礼鸣皱眉："怎么了？"

她木讷地摇头，迟疑两秒后，拔腿就往家里跑。不良预感总是分外精准，开门，就看见辛漪独坐沙发，弓着背，一只手撑着额头。家里冷锅凉灶，如一朝倒回严冬。

"妈妈。"佟辛小声喊道。

辛漪没回头，语气带着不加掩饰的失望："辛辛，你答应过妈妈的。"

佟辛没吭声，手指揪着裤腿站在原地。

辛漪侧过头，眼神坚决，平日平滑的额间都泛出了皱纹："爸爸妈妈不一定非要你考金融专业，若有别的更好选择，我们一定是支持的。但这样的比赛，妈妈真的不希望你去参加。"

佟辛声音干裂，强撑着一分羸弱的坚持："我没有别的意思，我就是……就是试一试。"

"试试也不可以！"辛漪陡然大声。

佟辛随之肩膀一颤。

而一直徘徊在门口的霍礼鸣，在听到屋内这些反常的动静后，也紧蹙眉头。之后，没再听见佟辛出声儿。几分钟后，倒是传来辛漪隐隐约约的哭声。

这一晚上，霍礼鸣非常不踏实，他无意识地站在窗户边。七点，佟承望回家。

半小时后，佟医生也回来了。

霍礼鸣一口气没着没落，抄起外套跑出了门。

佟斯年正从驾驶位急急下车，老远就听见熟悉的叫唤："佟哥。"

霍礼鸣跑到佟斯年面前站定，情急之下，情绪不加掩饰："傍晚的时候我路过……"

佟斯年打断："对不起啊礼鸣，家里有点儿事，改天再聊。"

佟斯年三步并作两步地跨上台阶，霍礼鸣待在原地，忽然有了一种无力感。

入夜，宁蔚被他的动静吵得睡不好："你长跳蚤了，这么不安生？"

霍礼鸣就穿了件短袖，斜倚着窗，回头瞪她一眼："把门关好，睡你的觉！"

初夏的深夜，城市天际线有一道很明显的分割光带，弯月被云层厚盖，一角斜着漏下月光。

霍礼鸣趴在窗台上慢慢抽烟，按他推测，佟家这阵仗多半和佟辛拿奖这事有关。他着实费解，多好一姑娘，方方面面都优秀，何至于大动干戈？

烟燃到一半，烟雾袅袅随月去，霍礼鸣摁灭，潦草地结束了这个不畅快的夜晚。

次日，他特意赶早去小区外头吃面条。七点不到，爷爷奶奶阿姨最活跃的时候，买菜的、推小婴儿出来遛弯的，还有遛狗、听广播的。城市烟火气在清晨才最纯粹。

在面馆的时候碰见一熟人，霍礼鸣对她有印象，是初来清礼时，上门送温暖的社区阿姨。

霍礼鸣酝酿了番，准备上去套套近乎，说不定能打听点什么。他还没开口呢，阿姨竟热情激动地主动打招呼："嗨呀！是小霍啊！"

霍礼鸣要装乖的时候也是有模有样的："胡阿姨您好。"

"好好好，我都好。"胡阿姨笑眯眯的，一直盯着他打量。

霍礼鸣主动道："姨，我请您吃面条。"

"那多不好意思。"

"没事儿，应该的。"

其实霍礼鸣已经吃过了，但他憋着私心，于是又点了一碗排骨面。胡阿姨的面相蛮和蔼，笑起来慈眉善目的。

霍礼鸣斟酌了番，闲聊一般："胡姨，跟您打听个事儿。"

"你说你说。"

"佟教授家对孩子的培育挺厉害啊，听说佟医生是神童，他妹妹念高中吧，成绩是不是也挺好？"霍礼鸣给她递陈醋，"您加点这个，香。"

胡阿姨笑眯眯地看着他："这个咱们慢慢说，小霍啊，阿姨得跟你先说一件重要的事。"

"您请。"

"来来来，你看看这个姑娘漂不漂亮？"胡阿姨顿时来了劲儿，从包里拿出一张照片，就差没贴他眼睛上去，"4栋王叔家的女儿，二十三岁，名牌大学毕业，是不是长得很可爱？"

霍礼鸣敷衍地瞄一眼："嗯。"

胡阿姨一拍大腿："我就知道你喜欢！"

霍礼鸣："……"

"姑娘叫王矜矜，路上碰见过你几次，你应该有印象的吧？她对你印象可好了，也是托我问问，有没有兴趣一起吃个饭。"胡阿姨眨了眨眼，那叫一个意味深长。

霍礼鸣明白过来，见怪不怪。从他十几岁起，搭讪的小姑娘隔三岔五来一个。他礼貌地拒绝："谢谢您关心，但我最近比较忙。对了胡阿姨，佟医生妹妹，从小成绩就这么好，她家是不是只准她学习，很少上兴趣班？"

胡阿姨仍然和蔼可亲："你想知道啊？"

霍礼鸣大方承认："对，好奇。"

"那你看，矜矜漂不漂亮？"胡阿姨脸上挂着笑意，"有没有时间一块儿吃顿饭呢？"

霍礼鸣心里"咯噔"，得了，碰上老狐狸了。

僵持数秒，他先行败阵，态度服软道："好。"

胡阿姨的眼角纹都长翅膀了，飞了好一会儿，才慢慢收敛表情，然后长叹一口气，问道："你是不是想问辛辛这次拿了演讲比赛第一名的事？"

霍礼鸣背脊挺直了些，静待下文。

胡阿姨眉间怅然："你知道吗，其实辛辛还有一个哥哥，叫佟璟年。"

霍礼鸣一怔："是在外地工作？"

"去世了，九年前就去世了，"胡阿姨又叹了口气，神色哀伤，"特别好的一孩子，英年早逝，天妒英才。"

"他和斯年是双胞胎兄弟，两人一样优秀。璟年大学考了江大新闻系，大一暑假就在江市日报当实习记者。他十九岁那年，江市出了一桩震惊全国的大案。一个边远乡镇的黑窑砖厂，拐骗了一百多位残障人士做苦力。佟璟年深入其中调查，偷拍到证据，传给公安机关。但他后来被发现了，就被活活打死在黑窑砖厂，特别惨烈。"

多年后再提起，仍叫人唏嘘不已。

胡阿姨抹了抹湿润的眼角："他被追封为清礼市十大杰出青年，现在还在母校的常青榜上。佟教授一家伤心欲绝，也是因为这件事，政策上给予他们宽待，从淮德老区举家搬迁至这里。"

霍礼鸣一口气梗在喉眼，他明白了一切。

他听佟辛说过想当记者，但这个家庭有如此悲壮惨痛的过往，让她父母彻底害怕这份职业。

他明白了佟辛为什么总喜欢打抱不平了，那不是逞强，不是哗众取宠，那只是她的天性，她骨子里就有一份大义与悲悯。

霍礼鸣低着头走的，胡阿姨悲伤之余还不忘喊话："小霍记得啊，跟矜矜吃饭。"

吃什么饭？

只剩吃惊。

霍礼鸣心里有点儿犯堵，双手插兜，散漫沉闷地往家走。快到时，他抬头就看见了佟辛。

今天周末，佟辛还是穿着校服。头发散在肩膀，把本就秀气的脸庞衬得更娇小。她皮肤白，但此刻，是一种近乎病态的苍白，能看出昨夜没睡好，抑或是一夜未眠。

佟辛拖着脚步，站在梧桐树后边。她背对着他，低着头，慢慢拿出那本第一名的荣誉证书。红色丝绒艳丽，勾兑出的只有黏稠的愁绪。

佟辛看着它，一动不动，直到一滴泪坠落，洇出一个小小的湿印。她吸了吸鼻子，努力把眼泪憋回去，然后把镶嵌的纸页抽出来，夹在手指间时，她指腹无意识地轻轻摩挲"第一名"三个烫金字。

最后毫不犹豫，撕得粉碎。

直到她背影完全消失，霍礼鸣才从隐藏处慢慢走出。

垃圾桶里，淡黄色的纸片儿碎得到处都是。里面脏兮兮的垃圾早已混沌变色，这些纸片倒显得清新秀丽了。

霍礼鸣站了会儿，然后微微弯腰，从垃圾桶里将碎纸片全部找到。

第二天清晨，霍礼鸣等在公交车站，这是佟辛上学必经之路。

七点一刻，分秒不差地等到人。

佟辛白净的脸上，黑眼圈格外明显。她精神快快，见着霍礼鸣时，也没了往日针锋相对的兴致。她垂着头，及膝格子裙下，修长匀称的腿仿佛注了铅，擦肩而过时，越来越慢。

"佟辛。"霍礼鸣也没了平时散漫调侃的痞劲儿。这一次，他字正腔圆地叫她的名字。

不需她开口，霍礼鸣径直走近，往她手心塞进一个东西，指尖相触时的炽热温度，宣告着他的不容拒绝。

霍礼鸣什么都没说就走了。

佟辛下意识地低头，看到手里的东西时，如灵魂出窍。

她甚至能想象得出霍礼鸣在桌边坐了一夜，一小块一小块地将这张荣誉证书又给拼凑完整。

透明胶纸贴了一层又一层，严实紧密，好像包裹守护的不只是裂痕，还有一个女孩儿远大光明的梦，以及澎湃壮烈的人生。

这件事很快平息。

佟家恢复宁静，佟辛每天七点出门，正常上下学。霍礼鸣在窗户后看了好几次，她表面看着没什么变化，但他能察觉出佟辛的心情更沉静了。

时间放在夏天被拉得绵长。万物更新，花草繁茂，树荫都会一天天长宽。从初夏到盛夏，她浑浑噩噩地学习，小心翼翼地成长。

期末考落幕，高二结束了。

佟辛明白，即将迎接自己的是更加忙碌的高三，是她十七八岁年华里，离未来最近的一次。

上头明文规定不允许暑假补课，清礼一中作为省重点中学，自然不会逾矩。不补课，但试卷作业没少发。佟辛大致数了数，不多，也就百多张吧。

放假前一天，班主任还把佟辛叫去办公室，语重心长地提醒："你是尖子生，一直都不需要老师操心。最后一年了，一定不能松懈，争取考个市状元。"

佟辛带着沉甸甸的希望和沉重的书包，开始了暑假。

鞠年年和杨映盟早早做好攻略，说这周去上海迪士尼玩三天，问佟辛去不去。佟辛乍一听，其实是心动的。

但她心动的点，不是迪士尼，而是上海。

霍礼鸣就是从上海来的。

但也只是一刹那的悸动，佟辛很有分寸，拒绝了诱惑："我不去了，我报了个英语提升班，祝你们玩得开心。"

旅游去不了，饭还是要吃的。杨映盟家的高端农庄开业，他特豪迈地请两人挥霍了一顿。

佟辛从农庄回来的路上，在一家餐厅门口看见了坐在靠窗位置的霍礼鸣。确切来说，是和一个女的，同住一个小区的王矜矜。

霍礼鸣套了件黑 T 恤，手臂上的文身展露。桌对面的女生笑容羞涩，甚至不敢和他对视。

佟辛站定在原地，感觉像被一瓢冰水从头浇下。

她紧抿唇瓣，意识到这是相亲。

是吧，相亲啊。

可真了不起。

其实，霍礼鸣已经推托了好多次，本想着不了了之，但胡阿姨不愧是做社区基层工作的，黏性和耐性都是一等一，成天守在他家门口，笑眯眯地问："小霍呀，今天有没有时间吃饭呀？"

霍礼鸣估摸着躲不过，就意思一下，和姑娘当面说清楚就行。结果这一转头，就看见落地窗外盯着他不动的佟辛。

霍礼鸣的心"咯噔"一跳，不知怎的，背后发虚发汗，像一个出轨被现场捉拿的奸夫。

两人对视，佟辛当仁不让，黑黢黢的眼珠像深海，不动声色地暗涌席卷，誓要将他拖沉海底。

"是辛辛啊！"王矜矜看到佟辛了，热情地摆手。

摆手的意思，是再见。

小区的熟人而已，客套客套就差不多。王矜矜也不想让人破坏和霍礼鸣独处的机会。但佟辛莞尔一笑，竟走了进来。

王矜矜心里嘀咕埋怨，真不会看脸色。

佟辛抱着两本书，穿着烟粉短衫和百褶裙，马尾高高束起，像一支沾着晨露的清新百合。

她在霍礼鸣面前站定，一动不动地看着他，然后倏地叹了口气："我跑了六家药店，都没有你要的东西。"

霍礼鸣无言，这是什么情况？

王矜矜好奇，关心地问："你是生病了吗？"

霍礼鸣还没张嘴，佟辛就说："没病的，矜矜姐，待会儿还是可以跟你一起吃饭、看电影、约会的。我刚才不过是去帮他买几瓶治难言之隐的药。"

王矜矜一愣。

佟辛笑嘻嘻地说："小问题，一支药可以管两个小时没有味儿，不过等下看电影的时候，可就不好说了。"

语罢，她还适时抬手，合情合景地掩了掩鼻子。

霍礼鸣差点儿没笑死，当演员的吧。

王矜矜表情裂开，实在没想到霍礼鸣看着一表人才，竟然有这种难言之隐。她心中存疑，向霍礼鸣投去最后一丝期许目光。

霍礼鸣敛敛眉："我早上喷的药，现在快失效了，只能辛苦你忍忍了好吗？"

狐臭不能忍，王矜矜尴尬地笑笑，随便找了个借口就走了。

霍礼鸣这才斜睨佟辛一眼："没对象了，你赔给我啊。"

佟辛听岔了话，以为他说的是"把你赔给我"。

她没吭声。

霍礼鸣连失落的语气都装得不走心，懒懒散散地问："我这是又得罪你了？不想让我谈对象？"

这一次，佟辛干脆应声："是，不想。"

她陡然升温的目光像夏天的炼丹炉，无声汹涌着要把他收入囊中。

霍礼鸣知道这不是错觉，从她的眼神里感知到了几分当真。

他下意识地挪开视线，掌心有些发麻。

佟辛又变了脸，若无其事地转移话题："我放暑假了。"

霍礼鸣"嗯"了声。

"你暑假干吗？"佟辛不经意地找话题。

"回一趟上海吧。"

"还回来吗？"

霍礼鸣眉心一皱，看着她，一刹那安静了。

佟辛心跳加速，脑子转得快："如果你不回来，物业可以去办暂停，能省物业费的。"

霍礼鸣失笑："没事，小钱。"

"所以你不回来了？"佟辛语气忽起波澜。

霍礼鸣下意识地安抚："回、回、回。"

佟辛表情这才松了松，眼珠儿一转，一本正经地说："鞠年年和杨映盟他们后天去迪士尼，晚上城堡会放烟花的对不对？"

"嗯，还挺好看。"

"我也想看。"佟辛轻声说。

霍礼鸣目光撞进她眼里，太满，晃出层层涟漪。他点头："我回去就给你拍视频，让你比他们更早看到。"

佟辛展颜一笑，那点小遗憾和小羡慕瞬间被抚平。这个原本可以预见是无趣的暑假，被盖了个"小期待"的戳。

上一秒，她还在为某人的暂别而忐忑。

这一秒，她忽而觉得，离别不过是下一次惊喜的序幕。

多好。

霍礼鸣两天后回上海。没别的，每年入夏，唐其琛的胃病容易复发，状态总要让人担心些。从浦东机场出来时，霍礼鸣被热浪扑了满脸。

霓虹依旧，繁华依旧。他站在原地缓了缓，某一瞬间，清礼与上海两座城市情怀重叠。其实，清礼也还挺好的，他内心想。

霍礼鸣拖着行李，直接打车去芳甸路，见了一圈旧友。唐其琛儒雅依旧，温以宁恬淡温柔，嘘寒问暖，至诚至真。知道霍礼鸣爱吃水果，蜜柚、樱桃、草莓摆了个巨大的果盘。

温以宁悄悄告诉霍礼鸣："这果盘是你唐董亲手摆的，围个小围裙，在厨房忙活了一小时呢。"

霍礼鸣吊着眼梢："我说呢，这么丑。"

不巧被唐其琛听到，卷起手中的书走来，往他背脊一敲："长志气了？"

霍礼鸣嘿嘿笑，眼神无杂质，像仰望人生中的太阳。听话的一面留给唐其琛，放肆的本真自然就留在后半夜。

霍礼鸣走的时候，唐其琛特意交代："回来一趟也劳顿，找朋友聚聚就好，别的事不要理。"

霍礼鸣太了解他了，应得爽快："放心哥，我绝不打架。"

事实证明，flag 真的是一种玄学。

霍礼鸣和程序、周嘉正他们聚了两天，都是会玩的主，往会所一塞，能够白天不懂夜的黑。

这天程序说去小金山吃晚饭，霍礼鸣不去："我晚上有事。"

"干吗去？"

"去迪士尼夜场，"霍礼鸣算着时间，"饭我就不去吃了，待会儿赶不上放烟花。"

程序伸手就去探他额头："发烧了？"

霍礼鸣倒没生气，还就势顶了顶程序的掌心："烧成灰了，程哥吹吹。"

"吹屁！"程序的鸡皮疙瘩筛了一层又一层，"你骚死了。"

霍礼鸣往沙发上一躺，笑得眼角上翘。

周嘉正问："你这么猛男身少女心啊？"

霍礼鸣起身，随手卷起 T 恤衣摆，露出漂亮的人鱼线，腰胯上的文身图案若隐若现，很性感。

"一个小女生要看。"他说。

周嘉正和程序同时问："佟妹妹啊？"

霍礼鸣斜睨他俩一眼："别叫妹妹，不是你们的妹妹。"

人走了，正当程序疯狂琢磨这是什么情况时，外头就出事儿了。

好巧不巧，冤家路窄。

付光明举着酒杯子，左右都有人扶着，脚步踉跄着往这边走。他也在小金山吃饭，五六分醉，满面红光。

霍礼鸣慢下脚步，本想视而不见图个表面和气，但付光明脑子被酒精烧着了，一见到霍礼鸣，就阴阳怪气地笑："瞧见没，过街老鼠还有脸回来了。"

这能忍。

霍礼鸣有更重要的事，迈步要走。

付光明把路一拦："唐董就是这样教你的？教出了个杀人犯。"

霍礼鸣反手就掐住他脖子，大力一撞，将人摁在地上："你也配提我哥的名字？"

说什么都行，就是不能说唐其琛的半点坏话。亦师亦友，亦兄亦父，这是霍礼鸣逆境人生中的第一道光。

付光明被他掐得眼珠子都快鼓出来了，很快，右边包厢拥出一堆人。

事态自此失控。

对方人多，且都不是省油的灯，霍礼鸣起先还能应付几招，不至于落下风。动静太大，程序和周嘉正跟着出来。

霍礼鸣干架那叫一个行云流水，还没等两人上去帮忙，付光明从地上爬起来，红着眼睛，捽了玻璃瓶子，尖锐的豁口直接往霍礼鸣腰上捅。

霍礼鸣吃痛，单膝往地上一跪。

程序暴吼："你住手！"

周嘉正飞起就是一脚踹向付光明。

霍礼鸣被两人扶着要往医院送。

他忍着痛苦，死死抓住程序的手："不去医院，去毛栗子的诊所。"

附近的都是大医院，唐其琛人脉广，肯定马上就会知道。

早几年，霍礼鸣一点就炸的性子没少惹麻烦，不是折胳膊就是折腿的，怕被骂，霍礼鸣都瞒着。后来有一次，他脚踝粉碎性骨折，打了三根钢钉差点儿就废了。唐其琛知道后，发了好大的火。自此之后，唐其琛就对外打过招呼，霍礼鸣只要往医院去，甭管什么病，都要通报。

　　如今二十几岁，霍礼鸣仍对唐其琛敬畏犹存。

　　毛栗子也是他们一圈儿的哥们儿，正儿八经的医科大毕业生，处理外伤很有经验。

　　"手真狠，再深一厘米你就等着摘肾吧。"

　　霍礼鸣想拿手去捂："给我保住它！"

　　程序赶紧挡着："别瞎碰。肯定给你保住了，毕竟你还是个处男。"

　　霍礼鸣疼得不想废话。

　　止血，上药，他都不吭一声儿，忍得满额头的汗。

　　他忽然问："程序，几点了？"

　　同一时间的清礼。

　　月亮高升，周围依附着几颗淡星。大人加班是常态，家里只剩佟辛一个人。从晚上七点起，她就把手机充满电，放在书桌上，边写试卷边瞄时间。

　　八点焰火盛会开始，霍礼鸣应该会记得吧？

　　七点半时，佟辛看手机的频率陡增，时不时地解锁，弹开微信，一直没动静，她还特意去检查了一遍路由器。

　　霍礼鸣的聊天对话框安安静静的。距离八点只有十分钟了，佟辛心里空荡荡的，四面像悬崖，往哪儿走都会踏空。她点开对话框，犹犹豫豫的，甚至打了字，又迅速删掉。

　　他忘记了吗？

　　他一定忘记了。

　　佟辛睁着眼睛，漫无目的地投向窗外的夜空，鼻子酸酸的。她愤懑地想，忘记就忘记！谁在意！

　　可下一秒，委屈无法抑制地涌上来，让她如鲠在喉。佟辛趴在桌上，手机紧紧握在掌心，眼睛湿了。

视频请求弹出来时，骤响的提示音在安静的房间回响——

【霍鸭鸭向你发出视频请求】

八点整，分秒不差。

佟辛立刻弹起，本能地按下接受。画面一下子显现，霍礼鸣的脸以一种很死亡的角度出现在屏幕里。

他的脸占据了全部，可一点都不难看，五官标标正正，眼睛尤其好看，眸子深邃，带着淡淡的笑意。

佟辛撇撇嘴，极力掩饰情绪："我还以为你不记得了，鞠年年他们明天的飞机，没准儿你们还能……"

她忽地噤声，察觉出异样，直直地盯着他："你怎么了？"

霍礼鸣不敢告诉她，忍着剧痛，佯装轻松："没事儿，就是跟你道个歉，对不起啊妞妞，我这边有点状况，走不开。明天，明天我一定去给你拍烟花。"

佟辛厉声打断："我问你怎么了！"

这一嗓子气势，把程序和周嘉正都骇住了。他们自发沉默，小心翼翼地打量霍礼鸣。

霍礼鸣的伤口被药水浸得生疼，疼得他眉骨上都是汗。他后悔了，这小妞太聪明，发视频前就该给自己设置一下美颜的。

一旁的程序看不下去了，夺过手机叽里呱啦和盘托出："他晚上被小人害的，碎酒瓶子扎到了肾，现在搁这儿做缝合呢！"

佟辛愣住，在消化完话里的信息后，眼泪克制不住地往下坠。

"哎哟，我去，哭了！"程序直男脑子，大喇叭似的广播，"哭了！她哭了！这妹妹哭了！"

"你闭嘴！"霍礼鸣费劲地拿回手机，手指头都有点抖，"佟辛，我没事。"

佟辛哽咽："都这样了，你还说没事。"

大概是止疼药起了效，他觉得没那么疼了。霍礼鸣的语气放软，哄着："别听程序瞎说，我肾没事。"

当局者迷，旁观者可是听得一清二楚。在场的其他人面面相觑，很有默契地摆出同一个表情——小霍爷，你这自证有点惹人遐想。

佟辛哭了好一会儿，抽泣着，红着眼睛说："我看不到烟花了。"

霍礼鸣轻声道："下次我带你去，我们一起去迪士尼看，好不好？"

程序忽然有些触动，开启疯狂记忆模式，把哄女朋友大法记在小本本上。

处理好伤口后，霍礼鸣在诊所吊了几天水。年轻身体好，且这些对他来说是家常便饭，恢复得还算快。

程序说："你住我那儿去，我家阿姨做饭还不错，给你养养肾。"

霍礼鸣说："不了，这事瞒不住琛哥，闹那么大，他迟早得知道。"

"那你去哪里？"

"清礼，我已经订好明天的飞机票，"末了，他还欲盖弥彰地补了句，"我不想被琛哥揍。"

程序毫不留情地拆穿："借口，其实你是想回去看佟辛吧。"

霍礼鸣抄起枕头就堵他的嘴，皱眉不悦："以后少说这话，人家姑娘没成年，这不合适。"

次日上午的飞机，中午到清礼。

两个小时，霍礼鸣面不改色，只在起身时，扯着伤口密密麻麻地疼。他拿手虚虚地捂了捂，原地缓了几秒才出机舱。

他盘算得明明白白，佟斯年是医生，真要有个什么，找邻居帮忙就是。打车回小区，保卫不让外面车辆进去，霍礼鸣只好在门口下车。他走得慢，但气质依旧凌厉。

刚进大门，就和迎面走来的杨映盟打了个照面。霍礼鸣知道这是佟辛的同学，出于礼貌，他朝杨映盟点了下头算是打招呼。

杨映盟慢下脚步，一直盯着他看，眼神非常不友善。

霍礼鸣不与之计较，刚要走，杨映盟忽地出声："你文身还挺厉害啊。"

啧，这什么语气啊？

霍礼鸣睨他一眼，仍不搭理。

杨映盟却将人拦下，少年一张脸干净又无畏，夺毛的语气："我可不怕你，而且我要警告你，离佟辛远一点！"

霍礼鸣眯着眼睛，是真不高兴了："你说远离就远离？你是她谁啊？"

"我，我是她好朋友。"杨映盟不怎么坚决地迎难而上。

霍礼鸣轻声嗤笑，吊着眉梢调侃："小子，你喜欢她啊？"

"你别胡说！我……我……关你什么事！"杨映盟语无伦次，但到底是男孩儿，血性还是在的，索性梗着脖子承认，"是！我就喜欢她！但我是规规矩矩地喜欢！不像你！占有欲强，对她死缠烂打！"

霍礼鸣差点儿气笑，当代高中生都这么无厘头的吗？他忙不迭地点头："是是是，我就喜欢这样追人，这叫什么？强制爱？变态坏？"

小少爷气得头顶冒烟："你你！我不想退出了，我要向你宣战！"

忽然，身侧传来"嘀嘀"两声短促鸣笛。

白色现代停在路边，驾驶座里，佟斯年看向霍礼鸣，眼神复杂，眉头紧蹙，表情传达的意思是——我对你还算不赖，没想到你要泡我妹妹。

对视三秒，佟医生平静地转回头，什么都没说，升上车窗，开车走了。

霍礼鸣后知后觉，误会大了！他忍着伤痛，快步往前追："佟医生，佟医生！"

后视镜里，霍礼鸣的身影越缩越小，但可以看出他的表情焦虑，并且有一丝隐忍的痛苦。佟斯年慢慢转回头，听见一声声近乎撕心裂肺的"佟医生"，但仍决心当没听见。

这几分钟给他传递的信息量有点大。

杨映盟他有印象，佟辛去年过生日的时候见到过，同班同学吧，他妹妹长得又这么漂亮，有点心动情愫多正常。佟斯年自己也从少年而来，能理解这种血气方刚。

至于霍礼鸣，佟斯年不是听不出霍礼鸣方才那番话的调侃语气，多半作不得数。再说了，霍礼鸣这种酷哥性格，大概率是不会喜欢佟辛这种甜妹类型的女生。

但他这个妹妹啊……

新年一个人在卧室犹豫穿什么衣服，夹了很多菜说去喂流浪狗，鱼汤什么的也没少往邻居家送吧？

很多小细节，藏不住蛛丝马迹。佟斯年很敏锐，也很敏感。他在车里独坐许久，直到黄昏淡去一半色彩才往家里去。

次日清晨，霍礼鸣刚出门，就看见佟斯年的车停在路边。

车窗滑下，佟斯年打招呼："礼鸣，这么早出门儿？"

霍礼鸣步子有点缓："早，我去诊所换下药。"

佟斯年皱眉，推门下车："怎么了？"

"没事儿，磕伤了。"

"我看看。"佟斯年职业使然，小跑过来。

"小伤，我就换个药。"霍礼鸣用手挡着，往后退了一步。

佟斯年笑着说："北大毕业的还不够给你看病？"

僵持了会儿，霍礼鸣服软，慢慢撩起衣摆。

佟斯年眉心蹙了蹙："这还叫小伤？利器扎的？"

"嗯。"霍礼鸣很坦诚。

"上车吧，"佟斯年用手指比画了一下伤口大小，"去我那儿，帮你消毒换药。"

佟医生这人有多犟，霍礼鸣领教过。车驶入主干道，佟斯年倒也没多问他怎么受的伤，只问："听辛辛说，你前几天回上海了？"

"是。"

"冒昧问一句，礼鸣，你是到清礼定居，还是暂居，以后回上海？"佟斯年转着方向盘，瞥了眼后视镜。

霍礼鸣心里的天平有那么一刹那失衡，左右悬着重量，摇摆不定，最后，拣了个能让佟医生宽心的答案："回上海。"

佟斯年笑了笑："我就说，你来这边儿，人生地不熟的。"

"嗯，我上海有个哥，他在这边也有业务，我帮他过来盯一段，差不多了，我就回去。"霍礼鸣说。

"这样啊，"佟斯年不着痕迹地提及了佟辛，"辛辛挺关心你，她遇上几次麻烦，也多谢你仗义相助。"

霍礼鸣忽然就不知该怎么接话了，淡淡地"嗯"了声："举手之劳。"

"辛辛性格从小就这样，看着乖巧，其实很有想法，也很执着。"佟斯年不疾不徐，聊家常似的，"她初三那年，有一次语文没考好，作文扣了一半的分，老师说她偏题。她不服气，拿着试卷在教室里和老师大声理论。老师气得摔书走人，让她叫家长。"

霍礼鸣下意识地弯了弯嘴角："怕被佟教授和辛医生骂，最后只敢叫你去？"

佟斯年笑着摇摇头："没，她在报纸小广告上租了个'爸'去见老师。"

霍礼鸣愣了愣，点点头："是她会干的事。"

他一副了然于心的模样，让佟斯年神色微妙。

前边路口遇红灯，佟斯年轻踩刹车，敛了敛眉："我妹妹今年十七岁，再聪慧，也只是个十七岁的孩子。人生观和是非分辨能力有待修行，她会以她想当然的方式去面对、解决问题，就像租个爸去见老师。不用过很多年，就现在，她都会跟我说那次的行为有点蠢。"

佟斯年像温和的谈心者，没有咄咄逼人的尖锐，可越平易近人，越让听者有心。霍礼鸣意识到，佟医生这是委婉地和他摊牌。

到清礼医院，佟斯年把人领去护士站。

同事们打趣："佟医生，你今儿调岗位啦？"

佟斯年换上白大褂，无框眼镜越显斯文，笑着说："我弟弟，就跟辛辛一样，麻烦大家多费心。"

霍礼鸣转头看了他一眼，不知如何形容此刻的感受。连亲都认上了，弟弟，妹妹，敢情是提醒自己别乱搞。霍礼鸣哭笑不得，双手插兜里，低头用鞋底轻轻磨了磨地面，笑意淡去，又有些空落落的。

佟斯年很热心，连着两天早晚都上门帮忙消毒换药，但只有一次碰见宁蔚也在。

宁蔚盘腿坐在沙发上看曲谱，抬头看佟斯年一眼，遂又低下头去。

霍礼鸣在卧室换衣服："佟医生，你随便坐。"

"没事，你忙。"佟斯年转而问宁蔚，"你……不去那家酒吧驻唱了？"

宁蔚淡淡"嗯"了声，从佟斯年的角度看，她的眼角上翘，像三月燕剪尾，不用回眸，都是多情的。

宁蔚合上曲谱，骤然抬起头，朝他心无旁骛地一笑："不唱了，嫁人了。"

佟斯年："……"

"你别听我姐胡说，"霍礼鸣换好衣服出来，顺手往宁蔚头顶揉了把，"不准调戏佟医生。"

午饭点，佟辛上完英语提升课回到家。

辛滟正在厨房煎鱼，说道："辛辛，先喝一碗汤。"

佟斯年端着鱼汤上桌，小黄鸭的碗勺留给妹妹。

佟辛被香味勾得像小饿狗，单膝跪在凳子上使劲儿闻："我今天要吃三碗饭！"

佟斯年笑道："辛猪。"

佟辛捏了一小块凉拌黄瓜偷吃："哥，你今天休假干吗去啦？"

"去给礼鸣换药。"佟斯年吹凉鱼汤。

佟辛手一顿："他回来了？"

佟斯年敏锐，一般情况听到这里，都会问"他是不是受伤了"，但她没有，这代表佟辛或许早已知道霍礼鸣受伤的事。

佟斯年"嗯"了声，平静地说："还算幸运，再偏一厘米，肾就伤了。"

语罢，他悄然观察佟辛的反应。

佟辛手指尖上还蘸着辣椒油，她怔怔发呆，手指也克制不住地抖。察觉到哥哥的打量，她立刻藏起这些反应，慢半拍地坐下。

辛滟端上最后一道菜："吃饭吧，今天这红烧肉做得挺好。"

佟辛忽然问："妈，鱼汤还有吗？"

"野生鲫鱼不大，只够炖两碗给你们兄妹俩喝。怎么了？"

"没事。"佟辛敛下心思，扒了几口饭，然后端着鱼汤，假装边喝边往厨房去，"我洗个手。"

到厨房，她回头看了眼餐厅，趁人不注意，赶紧把自己的鱼汤藏起来。吃完饭后，她主动帮妈妈洗碗，再将藏好的鱼汤偷偷倒进保温杯里。

辛滟难得有个休息日，吃完饭就进卧室午休了。

客厅里，佟斯年在回邮件，察觉动静，他回头看了眼："下午也要上课？"

佟辛拎着一个巨大的学习袋，面不改色地说："嗯，我去问问题目。"

不看佟斯年，她说完就走，怕被看到，又给霍礼鸣发了条信息："你来一下'仲夏柠叶'。"

霍礼鸣回:"在外面。"

"想喝奶茶?"

"记账,先喝。回来给你付钱。"

佟辛默了默:"你要多久回?"

"不确定,三四个小时。"

佟辛拎着鱼汤,被盛夏烈阳炙烤,心里却空落落的。她没再回信息,而是去"仲夏柠叶"里等。

金橘柠檬水大杯加冰,从冰凉剔透到水汽朦胧,最后化作常温。

佟辛小口小口地抿,坐在靠窗的位置,眼看路边的梧桐树荫从东挪到西。带来的试卷铺开,一下午,半张都没刷完。橙色学习袋里的保温杯谁都看不到,佟辛偶尔拿笔尖戳一戳,想着,这人怎么还不回来?

只要不开车,进小区必然会路过"仲夏柠叶"。

五点,烈日褪去火烧,黄昏徐徐登场。下班的人多起来,佟辛一眼看到了远处的霍礼鸣。她赶紧收好一切,拎着袋子跑去店门口,假装刚刚路过。

霍礼鸣远远地冲她笑:"这么巧啊,天生来敲我竹杠的?去吧,想喝什么,自己点。"

佟辛没动。

霍礼鸣记起来了:"中午找我有事?"

"给你,"佟辛把袋子给他,"你回去热热喝吧。"

霍礼鸣打开看了眼:"哟,变小厨娘了啊?"

"嗯。我会把你的评价转达给我妈妈的。"

"别别别,"霍礼鸣顿时紧张,"别破坏我的乖仔形象。"

佟辛做了个抹脖子的动作:"脸真大。"

霍礼鸣笑了笑,要走。

擦肩而过的时候,佟辛鼓起勇气:"等等。"

"嗯?"

"周五晚上你有空吗?"

"怎么了?"

既已开了个头，便不好怯懦退场，佟辛看着他，小声说："我周五生日，十八岁生日，我邀请你一起吃饭。"

安静许久，霍礼鸣面色温和地问："还有哪些人？"

"玩得好的朋友、同学，很多人的。"佟辛面不改色，态度诚挚。

"你哥也去？"

佟辛点点头："去的。"

顿了下，她大方道："你不去也没关系，我就觉得，咱们邻里之间，你帮过我这么多次，我是感激你的。"

霍礼鸣忍笑："这么正式？我都不习惯了。"

佟辛拿不准，忍不住催问："那你到底来不来嘛？"

"来，"霍礼鸣勾了个痞坏的笑容，"盛情难却。"

晚上十二点，宁蔚今天只唱一场，所以到家早。

霍礼鸣还没睡，转头看她一眼："回了啊。"

"你还没睡？"宁蔚换下高跟鞋，狐疑地问。

霍礼鸣站起身："问你个事儿啊。你们女生过生日，一般希望收到什么样的生日礼物？"

宁蔚脱口而出："房子吧。"

霍礼鸣："……"

"再不济，豪车也行。"宁蔚拨了拨头发，懒洋洋道。

"正经点。"霍礼鸣提高声音。

宁蔚睨他一眼，双手环抱胸前，倚着墙壁，一眼看穿他所想："送隔壁那妹妹啊？"

行吧，不愧是姐姐。霍礼鸣也没什么好隐瞒的，把佟辛生日的事儿说了一遍。宁蔚关注点比较奇特："她才高三，就十八岁了？"

"她小学读得晚，多上了一年学前班。"

宁蔚有些意外："这你都清楚？"

"佟辛自己说的，"霍礼鸣皱了皱眉，"你这什么表情？"

宁蔚笑得意味深长。

霍礼鸣觉得自己脑子一定是抽了，等她到这个点，主意没拿一个，还说这么多似是而非的话。

他径直回卧室，身后宁蔚说："不用买礼物，你去，就是最好的礼物。"

亲姐不靠谱，只能靠百度。霍礼鸣查了一圈网友问答，什么水晶球、相册、金箔玫瑰花……得了，更不靠谱。

最后，霍礼鸣拿了条他前几年去川藏线旅游时，在牧民家收购的一条藏银手链，手链上的一颗蓝宝石最吸睛。东西不贵，当时买也就花了小八千。

这东西有讲究，辟邪。

成年礼，总得奔个好兆头。

很快到周五。霍礼鸣想着人多，还特意穿了件薄外套，一整条花臂别吓着她同学。

佟辛提前给他微信发了定位。

霍礼鸣打车过去，结果就佟辛一个人坐在马路边的石凳子上。

"你同学呢？"霍礼鸣左看右看，"你哥呢？"

石凳子高，佟辛双腿悬空，优哉游哉地一晃一晃："放我鸽子了。"

"都不来？"霍礼鸣皱眉。

佟辛低着头，很难过的样子："我哥加班，我朋友也都有事儿。对不起啊，就剩我和你了。"她跳下石凳，"走吧，去吃饭。"

少女的背影写满落寞，浸润在夏日黄昏中，周身裹着一圈暖黄的光。霍礼鸣恻隐之心泛动，生日还挺惨，他想，待会儿吃饭就他来买单吧。

于是，佟辛请他吃了一顿麻辣烫。

吃的时候，她不怎么说话，若有所思的模样透着重重心事。

霍礼鸣以为她是为朋友放鸽子而失落，于是说："我看你也没心思吃，待会儿陪你去逛夜市？"

佟辛定定地看着他，若无其事地说："年年说陪女生逛夜市的都是男朋友。"

霍礼鸣立刻闭嘴。

佟辛说完继续低头吃麻辣烫。她身上有一股很从容、沉静的魄力，霍礼鸣这一顿吃得如坐针毡。她吃完，拭了拭嘴，轻声说："去逛夜市吧。"

"你刚才那么迫切地想和我去，满足你。"佟辛说得云淡风轻。

直到走到大街上，霍礼鸣还有一种云雾缭绕的不真实感。

佟辛漫步走在前面，长发被夏风轻拂，衣服贴在腰肢上，被风吹出盈盈一握的弧线。

十八岁，这么让人捉摸不透的吗？霍礼鸣甚至回忆了一番自己的十八岁，太久远了，记不清了。

佟辛一路都很安静，与其说逛夜市，倒不如是静夜思。

霍礼鸣主动打破沉默，指着棉花糖问："吃吗？"

佟辛摇摇头。

路过冰激凌店，霍礼鸣又问："这个呢？"

佟辛看了眼广告："第二支半价，你吃吗？"

霍礼鸣看了眼排队的人，你侬我侬，全是情侣。刚才没看仔细，这会儿看清广告牌：夏日新品上市，"鸳鸯小恋曲"。

霍礼鸣愣了一下："再看看别的。"

佟辛对这些小玩意儿没什么兴趣，身上有一种超出同龄人的早熟。可霍礼鸣一想到她已经十八岁了，好像又觉得理所当然了。

"佟辛，"他把人叫住，目光白上而下落到她脸上，"你去前面的沿江风光带等我。别走远了，我去去就来。"

佟辛点点头："你去哪里？"

霍礼鸣已转身小跑而去。

江边灯影绰绰，偶有货船沉声鸣笛。满月高悬，月光洒下来与江水缱绻做伴。佟辛手肘撑着栏杆，心思跟着水波一上一下。

她闭眼，不是没有过退缩的时候，可一想到那天霍礼鸣和别的女人相亲吃饭，她就产生了危机感。二十多岁的酷哥，有怎样的感情选择都再正常不过。

打败一个王矜矜，还有千千万万个王矜矜。

再者，霍礼鸣也不像良家男人模样，别指望他守身如玉。

佟辛深吸一口气，其实她的生日不是今天，要到年底十二月。算起来，还有小半年呢。

所以，她也算豁出去了吧。

正入神，霍礼鸣回来了："找个地方坐吧。"

佟辛回头，注意到他手上拎着的一个小蛋糕。

霍礼鸣笑着说："仪式感还是要有的。"

佟辛手指下意识地掐了掐掌心："你去哪儿买的？"

"路过一家蛋糕店，我记住了。店里就最后一个，我去的时候，正巧还有个女生也要买。"

"她人好，所以让给你了？"

"没，"霍礼鸣不怎么正经地说，"我给她跪下了。"

佟辛："……"

他哈哈大笑，伸手拍了拍她后脑勺："逗你的。走吧，吃蛋糕。"

两人就坐在绿化带供游客休息的石桌上。蛋糕很小，蜡烛、刀叉都一样不少。

佟辛诧异，她还记得那次给霍礼鸣过生日，他一副毫不上心的模样。

似是看穿她心思，霍礼鸣抬头看她一眼："十八岁第一天，不受委屈。"

男人年轻的面容上透着全力以赴的认真，因抬头的动作，额间隐隐泛出性感的纹路，他的双眸如黑曜石，不经意间，流光溢彩。

佟辛心跳加快，激动地说："我成年了。"

霍礼鸣手一顿，火焰熄了，点点头："恭喜长大。"

佟辛反问："你成年的时候，做了什么？"

霍礼鸣眼睛顿时鲜活起来："打架进医院，断了两根肋骨，在床上躺了一个月。"

佟辛眉眼清亮透彻，誓要问出自己想要的答案："你没泡妞吗？"

霍礼鸣愣了下，随即失笑："喂，小妞，我会向你家长告状的啊。"

佟辛依旧镇定，白皙的脸庞不见一丝不好意思的红晕："你告吧，我就说是你教的。"

霍礼鸣啧了声："我还给你买蛋糕了，小白眼狼。"

蜡烛点好，小火焰映亮佟辛的脸，余光漾进眼睛，愈燃愈烈。

霍礼鸣端着蛋糕，听到她猝不及防地问："你以前的女朋友都长什么样？"

蛋糕差点儿脱手摔落，霍礼鸣的舌头仿佛被勒住。他能说他没正儿八经地谈过恋爱吗？主动追他的倒是多，但他这人天生不爱这些，一是怕麻烦，二是习惯了一个人。与其为面子找一个，倒不如坦荡一点，别祸害女孩子。

霍礼鸣自己有姐姐，他很能共情，女孩子就是应该被宝贝的，但现在……是会丢面子的。

佟辛的目光像两束激光，誓要把他的秘密照得一览无遗。

霍礼鸣定定的，没回答。佟辛倒是挺坦然地点点头："我知道。"

你又知道什么了？

"你喜欢富婆。"佟辛说。

霍礼鸣差点儿气笑，索性顺着话承认："是啊，我这职业不容易，吃青春饭，身体一天一天被掏空，趁年轻多赚点吧。我做梦都在想什么时候遇见个大富婆为我赎身，让我提早退休呢。"

他说这话的时候明显是调侃。

差不多得了，霍礼鸣收了收情绪："别乱猜，许愿吧。"

佟辛的内心像一片涨潮的夜海，无声的浪推她去远方。没有启明星，也没有辨别方向的灯塔。

一切都是未知的。

可这是一个女孩儿离勇气最近的一次。

她的心尖烧滚，翻腾出岩浆，足够照亮自己披荆斩棘的路。"喜欢"这个词，不该被辜负。

至少，她不想辜负自己。

佟辛在烛光里双手合十，许愿："祝我早日成富婆。"说完，她睁开眼，目光明亮地看向霍礼鸣。

几片阴云悄然遮月，江面传来厚重的轮船长鸣声。夜风轻拂江水，带着凉意吹开少女额前的头发。

佟辛的双眸剔透，一点不比天上月光逊色。这么直白的暗示，再不明白，就是真装糊涂了。但明白是一回事，宣之于口又是另一回事。

霍礼鸣太清楚，佟辛现在就像跃跃欲试的浪花随风舞摆，可以汹涌澎湃，也能悄然止息。

她这个年龄，可以做的事情有很多。

但最重要的，绝对不是这一件。

霍礼鸣不想伸出推波助澜的手，但这一刻，在炙热虔诚的目光里，分明感受到自己被温暖包裹。

他笑起来，挺不正经地扬高眉梢："可以啊，你的梦想真牛。"

佟辛心里忐忑，怎么还牛了？他是听不懂，还是自己说得不够明显？那怎样才叫明显？直接大声说，我喜欢你吗？

佟辛对上霍礼鸣的眼睛。男人的眼神很硬朗，直勾勾地看着她，没有半分多余的感情。这么硬的目光，就是 一道无声的城墙堡垒。

佟辛一瞬泄了气。她有点无解，脑子空白半秒，然后有东西钻进来，一团团的，像浸了水的棉花，又沉又重。

她后知后觉，这种东西，叫委屈。

霍礼鸣把蛋糕抬高到她跟前："来，吹蜡烛。"

佟辛没好气地鼓了一下嘴，够敷衍的。蜡烛没吹灭，还燃着。霍礼鸣呼地就给吹灭了："好了，佟辛同学许愿成功。"

佟辛炸毛："你干吗吹我的蜡烛？"

"好好好，点上，再吹一次。"霍礼鸣掀开打火机，咔嗒脆响，蜡烛重新燃起来。

他不再调侃，神色认真，声音也沉下几分："就一个十八岁，多重要。来，重新许愿，小姑娘正经点。"

佟辛默了默，仿佛知道了答案。

她一口气吹熄，说："不改。"

霍礼鸣挺想拍拍她后脑勺，手都伸出一半了，又缩了回去。

佟辛低着脑袋，长发遮住眼睛。

"妞妞，"霍礼鸣倏地叫她，"高三了，好好学习。"

佟辛不放过任何机会，战火重燃，帅旗高挂，直直望向他："好好学习有奖励吗？"

"……"

"没有啊？那考上好大学呢？这样有没有？"

"……"

star

佟辛等不到答案，小声嘀咕："那你还让我好好学习。"

霍礼鸣不怎么坚决地说："我四舍五入也算你哥哥吧，哥哥嘱咐妹妹，是出自对你的关爱。"

佟辛闭了闭眼，赌气道："谁要你当哥。"

霍礼鸣静了会儿，两指点住她右肩，稍一用力，就把人给带转到正面。

他的视线自上而下，坦荡诚挚地包容佟辛的目光："愿望都是以后实现的。小妞，好好学习。"

男人全神贯注的样子，迷人又俊朗。霍礼鸣笑意隐忍，还带着一丝不易察觉的温柔与耐心："好好学习，没准愿望能实现得快一点。"

这晚回到家，宁蔚比霍礼鸣还快，连澡都洗完了，单腿盘在沙发上，露出匀称的小腿。她用毛巾擦拭着头发，回头看他一眼，笑嘻嘻地问："怎么样？"

霍礼鸣莫名其妙："什么怎么样？"

"你没被那小姑娘抽筋扒皮啊？"

这语气就不太让人高兴了，霍礼鸣皱眉说："佟辛说话是灵活了些，但没有坏心思，你别总阴阳怪气的。"

"哟哟哟，还护起短来了，"宁蔚叹气，"千辛万苦找到的弟弟有什么用？"

霍礼鸣在她面前坐下，手肘撑着膝盖，一副欲言又止的模样。

宁蔚扫他一眼，定声问："她喜欢你？"

霍礼鸣默了默，没否认。

宁蔚依然平静："你怎么想的？"

霍礼鸣失笑："我说有罪恶感，你信吗？"

"信啊。"宁蔚由衷地说，"妹妹是个乖乖女，有点小聪明，但一看就是优越家庭里出来的孩子。"

干净的白球鞋、款式简洁但质量上乘的衣服、待人接物落落大方，佟辛这样的女孩儿，会让人想到"美好"这个词。

思及此，宁蔚又看弟弟一眼："真表白了？"

宁静的夜晚，落地灯暖黄的光圈中，霍礼鸣语气平和："她今年高考，成绩很好。"

宁蔚当机立断："那就别耽误人。"

霍礼鸣啧了一声："怎么就叫耽误人了？我还能害她不成？"

宁蔚冷笑："所以呢，你也报个高三，当个插班生陪她一块儿搞学习？"

霍礼鸣蓦地噤声。安静几秒后，他说："我知道。"

"我跟她说了，好好考试。"

宁蔚长叹一声："今晚有人要伤心喽。"

真不巧，某人还真说不上是伤心。

佟辛回到家，反倒平静下来。虽然结果不尽如人意，但好像也没那么坏。她对今晚之行的定义，更多的是成全了自我。

霍礼鸣好像不是个坏蛋。她这么明显的情绪表达，他都没有泛滥附和。若是个浪子，大概早就不正经了。这么一想，他还是挺男人的。

一顿细致透彻的分析完毕，佟辛盯着墙上摇曳的树影想笑。

这叫什么？

无脑吹捧。

她迈出的这一步，严格来说，并没有收获她想要的结果，但她并不难过，甚至可以这么说，如果霍礼鸣接受了，或许才叫她失望。

喜欢这种事，搁佟辛这里，憋不住。感性之余，她又有清晰的理性。她深知，她和霍礼鸣认识的时间不长，年龄差得也有点远，如果不是有这份心思，那就叫老牛吃嫩草。

想到这里，佟辛没忍住，扑哧一声笑划破安静。单方面的喜欢这件事，或许这样才是最合适的答案。佟辛想到霍礼鸣说的那句"好好学习，没准愿望就实现得快一点"，那是正正经经的回应，也藏匿着温柔。

佟辛第一次觉得，原来搞学习是一块巨大的、香甜的蛋糕。她一个鲤鱼打挺从床上翻身坐起，没睡意了，不多想了。

听他一次话吧。好好学习，考上好大学，或许，愿望真会很快实现。

连日来的苦闷和迷茫瞬间被吹散，只剩一腔热忱。佟辛又恢复了高效率的学习状态，本该惹人遐想的夜晚，她如有神助，一口气刷了五套试卷。

从深夜到天明，夏日晨光来得更早些。六点不到，就可以看到悠然自得练太极的爷爷奶奶和朝气蓬勃的晨跑青年，菜市场是城市最先热闹起来的地方。

　　霍礼鸣神清气爽地出门，不嫌包子铺难排队，花了二十几分钟买了四笼小笼包。自己吃两笼，宁蔚和那小妞各一笼。

　　他吃得快，怕打包的凉了不好吃。霍礼鸣吃完拭了拭嘴，起身刚要走，手机响了。他看一眼，很快接起："礼哥？"

　　唐其琛的第一行政秘书，柯礼。这也是一号人物，跟了唐其琛十几年，真正的左膀右臂。那头说了几句，霍礼鸣脸色霎时大变："怎么又住院了？！"

　　柯礼说："唐董昨晚亲赴一桩商务谈判，这个标的两个亿的数额，又牵涉海外子公司。这几天他本就感冒，晚上应酬时又喝了点酒，回去就胃病复发。"

　　霍礼鸣皱眉，语气也有点慌："嫂子呢？"

　　柯礼说："夫人忙前忙后的，但西哲和西朵肺炎还没痊愈，她两头奔波，人都瘦了一大圈。唐董住院的消息还是封锁的，对外只称去国外工厂考察。"

　　亚汇集团，百年家族企业，在国内实属低调，但集团财富惊人，牵一发而动全身，掌权人的生活行迹本就是公司绝对机密。

　　柯礼能打这通电话，必是抱着直截了当的态度："唐董入院前交代过，让你回上海。"

　　关键时候，只信心腹。

　　霍礼鸣一刹那有点儿分心，举着手机在耳畔。

　　那头追问："礼鸣？"

　　霍礼鸣掌心贴紧屏幕，沉声道："好。"

　　晨风短暂送凉，只等太阳出来，又热如蒸笼。霍礼鸣蹲在马路边，拎着小笼包，时不时地看向佟家。花团锦簇，只能瞥见一半的门。

　　信息发了没两分钟，佟辛就跑了出来。小小的身影还连蹦带跳的，她看起来心情不错。在霍礼鸣面前站定，她笑眼微弯："吃包子啊？我也有份儿？"

　　霍礼鸣点了下头："你和佟医生每人一笼。"

　　佟辛接过，笑盈盈地看着他。阳光洒下来，让她轮廓像是染上一层毛茸茸的金边。霍礼鸣莫名想到一个词，甜妹。

甜得他都不忍看了。

注意到她手上拎着的东西，霍礼鸣问："拿的什么？"

"医药包，"佟辛软着声音说，"我问我哥的同事姐姐拿的。这些药都是他们医院自产，消炎止痛很有效，别的地方买不到。"

霍礼鸣喉结微滚，看着她，一言不发。

佟辛不自在，认真打量起他："你今天怎么了？"

霍礼鸣说："我今天回上海。"

佟辛不以为意，只眨眨眼："又回？你不是才回过一趟吗？"

霍礼鸣"嗯"了声。

"这次去几天？"佟辛问完，忽然意识到什么，笑容也慢慢淡去。

霍礼鸣抬起头，与她对视："不知道。"

"不知道？"佟辛笑了下，"那就是很久喽。"

她故作轻松的语气，只徒添欲盖弥彰的难过。霍礼鸣一看她的表情，整个人都不好了，他在她脸上只看到强颜欢笑。

盘算着委婉地沟通，霍礼鸣坦诚地告诉她："上海那边出了点事，我得回去。"

佟辛什么都没说，低眉垂眸，白色帆布鞋轻轻磨蹭地上的碎石子。

良久，她低声问："你还回来吗？"

霍礼鸣应得干脆："回。"

佟辛语气顿时变了："你骗我。昨晚说过的话，今天就翻脸。你既然要走，为什么，为什么……"

为什么还要给我似是而非的希望。

佟辛脑海一片空白，除了委屈，还是委屈。她红着眼睛，倔强地憋着不让眼泪滑落，假装无所谓地直视他："你不用告诉我，我们本来就不熟，只是邻居而已。我不在乎，我根本不在乎。"

霍礼鸣本能地要向她靠近，并且不自觉地放低声音："我又不是不回来了。辛辛，说这些，就伤心了啊。"

佟辛不看他了，把小笼包塞进他怀里，转身就跑了。

今天家里大人都在，辛滟在厨房切水果，佟承望听早间新闻。佟辛木讷地坐在沙发，一双眼睛停在电视屏幕上。

佟承望偶尔发表几句意见："这项政策利国利民，以后一定大有作为。"

佟辛什么都听不见，耳边一阵嗡嗡的飞旋声。

"辛辛，辛辛？"佟承望叫她好几遍，她才愣愣地回过神。

佟承望起疑，提醒说："你手机一直在振。"

"鸭鸭"两个字跳跃在屏幕上，佟辛按了拒绝，然后假装若无其事地继续看电视："不认识，骚扰电话。"

她一直忍，一直忍，不能哭，不能露出端倪。

爸爸坐在旁边，妈妈也会看到。

佟辛掌心贴着沙发垫，暗暗地用指甲使劲掐自己，要把心酸和眼泪忍回去，一定，一定要忍回去。

上海那边应该非常紧急，柯礼性子如此沉稳的人，都连着给霍礼鸣打了三通电话，并且及时订了下午的机票。

霍礼鸣到家，宁蔚刚起，瞧见他脸色不对劲："怎么了？大早上出门掉钱包了？"

霍礼鸣走进卧室，半分钟后出来，往桌上放了三样东西。

"三把备用钥匙你收好，门口信箱里还有一把，万一哪天你忘记带，记得去那儿找。这张名片你别丢，号码存手机，凛哥在你们这圈子里能说上话，你要是惹了事儿，去找他，就说你是我姐。"

最后，霍礼鸣将银行卡推到她面前："你拿着用。"

宁蔚彻底冷静下来："霍礼鸣，你犯事了？"

"我下午回上海。"

宁蔚愣了愣，没想到是这个答案。

"我跟你说过，如果我十四岁没有碰见琛哥，我可能已经成成年犯了。"霍礼鸣淡声道，"上海那边出了点事，我得走。"

宁蔚尽快消化掉这个消息，再抬头时，第一句话就是问："佟辛呢？"

他没吱声，眉间浮起一丝烦乱："她成绩好，要好好高考。"

离登机不到两小时，时间有点赶。走的时候，宁蔚欲言又止："你跟她说了没？"

"说了。"霍礼鸣长呼一口气，语气分外落寞，"她现在不接我电话。"

出门的时候，霍礼鸣停在路中间。盛夏烈日越发嚣张，哪儿都是明晃刺眼的光亮。他站在光亮里，转头望。

佟家紧闭的大门，看似与往常无异。门里，躲在窗帘后面的佟辛红着眼睛，小心翼翼地从缝隙里去看他的背影。霍礼鸣就背了一个双肩包，年轻挺拔，白色 T 恤简洁。

似是有感应，他又回头。

佟辛连忙放下窗帘，躲着不见。她心里默默数数，数到 20 的时候，她再撩开窗帘。路上行人匆匆，风吹树梢，阳光斑斓细碎，已经没了霍礼鸣的踪影。

辛滟在厨房喊："辛辛，帮妈妈去王阿姨那儿拿点东西。"

佟辛干哑着嗓子："嗯！我就去。"

她低着头出门，迎上刺目阳光，痛得她闭上眼睛。头顶被炽热阳光笼罩，直穿而下，佟辛觉得身体里像有岩浆，可她死死压着，不敢让它们喷薄而出。

"妹妹！"

佟辛猛地睁开眼，就看见宁蔚一路向她跑来。

宁蔚神色稍显严肃，拉着她的手就往外走："他十二点的飞机，刚走不久。"

佟辛定住脚步，倔强道："我不去。"

宁蔚松开手，也不再逼，只淡淡说了句："他这一走，可能三年五载都不回来了。"

小小年纪，最容易被时间吓唬。

佟辛愣愣看着宁蔚。宁蔚握住她的手，二话不说就跑："跟姐姐走。"

一路飞的，直奔机场。奈何路上塞车，磨叽了十几分钟。赶到时，去上海的航班已经显示开始登机。宁蔚走得急，手机落在家里。

她拿过佟辛的手机，熟门熟路地给霍礼鸣打电话。

霍礼鸣接得飞快："辛辛？"开着免提，那么差的音质，都能听出他的迫不及待。

宁蔚简单明了："你能到安检口来吗？"

霍礼鸣一听，飞身往外跑。

三分钟不到，他喘着气，在安检口大声喊："佟辛！"

佟辛小小一个人儿，安静地站在那里，眼睛是红的，鼻子也是红的。

两人远远相望。

霍礼鸣清晰感知自己心跳的加速，那股推动力，是不舍。他嘴唇微启，没出声，只用口型默声说了四个字："高三加油。"

佟辛没什么反应，但在心里已经应下了。机场广播已循环播放航班即将关闭舱门的通知。霍礼鸣转过身，长腿阔步地往里走。他抬高手臂，做了个挥手的动作。

背影潇洒风流。

在佟辛眼里，却是风流云散。

回去的出租车里，宁蔚坐副驾，瞄了好几次佟辛。

佟辛挨着右窗户坐，表情平静，或者说是发愣，一动不动地看着窗外。宁蔚想找话聊，但话到嘴边又都咽了回去。下车后，两人一前一后往小区里走，宁蔚忍不住安慰："没事儿啊，妹妹，以后姐姐带你去上海玩。"

佟辛摇摇头，小声说了一句话。

宁蔚没听清，倾身靠近："什么？"

明明是骄阳盛夏，怎么就觉得一朝叶落呢。佟辛眼泪一颗一颗往下砸，那些隐忍的爱意和忍耐，都成为夏日午后的一场暴雨，倾盆而下，悲壮激烈。

宁蔚感同身受，眼角情不自禁地也泛起湿润。她温柔又心疼地哄："不哭不哭，姐姐帮你揍他好不好？"

佟辛闭上眼，泪像溪流，哽咽着说："迪士尼的烟花，我看不到了。"

她最期待的一场烟花，还未燃放，就已匿迹。

她以为青春里的悸动是波澜壮阔的伟大。其实到头来，只是一叶轻舟，无声路过。

路过了，就是看不见了。

傍晚一场雨铺天盖地，正值下班高峰期，南京路上的行人摩肩接踵。斜风疾雨里，天际漏出一抹橘红色。

一幢洋楼的四层，霍礼鸣在等人的间隙，倚在窗户边，时不时地看着那处奇异的落日之色。

"久等了。"一道男声从里屋响起，一个三十多岁模样的男人双手捧着一个方形的木盒走出来，"唐董要的东西已帮他检查过一遍，霍先生，您再看看。"

霍礼鸣点点头，示意他放在桌子上。

这是一尊羊脂玉做的玉兔。霍礼鸣拿在手上按压、轻抚，光泽如冷却的油脂，触手温润。霍礼鸣额首："好玉。"

男人应声："唐董与唐太太同德同心，伉俪情深。霍先生您眼光好，挑中的这一尊是上个月从法国拍展上高价所得。"

霍礼鸣放下玉，指腹摩挲了番，手指一撩："盖上吧。"

办完事，驱车往芳甸路去。唐其琛穿着家居服，腹上搭了条毯子半倚在沙发上。三位集团高层逐一汇报工作，柯礼做纪要，偶尔轻声向唐其琛解释。

霍礼鸣进屋后，随便坐在偏厅的小沙发上低头玩手机。唐其琛回头看了他一眼，然后对柯礼抬了抬下巴。柯礼盖上电脑，轻身离座，拿着阿姨刚切好的果盘走去霍礼鸣面前。

柯礼笑着说："唐董让你吃水果，还有，别总低头看手机，伤颈椎。"

霍礼鸣立刻把手机丢一旁："行。"

半个小时后，公事毕。

霍礼鸣把玉兔拿给唐其琛："嫂子肯定喜欢。"

温以宁属兔，这两口子结婚这么多年，秀恩爱的功力有增不减。唐其琛看了看，满意地说："集团下个月推高铁那个项目，你有没有兴趣？我让老黄亲自带你。"

霍礼鸣点点头："听你的。"

"听我的？"唐其琛术后病容犹在，倒也不是憔悴，只显得皮肤更白。将男人俊朗的面庞衬出几分不似凡人，"不用听我的，按你自己的想法来。"

霍礼鸣展眉一笑："没事儿。"

唐其琛既然开了这个口，就是应允他留在上海。霍礼鸣从唐家出来，一段林荫路后，驶入繁华都市。高架上车多，走走停停。

回上海已经两个月了。

唐其琛入院的那段时间，集团离不开柯礼，一些重要的私事自然交给霍礼鸣去做。恰逢唐其琛的外公过世，局势风声鹤唳，他两头跑，帮着打理。等一切恢复如常，夏天也过去了。

新天地酒吧，程序他们等得可不耐烦，吹着酒瓶子叫嚷："小霍爷又迟到，罚三杯！"说完就把酒瓶往他嘴里怼。

霍礼鸣嫌恶心："全是口水。"

周嘉正开了一瓶新的："喝喝喝。"

霍礼鸣指着门口的服务生："提前叫代驾啊。"然后仰头豪迈地一口喝完。

程序勾着他的肩挤眉弄眼："偏心，喝正正的都不喝我的。"

霍礼鸣踹程序一脚大屁墩子："死开。"

包厢里还有别的哥们儿，带着自己的女朋友你侬我侬。霍礼鸣记不住谁都是谁，倒不是他脸盲，而是那些哥们儿更换女朋友的频率太快。

沙发靠角落，霍礼鸣一直盯着正在甜言蜜语的一对儿，忽而转头问程序："六六什么时候新交的女朋友？"

程序看了好几眼："不知道，上周还不是这个啊。"

霍礼鸣淡声："让他有点分寸。"

程序先是疑虑，然后恍然大悟："我知道了，你是不是想抢兄弟的女人？"

霍礼鸣伸手，用冰凉的酒瓶贴了下程序的脸。

程序凉得一哆嗦，也凉清醒了："我知道了，是有点像佟辛吧。哎呀，好久没见那小姑娘了，你俩还有联系吗？她是不是快高考了？七月几号高考来着？"

周嘉正无情地嘲笑："哈哈哈，你个文盲，高考 6 月 1 日！"

霍礼鸣冷冷地说："6 月 7 日和 8 日高考。"

周嘉正："……"

程序："哈哈哈，你个文盲！"

这时，角落里那个小女友忽地一声娇嗔："我就是想喝奶茶嘛。"

"好好好，我给你买，等着啊，乖。"

单身狗有点受刺激，程序咆哮道："照顾一下我们的感受行吗？"

霍礼鸣却把人叫住："买出门往右百来米左右的那家吧，报一下我手机号，顺便积个分。"

程序这会儿倒正经起来，待人走后才小声问："又积分兑礼品啊？"

霍礼鸣没答，起身去外头接电话了。

周嘉正连忙凑过来："积什么分？兑什么礼品？"

程序若有所思，然后语气深沉地说："他以前提过佟辛喜欢喝奶茶。"

午夜场刚开始，霍礼鸣觉得没意思，待了会儿就走了。代驾开车，霍礼鸣开了车窗透气，忽然说："你绕一下，掉个头。"

车停在马路边，奶茶店还有五分钟打烊。霍礼鸣一路跑过去，跟店员说："我这卡里的积分是不是够换东西了？"

店员查了查："是的，可以换这一排的礼品喽。"

霍礼鸣指着右上角："就这个杯子，粉色的。"

杯子是宽口的，胖乎乎的，印了一只彩版的独角兽。到小区，他把纸袋塞进后备厢下面那一层。里头堆着大大小小六七个杯子。

洗完澡，他躺在床上睡不着，点开微信，和佟辛的聊天记录还停在上周。连着几条，都是他发的信息，也没别的，就四个字：

"好好学习。"

但对方一字也没有回。

霍礼鸣把手机屏关掉，合上眼。

上海今年的秋天一步到位。一轮降温后，落叶先知，夏日再不见踪影。

九月底，霍礼鸣跟项目，辗转数地出差，北京去得最多。闲暇之余，他会去逛逛潘家园，在古董店里转悠转悠。

国庆节，霍礼鸣问宁蔚要不要来上海玩。

宁蔚不来。

过了几秒，宁蔚又发来信息，说自己要搬家了。

霍礼鸣这一走，宁蔚也没了非住那儿不可的理由。再者，一个交好的酒吧老板跟她签了份长期合约。酒吧有点远，她准备去附近找房子。

霍礼鸣知道宁蔚的性子，也不好多说什么。

【注意安全，想来上海，随时。】

过了几分钟，他又问道：【佟辛还好吗？】

这次宁蔚隔很久才回：【不知道，我最近忙。】

秋天短暂，迫不及待地给冬日让位。霍礼鸣跟了小半年项目，到中期，需要国内外来回飞。带他的人赞不绝口，跟唐其琛说，霍礼鸣是有商业天赋的。

唐其琛试探过霍礼鸣的态度。霍礼鸣说："真有个具体职务，可别了。琛哥，我能帮你忙就成。"

唐其琛就知道他志不在此。

除夕夜，霍礼鸣拒绝了所有人的饭约。别人阖家团圆，自己就不去碍眼了，而且这么多年，他也习惯了一个人。

他在上海住一套复式公寓，寸土寸金的地段，得益于买得早。

他在客厅阳台做了一面完完整整的落地窗，能看到东方明珠的璀璨灯光。世贸大楼红光弥漫，打出喜庆的"新年快乐"。

霍礼鸣站在窗户边看了很久，光亮在他脸上铺出一层玫瑰色。

零点，他给佟斯年发了一条祝福信息。

佟斯年直接回了电话，温润依旧的嗓音："礼鸣，新年快乐！"

霍礼鸣听到电话里响起一道软糯欢快的声音："妈，我吃到铜钱饺子啦！"

霍礼鸣手一顿，嗓子不自觉地开始收紧。他拖延时间，连佟斯年的祝福都忘记回应。

三五秒钟，听不到任何声音，佟斯年开口："礼鸣？"

霍礼鸣蓦地笑了下，有点欣慰，也有点失落："是我这边信号不好。"

电话挂断后，世贸大楼又变幻了颜色。这颜色有点刺眼，霍礼鸣眯了眯眼睛，然后拉上窗帘。

这一年过去了。

冬去春至，又迎初夏。

五月，天气热得受不了，连蝉鸣都比往年要聒噪。年前的高铁项目收官在即，霍礼鸣这一个月待在上海不超过七天。

相处久了，大家都知道霍礼鸣喜欢买奶茶。公司女同事，甭管年轻的还是年长的，都打趣儿说，长得这么酷，够反差萌的。不过酷哥自己不太喝，大大方方地请客。

会员积分噌噌上涨，兑礼品那叫一个勤快。霍礼鸣开的这辆大 SUV 的后备厢，十几个杯子霸占半壁江山。

这段时间，新闻里关于高考临近的报道越来越多。考试当天，总会出现几则"忘带准考证，交警叔叔护航准点送入考场"等新闻。

霍礼鸣下意识地搜"清礼市 / 高考"。

没有那种奇葩新闻，他忽然就安心了。

五点之后，"考生兴奋地冲出考场""考生跪谢父母"等新闻接踵而至。

这一天忙完，去吃饭的时候，黄总关心地问："小霍有心事？这一天都心神不宁的。"

霍礼鸣正看手机，抬起头："啊，没有。"

黄总瞥见他手机上的新闻标题有"高考"二字，问道："有亲戚今年高考？"

霍礼鸣笑着点点头。

"成绩怎么样？理科、文科？"

"理科，"霍礼鸣一副欣慰老父亲的模样，"成绩绝好。"

六月底出分数。

霍礼鸣这一个月都没睡好，总是不自觉地上网查相关信息。女同事们震惊地讨论："小霍是不是年少当爸，孩子都高考了？"

到七月初，分数基本都公布了，这天一早起来，他习惯性地搜清礼市的新闻，第一条的标题——清礼市高考状元花落一中，绝对高分笑傲问鼎。

标题有够浮夸的，霍礼鸣瞌睡全醒了，点开一看，在晨光里笑了起来。

时隔一年，再次见到佟辛的名字，是以这种骄傲的方式。

霍礼鸣高兴之余，又请大家喝奶茶。喝完早上喝下午，一天的积分都能兑两个杯子了。没过多久，项目定在周四签合同，即将收官。

霍礼鸣这天西装笔挺，有模有样地到会议室。等候甲方的时候，他随手刷了下朋友圈，顿时愣了愣。

这一年都没发过朋友圈的佟辛，十分钟前发了一条：

【也许睡一觉就好了，做个梦，梦里什么都能有。】

没配图，没表情，连标题符号都不打。

霍礼鸣问旁边的人："今天多少号？"

"23号，怎么了？"

霍礼鸣没说话，半晌，起身走了出去。

"佟家最近是有桩烦心事，这不，辛辛考了个理科状元，咱们社区都倍感荣光。这姑娘平时特听话，但为了填志愿的事，跟家里闹腾的。我和辛医生是十几年的老朋友，前天还去家里头帮着一块劝解，但辛辛这孩子，唉，我还真不知道她竟然这么轴。她想报新闻系，把家里大人给气得不轻。明天是填志愿的最后一天，也不知道商量好了没有。"社区胡阿姨在电话里的叹气声都透着无奈。

"哎，小霍？你现在在哪儿工作呢？过得还好吗？"

霍礼鸣含混地说了几句应付过去就挂断电话，双手撑着栏杆，低了低头，肩胛骨和背脊微弯出一道浅弧。

过了会儿，他转身往会议室里走，跟黄总说："对不住了叔，临时有点事，我得走。"

然后在众人诧异的目光里，霍礼鸣脱了西装，单手拎着，就这么头也不回地跑了出去。

七月夜雨，不减一丝燥热，反倒越发沉闷。

佟辛窝在鞠年年家，八点档的狗血电视剧一惊一乍，她没有半分兴趣。鞠年年叫了一堆外卖："辛辛你吃点嘛。"

佟辛敷衍地笑了下，没动。鞠年年叹气："唉，明天就是高考志愿填报的最后一天了，阿姨还不同意啊？"

佟辛摇摇头，闷声说："我妈一直反对我学新闻。"

鞠年年完全可以想象，这段时间，佟家是怎样惊天动地。

再说下去就很烦了，佟辛站起身："垃圾桶满了，我出去倒掉。"

鞠年年家是别墅，地儿大。倒垃圾是借口，佟辛只想出去透透风。她拎着垃圾袋慢悠悠地走，沿着绿化带走去了外边。

空气里有新鲜的泥土芬芳，看天色也不知是阴是晴。佟辛心不在焉，被风吹得还有点凉。

她低着头走路。就在这时，一道不怎么正经的声音响起，带着几分戏谑："又不看路啊？这一年光长个儿，不长记性了？"

佟辛愣住，猛地抬起头。

夜色里，路灯下，霍礼鸣倚着摩托车，单手夹着头盔，微微歪头冲她笑。

佟辛眼睫下意识地动了几下，以为是幻觉。

五六米的距离，霍礼鸣站在路灯下，黑夜做背景，整个人太有存在感。黑 T 恤，利索的短寸，眼睛像绸质的黑丝绒，敛去硬朗，倒显得柔情几许。

他所有的专注力都朝着她。

佟辛像被点了穴的小石头，直勾勾地望着。

霍礼鸣被看笑了，吹了声口哨："太久没见，是不是觉得哥哥又长帅了？"

佟辛腿跟灌了铅似的，每一步都迈得沉重。她走近些，这一年，她准备好心无旁骛地学习，准备好全力以赴地考试，甚至准备好在填志愿的时候奋力一战，却从未准备好会再一次见到他。

半晌，她点点头，哑着嗓子说："我哥，佟医生是越来越帅了。"

霍礼鸣笑意深了些："从不夸我。"

不等佟辛反应，他把手里的头盔塞她怀中："走，上车。"

霍礼鸣从车座下又取出一个自己戴上，见她没动，便主动套在她头上，细致妥帖地扣紧，最后还用手心压了压帽子，低声说："抱紧点。"

佟辛没明白这句"抱紧点"是什么意思。

"轰"声一响，霍礼鸣一拧油门，摩托车狂飙而出。惯性之下，佟辛大叫一声，然后本能地环住了他的腰。

虽然只是一下就很快松开，但像有火花在指尖起舞，沿着手臂烧出一片心猿意马的焰火。

轰鸣声中，风狂野地亲吻面庞，头发往后飞旋，身体变得很轻很轻。车往郊区骑，经过了这附近的一座生态公园。霍礼鸣轻车熟路，沿着蜿蜒的景区道路朝着山顶奔去。

最高处，车停。

霍礼鸣单腿支地，控制车身平衡，侧过头问："还好吗？"

佟辛双手抵住他的背，深深喘气。

霍礼鸣便一动不动，耐心地等她缓过劲。

下车后，佟辛腿有点软，索性就往旁边的石头上一坐。目之所及，清礼市成为一方缩影。

风吹开她的头发，白皙小巧的脸忧愁难散。

霍礼鸣走过来，把手里的矿泉水拧开盖再递给她，问道："冷不冷？"

佟辛看都不看他一眼："我说冷，你要扒光自己把短袖给我穿吗？"

半晌没听见回话，佟辛刚转过头，眼前一黑，带着淡淡烟草薄荷香的薄毯子盖了下来。

霍礼鸣低头点烟，嘴角笑意很淡。逆风，佟辛闻不到一丝烟味。视线一高一低交错，两人都安静。

佟辛慢慢挪开眼，眺望远方。等霍礼鸣发觉不对劲时，她的眼泪已无声淌满脸庞。

霍礼鸣指间的烟一抖，然后掐灭。

佟辛低着头，眼泪被风吹歪，砸落到土地里，哽咽着说："太难了，真的太难了。"

霍礼鸣把烟蒂收进裤袋里，走过来，靠近她："嗯，是挺难的。"

佟辛怔怔仰起头。

霍礼鸣看着她笑："想让你高兴，看来得费点功夫了。"

佟辛像个受尽委屈不敢发泄的小孩儿，这一刻终于情绪崩溃："我一点也不想学金融，我只想考新闻专业，可我看到我妈伤心的样子，我也受不了。我从小就是别人口里的乖小孩儿，听话，听话，可我想听一次自己的话，就这么难吗？"

佟辛哭红的眼角被山风一吹，像刀片刮，生疼。

霍礼鸣不劝，任她情绪崩塌。

佟辛哭得嗓子都哑了，哭不动了，眼皮也肿了。

霍礼鸣一看："嗯，像个包子了。"

佟辛别过脸，口齿不清道："你才包子。"

霍礼鸣走近，弯下腰，低着头哄："没带纸巾，眼泪往这儿擦擦？"

佟辛抬起头，泪眼婆娑地与他对望一眼，然后毫不客气地扯着他的衣摆擤鼻涕。

霍礼鸣双手高举，一脸"我忍"的表情，但语气仍是耐心的："够不够？后背也可以留给你。"

佟辛红透着双眼，不说话了。

霍礼鸣蹲下，平视着她，温声说："很多人跟我告状，说你不乖啊。"

佟辛眼睫轻眨，鼻尖红红的。她有很多话，很多委屈，可不知该从何说起。

"小妞妞，"霍礼鸣眼神放软，还带着他惯有的不正经调侃，"十八岁，很年轻，路还很长，走下去吧，来都来了，死磕也要去看一看的。"

佟辛撇了撇嘴角，心又酸了。

"有些东西，本来就是先苦后甜。比如吧，你今天流的这些眼泪，比如你寒窗苦读这么些年，再比如……"霍礼鸣顿住，喉结轻微地动了一下。

他目光有隐隐欲燃的火星子，轻声道："许过的生日愿望。"

佟辛垂着头，眼泪又不停往下掉。

霍礼鸣右肩挪近了些，笑着说："肩膀第一次出借，要不要啊？"

佟辛呜咽着，额头重重靠了过来。

很多年以后，当她被更多的温暖和爱意抱拥时，这一夜仍然记忆犹新。一个男人，从一座城奔赴另一座城，带她上山顶，抱暖风，告诉她，人这一生，再难，再不济，不过也是死磕到底。

从高处俯瞰万丈红尘，群生群像，天地之浩瀚，自己不过是一粒微尘。

佟辛靠着霍礼鸣的肩膀，闻见淡淡的烟草薄荷香。他身上仆仆风尘还未落定，但她在这个男人的肩膀上，看到辽阔，看到天地，看到暗涌的烟火。

霍礼鸣送佟辛回家，车只停在小区侧门。

佟辛摘下头盔，按在手中不想还。

霍礼鸣也没再说什么，说多了，不合适。这到底是一个姑娘，甚至一个家庭的未来。头盔终于还是被轻轻放回后座。佟辛看他一眼，低着头离开。

"佟辛。"身后的声音沉而缓。

她回头。

霍礼鸣吹了声不正经的口哨，又是那副狂妄的、痞坏的表情："就没见过这么酷的甜妹。"

佟辛一愣，看到他竖起的大拇指，终于笑了起来。

直到她的背影彻底消失不见，霍礼鸣也没走。他支着腿，低头点烟，烟燃尽了，再抬头望时，阴云散去，启明星高悬，傲然又明亮。

霍礼鸣连夜赶回上海，首先去唐其琛那儿负荆请罪。

他这一走，倒也没有实质影响。但唐其琛看不惯这种行为，免不得多说几句。霍礼鸣脸皮厚，一会儿嘿嘿笑，一会儿低着头，看起来挺可怜。

唐其琛说着说着，自己先笑起来，手一摆："算了，回去休息吧。"

过了会儿，他又吩咐柯礼："他跑了一天，再开车怕出事。你绕绕远路，先送他回家。"

回程时，柯秘书问："你今天心情很好？"

霍礼鸣却忽然想起什么，问道："礼哥，你是不是北大毕业的？"

"是，怎么了？"

"没事。"霍礼鸣蓦地一笑，笑意里还有几分感慨，"这不是高考填志愿，恭喜你啊，又多了几千位学弟学妹。"

说这话时，他想，佟辛大概还是会填报金融专业吧。

也行。

他转头看窗外，也算是皆大欢喜了。

转眼到八月。

搁浅了一段时间的高考报道又开始热议，那天霍礼鸣听新闻，才知道大学录取通知书陆续开始邮寄了。

他下意识地点开朋友圈，往下翻了几圈，手指忽然顿住。佟辛两小时前发了条动态，就三个字：新旅程。

配的照片是她的大学录取通知书——上海 F 大，新闻系。

　　八月底，热浪滚滚，连续十几天的高温，让这个夏天变得绵长。阳光没有起伏变化，从日出起，就这么嚣张霸道地笼罩万物。

　　大学校园里的指示牌详尽，热心学长们忙前忙后，树荫连绵成片，一派盎然。

　　"钥匙领好了？"佟斯年一手扶着行李箱，一手帮佟辛检查东西，"饭卡这些放在袋子里，身份证也放一块，你记得。"

　　佟辛低头整理，佟斯年接过遮阳伞，挡在妹妹头顶。

　　忙完一圈去宿舍，佟斯年做好登记后陪她进去。佟辛分在307，他们到时，另三位室友已到了。

　　大家互相介绍，短发的叫陈澄，微胖像洋娃娃的是福子，还有一个叫薇薇，特别热情，头发挑染了一簇奶粉色，又酷又萌。

　　佟辛把带来的零食小礼盒一一分发："这是清礼市的特产，你们可以尝尝看，我觉得这个小麻花超好吃的。"

　　四个小脑袋凑在一起，"咔嚓咔嚓"，表情统一地惊叹道："好吃好吃！"

　　女生们最容易打成一片。

　　佟斯年轻声叫佟辛："辛辛，我出去一趟。"

　　人走后，福子哇哦一声："你哥哥啊？太帅了吧！"

　　佟辛连忙递了一根麻花给她："这条五毛，记账月结。"

　　四人哈哈大笑。

　　这边，佟斯年往南门走，一路上碰到三四个新生咨询："学长你好，请

211

问宿舍怎么走？"

佟斯年穿了件浅色立领短 T 恤，看起来确实很年轻。

佟斯年温和地笑笑："我不是这里的学生，宿舍楼往西南边走。"

来回被询问四五次，也耽误了不少时间。等他到门口时，霍礼鸣在香樟树下已经等了很久。

"礼鸣，"佟斯年小跑过去，抱歉道，"不好意思啊，等很久了吧？"

"没事儿，我也刚到，"霍礼鸣摘下墨镜，"佟哥，你也太跟我见外了，都来上海了，也不提前告诉我。"

佟斯年笑了笑："怕麻烦。"

"麻烦什么？别的忙帮不上，开车过来接机帮你们拖行李还是办得到的。"霍礼鸣有几分不悦。

佟斯年朗声应答："行。是我的错。以后辛辛在上海上大学，有些地方要麻烦你的，你别嫌烦。"

闻言，霍礼鸣已经往佟斯年身后不动声色地看了好几眼："不麻烦，她人呢？"

佟斯年说："在宿舍忙，都是姑娘，我一男的杵在那儿太久也不合适。我给她发了信息，忙完就到门口来。"

五分钟不到，佟辛就出现在大门口。她左看右望，四处寻找佟斯年。隔着八九米的距离，她的身影纤细，一条浅色翻领牛仔裙，长发束了条马尾辫，随着转头的动作，能看到辫子上还缠了一根彩色的发带。

以前漂亮得像春风化雨的小姑娘，如今已美得大张旗鼓。霍礼鸣有那么一瞬，眼睛直勾勾的，忘记挪开。

"辛辛。"佟斯年大声喊。

佟辛看到人了，笑容扬到一半，在看到霍礼鸣后，嘴角的弧度又立刻淡了下去。这个变化太明显，明显得让霍礼鸣一头雾水以及……备受打击。

"礼鸣很有心，特意问了我是不是今天到上海。"佟斯年说。

霍礼鸣看了一眼时间："饭点了，先去吃饭，我订了饭店。"眼看佟斯年要开口，他先一步把话堵死，"都来上海了，还不让我尽地主之谊啊，佟哥？"

佟斯年蓦地一笑："好。"

霍礼鸣的车就停在路边，深灰色的大切诺基，小百万的越野车。就连佟斯年都愣了愣，从未想过这邻居小青年这么有钱。

佟斯年坐副驾，佟辛乖乖坐去后座。一路上，她表情淡淡的，听两个男人天南地北地闲聊。霍礼鸣从后视镜里悄然看了她好几次，不知是否是错觉，佟辛眼神搭上来，又非常冷漠地转开。

霍礼鸣心里有点不是滋味。

餐厅环境幽静，菜式简单精致。

霍礼鸣说："怕你们吃不惯上海菜，先试试这一家的。"

他很礼貌地夹了块鲈鱼给佟斯年，接着夹第二块想给佟辛。但佟辛不着痕迹地把碗端起，坐得笔直，若无其事地吃自己的，周身仿佛写着"行了行了，没事别献殷勤"。

佟斯年对这些小暗涌不知情，忽然问起："礼鸣，你姐姐这几天没去酒吧驻唱，休假了？"

佟斯年放下筷子，抬起头，说道："还是换了酒吧？"

霍礼鸣边吃边说："没，换房子了，前天我给她打电话，说是和房东闹得不愉快。具体原因没说，我姐这脾气，气头上跟炮仗似的，我也没敢多问。只听她说要换房子，我问要不要过来，她还把我骂得狗血淋头。"

话刚落音，"啪啪"鼓掌声无缝对接。佟辛双手合掌，无辜道："我手上刚刚沾了纸屑，把它拍掉。"

霍礼鸣看向她，目光下压，显然不信。佟辛和他对视一眼，轻飘飘地移开，从容又镇定。

安静一会儿，佟斯年忽然说："我知道她那个地方，我有个朋友在那边有一套闲置的复式公寓，最近准备出租。我帮你问，租金好商量。看你姐姐需不需要。"

霍礼鸣点头："可以啊。"

佟斯年从善如流地接话："那你把她的微信推给我，我来对接。"

霍礼鸣正吃鱼尾，刺多，腾不开碗筷，于是自然而然地把手机递到佟辛面前："你帮我发一下。"

手机被非常强硬地塞她手里，推都推不掉。佟辛默了默，只能划开屏幕，意外的是，霍礼鸣的手机没设密码。原以为这种文身酷哥的屏保会是个什么葬爱、非主流的骷髅头，结果一张粉白和粉蓝相间的小猪佩奇卡通赫然入眼。

佟辛无语，再抬头时，霍礼鸣正似笑非笑地看着她。

故意的。

她找到宁蔚的名片，推送给了佟医生。手机还回来后，霍礼鸣漫不经心地问："我这屏保怎么样？要不要发给你啊？怪可爱的。"

佟辛平静地说："不了，我不喜欢被人卖了还要替人数钱的蠢猪。"

霍礼鸣挠挠太阳穴，怎么觉得一语双关呢。

这一顿饭，吃得轻松愉悦。霍礼鸣是个会招待的人，上果汁的时候，服务生把冰的那杯先拿给佟辛。

霍礼鸣伸手一挡："给她常温的，谢谢。"

佟辛贪凉："我喝冰的可以。"

霍礼鸣没再说，直接拿起那杯冰的喝了一大口，扭头对服务生重复："常温，谢谢。"

新生入校手续办得差不多了，佟斯年吃完饭就要往机场赶。他特意调休两天已是极限。送佟辛回学校后，走的时候，佟斯年牵着妹妹的手，温声叮嘱："现在就是一个人在外面了。大学还是很好的，能让你看到更好的世界。好好学习，好好爱自己。不要舍得花钱，哥哥每个月给你多转两千块，化妆品买好点儿的。"顿了下，佟斯年笑着说，"其实哥哥一直没有告诉你，高二那年你第一次化妆，眼睛都成大熊猫了。"

霍礼鸣闻言抬起头，饶有兴致地看向佟辛。佟辛不怎么自然地别开脸，欲言又止地想让她哥别提往事。

佟斯年紧了紧掌心，再多不舍还是要松开，他扶住佟辛的肩："我们辛辛这么漂亮，一定会谈恋爱。好好享受恋爱的感觉，但也一定要有分寸，底线就是，保护好自己。"

佟辛脸有点红，只默默点头。

听到这里，霍礼鸣忽然心虚了下，他也不知道自己为什么会心虚，假咳两声打断："该走了，不然怕误点。"

佟辛眼睛红了，抱着哥哥不撒手。

佟斯年轻轻拍了拍她的脸："乖，哥哥有空就来看你。"

佟辛进校门时还依依不舍地一步三回头。

直到她的身影完全不见，佟斯年才说："走吧。"

去机场的路上，霍礼鸣没忍住问："佟哥，我记得你说过，家里希望佟辛学金融吧？怎么学新闻了？"

佟斯年说："是因为我家里的一些原因。我妈不太支持她读新闻。但这丫头犟，填志愿的时候，与家里分歧很大，还闹出走，去她好朋友那儿住了几天。我妈也不服软，母女俩冷战。结果最后一天填志愿的时候，她晚上急性阑尾炎，疼得晕过去了，要紧急手术的那种。进手术室的时候，辛辛抓着我妈的手，哭着求。她那时候高烧到四十度，脸都烧成红虾米了，我妈吓着了，就这么妥协了。"

霍礼鸣愣了愣，是带她上山吹风受了寒？愧疚心蔓延开来，心里冒出的第一个念头就是，幸好刚才坚持没让她喝冰饮。

总归是个好结果。佟斯年感慨地笑了笑："都以命相搏了。"

霍礼鸣不方便评论太多，只说："F大的新闻系还是很牛的。"

佟斯年一脸欣慰："她会有更广阔的人生。"

快到机场了，佟斯年找证件，忽然皱眉，佟辛的身份证竟然在他包里。

"辛辛忘记拿了，我也忘记给了。"佟斯年看了看时间，再折返也来不及。

"没事，你给我。我待会儿还要去办事，今天可能给不了。明天中午我给她送过去。"霍礼鸣说。

佟斯年点头："好，那就麻烦你了。"

"小事。"

到机场，佟斯年下车后，忽而郑重地对他道谢，诚恳地说："辛辛一个人在这边，万一她有个什么紧急事，还得托你多照顾。"

霍礼鸣"嗯"了声，平静道："在上海，我护她周全。"

晚上程序喊吃饭，就他们三个人。周嘉正吃完烤肉，说要不晚上找个包间打牌。

霍礼鸣擦了擦嘴，说道："不去。我去买几件衣服。"

程序和周嘉正不以为意，其实平时，小霍爷就挺骚的，品位也不错，把自己拾掇得又酷又 Man。结果到了商场，发现这哥们儿逛的不是常去的几家潮牌店。

周嘉正以为自己看错了，还特意绕到店外确定品牌："商务男装？小霍爷这是要去当霸道总裁了？"

佩服这群朋友的脑回路，霍礼鸣只是想买几件正式一点的衣服而已。他这一试，还真让人眼前一亮，天生的衣架子，宽肩窄臀，腰下全是腿。霍礼鸣属于桀骜不驯的"坏男人"长相，这么一对比，反倒有种很上头的反差感。

最后试了一套白色的，程序看得下巴差点儿掉地上了："好好好，这套好！"

霍礼鸣觉得还行，但不至于这么强烈地夸奖吧，于是问道："哪里好？"

程序结结巴巴道："像那个、那个……"

霍礼鸣马上说："行吧，买单。"

东西往车里一丢，三人又找了个夜宵摊坐坐。

"阿正别喝，帮我开车。"霍礼鸣把车钥匙丢给周嘉正，开了一罐啤酒，仰头抿了口，"佟辛来上海读大学了。"

程序和周嘉正可高兴了："那好啊，以后吃饭带她一块儿。"

程序说："我喜欢这个小妹妹，太乖了。"

霍礼鸣手一顿，放下啤酒罐，微眯双眼："你喜欢？"

"你什么眼神？我说的这种喜欢，就是像妹妹那种，没有别的！"

"人家有哥哥，你乱认什么妹妹？"霍礼鸣的不悦全写在脸上。

程序回过味，幽幽道："小霍爷，你在吃飞醋啊？"

周嘉正也笑眯眯的："你看你买的那身衣服，像不像你想浪的样子？"

霍礼鸣倒也不否认，很平静地点燃一根烟。

安静几秒，他说出了困扰一天的烦心事："其实我俩在清礼市的关系还可以，但这次见面，她性情大变，看我跟陌生人似的。"

程序翻了个白眼："你别自作多情，也许你们的关系没你想的那么好。"

霍礼鸣腹诽，你懂个屁，一年前，她那也算对我表白了。

周嘉正淡淡地说："女人心思你不懂。"

霍礼鸣确实没经验，于是坐近了些："说说看。"

"态度转变，只有一种可能，"周嘉正严肃地分析道，"就是，她对你没兴趣了，你失宠了，成了弃夫。"

霍礼鸣无语："你还不如闭嘴。"

算了，问这俩二货也解答不了单身男青年的心事，但周嘉正有几个词很戳心。

晚上霍礼鸣做了个梦，梦见佟辛穿得跟小仙女似的，拍拍他的脸，温柔地说："小伙子，岁数挺大了，身体也不太行了，那就把你打入冷宫吧。"

霍礼鸣被拖下去，胸前还挂了块牌子，上面写着"弃夫"。

他吓醒了，一后背的虚汗。邪乎，太邪乎了。于是，他第二天起了个大早，各种打理自己，先去理发，再回来挑衣服，选了昨天程序说好看的那一套。对着镜子一照，是个俊朗标致的大好青年。

新生军训，十一点解散。霍礼鸣估摸着时间差不多了，做了登记就找去宿舍楼。来往的学生多，时不时地打量他。

霍礼鸣在人群里很扎眼，一八四的身高，腰臀腿的比例完美。他今天没戴耳钉，漫不经心地站在梧桐树下，白上衣浅色裤，看起来年轻又英俊。

路过的女生们议论："学长吗？好有型啊。"

霍礼鸣无意听到，自信心顿时高涨。自己说的不是好，别人夸的才是真正的好。他这样子，出来不丢人，还相当长脸。这么一想，他理所当然地认为待会儿佟辛见到他，应该会激动、高兴，或者还有丝丝羞怯。

正想着，佟辛和室友们有说有笑地走来。霍礼鸣下意识地挺直腰背，站出来了点，位置很显眼。

但是！

佟辛熟视无睹，或者是根本没注意，和室友们说说笑笑，就这么擦肩而过。

霍礼鸣本来是要笑的，现在嘴角上不下下，露出一个非常尴尬的表情。

他转过头，主动叫她："佟辛。"

第一声没听见。

霍礼鸣扬声："佟辛。"

还是福子推了推她肩膀："有人叫你哦，辛辛。"

佟辛这才慢半拍地转过身，目光里含着一分讥诮、两分冷漠、三分不屑、四分凉薄，轻飘飘地问："请问您哪位？"

这一瞬，霍礼鸣觉得自己是"弃夫"无疑。

霍礼鸣的表情相当无措，甚至还有几分可怜巴巴的意味。

佟辛差点儿就心软了，可一想到高二暑假她前脚刚鼓起勇气告白完，这人后脚就回了上海，让她哭了好多天。终于发愤图强考了个市状元，这人说回来又回来，还那么酷炫地骑着机车，说她这一年光长个儿不长记性。

佟辛心就又硬了起来。

霍礼鸣把人拦住，差点儿没给气笑，微微低头看着她："我哪里没做好？"

佟辛心里顿时憋屈。

他还有脸问？哪里没做好，心里没点数吗？

佟辛扭开脸，硬邦邦道："隔得太远，没看清是你。"

霍礼鸣又凑近了些，低声问："跟我闹别扭啊，妞妞。"

这疑似温柔的语气让佟辛有点不自在，于是态度更不好了："我不叫妞妞，原来咱们互相都认错人了，那我也用不着道歉了吧？"

"这样啊，"正中霍礼鸣下怀，他眼角扬起克制的笑意，"不叫妞妞，叫辛辛？或者叫小星星？"

佟辛耳尖一下子红了，飞也似的走了。

霍礼鸣也不追，一个人悠然自得地站在原处，看着她仓皇的背影笑了起来。他摸了摸口袋里的身份证，心说，也不急着给了，今天过完还有明天。

明天过完还有……天天见也不是不可以。

佟辛才走到宿舍门口，手机振了几下，全是霍礼鸣发来的微信：

【佟女士您好，我姓霍，您可以叫我小霍。】

【告诉您一个好消息，您的身份证在我这里。】

【请问您什么时间有空，我提前与您预约档期，小霍亲自上门为您服务。】

佟辛边看边踏进宿舍，嘴角不自觉勾起淡淡的弧度。

福子扭头一看："辛辛，你看什么呢？笑得这么开心。"

在铺床的薇薇探头一看，笑眯眯地问："是跟男朋友聊天吧？"

"男朋友？"陈澄连衣服都不洗了，满手肥皂泡跑出来，"辛辛，你竟然有男朋友啦！"

佟辛疯狂摇头："没有，没有的。"

她不擅长骗人，也不喜欢骗人。相处几天下来，大家也还是看得明白，佟辛是他们市的高考状元，成为学霸不容易，精力都匀给了学习，大概率是没空早恋的。

福子朝她眨眨眼睛："动力工程系的那个男生好像对你很热情啊，这才军训几天哪，都在宿舍门口晃悠四五趟了吧。"

薇薇经验老到："这叫刷脸。"

佟辛不是装傻充愣的主，那个男生叫靳清波，人如其名，戴副眼镜，长相也是文质彬彬的那一种。军训第一天的时候，他就主动问她要过微信号。佟辛坦荡大方地以手机落在宿舍给婉拒了。

大学这么异彩缤纷的吗？这速度叫佟辛大感意外，同时也有点想笑。佟辛承认："他是问我要过微信，但我没给。"

三室友惊呼："啊？为什么啊？我觉得他长得也挺好看的。"

"加个微信，做朋友也行呀。"

佟辛无奈道："但别人不会这么想呀，就不要多此一举，以免造成不必要的误会。再说了，我吧……"

她欲言又止、惆怅犹豫的神情让薇薇顿时反应过来："难道你有喜欢的人了？"

佟辛没否认，很轻地"嗯"了声。

一瞬间，大家全部围了过来。刚才她说没男朋友，可又有喜欢的人了，那就是单恋。福子惊愕得下巴都快掉了："你这样的，还需要单恋啊？"

佟辛摸了摸胸口，叹气说："扎心了啊。"

"对方是渣男？"薇薇问。

佟辛实事求是地说："不是，他人挺好的，很有正义感，遇事不怕事，对我也还行。"

陈澄啧啧两声："我听出来了，你是真喜欢他。"

佟辛挠了挠耳尖，这么明显的吗？她的青春心事知道的人不多，鞠年年这种开朗小太阳自然也不会共情那些百转千回。

佟辛坦诚地说道："其实我高二的时候就跟他表白了，只不过表白得不太清楚。"

佟辛简单地说了一下始末。

福子惊呼："天啊，谎报生日，提前几个月到十八岁成年，只因为他说过一句不喜欢比他小太多的？"

薇薇略有所思："可是再提前，那也比他小很多吧。"

时过境迁，佟辛释怀地笑了笑："当时没考虑太多，就觉得，离他近一点，哪怕一厘米，胜算都大一些。"

三人齐声："太！痴！情！了！"

"那他现在呢？"

这就到了问题的关键，佟辛努努嘴，小声说："他现在就在上海。"

福子马上反应过来："不会、不会就是刚才在宿舍大门口碰到的那个吧？"

佟辛大方承认："是啊。"

"好吧，我可以理解你的单相思了，"福子扭头对另外二位说，"是个绝世大酷哥。"

但这话让佟辛略为不赞同，不怎么坚决地辩解说："不完全是单相思，我觉得他对我还是有点意思的。"

顿了顿，她说出最介怀的事："在我表白后没几天，他就不告而别，离开清礼回了上海。给我满满的希冀，又忽然让我看不到归期。"

三人听完后沉默了一会儿，最后得出统一结论："我觉得还行吧，你想啊，那个时候你高二，多关键啊，如果答应了你，你肯定会分心。他一个成年男人，这点理智是基本的吧。所以换个角度看，他人品不错，至少不是那种玩弄人的渣男。"

佟辛："……"

我跟你们倾诉，怎么倒为他拉起选票来了？

福子说："不过他这样说走就走，确实很伤人心。辛辛，冷落他一段时间！

甩了他！"

总算找到一个同盟，佟辛小鸡啄米一般狂点头："我也是这么认为的。"

三小时后，晚上的军训结束了，佟辛才拿起手机给霍礼鸣回信息。军训不方便带手机，所以就把它放在了宿舍。晚上七点的时候，霍礼鸣打过一个未接来电。

佟辛删掉记录，这才慢悠悠地回微信：【晚上军训。】

那头秒回：【回宿舍了？我给你打电话？】

佟辛飞快地打字：【不必。】

【我的电话，需要提前250天预约。】

页面还停留在对话框，就看见对方的状态不断显示"对方正在输入中"。半分钟后，才回过来：【佟女士，霍先生想给您送身份证，不知有没有这个资格？没有的话，我十分钟后再来问问。】

佟辛憋着笑，对着手机伴装高冷，好像能被屏幕那边的人看见似的。

她没回。

而十分钟后，霍礼鸣掐着点真的发来信息：【佟女士，看看小霍？】

佟辛心思沉了沉。

【我这几天要军训，没空。】

【我就放宿管那儿，你军训后去拿。】

【放别人那里，丢了怎么办？】

【应该不会。】

【你能保证？】

她这么言简意赅的用词和严肃认真的态度，还真让霍礼鸣陷入怀疑了：【我保证不了。你说个时间，我请你吃饭顺便拿给你。】

佟辛像一个捕猎成功的小猎人，欣慰满意地看着"猎物"自投罗网。

F大的军训有半个月，纪律特别严格，早出晚归的，中间就一个小时吃饭午休的时间。还搞过几次凌晨两三点紧急集合，五分钟内没归队的，绕操场跑两圈以示惩罚。

佟辛他们班运气不错，碰到的这位郑教官年轻心善，还挺好相处。在不违纪的前提下，对他们也是睁一只眼闭一只眼。

教官长得好看，是当下流行的"暖男"面相。女生们私下八卦，一致认为他长得像某个男明星。更夸张的是，还有女生偷拍好多张照片，在论坛里发起最帅教官投票。

这天晚上踢完正步，佟辛脚尖绷得疼死了，还是被福子搀扶回宿舍的。夜灯熄灭后，按惯例进入夜谈会时间。

薇薇疯狂"安利"："小郑教官好帅哦！呜呜，而且好温柔！都不让女生做俯卧撑的。"

温柔最博人好感，福子和陈澄也审美一致。薇薇又问："辛辛，你觉得呢？"

佟辛一直没出声，含混地嗯了嗯。

怎么说呢，这不是她喜欢的类型。

"你觉得他不帅啊？"薇薇追问道。

佟辛慢悠悠道："还好吧，长得还可以。"

"也是，跟你心上人比起来，是差了点，"薇薇惊叹，"但是他好温柔啊！超级加分的。"

但佟辛已经见过更温柔的男人了，佟医生在她心里就是男神，所以对这个属性也就没有太多悸动。但印象与好感本就是各花入各眼的事，也没必要去争执。

就像时间重拨回高二那年，佟辛一定也不会想到自己喜欢的是霍礼鸣这种到处文身的容嬷嬷代言人。

距离上次约饭已过去十来天，霍礼鸣偶尔会发信息问她军训还有几天结束。

佟辛一概没回，只在汇报演出那天结束后，发了一条朋友圈。发完后半小时，霍礼鸣的电话就打了过来，一贯的懒散语气："终于结束了啊？"

佟辛抿抿唇："你……"

刚说一个字，霍礼鸣就忙不迭地道歉："对不起佟女士，小霍又忘记打电话需要跟您提前预约了。

"来吧，挂断，重新打一下电话。"

佟辛无语："你干吗啊？"她声音软糯，还带着丝丝无奈，听起来像挠人的轻羽，非常勾人心。

霍礼鸣态度顿时放软了，笑着说："你也知道这样磨人啊？"停顿两秒，他声音放低，"那你还磨我这么久，嗯？"

心跳忽然加速，又被理智赶紧拉了回来，佟辛平静地问："你还有事吗？没事我挂了。"

霍礼鸣马上说："明天周五，下午五点，我来接你。"

第二天下午就两节课。四点回到宿舍，佟辛犹豫许久，在纠结要不要换一身衣服。来上海前，妈妈给她添置了不少新衣，小裙子就有五六条。佟斯年还托同学从国外带了一条轻奢连衣裙。

佟辛考量了很久，甚至连衣裙都拿在手上了，一心狠，又给放了回去。

姓霍的不配看到仙女下凡。

佟辛从小就非常守时，没有故意迟到的坏习惯，于是掐着点，正好走到校门口。

霍礼鸣早就等在那儿了，远远一扬手，笑得顽劣："佟女士，这里。"

佟辛无语，这么老的称呼。

待走近，霍礼鸣说："我猜对了。"

佟辛狐疑地抬起头。

"你见到我没有好脸色，"他朝她抬抬下巴，"怎么样，我是不是很聪明？"

佟辛抿紧嘴唇，不是很想跟他说话。

"默认了吧，那你夸夸我。"

佟辛忍不住翻了个大白眼："吃饭。"

她先绕到车旁，霍礼鸣偷偷一笑。佟辛去拉后座车门，锁了，拉不开。

霍礼鸣慵懒地说："怎么，想坐后座啊？把我当司机了？"然后，他拉开副驾驶的门，一脸"没门"的表情，"上车，陪我说说话。"

佟辛僵持不动。

霍礼鸣装可怜地说："别啊，我这刚拿的驾照，新手上路，旁边没人陪，我紧张，一紧张就分不清刹车和油门。"

佟辛："……"

系好安全带，霍礼鸣打开左转向灯，问道："想吃什么？"

"随便。"

"这么信任我啊？"霍礼鸣瞥她一眼，"原来你是嘴硬心软。"

佟辛气急败坏地解释："这是反语，你不要过分解读。"

前面一个路口红灯，霍礼鸣默然踩了刹车，不再调侃。这小丫头硬邦邦的态度，跟顽石似的，还真让他无奈。

虽然他也不知道哪里惹着了她，但能哄就哄吧。

"一个人来外地上学还习惯吗？"

"嗯。"

"室友好相处吗？"

"好。"

"军训累不累？"

"不。"

霍礼鸣碰了三颗钉子，没灰心，下一个红绿灯路口时，他拉上手刹，忽然叹了口气："唉！"

佟辛下意识地看向他。

霍礼鸣也转过头与她对视："你这军训看起来遭了不少罪。"

这种套路，佟辛一听便知。这叫引鱼上钩，想让她主动找他聊天。

佟辛轻飘飘地别开脸，淡定道："是啊，遭大罪了，皮肤黑了，长痘了，显老三十岁，全身写满沧桑。"

"……"

"不仅遭罪，还烦心，时不时地被一些上海当地推销员短信骚扰，苦不堪言，"佟辛叹了一口更大的气，"唉……"

霍礼鸣被喂了一块秤砣，什么话都堵得死死的，自此之后，一路安静。

吃饭的地方是芳甸路上很有名的一家上海菜餐厅。

霍礼鸣停好车，领着她往餐厅里走："不知道你吃不吃得习惯，口味偏甜，吃不惯也没事儿，晚点我再带你去吃烧烤。"

他说这话的时候，走在前边。佟辛抬起头就能看见他宽阔的肩膀和挺拔的背影。他真是天生的衣架子，哪儿哪儿都比例完美，再简单的 T 恤都穿得很出彩。

分了心，所以霍礼鸣忽然转过头时，佟辛压根来不及挪开眼睛，两人就这么猝不及防地撞上目光。

霍礼鸣停住脚步，嘴角扬起若有似无的弧度："偷偷看我做什么？说一声，你想看哪儿就给你看哪儿，360 度无死角。"

佟辛点点头："哦。我就是再三确定，刚准备告诉你。男人啊，上了年纪真的不一样了。"

霍礼鸣："嗯？"

佟辛平静地说："不是人人都是佟医生，你真要注意保养了，不仅腰间有赘肉，背也驼了，颈椎好像也侧弯。不仔细看还凑合，一细看……唉，不说了，你懂的。"

霍礼鸣有点儿忐忑，然后开始疑神疑鬼，待佟辛擦肩而过走前面去了，他低下头看看自己的腰，再看看自己的胸。不至于吧，每天一百个引体向上并没有落下啊。

佟辛这副油盐不进、冷漠又毒舌的态度，着实有点惹恼了霍礼鸣。

吃过饭，佟辛拭了拭嘴，起身想走。但刚离开椅子，霍礼鸣忽然伸手，只用食指按住了她手背。那力道跟铁柱似的，不容挣脱。

"我们谈谈。"他小声说。

佟辛手如触电，条件反射似的又坐了下去，不怎么自然地说："没什么好谈的。"

霍礼鸣真给气笑了："从你来上海，就没给过我一次好脸色。妞妞，你想让我死，也得让我死个明白吧。"

佟辛被他顽劣又痞劲儿的笑容撩着，不动声色地转开脸："谁让你死了？"

"嗯，只让我生不如死。"他轻哼。

佟辛沉默了，本就清冷的气质更甚，像一朵结了冰霜的小蘑菇，傲然地挺着不低头。

霍礼鸣把椅子勾近了些，手肘撑着桌面，掌心抵着太阳穴，一动不动地盯着她："说说看，我哪儿得罪你了？"

佟辛陡然憋屈，一憋屈心里就冒火花，方才的动摇心软通通退却，眼下还有了真实的怒容："不知道就算了，我也不想告诉你。"

霍礼鸣沉默几秒，慢慢坐直。

佟辛觉得再多一秒的僵持，眼眶一定会红。

下一秒，霍礼鸣忽然说："好。"

好什么好？

"这不是清礼，是上海，是我的地盘，"霍礼鸣眉尾微挑，目光桀骜不驯，有几分耍无赖的意思，"我有的是时间哄你。我就不信了，小霍爷还哄不好人了。"

他说得一本正经又势在必得，全然听不出玩笑的意味。佟辛指尖下意识地抠了抠掌心，好在手机响起分散了注意力。

福子："天啦，最帅教官投票怎么可以被二连的反超？我不允许！"

薇薇："能群发的就群发，给我们的小郑教官拉票。"

陈澄："欣赏一下小郑教官今日份的盛世美颜。"

陈澄："[照片][照片][照片]"

佟辛顺手点开照片，年轻军官的高清侧面特写，别说，这个角度是还挺好看的。

"这谁啊？"霍礼鸣的声音跟幽灵似的响起。

佟辛条件反射地将手机熄屏。

"哟，还不能看？"霍礼鸣幽幽地问。

佟辛嘴硬："不给你看是为你好，怕你自卑。"说完，她起身要走。

霍礼鸣拽住她衣袖，用不太正经的语气问："怎么个自卑法啊？你总不能乱造我的谣吧！"

佟辛抽了抽手："造什么谣，这是事实。"

霍礼鸣就不撒手了，更加用力地将人扣住，要笑不笑地半胁迫："你这群名叫什么来着？维密天使线下交流群？天使就是这样交流的啊？一点都不天使了。"

佟辛顿时红了脸，这是她宿舍的群聊，名字是福子取的，平时看没觉得怎样，被他这么漫不经心地读出来，真的很羞耻。于是，佟辛的反抗越发用力。

这是个小包间，她动作剧烈："你别扣着我！你就是丑丑丑！没小郑教官帅！"

"小郑教官？"霍礼鸣一字一字地说，微眯着眼，"叫得这么亲。"

佟辛凶巴巴地喊："亲什么亲？"

霍礼鸣早被她的冷淡态度弄得心堵了，这会儿也不知抽的什么风，真有点较真的意思，不仅不松手，反而来了劲儿。两人撕扯着，他不费吹灰之力地把人按在了包间里的小沙发上。

"今天不收拾你，我就不是小霍爷。"霍礼鸣大概是被那声"小郑教官"戳中了神经，凶巴巴地盯着佟辛，"叫我小霍爷，快叫！"

佟辛的手被他反扣在背后，仍然不服气："不叫，就不叫。"

霍礼鸣有分寸，不使劲儿了，单手钳住她手腕，另一只手作势去挠她痒痒："不叫就挠你了啊！"

佟辛身体一僵，她从小就怕痒，但还是死扛："不叫，不叫！"

"叫爷。"霍礼鸣左腿屈膝，不自觉地单脚跪在沙发上，近乎一个把她困在身下的姿势。

佟辛是真怕痒，识时务地服软："好好好，我叫。"

霍礼鸣勾出一个胜利在望的表情。

"爷爷。"

霍礼鸣脑袋一蒙，有那么几秒没有反应过来。

佟辛眼睛清亮，慢条斯理地重复："爷爷，叫一送一，怎么样，满意了吗？"她加重咬字，故意让他曲解。

霍礼鸣黑着脸，什么话都不能讲。安静了一会儿，身边的空气流速都仿佛被按下暂停键，两人这才发现彼此的姿势不太对劲。

佟辛心脏狂跳，下意识地去推他："你走开。"

霍礼鸣本就重心不稳，被这么一推，没站住，身体惯性下滑，几乎贴在了佟辛身上。男人身上是清爽的薄荷香，还有几缕恰到好处的淡烟味混合，像是调制成了他专属的男士香水，铺天盖地罩了下来。

佟辛一声闷哼。

霍礼鸣迅速起身，一看，愣了下。

佟辛流鼻血了。

两人再一次对视，双眸中闪过同款电光石火的回忆。

佟辛是真的很疼，还带着微微哭腔："你撞到我鼻子了。"怕他误会，又一次重复，"真的只是撞到的。"

胸口太硬，碾在鼻尖上。霍礼鸣赶紧去拿冰块，找了块干净毛巾包裹住，再小心地放在她鼻梁上。佟辛凉得往后缩，他把人按住，轻斥："别动。"

男人的手腕横在眼前，能将花臂看得一清二楚。这是佟辛第一次近距离地看文身，跟她想象中的不太一样。皮肤光滑，没有恐怖的针孔，色泽与线条融合，有一种奇妙的性感。

"喜欢？"他倏地出声。

佟辛一怔，脸不自觉地往毛巾里陷了陷，试图遮住自己微红的脸颊。

霍礼鸣继续说："喜欢的话，下次我也可以带你去文一个。"

佟辛："嗯？"

"不用不好意思，现在女生文身也很正常，有一些图案设计得很好，文在手上很好看。"

这话乍一听没毛病，可一细想，佟辛微不可察地蹙了蹙眉："所以，你带别的女生去文过？"

"……"

"不然你怎么知道文在手上很好看？"

霍礼鸣愣了愣，随即失笑："可以啊妞妞，这么关注我啊。"

刚退烧的脸又有些上头了，佟辛觉得，在反撩这件事上，她远不是这男人的对手。

鼻子没大事，一点点血渍印干后，就不再流了。

结完账，两人走出餐厅。太阳大，霍礼鸣走到佟辛右侧，仗着身高，给她挡住刺目的阳光。佟辛忽然叹气："唉！"

"怎么了？"

"跟你吃顿饭代价真大，"佟辛懊恼，"都吃成血光之灾了。"

霍礼鸣霎时乐了，是个狠妞："还血光之灾啊。"他忽然想到一件事，"以前你还哭着问我要过八字，一直忘了问，你要我八字干吗去了？"

佟辛后背一僵，这人什么记性。

"八字算命？"霍礼鸣不正经一笑，"算我是不是富贵命？"

佟辛没敢说，就是算个基础盘，看你克不克妻。

眼下自然不能触碰雷区，佟辛假装淡定："不记得了。"

霍礼鸣没再追问，把她送回学校。佟辛下车，走了几步，就听他在身后喊："佟辛。"

霍礼鸣一只手肘撑在车窗沿上，大声说："这几天吃清淡点，上海比清礼干燥，随身带点纸巾，流鼻血的时候也能捂一捂。"

八点的夜晚，燥热渐变温柔，行走的人、来往的车辆、嘈杂声都拖慢了行进倍速。月光擦亮黑夜一角，路灯都偏了航，齐齐照在霍礼鸣身上。

他对她笑，淡淡的，敛去调侃，只剩真诚。

佟辛点了下头，慢吞吞地走了。

一路迎着群星与月亮，她心跳不止。霍礼鸣身上那股酷劲儿，太吸引人。

刚走到宿舍门口，手机响了。

霍鸭鸭：【佟女士，可能我们需要重新预约时间，来拿您的身份证。】

佟辛恍恍惚惚，所以忙活了这么久，她的身份证还在他那儿，两个人竟然都忘记了。

很快，霍礼鸣发来新信息：

【明天晚上，我给你送过来。】

【顺便一起吃个饭。】

昨天室友们就约好周六一起去逛街，所以佟辛说那就晚上吧。新生入校的手续都办完了，所以也不急着用身份证。佟辛有那么一瞬恍然，这男人是不是故意不给她的。

第二天，大家八点半出门。

福子是湖南人，陈澄是广州的，薇薇老家和清礼市最近。她们都是第一次来上海，忙着军训也没时间好好逛逛。大家都很兴奋，早早查了攻略。

先去外滩逛一逛，终于见到东方明珠电视塔，四个人轮番拍了好多照片。

229

佟辛带了一台小巧的微单，她喜欢拍照，也很会构图，把室友们拍得美美的。

九月的黄浦江边有江风，所以并不太热。

休息的时候，福子提议："要不我们下星期去迪士尼吧！"

"好啊，好啊！"

佟辛却蓦地收拢笑意，没附和。

迪士尼，那是高二那年，她当作愿望以及奋斗目标的一盏明灯。灯灭了，但她也不想再以别的方式点亮。

逛完外滩，四人又坐车去南京路步行街，坐 316 路就一站。到江西中路站下车后，一下子被热闹包围。走走停停的，到吃饭的点，她们正好逛进一座商场内。

福子看了看游览向导图："吃饭的地方在五楼，这都是英文名啊。"

佟辛看了看："西餐厅比较多，吃西餐可以吗？"

薇薇和陈澄点头："行。"

商场大，半天找不到电梯，干脆坐扶梯，顺便还能逛一逛每一层。一楼是珠宝首饰，二楼是女装，三楼是箱包。三楼扶梯正面就是一个奢侈品牌。

福子面露惊叹："哇，装潢好豪华啊！"

"这个牌子的包超贵的，我舅妈买了一个基本款都要大几万呢。"陈澄拿出手机拍照。

佟辛问："要不要进去看看？"

薇薇拉着她的手就往后拖，疯狂摇头："不了不了，看了也买不起。"

繁华都市犹如万花筒，看着绚烂迷幻，但用手指去触碰，又如镜花水月。四个小女生一步三回头，眼里藏不住欣赏和好奇。

这一层各式各样的箱包品牌都有，福子看到一家装潢偏少女风的店，里头没客人，而且店面也不大，看起来没有那种"高高在上"的感觉。

她看中展柜里一只海军风的挎包，流连忘返。

佟辛勾了勾她胳膊："进去看看嘛。"

四人走进店里，热情的声音响起："欢迎光临 M 店，有什么可以为您服务吗？"

柜姐走过来，可一看到是学生，态度立刻冷了一大半。福子没那么敏感，还觉得姐姐好和善啊，于是跃跃欲试地说："我能试背一下吗？"

柜姐睨了她一眼，直接回道："这是我们的早秋新款，上海门店一共就三个，售价呢，是两万二。你没有会员的吧？没有会员就按原价。"

福子缩回了手，尴尬地站在原地。

薇薇和陈澄她们也安静下来，你看我，我看你。对方明显是在提醒她们，你们这群小屁孩儿买得起吗？

僵持之际，佟辛打破沉默："麻烦您拿给她试背。"

话都这么明显了还要试背？

柜姐的脸又拉长了些，拖延着转过身："小妹妹，看看就好了吧，取下来费事，你也就背这么分把钟，照个镜子不还是要放回原处的？"

她的意思很明显——既然买不起，就别增加我工作量了，谢谢。

福子面子挂不住，觉得狼狈又委屈。

佟辛把人拦在身后，刚想辩解，就听到一道清亮的女声："怎么，你们家不买就不给试？或者品牌理念是看人下菜碟？"

佟辛转过头，一脸震惊加意外。

震惊的是，帮她们说话的这位姐姐贵气又漂亮。

意外的是，漂亮姐姐身后，站着对她似笑非笑的霍礼鸣。

温以宁其实穿得很简单，白色绸质连衣裙将身材勾勒得凹凸有致，同色系的高跟鞋衬得腿又直又匀称，微卷的长发撩在肩后，整个人的气质恬淡又温柔。

温以宁走近几步，瞥了眼展柜的那只包："你好，请问我能试吗？"

柜姐呆愣得不知所措，店里其他同事赶紧解围："可以的女士，这一款有两种颜色，一款就是您面前的海军风，另一款主打星空元素，风格浪漫沉稳。要不两个您都试背？"

温以宁没说话，只指了指挑事的罪魁祸"包"。

刚拎到手上，一直没吱声的霍礼鸣散漫道："快别背了，跟屎一样难看。"

人糙话也糙，糙得毫不留情。

温以宁转过身，十分配合："哦？"

"我刚路过，隔着玻璃都不敢置信，"霍礼鸣瞥了眼标牌价格，犀利无情道，

"狗仗屎势。"

柜姐脸色难看，理亏在先，又不好多说。

这时，商场经理西装革履地走进来，态度恭敬："唐夫人，听同事说您今天也在，请问有合心意的吗？要不要去 VIP 室休息会儿，我让品牌方过来向您详细介绍本季的新品？"

亚汇集团在商场名号响当当，温以宁不是喜欢讲究排场的人，但在这个位置，自然也与唐其琛享有相同的声誉。

柜姐吓得脸都白了，明白自己踢到铁板。

温以宁淡声说："不必了，先带这几位去服务台投诉吧。"

佟辛她们愣在原地，从未想过这么快反转。

霍礼鸣被佟辛呆萌的表情逗笑了，他走过来，轻轻撞了下她的肩："傻乎乎的，还不走？"

最后，以惹事人痛哭流涕的道歉结束。佟辛她们一时心软，还是没把人真正投诉去总部。

事情解决后，霍礼鸣站在佟辛身后轻飘飘地说："我还有点事，你没吃饭吧？去五楼。"

他说了一家餐厅名，声音压低说："报我手机号，主厨给你开小灶。"

佟辛不怎么自然地往旁边挪了一小步："我身份证呢？给我吧。"

"不给，"霍礼鸣一本正经道，"我与佟女士预约的是今晚六点，还没到时间呢，我可不做言而无信的人。"

佟辛："……"

他弯唇，语气有了几分真诚，飞快地说："晚上程序他们都在，想见见你，一起吃个饭。"

不好让温以宁久等，霍礼鸣小跑离去，望着他远走的背影，佟辛忽然有点恍然。

福子她们立刻围上来："辛辛，刚才那个美女姐姐是谁啊？"

佟辛心里有那么一丝酸味冒出来。

年轻女生元气满满，一顿美食就能从不愉快中抽身而出。下午逛了会儿步行街，又在游戏城玩了会儿，四点半的时候回学校。

霍礼鸣四点就给佟辛发了微信：【还在步行街？我在西侧出口等你。】

送走室友，佟辛开着步行导航找过去，霍礼鸣那辆深灰色的大切诺基停在路边。远远地，他隔着车窗冲她招手。

佟辛心说，怎么回事，他这么快就结束工作了？

上车后，她欲盖弥彰地问："你，忙完了？"

霍礼鸣倒车，看后视镜："嗯。"

莫名地，佟辛凉了心。心凉之后，还有点悲伤。这股悲伤几乎摧毁了刚才他帮她出头的所有好感。

她这一副生无可恋的表情，让霍礼鸣也心里没底。

怎么了？他又哪里惹她不痛快了？

这小妞妞突然性情大变，是不是清礼市的水土比较养人，而上海和她八字犯冲，容易暴躁？

两人各怀心事。

吃饭的地方在老街，程序特意订的餐厅。下车后，佟辛欲言又止，最终还是问出了口："你回上海之后，还是做以前的工作吗？"

霍礼鸣下意识地答："是。"他一直就在唐其琛身边做事。

佟辛有点心痛，也有点怒其不争，于是语气不怎么友善："所以中午那位姐姐，是你的新、新富婆？"

霍礼鸣皱了皱眉，迟钝的神经倏地反应过来，一个箭步直接伸手去捂她的嘴："小丫头别乱说。那是我嫂子，我嫂子！这家店老板跟我哥熟得很，这话传我哥耳朵里，非揍死我不可！"

佟辛别开脸，躲过他的手心，震惊道："你嫂子？"

"对，我嫂子。"

佟辛迅速后撤一大步，如避洪水猛兽，义正词严道："你怎么可以这样？"

霍礼鸣一愣。

"你竟然抢你哥的老婆！"佟辛已经找不到什么特别好听的词了，只觉得眼前一片黑暗。

"佟辛，你过来，"他深呼吸，"我们真得好好谈谈了。"

一通很长时间且非常详尽的解释后，佟辛依旧将信将疑。

她清亮的双眸就这么明晃晃地望过来，让霍礼鸣非常上头。于是，就更不想让她有半点误会了，调侃的趣味在此刻失了宠，他只想真实地把自己呈现出来。

"不是你想的那种职业，以前没有，现在没有，以后也不会有。手机里巨浪会所的导航记录，真的只是我刚到清礼不熟悉，输错了地址。当然我得坦白，我不是什么好人，以前被人打，也打过人。我哥待我不薄，引导我走上正途。我挂职在他公司，但更多时候自己做事，不说锦衣玉食，但养家糊口没问题。"

霍礼鸣低下头，无奈地笑道："所以佟辛，别再误会我了，行吗？"

他身上的气息近在咫尺，汹涌霸占了佟辛的全部呼吸。

佟辛忽然有点眼热。

其实她心里是明白的，一直这样误解，是她故意为之的小心思。她想靠近他，想参与他的生活，当时年纪小，爱意不知从何入手。想问，又不敢问，只能以这种幼稚的、无厘头的方式去寻找交集，至少是能搭上话的一个理由与契机。

少女心一片赤诚。

佟辛在高考结束后才悟出一个道理——喜欢一个人，就是鉴人鉴己，以他为镜，在自己身上修炼出天真和世故的平衡。

两人走进包厢，程序见面就是一声惊叫，眼睛都瞪直了："哪儿来的仙女下凡啊！"

周嘉正也起哄："仙女旁边哪儿来的野兽啊！"

霍礼鸣抓起旁边藤椅上的抱枕就砸过去："都闭嘴。"

佟辛很乖地打招呼："程序哥好，嘉正哥好。"

程序由衷地高兴："好久不见啊佟辛妹妹，以后在上海遇到什么麻烦事儿尽管说。"

周嘉正虽只在火锅店和佟辛有过两面之缘，但对她印象也很深刻，笑眯眯地说："第一次见的时候，我夸妹妹好看，还被霍某人打得半死。"

霍礼鸣平静地说："现在霍某人让你闭嘴。"

周嘉正立即做了个嘴巴拉拉链的动作。

程序很用心地安排这一顿晚餐，菜全是他亲自选的，他跟这儿的主厨熟，今天什么食材都是顶级的，那都是有门路的。佟辛吃得心花怒放，但一碗饭后，还是默默放下碗筷。

这仨男人吹水聊天呢，霍礼鸣脸上挂着笑，没瞧她，但手自然而然地伸过来，帮她又盛了一碗饭。

"你一顿能吃三碗的水平我还是知道的。"他低声说。

佟辛耳尖都红了，小声顶回去："那时候我还小，在长身体呢。"

闻言，霍礼鸣下意识地往下瞥了眼："哦。"

佟辛："……"

有这么一言难尽吗？

吃得差不多了，佟辛去了一趟洗手间，出来的时候，就看见霍礼鸣站在走廊尽头，宽肩窄臀的，身材太耀眼。

他回头解释："怕你走错包厢。"

出来专门等她的。

佟辛心里升温三度，找着话题聊："嘉正哥不是在清礼开火锅店吗？"

"嗯。"

"那个火锅店装修还挺豪华的，投资这么大，为什么回来了？"

霍礼鸣笑着说："我回来，他就回来了，拦不住。"

话刚落音，周嘉正就从包厢出来："你又在说我坏话！佟辛妹妹你可别听他发骚。我仨当兄弟十几年，他做什么都特挑剔，还不许我们穿大红色衣服，因为他不喜欢。那天我穿了件红色羽绒服，他不让我坐他的车，说丑到他了。猛男身体，一身臭毛病。哎哟，借过一下，憋不住了，我要去放个水。"

"大喇叭"闪进洗手间后，霍礼鸣似笑非笑地看着佟辛。

佟辛被他这副表情勾得心猿意马，没好气地说道："笑笑笑，你还好意思笑？朋友们让着你、迁就你、哄着你，你以为自己是三岁宝宝呢。"

霍礼鸣敛了敛笑容，漫不经心地勾着尾音："你怎么知道我是个宝宝？"

佟辛："……"

"又被你看穿了我的真实身份，"霍礼鸣撒开性子，双手懒洋洋地环搭在胸前，"宝宝就是要哄的。小姐姐，来哄哄宝宝呗。"

佟辛觉得这人厚脸皮的功力已修炼到满级。

"宝宝"这个词本身就是个炸药包，从他嘴里说出来，直接升级成原子弹。

"宝什么宝，你这么老好意思装嫩啊，我看你就是个巨婴。"佟辛怼回去，然后转身进了包间。她使劲地闭了闭眼，幸好走廊灯光显旧，可以掩盖她双颊绯红。

大学生活渐渐步入正轨。佟辛习惯往返图书馆和宿舍，周五下午课少，就会跟室友们去逛街吃小吃。家里每周会给她打三次电话，辛滟的态度有所缓和，女儿还是女儿，不停叮嘱她吃好点儿、穿暖点儿。

佟斯年工作实在忙，电话打得少，但时不时地会在微信上给佟辛转点零花钱。周六上海有暴雨，佟医生还会截个天气预报的图发给她，告诉她注意安全。

每每此时，佟辛都会有一种恍如隔世的感慨，几个月前，她还在为高考奋战，为志愿抗争，以为梦想被乌云遮蔽。几个月后，尘埃落定，世界仍在照常运转。

佟辛想到霍礼鸣那句"来都来了，最坏的结果不过是死磕到底"。

或许，这个宝宝说的有道理。

周六晚上，霍礼鸣陪同唐其琛出席一个晚宴。

这是唐其琛病愈后第一次公开露面，主办方是上海商会，参加晚宴的人不乏商界大佬。他休养的这段时间，外界已有流言猜测，也该出面稳定人心了。

到酒店，一下车，便有不少人围过来寒暄。唐其琛左右逢源，笑声爽朗，不见丝毫病容。

踏入宴会厅，一个中年男人迎面而来："其琛，好久没见你了。"

唐其琛不动声色地躲开他的双臂，霍礼鸣再悄然往前站一步，相当于一道屏障，提醒着对方保持距离。

此人叫胡文喜，什么生意都做，不是正经路子的人。这几年据说靠倒卖古董发了一笔大财，人模狗样地称起了胡总。他的喇叭嗓非常刺耳："贤弟，前段时间别人都说你病了，我看是他们瞎，这不好好地站在这儿吗！"

唐其琛笑意疏淡："劳您关心。"

"走走走，咱们去那边喝几杯，我有个绝好赚钱的项目，就觉得你最合适！"胡文喜身上有掩饰不掉的粗鲁气质，自来熟地就去揽唐其琛的肩膀。

手还没伸过来，就被一股暗力"自然而然"地给撞开了。霍礼鸣结实的身板是典型的好看耐撞，这一撞，劲儿不小，胡文喜一个趔趄。

"你！"他目露不满，气急败坏地盯着霍礼鸣。

唐其琛却领着人擦肩而过，只象征性地对胡文喜略一颔首。背过身，唐其琛轻咳两声，淡淡蹙眉。

霍礼鸣也深呼吸，小声说："喷了一吨古龙水吧，熏死我了。"

又走几步，霍礼鸣倏地严肃地收敛，看了一眼不远处，提醒道："是付宝山。"

付氏集团的董事长，年近六十，精气神如龙虎之姿。付宝山端着酒杯走过来，唐其琛也换上笑脸，你来我往，推杯换盏。

一番客套寒暄后，付宝山眼睛一亮地看向霍礼鸣："哟，小霍回来了？"他拖慢语速，话里藏话，"我还以为你躲着不敢见人，没个三五载不敢回上海。"

霍礼鸣嘴角扬笑，不搭腔，就这么静静站在一旁。

付宝山抬着下巴："光明前阵子还提起你，说你不在，他觉得索然无味。都是年轻人，找机会聚聚。"

唐其琛弯唇："我没记错的话，光明比他年轻个两三岁。聚聚是好事儿，让他跟礼鸣学着点为人处世。礼鸣这几年的长进还是很大的。"

一番话，既是替霍礼鸣打圆场，又是无声地替他撑腰。霍礼鸣和付家结过梁子，与付光明尤其不对付。付宝山自然知道其中疙瘩，本意是明嘲暗讽，哪知唐其琛如此维护。两人表面和平呵笑，各自心里头九曲十八环。

晚宴安排了一个古董鉴赏环节。大部分古董不过尔尔，都是些山水国画或瓷器之类，搁大佬们这里不足为奇，重头戏是一个青瓷竹节杯。

胡文喜语气骄傲，说这是他从西北深山区寻出来的晚清古董。他干这一行久了，又能言善道，语气一惊一乍的，很能调动气氛，谄媚地说："各位给看看，提提建议。"

附庸风雅之事谁都乐意，一个个煞有介事地观摩、评论，再一堆人夸赞恭维，人人都成了鉴赏大师。

到了唐其琛这儿，胡文喜弯腰哈背，双手奉上："唐董，你开开金口？"

唐其琛三件式的西服衬得人超凡脱俗，温文尔雅。他接过，没看，没评价，只对霍礼鸣使了个眼色。

霍礼鸣垂眸，再扬眉，笑得痞气邪乎，说道："假的。"

所有人一惊，胡文喜面子挂不住，瞪目怒吼："你怎么说话的！"

"西北山区气候不宜产瓷器，这也不是你所说的晚清出土，彩釉鲜艳，成色新。竹节杯？胡总，上头可不是竹子，而是笋壳堆贴纹。"

霍礼鸣娓娓道来，不卑不亢。

现场议论声更大了。

他笑了笑："胡总怕是买到假东西了，西北哪个地方？那边我朋友多，没准还能帮您去讨个公道。"

胡文喜面红耳赤，额头直冒冷汗："你……你瞎说！"

"瞎不瞎，很简单，"霍礼鸣停顿一秒，轻飘飘地说道，"摔碎，看看瓷内壁的豁口就知道了。"

胡文喜虚了气势，没想到碰上这么个行家。

而下一秒，唐其琛动作轻缓地松开手指，瓷杯坠地，"哗啦"碎裂四瓣。豁口光洁齐整，连门外汉都瞧得出，这么精良的现代工艺和材质，怎么可能是古董呢？

唐其琛淡声道："说得不错。"

确实是假的。

方才那些口若悬河的大佬们脸黑如煤，对着胡文喜甩袖而去，全怪他办事不力，弄了个假玩意儿来糊弄人。

平淡无奇的晚宴，这一出，才最有意思。

回程路上，唐其琛闭眼休息，霍礼鸣低头看手机。

路过天桥时，唐其琛忽然说："你既然对这些有兴趣，那就可以尝试着往这方面发展。"

霍礼鸣愣了下，随即一笑："谈不上发展，就是闲的。"

唐其琛说："我给你推荐个人，他在北京，有空的话，可以和他见见面。"

F大新闻系课程排得挺满，周四尤其多。这才大一，专业课虽然不多，但佟辛觉得跟她上高二时的学习节奏差不多。新闻系每年的招生都很严格，毕竟在全国都是排名前二的。

这天晚上，薇薇买完东西回来说："辛辛，我刚才在外面又看见靳清波了。"

福子探出头："啊？他还没走呢？我们从食堂回来他就在了。"

陈澄问佟辛："他正式开始追你啦？"

佟辛无语："没有啊，他什么都没说，每次看见就打个招呼。"

福子："这偶遇的次数也太多了。"

陈澄："其实我觉得他这样不太好。想追人，就大大方方地追嘛。你自己得先亮明态度，才好让女生给态度。"

佟辛也是这样认为的，这个学长吧，刷脸的次数实在是多，但也没明说什么，佟辛自然也不好措辞。

"哎，拜托你们件事儿啊，"佟辛思考了一下，"以后他让你们转交东西，或者问我在不在宿舍……"

三人齐声："都说不知道。"

佟辛笑了笑："明天请你们喝奶茶。"

很快到周六，佟辛要等一个很重要的快递，是佟斯年给她寄的一个社区证明用来交学校的。室友们结伴去看电影了。快递十一点多才送到，打电话让她去南门拿。

佟辛刚走出宿舍大门。

"佟辛，"靳清波又这么巧地碰上了，"你去哪儿？"

"我去门口拿个快递。"佟辛礼貌回答，笑了笑，就要走。

靳清波把路让出来，笑意淡淡。

佟辛没多想，可往前走了几步，发现他又跟了上来。也不能说跟，就是保持着三五米的距离。到了南门，佟辛转过头，靳清波就对她笑。

佟辛有点不太自在："你也拿快递啊？"

他说："没，我就随便走走。"

佟辛取好快递后，特意在原地磨蹭了会儿，结果靳清波也杵在那里不动。

佟辛心里升出一丝异样，让她不太舒服。恰在这时候，马路对面有人叫她："妹妹！"

程序的车停在路边，他笑着狂挥手："巧了嘛这不是，赶上饭点了。来，带你去吃饭。"

换作平时，佟辛肯定会推辞。但现在身后有靳清波，佟辛如释重负，终于有借口走了。

"我先走了啊，再见。"说完，她就小跑着上了车。

程序瞅了眼后视镜，问道："你同学啊？要不要一起？"

"不用不用，"佟辛暗暗松了口气，"谢了啊，程序哥。"

"谢什么，你这一去，我让姓霍的心甘情愿买这顿单。"

佟辛愣了下："他也在啊？"

吃饭的地方是小路里的一家私房菜馆，位置不起眼，但店员显然和程序很熟，见着人就说："小霍爷已经在里头了。"

老板走出来，哟了一声："今天有新朋友啊。"再定睛一看，"啊，新朋友有点儿小。阿序，你家亲戚？"

程序张口就来："没，霍爷的女儿。"

佟辛："……"

霍礼鸣恰好走出来，拖着腔调散漫地喊："闺女来了啊，来，上爸爸这儿。"

佟辛不恼，认认真真地给他微鞠躬，毕恭毕敬："爷爷好。"

程序他们一个爆笑："哈哈！"

霍礼鸣眼皮一跳，佯装生气："小白眼狼，东西白给你买了。"

佟辛慢吞吞地跟着他往里头走："什么东西？"

霍礼鸣挪开椅子，顺手拿起放在上面的纸袋递给她："给。"

佟辛低头一看，认出了这个牌子，正是那天在商场被柜姐刁难的罪魁祸首——那个一模一样的包。

"就当是送你考上 F 大的礼物了。"霍礼鸣云淡风轻地说。

佟辛没吱声，就这么拎着站着不动。

霍礼鸣看她一眼，觉得她应该是害羞，心情莫名愉悦，还煞费苦心地开导："没事，别有心理负担，随便说一句'谢谢'就行。"

佟辛委婉地说道："其实当时不是我要试背，是我一个室友看中的。"

霍礼鸣："……"

佟辛把它推还回去，挺有原则地说："从小到大，我从不替男生送定情信物的，你自己送吧。"

霍礼鸣皱了皱眉，装作很遗憾的样子："这样啊，所以你从小到大，很多男生托你送东西？看来是我误会了。"

"误会什么？"

"误会你魅力很大，没想到竟然……"

佟辛做了个捶他的动作："去死。"

霍礼鸣笑得眉眼飞扬，不再调侃："拿着吧，我也没别的人送了。"

周嘉正和程序走进来，佟辛就没再继续这个话题，把包搁在空椅子上。

很快就上菜了，周嘉正看了一圈儿，问道："程序你是不是改菜谱了？怎么这么清淡啊？萝卜丝、清炒莴笋、土豆泥，这是给人吃的吗？"

"我没改啊。"

霍礼鸣平静地说："我改的，天干物燥吃清淡点儿。"边说边给佟辛夹菜，"不然容易流鼻血。"

佟辛愣了下，碗里的土豆丝好像变成了彩虹巧克力豆，绚烂缤纷地往心里蹦。

周嘉正催促程序："看我干吗？赶紧吃啊！吃完好去寒山寺报到。"

程序没反应过来："啊？什么？去寒山寺干吗呀？"

"出家，"周嘉正突然伤感起来了，"昨晚我陪我妈看了两集电视剧，我就搞不明白了，那么漂亮的女主人公，那丈夫竟然还出轨。我妈气得拿拖鞋去打电视机。"

程序随口说："那你还不拦着点。"

"我不拦，砸坏了我明儿给她买新的，"周嘉正一脸憧憬，"如果我是那男主角，我天天哄媳妇儿开心。想买什么就给买，下班按时回家，出门应酬肯定提前打招呼。"

霍礼鸣点了下头，漫不经心地说："这都是基本的，还得每周出去约个会，看看电影吃吃饭都可以。"

"对对对，"周嘉正连连点头，"每年一起度个蜜月，旅旅游。春天去云南看花海，夏天去避暑，冬天……冬天去……"

霍礼鸣接着说："去日本，一二月的富士山很好看。"

周嘉正反驳："冷死个人有什么好的，我觉得去巴厘岛更适合。"

"去日本。"

"巴厘岛。"

"日本。"

"巴厘岛！"

佟辛恍恍惚惚，所以，刚才发生了什么，两个大男人的画风转变成这样了？

霍礼鸣问程序："你来评一评，先去哪里？"

程序一脸深沉地说："我觉得，你先得有个老婆。"

霍礼鸣："……"

程序还煞有介事地看向佟辛："你说是不是啊妹妹？"

佟辛果汁儿喝得好好的，忽然被点名，手指不自觉地颤了颤，心跳也渐渐乱了节拍。

安静三秒。

霍礼鸣忽而挺直背脊，手从椅子边沿挪回桌面，衣袖挽上手腕，灯光下，颇有几分斯文败类气质。

霍礼鸣淡声："老婆不着急，先有个女朋友也行。"

说完，他的目光落向佟辛，不着痕迹，却又重而有力。

佟辛掐了下自己的手指尖，告诫自己不要多想。

全场就程序一个稍微正常点儿的男人："我看你俩都有臆想症，小霍爷就算了，周嘉正你也不去照照镜子，你一个卖火锅的有什么资格幻想？"

说完，程序还伸手拍了把周嘉正的脸："唉，油油腻腻。"

周嘉正："嗯？"

卖火锅的心里苦。

霍礼鸣开车送佟辛回学校，两人都没怎么说话。等红灯的时候，霍礼鸣手指放在车窗边沿上，有一搭没一搭地轻敲。快到的时候，佟辛悄悄地将那个包塞在座位底下，没有拿走。

一是东西太贵重，不管两人什么关系，这都不合适；二是他俩还没确定什么关系呢。

回宿舍的路上，佟辛又碰到了靳清波。他站在香樟树下，这是女生回宿舍必经的一条路。看到佟辛后，他不自觉地冲她笑。佟辛脚步一顿，下意识地往右边小路走。

她已经顾不上是不是不太礼貌，越走越快，还时不时地回头看一眼他有没有跟上来。好不容易到宿舍，佟辛砰的一声把门关紧，暗暗松了一口气。

手机响了，佟辛赶忙接起，撒娇道："佟医生，佟博士，中国好哥哥。"

佟斯年笑了起来。

他刚去肝胆科会诊，这会儿才有空，一番嘘寒问暖后，说道："在外面不要舍不得花钱，吃好点，待会儿我给你转点零花钱。"

"不用哥，你留着当聘礼，赶紧给我找个嫂子。"佟辛嘟囔道，然后压低了声音问，"你和姐姐怎么样了？"

佟斯年低声笑了下："挺敏锐啊，佟记者。"

佟辛殷殷期盼："有进展了吗？"

佟斯年想了想："凑合吧。"

凑合是什么意思？佟辛还想再问，佟斯年直接略过话题："我马上要去开会了。辛辛，爸妈给你寄了点吃的，明天会派件。里面有两个袋子，小的是你爱吃的，大的那一袋是些特产，你拿给礼鸣。"

佟辛有点吃醋："哦，大的给他，小的给我？"

佟斯年轻笑："还不够你吃啊，爸妈是觉得咱两家是邻居，得常往来。他在上海，万一你有什么事儿还是可以帮上忙的。"

先惦记情分，再想到互帮互助。辛滟和佟承望是十足开明的长辈。

"东西别放久了，怕坏，你有空就去送掉。"佟斯年叮嘱完挂了电话。

不久，新消息提示，佟斯年在微信上给她转账 3000 元。

第二天早上顺丰就把快递送来了，还真是好大一纸箱。佟辛瞄了眼霍礼鸣那一包，清礼市的特产全都囊括，还有两瓶辛滟亲手做的辣椒酱。

亲儿子待遇了吧！

佟辛给霍礼鸣发微信说了这事儿，问他在哪里。

很快，他直接回电话："我完了。"

佟辛顿时紧张："怎么了？"

"我现在开不了车，眼泪狂流，得用脸盆接。"

佟辛喊了一声："做作。"

霍礼鸣低低笑起来，是真的很高兴："我现在有点儿事，你打个车来国金中心，可以吗？"

"好。"

电话挂断，他很快又发来微信，截了个图："帮你叫了车，十分钟后南门接你。"

霍礼鸣从外头走进来，温以宁侧头看了他一眼："忙完了？"

"嗯。"霍礼鸣把手机搁桌面上，在沙发大刺刺地坐下。

温以宁自己办了所英语教育培训机构，婚后也不全然依附于丈夫。这几天她去江苏出差，凌晨才到上海。上午过来拿份急用的资料，唐其琛不允许她赶大早开车，便让霍礼鸣陪她走这一趟。

不多久，温以宁也办完事，打量他许久，笑着问："交女朋友啦？"

霍礼鸣也笑："没有没有。"

温以宁大不了他几岁，以前关系就挺好："跟我还打马虎眼呢？"

霍礼鸣说："嫂子，真没有，这是我住清礼时邻居家的小妹妹，考到上海，跟你还是校友。"

温以宁还得回去开会，说道："徐津刚好顺路，我坐她的车走，不麻烦你跑了。"

话刚落音，就听到两声汽车喇叭短鸣。

徐津喊道："温姐，这儿。"

霍礼鸣也认识徐津，关系还行，他把人喊住："等等啊，我拿个东西给你。"

他小跑到自己车上，从后座把佟辛没要的那个包拿过去："津姐，多了个包，送你了。"

"哟，这么大方啊，"徐津瞄了眼牌子，挑了挑眉，"我可不接受被别的女人拒绝过的礼物。"

"哪那么多讲究，"霍礼鸣没想太多，单手把包往后车窗里放进去，"慢点开车。"

"行，谢了啊。"

车子开出车位，霍礼鸣看奥迪拐了弯才转身走，结果一回头，就看到对面站着的佟辛。

她穿了件米色风衣，垂至膝盖，白球鞋和牛仔裤很有少女感，是人群中一眼能锁定的人。对上她的目光，霍礼鸣竟然有点莫名其妙的紧张和忐忑。

"就到了？"他走过去。

佟辛点点头，忽然就乖起来了："你跟我约的时间真的很好，但凡早一秒或者晚一秒，都看不到你艰苦朴素不浪费的一面。"

霍礼鸣神经一跳，再听不出是讽刺，他就白混了，马上解释："上车的那个是我嫂子，上次你见过的。车里的那个是她同事，我们认识很多年了，那个包你不是不要吗，我也退不了，放我那儿积灰。你别误会。"

佟辛展开笑颜，语气挺平静的："我没误会啊，你只是送了一个女人两万八的包而已。喏，东西拿好啊，里面还有辛主任亲手做的辣椒酱。"

霍礼鸣有点不确定了，刚才那事儿，就这么过了？他怎么觉得心里毛毛的呢？

佟辛往右前方抬了抬下巴："我去买杯奶茶。"

霍礼鸣自然而然地去排队，这家店他没来过，习惯性地入了个会员。十分钟后，他把草莓啵啵果递给佟辛："喝吧。"

佟辛嘬了口："好喝。"

"那也只准喝一杯。"

佟辛忽地抬起头，闲聊一般地问起："姐姐现在还在驻唱吗？"

"嗯，她不缺地方，只看心情。"

"她怎么不住你那个房子了？"佟辛眼珠儿一转，"你知道她现在住哪里吗？”

"在南罗区那边租房子，"霍礼鸣不以为意，"听她说房东还不错，租金划算，设施也好，是套新装修的复式公寓，小区安保也不错。对了，你还不知道吧。"

佟辛眨眨眼："嗯？"

"这还是你哥给介绍的房源。下回一定当面感谢他的照顾。"

佟辛嚼着草莓啵啵，腮帮一鼓一鼓的，心说，佟医生可能不是很想和你当面说呢。

"怎么忽然不说话了？"霍礼鸣瞥她一眼。

"没事儿，"佟辛叹气，"只是忽然想到一个小傻瓜。"

"嗯？"

"被人卖了，还要笑着替对方数钱。"佟辛装作很惋惜地说。

短暂安静，霍礼鸣转头看别处。

商场前坪来往人流量大，路过的不乏俊男美女。恰好，一个高挑且瘦的长发女生从他俩面前走过去。女生衣品不错，九月底也不怕凉，露出一截光滑的腰窝，腰窝上有个文身。

霍礼鸣的视线落在那个文身上，纯属被图案吸引的。但在佟辛看来，这人就是在看腰窝。

"美女好看吧？"她轻飘飘地问。

霍礼鸣挪回视线："嗯？"

佟辛淡淡地说："送她个包吧。"

霍礼鸣："……"

这妞，记仇。

奶茶喝完，他把人送回学校。佟辛下车的时候，他忽然说："徐津的孩子都能打酱油了。"

佟辛莫名其妙："啊？"

霍礼鸣眼神散漫，语气却认真："还有，我记住了。包不能随便送别的人。"

直到进宿舍，佟辛还觉得燥热未褪，脑子里一直回响"别的人"三个字。他说不能送别的人，那是不是表示她算是自己人？可自己人也分好多种，她又被划分成了哪一种?

佟辛猛地摇头,这比高考还难。

福子她们还在外面,说是吃过晚饭再回来。宿舍里只剩佟辛一个人,六点半,她去了图书馆。佟辛是很典型的沉浸式学习,注意力非常集中。这一待就到了晚上九点,佟辛走出图书馆才看手机,福子发来消息,说大堵车,估计还得一个小时才能到。

这个点,图书馆这边已经很少人了,高楼耸立,路灯昏黄,天空乌云遮月,是要变天的前兆。从图书馆回女生宿舍有点远,佟辛怕半路下雨,于是选择绕湖走林荫道。

初秋绿林还未完全凋零,依旧郁郁葱葱,枝繁叶茂。佟辛在鹅卵石路上走了几米,忽然慢下脚步,皱了皱眉回过头。这一回头,吓得她差点儿把书掉地上。

看清人,佟辛压下狂蹦的心跳,靳清波什么时候跟在她身后的?三五米的距离,他穿着灰色衬衫,也不说话,就这么对她笑。

佟辛下意识地后退一步,尴尬地弯了下嘴角算是招呼,然后转身加快脚步。路上没人,从树叶间隙里漏下来的灯光徒添诡异气氛。佟辛很敏锐,她能感知靳清波一直跟着她,并没有离开。

佟辛干脆大方搭话:"学长,你回宿舍吗?"

靳清波点头:"是啊。"

他的表情在半明半寐的光影里格外瘆人,佟辛背脊冒冷汗,这个湖很长,前面那一截还单面靠山,会更黑。她抿了抿唇,拿出手机,迅速找到霍礼鸣的微信。

【快给我打电话。】

其实佟辛完全没底,纯粹是本能使然,等她发完信息后才觉得这样于事无补,可手机忽然一振,霍礼鸣来电。

佟辛飞快接听,故作轻松愉悦,还带着些许撒娇意味:"喂,别催啦,我在回宿舍的路上呢,都说了回去再打给你的嘛。"

霍礼鸣在家里刚洗完澡,擦头发的手一顿。

"你等会儿啊，我开个免提，我饭卡不记得落没落图书馆，我先找找。"佟辛又说。

霍礼鸣很快意识到，这是她给的暗示，开免提，就肯定是给在场别的人听。他很上道，立刻配合着"嗯"了声，算计好时间后，适时喊了声："宝贝儿。"

佟辛耳根子一麻，手机差点儿握不住。

男人的声音很有质感，像凉风乍起的秋夜里一床厚度刚刚好的丝绒被。

佟辛镇定下来，忽然觉得没那么忐忑了。

她开了免提，开启情人聊天模式："你今晚在干吗呀？"

"和程序他们吃了个饭，刚到家。现在不干吗，想你。"透过免提，霍礼鸣的嗓音带了一层电一般，又沉又酥，"你呢，今天想我了没？"

佟辛轻笑出声："你猜。"

"我能猜别的吗？"他低问。

佟辛下意识地说："不能。"

霍礼鸣拖着长长的尾音，吐字慢："看来我想猜的，还真被我猜中了。"

佟辛一时有些凌乱了，他是不是没搞清楚状况，这是在逢场作戏！猜什么？有什么好猜的？佟辛还紧张起来了。

霍礼鸣没让场面安静太久："宝贝儿，还没到宿舍呢？"

佟辛凝神："我不想快点到，你陪我说说话。"

霍礼鸣背靠落地窗，漫不经心地来了句："你先叫我一声宝贝。"

佟辛一时分不清这人是入戏太深，还是高度敬业。

"不叫啊？"霍礼鸣嘴角敛着淡淡笑意，"那男朋友要生气了，我生气，是很难哄的。"

佟辛心跳剧烈，他说的每一个字都像在耳道里放一次烟花，噼里啪啦，连成绚烂一片。说起来，霍礼鸣也算是假公济私，趁机逗逗她，不管她那边什么情况，既然能打电话，那人身至少是安全的。

打电话还要说这么亲密的话，那么只有一种可能，她拉他做挡箭牌，旁边肯定有追求者。

霍礼鸣没指望她能搭理，不抱希望。

但很快，佟辛软糯清甜的声音入耳："别生气啦，宝贝儿。"

霍礼鸣："……"

他可耻地心动了。

心动的时候，最易入戏当真。他甚至有预感，这或许是个好时机。关于一年前的那个生日愿望，关于他曾许诺的，考上好学校，愿望就能成真。

一旦触动这根弦，所有节奏和韵律都由此发酵，为他推波助澜，为他摇旗擂鼓。

霍礼鸣不自觉地握紧手机，语调放缓，有了几丝不自知的深情："佟辛，这一年，我给你发过微信，但你不回我，其实我还有点失落。我知道你对我介怀，对不起，你十八岁生日那晚，我没正面回应你。我们现在在一个城市，不说虚的，以后我……"

霍礼鸣低了低头，小心翼翼地承诺："带你喝不同的奶茶，兑各种杯子，只要你喜欢。"

他都快被这番内心剖析给感动了，够真诚，够温柔。

电话那头安安静静，没有一点回应。

霍礼鸣想，小妞妞肯定是感动得无以言表了。他把手机拿离耳畔一看，顿时面如死灰。

手机熄屏，电话早就挂断了。

事实上在两分钟前，佟辛回头看了眼后面，靳清波明显吃惊，然后丧丧地往反方向离开。

佟辛彻底松了口气，抹了把额头上的冷汗，恍恍惚惚地将手机揣回兜里，惊魂未定地回到宿舍，才记起霍礼鸣这位中国好邻居。

她赶紧回电话过去："哎，刚才谢谢你啊。"

霍礼鸣算是体会了一次什么叫心如死灰，这事儿也不必再提，只挑重点问："你遇到麻烦了？"

佟辛没瞒着，把事情说了一遍："可能是我多想。"

霍礼鸣淡声说："你一点都没多想。"

佟辛不是没有过被男生追求的经历，但靳清波这一种，既不明说，也不否认，却又随时出现，或者换一种说法，是阴魂不散，她真的拿不准。唯一确定的是，靳清波每次对她笑，都令她毛骨悚然。

周一下午就两节专业课，傍晚，佟辛和福子她们去外面吃鱼粉，结果一出校门，又看见了靳清波。

佟辛这一刻特别生气，连着几日的郁结终于爆发。

她松开福子的手："你们先去，我马上来。"

靳清波见她走来，笑得更加明显。

佟辛冷着脸，离他两米远站定，很认真地说："学长，我这些话你可能不爱听，但我这人性格敏感，不说出来，我自己不痛快。如果有得罪的地方，你多担待。第一，你大三，我大一，不同系不同专业，我想也没有做普通朋友的必要性；第二，我有男朋友。"

佟辛脸不红心不跳，说得坚决又理所当然。

这几句话其实很不好听，但佟辛已经忍无可忍，就算是说她自以为是，她也得把态度撂明白。

但靳清波一点也不恼，推了推鼻梁上的眼镜，依然是那副意味不明的表情，慢条斯理地说："我很喜欢你的名字，我一直以为是星星的星，没想到是辛苦的辛。真的很特别。"

前言不搭后语，简直对牛弹琴。

佟辛无奈又无力，完全不知道怎么对付这种人。

正僵持着，背后传来一道声音："这位老弟，你这样是不是不合适啊？"

拖腔拿调，吊儿郎当，语气里的不正经全然不知收敛。佟辛怔了怔，还没回头，肩膀一沉，夹杂着淡淡薄荷烟草香的气息笼罩下来。

霍礼鸣揽住她的肩，轻轻把人往身上带，一个宣示绝对主权的嚣张姿势。他要笑不笑，眼神像磨钝的刀，极力克制，却又不失杀气。

"大三了？那应该懂点人事了，怎么还上赶着啊？"霍礼鸣薄唇轻启，一字字如刀刃，"我这人文明，一般情况下不护短，只护佟辛。再缠我女朋友，你试试！"

第七章

初心与初爱

QUKANXINGXINGHAOBUHAO

✦

路过的学生时不时地回头张望。

佟辛有点儿虚，被霍礼鸣身上的体温炙烤，越想站直些，就越不受控地往他身上靠。霍礼鸣感觉到了她的僵硬，揽住她肩膀的手松了松劲儿，改成挽住她手腕。

靳清波讪讪的，对方气场实在是强，于是知趣地离开。

直到人消失不见，霍礼鸣才彻底放开佟辛的手。

佟辛低着头，脸红得遮都遮不住。霍礼鸣没让姑娘难堪，故意视而不见，只说："去吧，同学在等你。"

福子她们躲在树后观战，见佟辛过来，立刻团团围上去："你俩在一起了啊？"

佟辛连忙解释："不是不是，我请他过来帮忙解决问题的。"

"酷哥可以啊。"

"没有没有，就……我花了钱的，给他付工资了。"

暂时唬住了室友们，佟辛暗暗松了口气。

但没想到的是，从这天开始，霍礼鸣每天都往宿舍送东西。奶茶、小蛋糕，甚至还有玫瑰花。他总能踩点精准，在佟辛没课的时候出现在宿舍门口。

靳清波前几天似乎还不死心，仍能在路上"偶遇"，痴痴的目光黏在佟辛身上。但撞上过霍礼鸣几次后，他便没了踪影。

佟辛一方面如释重负，另一方面又觉得不对劲。在她去食堂吃饭时，亲耳听见有人议论：

"哎，三班的佟辛，就新闻系的那个大一系花，原来有男朋友了。听说还是高中谈的，感情可好了呢。"

佟辛意识到问题的严重性了。

周五下午，霍礼鸣掐着点又来接她，光明正大地邀请："明儿周末，走吧，带你吃好吃的去。"

佟辛这回很乖："好，你挑贵的吧，我请你。"

霍礼鸣听笑了："小富婆啊。"

乍一听这三个字，佟辛又想起了十八岁的生日愿望，蠢蠢地许了个"早日成富婆"。尴尬这种情绪有极高的延展性，一瞬间，佟辛哪儿哪儿都不好了。

她清了清嗓子，坐得端端正正："我现在很穷，一点也不富，也不想当富婆了。我请你吃饭吧，谢谢你帮我出面解决困难。以后也不麻烦你送东西，或者来学校等我了。"

"为什么？"

佟辛小声说："你这样，都没人敢追我了。"

霍礼鸣用不算轻的力道点了脚刹车："哦？你还想要被谁追？"

佟辛一时无言。

霍礼鸣又自顾自地笑了下，近乎喃喃自语："还不想当富婆了。"

接下来一个月，佟辛都没再被靳清波跟踪冷骚扰。国庆节放七天假，佟辛没回清礼，而是和室友们结伴去上海周边玩了一趟。黄金周人太多，但还是玩得很尽兴。

节假日过后恢复上课，一个月的宁静后，F大爆出一桩震惊全校的事——靳清波被警方拘留。他在地跌上偷拍女生隐私被当场扭送派出所。

消息一出，全院哗然。

谁都没想到，看着文质彬彬的学生会干出这种违法乱纪之事。更绝的是，警方来校调查取证，在他的宿舍里，发现了大量被偷拍的女生照片。

有外校的，有路人，不分长幼。之后还在他电脑里找到了一个隐藏文件夹，里面全是在公共场合偷拍的视频，内容极度不堪，数量之多，让办案民警也瞠目。

他的书本里还有一张女生的背影照，竟然是佟辛。照片被靳清波用红笔打了好多×，血红一片，令人不寒而栗。

佟辛在配合取证时，整个人是蒙的。

民警说："他有很严重的犯罪倾向，并且目标群体明确，就是针对女性。我们处理过很多这样的案件，犯罪嫌疑人无一都不有心理缺陷。很庆幸他被逮捕归案，不然你的人身安全都会受到威胁。"

这事迅速发酵，并且上了微博热搜。F大倒也没有逃避，公正客观地阐明事实，并表示会与公众一起关注事件后续。

佟家看到新闻，但并不知道佟辛也差点儿受害。佟辛权衡再三，也没有告诉家里细节，不过想想仍然后怕。思及此，佟辛真心感谢霍礼鸣，如果不是他当机立断地来学校替她出头，后果可能不堪设想。

所以，她很诚心地给他打电话，想正式请他吃顿饭表示感谢。

霍礼鸣那天正在忙，压低声音简短地回了句："我在外地出差，给你带了点东西，下午给你送过来，有事当面说。"

霍礼鸣那天陪周嘉正去谈一个广告招租项目，差不多到尾声了，进展很顺利。事情办完后，周嘉正心情大好："得亏你在这儿帮忙压价，毛利率上去三个点。晚上想去哪儿吃饭，尽管说。"

霍礼鸣看了看时间："不吃了，我有点事先走。"

"行，要不要我送你？"

"你把车给我，你自己打车回。"

周嘉正瞪他一眼："你顺路送我一趟不行啊？"

霍礼鸣笑着说："不行，我的车不载穿红衣服的人。"

周嘉正低头看了眼自己的红T恤，喊了一声："还是这么骚包。"

霍礼鸣从郊区开去F大要两个小时，佟辛提前在校外的甜品店等。他到的时候，佟辛坐在靠窗的位置，正在打电话。霍礼鸣往她对面一坐，似从天而降，摘下墨镜，蛮酷地朝她抬了抬下巴，示意她先打电话。

霍礼鸣的肤色不算白，但穿白色衣服还挺好看，手臂有流畅紧致的线条，一动就能看到隐隐的小臂肌肉。

鞠年年半天没听到她回话，大喇叭似的："喂喂喂？！"

佟辛这才回过神："在呢，你刚才说杨映盟怎么了？"

霍礼鸣本还觉得有些疲惫，靠着椅背揉了揉眉心，一听"杨映盟"三个字，手一顿，不动声色地坐直了身子。电话没有开免提，好在距离近，鞠年年嗓门又嘹亮，抑扬顿挫的声音隐隐入耳。

"一提他我就来气！就算高考发挥失常，但 589 的分数也可以上个重本了嘛。他非得复读，压力多大啊。一周只能周日用手机半小时，我和他根本聊不上五分钟。"鞠年年有点小脾气，但很快欣慰道，"不过杨映盟又长高了！去年才一米七五，今年都一米八了，还有得长！"

但其实在佟辛看来，杨映盟考了 589 分并不能算是失利，正常水平而已。杨映盟这个分数其实有很多选择，但杨小少爷一看鞠年年上了 A 大，佟辛考了市状元，自尊心受不了，转过身就决定去复读再战了。

佟辛问："他复读的状态怎么样啊？"

"还行吧，第一次月考拿了前十，现在苦攻语文呢。"鞠年年说。

这句话正常音量，霍礼鸣听不太清，于是又默默往前坐了坐。

佟辛笑了下："那就好，只要他有志向，并且愿意努力，什么选择都是正确的。"

鞠年年惊呼："他可不是有志向，他是为了你！"

气吞山河的一句吼，霍礼鸣听得明明白白，眼皮当即一跳，眼神肆无忌惮地看向佟辛，不放过她任何表情。

注视太有存在感，佟辛不自在地往窗边坐了坐。

两人又聊了一会儿才挂断。

霍礼鸣要笑不笑的："你俩挺多小秘密啊。"

阴阳怪气的，佟辛懒得搭理。

"怎么，你那个男同学复读了？"

"嗯，就杨映盟，你见过的。"佟辛说。

霍礼鸣幽幽道："为你考 F 大，好样的，有志气。"

佟辛简直莫名其妙，把一块小蛋糕推到他面前："吃都堵不上你的嘴。"

各怀心思的短暂安静。

佟辛："有空吗？我想请你吃饭。"

霍礼鸣："有空吗，请你吃饭。"

两人异口同声。佟辛很快说："我请你吧。"

霍礼鸣笑了："怎么突然对我这么好了？"

佟辛真心实意道："感谢你对我的照顾和帮助。你什么时候方便？"

霍礼鸣挑起餐盘里的蛋糕尝了一口："这周五，我生日。"

佟辛愣了愣。

霍礼鸣蓦地一笑："你这个表情让我很受伤啊，小渣女。"

佟辛低了低头，小声反驳："这两年忙学习，没空想别的。"

霍礼鸣看了她许久，淡淡地"嗯"了声："那我等你来。"

上一次给他过生日还是高二，父母邀请他来家里做客，佟辛还记得他那天穿的是黑色羽绒服与高领衣。耳钉摘了，文身也遮得严严实实，一副乖仔形象。

那天她教他许愿。想到这里，佟辛不自觉地笑起来，笑到一半又忽然定住。

两年过去了，往日犹可追。

回宿舍后，佟辛认认真真地思考要送他什么样的生日礼物。除了佟斯年，她没有送过别的男人东西。佟医生每一年的生日很没仪式感，大部分时候凑巧加班。佟辛有时候会给哥哥写一首诗，去年的时候，她做了一本诗集送给他，佟医生感动得眼睛都红了。

至于霍礼鸣，目前的他还配不上佟诗人为他写诗。

佟辛想问问室友的意见，但又不想表现得太明显，于是委婉地问："哎，你们送过男的生日礼物吗？"

"男的？"陈澄来了精神，"什么男的？"

佟辛轻咳两声："长辈。"

薇薇："很好送啊，我爸爸爱喝酒，我送过红酒杯。"

福子："我送过花呢，香得我爸鼻炎复发，挺不愉快的回忆。"

陈澄："老人家的都好送呀，衣服、裤子、钱包，淘宝上很多选择的。要不送顶假发也行，或者除臭剂、拐杖、假牙。"

佟辛一想，对啊，别的不好挑，要不送套衣服吧，既普通大众，又不会显得太亲密特别，价钱上也合适，不至于太寒酸。

佟辛敲定后，立马给霍礼鸣发短信：【你多高？】

霍礼鸣很早就看到这条信息，但回复的时候，他犹豫了番。之所以犹豫，是因为莫名想起了下午听佟辛和鞠年年打电话的内容。两个姑娘说起杨映盟，不知道哪儿来那么多话题。

连对方的身高都及时掌握。

什么去年一米七五，今年一米八。

哦，一米八了不起啊，迟来的发育了不起啊。

霍礼鸣一米八四的身高其实已是酷哥标配，但他想的是，杨映盟也就十八九岁，没准儿这一年还有得发育。于是，他回复佟辛：【我一米八八。】

这个身高够遥不可及，姓杨的总不能短时间内疯长八厘米吧？

事实上，女生对一米八以上的身高就没有太大的感觉了。只要够一米八，都觉得是大长腿。

次日，佟辛抽空去附近的商场挑裤子。她怀揣感恩之情，所以预算高达3000元巨资。

佟斯年很爱穿阿玛尼家的秋装，好几件外套都是这个牌子。佟辛找过去，选了一件卫衣和一条配套的裤子。衣服好说，拿最大的码就好。

店员热情地问："请问裤子您需要拿什么尺码呢？"

佟辛问道："一米八八的身高，穿哪个码？"

"身材呢？"

"标准，"佟辛怕拿错，仔细回想，补充说，"但是腰线很长，臀有点儿翘，腿也比一般人要长。"

店员笑意更浓，赞叹道："那这位先生身材很好。"

佟辛默默点了下头："您看，选什么尺码比较好？"

店员推荐了尺码："这个应该很符合，如果不合适，您可以来更换的。"

"我这是送的。"佟辛陷入了纠结。万一没买对，岂不是好心办坏事了。

于是她又给佟斯年打了个电话，脸不红心不跳地说："哥哥，我陪室友给她爸爸买裤子呢。裤子款式可长可短的，一般这种情况该怎么选？"

佟斯年不疑有他："那就往长的买吧，长了，还能去截裤脚，短了就没法儿了。"

挂断电话，佟辛当即决定："那就拿大一码的吧！"

服务员仍然给予专业的建议："其实我推荐给您的尺码应该也合适。"

佟辛想的是霍礼鸣一米八八的身高，没准还是谦虚地往低了报。实际情况有个一米九也不是不可能，于是坚持拿了大尺码。

很快到周五，佟辛提前赶到新天地的一家会所。程序在门口接，见着人可高兴："妹妹，这儿！"

"程序哥好。"

"好好好。小霍爷在里边走不开，特意让我来等你。"

佟辛犹豫了下："今天很多人吗？"

程序笑道："不多，就我和周嘉正。小霍爷不喜欢过生日，是我和阿正每年坚持给他过。"

到包间，霍礼鸣站在吧台边上打电话，魅色光影里，他身姿挺拔，眉眼轮廓尤其惹眼。佟辛呼吸有点快，下意识地摸了摸鼻尖，生怕又流鼻血。

霍礼鸣转过头，笑了笑，看到她手上的东西，笑容更深："送我的？"

佟辛点点头，递过去："生日快乐！"

霍礼鸣一看这个牌子，挑了挑眉，凑近了些低声说："谢了啊，小富婆。"

他意有所指，加重"小富婆"三个字，似是提醒着什么。

佟辛顺着话打破气氛："小富婆为老寿星庆生，怎么样，感动吗？"

霍礼鸣轻轻笑了起来："我也就二十六岁，打击人了啊，富婆。"

又来、又来，不提富婆不罢休是吧？

佟辛气定神闲，如小鸡啄米一般点头："富婆眼界提升，口味改变，只喜欢年轻小弟弟们了。但你不用担心，我一定还会保持尊老的传统美德。"

佟辛说话的时候，嘴唇上下轻动，饱满又水灵。霍礼鸣莫名想到樱桃，甚至想要伸手去碰一碰。

"我从来没有收过女生送的这么好的礼物！"程序夸张的语气一下子点醒霍礼鸣，按住了他蠢蠢欲动的手。

周嘉正撺掇："打开看看啊，小霍爷！"

霍礼鸣抱着"自豪骄傲"的炫耀心态当众拆开。

程序："好看！"

周嘉正："绝美！"

两人齐声："去去去，现在换给我们看！"

霍礼鸣是真心高兴，收礼物原来是件这么美妙的事情。他扬眉骄傲地说："等着爷。"

佟辛坐在一旁吃水果，偶尔侧头看一眼关着门的小厅。

三分钟后，程序等得不耐烦了："好了没啊，你是不是开制衣厂去了？"

周嘉正敲门，用只有他们仨听得到的声音问："被卡住了？"

又两分钟后。

周嘉正大嗓门："啊？长了啊？"

霍礼鸣拎着裤腰无语："你还能大点声。"

周嘉正大声说："还真的长这么多！！"

霍礼鸣："……"

佟辛闻言，手一顿，放下要送入嘴的樱桃也走了过来："不会吧，长了吗？不可能啊，我按你说的身高买的呀。店员跟我说，一米八八的身高能穿的。"

程序一惊："什么？一米八八？他一米八八？"

周嘉正忙说："瞎说，小霍爷穿鞋一米八五，脱鞋一米八四！"

霍礼鸣背脊冒汗，两个傻子能闭嘴吗！

佟辛皱了皱眉，稍一细想，目光直直地看向他。

霍礼鸣如芒在背，从她眼里分明看到了意味不明的嘲讽：

哦，你谎报身高。

霍礼鸣换回自己的旧衣服后，仍有种喝醉酒上头的感觉。他走出来的时候，周嘉正和程序去拿蛋糕了，就剩佟辛在包间内。两人相顾无言，视线对上后，一个饶有兴致，一个恍恍惚惚。

这一次，小霍爷的狂妄和嚣张终于有人能治了。

霍礼鸣没扛住，率先挪开眼，假意去倒酒。酒瓶还没够着，就被佟辛拿走了。

她的侧脸白皙柔软，语气亦无辜："我们这么熟，你不用不好意思。"

霍礼鸣隐隐有不好的预感。

"想要什么礼物就直说，太委婉会引起不必要的误会，"佟辛蓦地抬起头，冲他一笑，"不就一双增高鞋垫吗？我还是送得起的。"

这是霍礼鸣过得最难忘的一个生日。酷哥形象被颠覆，有了把柄被抓，像是以后在这妞妞面前都很难再抬头做人。

这生日饭吃得很不走心，霍礼鸣全程都很沉默。佟辛也不说话，心事重重的样子，小口喝着汤。程序和周嘉正眼神交流着：这不对劲。

吃过饭，霍礼鸣简短交代了下："待会儿程序送你回学校。"

程序嚷道："你送你送，我又没收礼物。"

一提礼物，霍礼鸣便陷入沉思。

佟辛说："没事的，我坐公交车回学校。"

霍礼鸣抓起车钥匙："我送。"

回程一路，两人都不大说话。快到时，霍礼鸣觉得这误会必须说开了。
他无奈道："我承认虚荣心作祟了，管不住嘴，是我乱说话了。"

佟辛侧头看了他一会儿，没忍住，笑了起来。

霍礼鸣小声说："你昨天问我身高，我没往深了想。早知道是给我买裤子，我一定说实话。"

佟辛惊讶："这么明显的问题，你都联想不到是给你买礼物吗？"

安静几秒，霍礼鸣诚实道："没有女生送过我礼物。"

就算是程序和周嘉正记得给他过生日，每年的这天也是吃一顿饭，说句"生日快乐"完事儿。

这个答案倒符合他酷哥的人设，佟辛深信不疑。

到学校门口，佟辛下车前，霍礼鸣绕到后座拿了个纸袋出来："下午出来的时候，我嫂子给带的小点心。她自己亲手烘焙的，带回宿舍给你室友们尝尝。"

佟辛接过，然后一直盯着他。

"怎么了？"

"没事，"佟辛伸手比画了一下两人的身高差，疑惑地问，"一米七五比我高这么多啊？"

霍礼鸣尴尬，迫不及待地解释："不止一米七五，我一米八四，净身高，绝没骗你！"

佟辛一本正经地科普："其实，有的人随着年龄的增长，身高的确会缩水。就好比我爸，年轻的时候一米八，现在五十六岁了，只有一米七六了。四厘米献给岁月，这又不丢人。"

这个安慰法，很伤人啊。

霍礼鸣淡声道："佟辛，我二十六岁。"

"嗯？"

"不是五十六岁。"

"……"

程序掐着点打来电话："佟辛送到了？老地方喝一杯，我和阿正等你。"

霍礼鸣把车掉头，沿原路返回。

到酒吧，酒都给他点好了，程序撑着额头，坐没坐相，招手说："这儿呢，寿星。"

霍礼鸣口干舌燥，一口下去半杯。周嘉正这才问："你和佟辛怎么回事儿？"

霍礼鸣看他一眼，没吱声。

程序问道："你是不是对姑娘有意思？"

周嘉正说："有意思就追，别藏着掖着搞暧昧。"

"说得简单，"程序护着年龄小的，"我记得你和她是邻居吧？你这撬了邻居家的墙脚，有负罪感吗？"

霍礼鸣冷嗤："她单身，这叫撬哪门子墙脚？"

"我就知道！你是真的对她有意思！"程序嗓门儿大，引得周围顾客频频回眸。

霍礼鸣掐了掐眉心，盯着手中的酒，面色沉静。

"佟妹妹是个好女生，又乖又萌，性格还好。"程序叽叽一通"彩虹屁"。

闻言，霍礼鸣笑了下："她性格好啊？"遂又拍了拍哥们儿的肩，"嗯，不怪你，相处得还不够久。

"不瞒你们说，其实在清礼市的时候，她对我……"

说到这里，他停顿了，在斟酌用词。

结果周嘉正猛地一拍桌子站起身："她把你……你不是处男了？"

这一吼差点儿把屋顶给掀翻，离得近的美女眼神暧昧，毫不掩饰地在霍礼鸣身上描摹。

霍礼鸣心说，要有这种好事儿还能搁这儿买醉。他简明扼要地把佟辛高二那一年的事说了一下。

短暂沉默，程序和周嘉正齐声："好样的！"

霍礼鸣："嗯？"

程序由衷道："如果不是你拎得清，佟辛可能就当不成高考状元了。虽然你说的话可能会让姑娘难开，但我觉得你做得很爷们儿。"

霍礼鸣失笑："还以为你们会骂我渣。"

周嘉正一本正经地说："你要真对一高中生下手，那就太不男人了。"

问题就出在这儿。

霍礼鸣说："没两天，琛哥这边出了事，让我回上海。佟辛现在对我爱理不理的，我觉得她还在怪我。"

程序和周嘉正面面相觑，清了清嗓子："怪你也正常，少女心事总是诗，你却给她喂了屎。前一晚鼓起勇气告个白，天一亮你就打包走人。不谈别的，就这个落差感，你品，你细品。"

霍礼鸣低声笑了笑："品够了，想弥补。"

看他这么浪的表情，周嘉正直言不讳："所以，你是只想道个歉，还是有别的想法？"

霍礼鸣的烟夹在指间，酒吧空调功率大，烟气儿一缕一缕的，跟暂停在半空一般。他很认真地回答："有。追她。"

程序拿酒杯杯底磕了三下桌面，一下比一下响，说道："够爷们儿。"

周嘉正挤眉弄眼："我就说，这么多年没见你正儿八经地谈过恋爱。差点儿以为你对我爱在心口难开呢，原来你独爱老牛吃嫩草啊，我的爷。"

霍礼鸣不恼反笑，神色微微怅然，有那么几分不自信："你们说，我这样的还能追她吗？"

程序故意说："追她妈可能不行。"

霍礼鸣："……"

周嘉正扬起下巴说："我不许你这么想，咱们小霍爷就该狂转酷炫，我的哥们儿天下第一帅！"

其实追个女生而已，用不着这么瞻前顾后。但霍礼鸣在清礼市生活过一段时间，知道佟家是个什么样的家庭，她的父母、哥哥，都是很善良的人。

自己人面前，也用不着伪装了。霍礼鸣想了一会儿，坦诚地说："我无父无母，就剩一个好不容易找来的姐姐，也没个正儿八经的体面工作，还比她大这么多岁。如果是我的女儿，我也不愿意她和这样的男人在一起。"

程序皱眉一想，自我代入一番，点点头："有道理。"

霍礼鸣眉清目明，从容不迫地说："不过，我还是准备追，不管结果好坏，总得试试看。"

周嘉正无语："搞半天你还挺自信啊，亏得我说了那么多安慰的话。那你打算怎么追？"

程序提议："玫瑰约会、看电影、逛街、给她做饭。"

周嘉正："你一老男人哪那么多套路？"

"百度查的，土老帽！"

霍礼鸣还真的认真想了想，问道："还有呢？"

兄弟俩开始出谋划策，周嘉正说："我看你身材不错，除了皮囊，暂时也找不出明显的优点了。那就偶尔露露身材吧，耍个酷什么的。"

程序赞同："但得注意尺度，不然就下流了。还有，你可能骚而不自知，你现在已经在临界点了。过犹不及，别成了油腻猥琐男。"

霍礼鸣还挺受用，严肃地问："我这些文身呢？加分吗？"

"加个屁，"程序恨铁不成钢，"万一以后见家长，你左边一个匕首，右边一把刺刀。她父母能接受吗？再进一步讲，以后你给你们的孩子去开家长会，保安都不敢让你进校门。"

霍礼鸣倒吸一口凉气："真这么严重？"

周嘉正无语："我觉得你俩是真的有臆想症。别听他的，他自己没谈过几场恋爱，还在这儿充当情圣了。我觉得你首先要让她明白你的心意。"

"行吧，今晚你在我心里封神。"霍礼鸣仰头喝光杯中酒，屈起指节扣了扣桌面，"这酒我买单。"

"别买单了，以后我穿大红棉袄，让我坐你的车就行。"周嘉正欠揍地说。

霍礼鸣冷硬地答道："没得商量。"

这边同一时间。

佟辛洗完澡出来，吹干头发后，室友们也都回来了。

"呜，累死我了，"福子上来就往她肩膀上靠，"地铁超多人，我的新球鞋都被踩黑了。"

陈澄也往椅子上瘫坐："我有专门洗小白鞋的喷雾，待会儿拿给你。"

薇薇一进门直冲洗手间，出来后神清气爽："感觉还能再逛三遍外滩。"

人到齐了，佟辛才把下车时霍礼鸣给她的点心打开："一个姐姐亲手做的，你们尝尝看。"

包装袋很精致，大大小小有十几样，足够用心的。

佟辛感慨，霍礼鸣的这嫂子对他真的很好，难怪他每每提及，眼里都有光。

点心都拿出来后，才发现袋子最底层还有一个牛皮信封。佟辛不动声色地和大家一起吃完后，才借口去倒垃圾，走到门外拆看。

信封里是厚厚一沓钱。佟辛大致数了数，估摸着得有四五千。信封背面写了行工工整整的字——谢谢你的生日礼物。

霍礼鸣把那套衣服的钱折成现金给了她。佟辛还是学生，唯一的收入来源就是家里给的生活费。为了一个无亲无故的异性花大价钱，小霍爷于心不忍。

佟辛把钱放回纸袋里，没有丝毫不愉悦，反倒不自觉地笑了起来。

几日之后，佟辛又跑了一趟商场阿玛尼的专柜。这一次，她挑了合适的尺寸，并跟店员说好，新尺码这套先付钱，等她把上一套拿过来再办退货。

从商场出来，鞠年年打来电话："辛辛，元旦你回家吗？我跟你说，我最近好倒霉啊，我想去归福寺拜一拜。"

佟辛问道："你什么时候变得这么封建迷信了，你遇到什么事儿啦？"

"也没个具体，就觉得水逆，做什么都不太顺。"鞠年年长吁短叹，丧气得很。

佟辛手指一顿，下意识地捏紧了手机壳："拜菩萨，真有用？"

"你别不相信，挺神奇的。什么算塔罗牌啊，问卦啊，求签啊，都特准。"鞠年年笃定道。

佟辛眨了眨眼，犹豫着，小声倾诉："其实，我最近也挺倒霉的。遇到那个变态学长，买衣服也不顺利，我军训的时候踢正步伤了脚尖，现在还隐隐作痛。还有，我这个月生理期推迟几天了，还没来呢。"

鞠年年嘶声："辛辛，你、你没交男朋友吧？"

佟辛怔了怔，意识到她什么意思时，脸瞬间红了："你脑子想什么呢？可能就是水土不服吧。我这种，是不是去拜一拜就会转运啊？"

鞠年年深沉道："那可能不是转运就能解决的。"

"啊？"

"可能是你身边出现了不祥之物。"

佟辛顿时紧张，靠着墙，左看右看，然后走到光线更明亮的地方："不祥之物是什么？"

"就是与你相生相克的，"鞠年年说得有板有眼，"你仔细想想，有没有不对劲的人或事？"

佟辛脑子嗡的一声如撞钟，心里幽幽地冒出一个名字——霍礼鸣。

当初只算了两人的夫妻宫，绝配。但时过境迁，谁知道有没有发生命数上的改变呢。

佟辛咽了咽口水，心情已经跌落一半，但还是不死心地追问："八字相克，很严重吗？"

鞠年年激动得大声说："你说呢！你事业不能升职，工作无法加薪，婚姻不幸，子女不孝，买彩票永远不中奖，这还不够严重吗？！"

佟辛一恍惚，那还真是挺严重的。

鞠年年对这事可太有经验了，引经据典，说得有板有眼。什么改名逆命，烧香还愿，很多明星都养小鬼改变运势。

佟辛陷入沉思："年年，你学的是国际贸易专业？"

"是啊！"

"我觉得，佛学院更适合你。"

"……"

这一晚，佟辛还做了个莫名其妙的梦。梦里，她和霍礼鸣不知怎的就同床共枕、你侬我侬了。夜色撩人，身边的男人也挺 Man，甜言蜜语咬耳朵。

他低声哄道："辛辛宝贝，我要开始了。"

佟辛羞怯地闭上眼，屏息静待。

十秒。

二十秒。

一分钟后，迟迟没有动静。

她疑惑地睁开眼，疑惑地问："怎么还不开始呀？"

霍礼鸣抱住她，深深埋于她肩窝："已经结束了。"

佟辛："嗯？"

他抬起头，嘴角邪魅一笑："这是我表现最好的一次，打破个人纪录，怎么样，还满意吗？"

佟辛直接给吓醒了。

额头和后背大汗淋漓，她爬下床连喝三大杯水压惊。这么一连串的梦，让她连补送礼物的兴致都差点儿没了。微信里，程序发来的地址还列在前排。佟辛把手机反扣至桌面，心里既忧愁又矛盾。

上海入秋后真正意义上的一轮降温威力不小，干燥得不见一滴雨水，大风席卷城市。

霍礼鸣这天在健身房，程序发信息问他：【帅爷，晚上在家吗？】

以为他要过来，霍礼鸣回道：【十五分钟后到家。】

【OK.】

程序立马截图，转发给了佟辛：【差不多同步，你上楼后按门铃就是。】

这家健身房是小区内的配套设施，只对业主开放，入会费贵得离谱。霍礼鸣是个对日常开支没什么概念的人，图方便省事，一次性续了五年的费用。

做完最后一组力量训练，他才打道回府。到家后，他习惯性地先去洗澡。

这套公寓常年就他一个人住，所以已经随便惯了。比如在客厅脱衣服，赤脚踩地一路光着去浴室。

水声稀里哗啦响起，水汽弥漫玻璃，很快雾蒙蒙一片。

他时间估算精准，刚穿上内裤，就听见门铃响。

"叮咚——叮咚叮咚"。

响得很有规律，一声长，过了五秒，两声短。

这是霍礼鸣和程序他们的默契，如果是程序和周嘉正过来，门铃声就是这个节奏和频率。他如往常一样，就这么赤裸裸地去开门。

门打开，佟辛站在门口与他大眼瞪小眼。

空气流速被按下暂停，呼吸凝滞。对视五秒后，佟辛的目光机械地往下扫。男人光裸的上身肌肉隆起，胸宽背阔，能看到明显的轮廓。再往下，人鱼线扎进黑色裤腰里，水滴未干。

更绝的是，霍礼鸣的腰胯上有一个青色的文身图腾，看不清是什么，但显得妖冶，徒添性感。

佟辛一口气差点儿没提上来，猛地转过身，心蹦到了嗓子眼，舌头仿佛被勒住，一个字都说不出。

霍礼鸣还算镇定，眼色一沉，迅速转身走回卧室。

半分钟后出来，已是白衣黑裤，清新俊朗的良家青年。佟辛杵在门口，好不容易平复的心跳又蠢蠢欲动，刚想说几句缓和气氛的话，这事儿就这么无声翻篇。

霍礼鸣忽地一笑，斜倚着门，站得歪斜松垮："来吧，咱俩好好商量一下。"

佟辛莫名："商量什么？"

男人浑身都是散漫野性，刚泡过澡，神色又多了几分无辜："我这是第一次被女生看了身子，你打算怎么对我负责？"

佟辛的心湖漾开水纹，一圈一圈的涟漪静静扩散。她久不回应，霍礼鸣越发得寸进尺，勾着尾音装腔拿调："要不，我也认佟医生做哥哥？"

佟辛手指抠紧纸袋，要说多心动，还真没有。

她脑子里全是不祥之物、八字相克、悲惨人生、升职不加薪、彩票不中奖。

佟辛神游四海的状态，让霍礼鸣有那么点不确定。

"妞妞。"他沉声唤。

"嗯?"佟辛回神,怔怔相望。

霍礼鸣盯着她许久,莫名产生危机感:"今天看到我怎么不流鼻血了?"

佟辛深吸一口气,下意识地答:"大概是,去掉滤镜,品位提高了吧。"

霍礼鸣:"……"

佟辛这话纯属过嘴不过脑,说完之后,视线还有意无意地往霍礼鸣的身上瞄。

明明是降温天,怎么燥得慌呢。

刚刚文身有几个来着?花臂连着肩颈,色彩渐变,图案也不夸张。但最吸引她的还是腰胯上的那个,尖尖的一角冒出裤腰,看不清是什么图案,又美又野。

霍礼鸣走过来,煞有介事地低头仔细看她的脸,失望地说:"真的没流鼻血。"

佟辛挪开眼睛,不吱声。

这个话题他还执着得过不去了:"品位提升了?有照片没?我看看你现在的口味变成什么样了。"

佟辛不自在地怼回去:"我现在不喜欢结实精壮的,温文尔雅你懂吗?"

霍礼鸣沉思几秒,挑眉道:"也就是说,你以前喜欢的是结实精壮的?"

佟辛:"……"

"说说看,是多久以前?"霍礼鸣笑着调侃,不正经里又有几分跃跃欲试,"佟辛,难道你对我一见钟情啊?"

这样的霍礼鸣太迷人,坏得恰到好处,语气温柔似引诱。

佟辛差点儿落入他的陷阱。她强逼自己镇定,想到昨晚那个梦,将眼前的霍礼鸣代入梦里的男人。效果奇特,再暧昧朦胧的气氛都被打破。佟辛现在满脑子都是"中看不中用"五个字。

她长叹一口气:"唉!"

"怎么?"

"有这么点精力,我做些什么不好呢?"

霍礼鸣愣了愣,被逗笑:"行吧,小顽石。"他抬眼看向她手中的纸袋,

"这是？"

佟辛递给他："我重新换了尺码，应该适合你穿了。既然是生日礼物，就没有收回来的道理。"她仰起头，忽然绽开笑容，"那天忘了跟你说，生日快乐！"

霍礼鸣被她纯真的笑意差点儿烧红了眼，垂在腿侧的手也失控地想去抱抱面前的姑娘。

佟辛想了想，认真道："但这种福利次数不多。我现在大一，在上海还要上三年大学。如无意外，还能给你过三个生日。"

霍礼鸣笑了："然后呢？"

"你还想要然后？"佟辛扬高下巴，"没准儿我会考研，考去北京。"

"那我每年生日，自己买票去北京找你，你陪我过生日。"霍礼鸣说得轻松且理所当然。

这画风似乎不太对。佟辛抿了抿唇："不一定去北京，或许我会出国留学。"

"这样啊，"霍礼鸣蹙了蹙眉，"那还有点难办了。"

佟辛暗暗松口气。

霍礼鸣说："我现在学英语，考雅思，还有三年，应该来得及。"

佟辛佯装默然，但心里其实溢出了丝丝蜜糖，她嘀咕道："你怎么跟块膏药似的。"

"嗯，还是狗皮的。"霍礼鸣没脸没皮道。

佟辛走后，霍礼鸣盯着衣服看了半天，然后欣然换上。一个大老爷们，深更半夜的，在穿衣镜前左看右看，像一只想要开屏的孔雀。

很快到元旦，佟辛想着离放寒假也不远了，就没回清礼市。晚上和辛滟打电话，一番日常叮嘱后，辛滟提起件事："你哥节后会搬出去住。"

佟辛问道："他不是不住医院的职工宿舍吗？"

辛滟说："不是住医院，而是住他前年买的那套公寓。咱们小区南边那条公路通车了，车流量增多，你哥每天开车上下班很堵，搬过去也好，过个天桥就到。"

佟辛哦了声，试探着问："妈，哥哥交女朋友了吗？"

说起这个就费神，辛滟连连叹气："没听他说，他这半年工作好忙，我和你爸也不想给他压力，可愁坏我们了。"

打完电话，佟辛立刻给佟斯年发信息：【哥哥，我听妈妈说你要搬去公寓住。可你那套公寓不是租给姐姐了吗？】

佟斯年很快回复：【我另外租了一套，就在她隔壁。】

佟辛正喝牛奶，"咳咳"两声给吐了出来。

九月份，宁蔚换了酒吧驻唱，要在附近找房子。佟斯年说他朋友有一套好房源。什么朋友不朋友的，给宁蔚的那套公寓，其实是他自己的。

佟斯年之心，昭然若揭。这就罢了，现在竟然还自己花钱租房子跟她成为邻居。

佟辛一脑袋问号，三十岁的男人是老房子着火吗，这么凶猛。

佟辛犹豫着问：【哥，宁蔚姐知道你的心意吗？】

【知道。】

佟辛小心翼翼地打字：【那，她弟弟知道吗？】

这次佟斯年隔得久了些才回复：【他不必知道。】

【还有，你好好上学，没事的话，尽量不打扰礼鸣。】

佟辛盯着这行字，有点心虚。

元旦后没几天，鞠年年给佟辛打电话，兴高采烈地说："辛辛！我中彩票啦！三等奖，八千多块呢！"

佟辛觉得玄幻："啊？"

"我跟你说，拜菩萨超有用的。我元旦不是回家了嘛，去归福寺烧了香，点了祈福灯，还化了太岁。回A大第二天，我就中彩票了！"鞠年年化身尖叫鸡。

其实八千多对鞠年年这种家境的来说不算什么，但就是这个象征美好的运道，很能给人洗脑。

连佟辛都有点被绕进去了："真的这么灵？"

"就是这么灵！"

"一定要去寺庙吗？"

"那倒不必，心诚则灵。现在很多寺庙都开通了线上'助福'功能，什么样儿的都有。"鞠年年科普了十分钟，说得头头是道，绘声绘色。

电话挂断后，佟辛脑海里还飞旋着"打小人""化太岁""破水逆"等词儿。恍恍惚惚的，佟辛打开电脑，尝试着搜索这些词儿，好家伙，弹出几百条信息。

佟辛随手点进去一家，别说，还真有模有样的。

看了几秒，客服在线联系的弹窗就蹦了出来。佟辛鼠标恰好放上去，客服发来消息：【缘主您好，有什么可以为您排忧解难？】

佟辛本想关掉对话框的，手一顿，打了几个字：【克妻，有解吗？】

【有的，八宝香炉今日焚烧，最后半小时就到时辰不再接单。既与施主有缘，那就只收您 9.9 元请香诚意金。】

佟辛当时一定是魔怔了，想到鞠年年那句"心诚则灵"，就不问前因后果了。她按客服给的链接点进去，付了九块九，并且报上姓名：霍礼鸣。

做完这一切，冷静了一段时间后，佟辛自己都笑了。有点无厘头，还有点傻乎乎的。九块九干些什么不好，非得为这个冲动消费。

这时，手机来了新短信提醒。佟辛一看，皱了皱眉。是一条消费提示的验证码短信：【您×××在×××即将付款×××元，确认请输入验证码0449。】

佟辛这下是真笑不出来了，意识到自己是摊上网络诈骗了！

虽然只是一条验证码消息，但这证明卡已经不安全了。这种钓鱼网站骗术低级，低价诱惑，关键是抓住人心理，等在平台链接里支付时，其实后台已经记录了相关数据。

幸亏银行卡升级了安全服务，佟辛立刻打银行客服热线，先把银行卡给锁定，禁止任何刷卡、取现消费，接着去找那个网站客服，好家伙，装死不回复了。

佟辛气愤憋屈，恶狠狠地打字骂客服：【你个大坏蛋！】

好在银行那边说卡没有异常情况，可以持开卡人的身份证去柜台办理解锁，7 个工作日就会成功。佟辛彻底无语了，她所有的钱都在这张银行卡里，平时也没有在微信里存钱的习惯，都是直接从卡里扣的。

这也就意味着，她一周都没钱花。

饭卡里剩的钱不多，她本来还打算下午去充值的，这下好了，只刚刚够两天的饭钱。一瞬间，佟辛成了有苦难言的小难民。关键吧，这事儿还不能跟别人说。

想想啊，别人要是问，你的钱呢？

总不能说，我在线算命被骗了吧？

佟辛整个人恍惚了。

克妻就克妻吧，可为什么最后要让她独自一人扛下所有。

打落牙齿和血吞，佟辛算了一下身上的现金，还好，不至于饿七天肚子，每天得省着点，最后两天的晚饭没钱买，那就不吃了。

佟辛拒绝了一切社交活动，没课的时候就去图书馆搞学习，早出晚归，不知道的还以为她又要参加高考。

这晚回到宿舍，福子说道："辛辛，你最近好忙，还没到考试周啊。"

佟辛说："没呢，我这几天肚子不舒服，不想动。"

薇薇揉了揉脸："唔，我想喝奶茶，我点外卖吧，你们要不要？"

佟辛连忙摆手："我不喝。"

陈澄敷着面膜："还喝奶茶啊，明天又长一斤肉！"

薇薇立刻放下手机。

熄灯后的茶话会时间，话题不知怎的又扯到佟辛身上。

福子问："辛辛，你跟酷哥怎么样啦？他那天在商场帮我们出头，我给他打一百分。以后他正式追你，事先声明，我站他那一边。"

佟辛嘀咕："你也太容易被迷惑了吧。"

薇薇："我也觉得他不错。"

佟辛无语，这还没做什么呢，姓霍的无形之中就拉到这么多选票了。

陈澄是她们当中有过恋爱经验的，和男朋友是青梅竹马，但她那小竹马高三那年就去当兵，也就不了了之。所以在某些感情问题上，她还算拎得清，也能给出一些醍醐灌顶的建议。

"辛辛，就，我问你一个问题啊。"陈澄坐起来，隔着床帐看着佟辛。

佟辛翻了个身，掌心轻托下巴："你问。"

"你觉得酷哥帅不帅？"

"帅。"

"他天生符合你的审美，还是你的审美随着遇见他而改变？"

"天生。"佟辛诚实回答。

陈澄又问："这样啊，那我觉得，其实你对他加了点滤镜的吧？那咱们现在做个假设，抛开长相、身材之类的外在因素，还原本真，从心出发，你还喜欢他这个人吗？"

大家屏息静待，佟辛有许久没说话。

半晌，她才轻声道："对不起，我抛不开。"

舍友："……"

佟辛肚子咕噜咕噜冒气泡，她赶紧钻进被子里，蒙上头，闷声说："晚安。"

就这样，在她的精打细算之下，有惊无险地度过了前两天。到第三天的时候，佟辛有点受不了了。她本就不是小食量，高中时一顿能吃三碗饭，荤菜也不忌口。这清汤萝卜的素食日子，着实折磨肠胃。

还有来上海后，大姨妈一直不太正常，拖拖拉拉的，这个月都迟了一周。一饿肚子，小腹更加难受。她想吐又吐不出，精神恍恍惚惚。

周五晚上被饿醒后，佟辛下床都有点眼冒金星，扶着栏杆，一身睡衣，披头散发地站在黑暗中，情绪崩塌了。

她委屈地给霍礼鸣发微信：【我好饿。】

霍礼鸣马上回复：【明天我请你吃饭。】

【我能吃下一个你。】

佟辛刚发完就后悔了，秒速点了撤回。撤回成功后，她半口气还没匀过来，霍礼鸣就发了消息来：【明天五点来接你。】

佟辛吃不饱，吃不好，整个人不在状态，连走路都有点轻飘飘的。出门的时候，她还垂死挣扎地化了个淡妆。结果霍礼鸣一见着人，就一直盯着看。

他这车够大，佟辛扶着把手，差点儿没力气爬上去，好不容易才系上安全带。

霍礼鸣凑过来幽幽道："你今天化妆了？"他勾唇，笑得痞劲儿外露，"为了和我吃饭特意化的？"

佟辛腹诽，是不想让你看到一张饿死鬼的脸。看他这副云淡风轻的模样，佟辛只能暗暗握紧拳头。

"想吃什么？"他转动方向盘，"秋天容易上火，要不吃清淡点？"

"不！不要清淡！吃肉，我想吃肉！"佟辛大声说。

霍礼鸣把车停住，转过头目光起疑。

佟辛已经要不起面子了："我银行卡被锁，没钱吃饭了。"

"……"

"已经饿三天了。"她眼眶红红的，小声道。

霍礼鸣是彻底沉了脸，生气地问："你为什么不找我？"

佟辛更委屈了。

罪魁祸首还这么凶。

她低着头不说话，手指绞着手指可怜兮兮的模样。

霍礼鸣心软了，一脚加大油门，无奈道："好好好，我带你去吃饭。"

霍礼鸣简单粗暴地带她去吃湘菜，比较接近清礼市的口味。大鱼大肉且下饭，最易满足味蕾。佟辛真跟饿狼出洞似的，长发一扎，大快朵颐。

霍礼鸣吃了几口便放下碗筷，一手搭着椅背边沿，一手有一下没一下地轻敲桌面，然后蓦地一笑："我怎么觉得你像个骗吃骗喝的小渣女呢。"

佟辛吞下一口饭："你只要愿意负责我温饱，让我做什么都行。"

霍礼鸣挑眉："什么都行？"

佟辛看向他，不怎么坚决地沉默了。

"咦，你这银行卡怎么突然锁了？"霍礼鸣夹了块鱼放她碗里。

佟辛手一顿，飞快地低头扒饭，支支吾吾道："就是安全升级，我去柜台补个资料就好了。"

霍礼鸣虽存疑，但也只是一闪而过，更多的是不悦："出了事为什么不来找我？没钱吃饭，饿肚子。怎么，你是想挑战吉尼斯世界纪录？"

佟辛坐直了，垂着小脑袋，乖乖听训。

"你哥说了，在上海让我多照顾你。你倒好，连饭都吃不起了。万一被佟医生知道，会怎么想我？"

佟辛小声说："他应该想不到你。"

霍礼鸣："……"

佟辛很快意识到此时不能得罪他，于是展颜笑，讨好乞求："资料审核还要个三四天，你借点生活费给我行吗？卡升级好后，我立刻还给你。"

她双手合十，立在下巴旁边。手背的肤色和脸庞一样白皙，像淡淡的椰奶丝绒，低眉顺眼的模样，也像春天里迎风轻漾的柳枝。看着这个女孩儿，就会想到"美好"这个词。

这个陌生的词语，无声浸润霍礼鸣的人生。

他从泥泞中走来，原以为能遇见唐其琛这轮炽热的太阳，已是毕生之幸，却不承想，在二十四岁那一年，捡到一颗发光的星星。

太阳给予他明亮。

星星赐他温柔与想象——有关幸福的模样。原来，他也可以有资格再执神笔，去描摹，去涂彩。

霍礼鸣的心思再也无法正常归位，淡淡地"嗯"了声："钱就不借了，还有三天是吗？我每天来接你吃饭。"

佟辛："……"

酷哥服务这么周到的吗？

霍礼鸣神情自然，很有绅士风度地又给她夹了鱼："别多想，多吃点。"

吃过饭后，他又带佟辛去吃甜品，中山路上死贵的那一家，什么都挑最好的买。甜品过后不到一小时，他又提议："去吃点烧烤？"

佟辛揉了揉肚子："还没消化。"

霍礼鸣悠然自得道："这样啊，我明天不一定有空过来，到时候你可能会饿肚子。"

佟辛伸手制止他继续说下去："我吃。"

就这样，小霍爷开着这辆大切诺基，穿梭半个上海城，疾风降温的秋冬之交，载着姑娘飞驰驶过南浦大桥，路过闪耀的东方明珠，与黄浦江水共赴远方。

话是这么说，但第二天，霍礼鸣雷打不动地准点等候在 F 大门口。酷哥本就惹眼，还戴了副墨镜，一身短款皮夹克下，两条腿又长又直。他像一个行走的男模特。

佟辛站在校门口远远眺望，忽然想到了她高一那年和鞠年年一起偷看的健美杂志。

如果霍礼鸣光裸上身，秀肌肉，秀身材，秀人鱼线，戴着粉色的米奇耳朵，屁股上再夹一条长长的尾巴，OK，完美代入。

人走近，霍礼鸣从后座拎着两大袋吃的用的给她："随便买了点，怕你晚上肚子饿。"

佟辛震惊："喂猪吗？"

"你说是就是吧。"霍礼鸣还会装无辜了。

站了会儿，佟辛不自然地说："那我回宿舍了。"

"回什么宿舍？"霍礼鸣伸手勾了下她肩膀，把人调转了方向，然后推着她的背往车旁走，"走，吃饭。"

就这么几天连续相处下来，佟辛发现霍礼鸣对上海相当熟悉，各式各样的美食都能找对地方。而且吧，出手是真阔绰。那天她偷偷百度了他的车型号，价格令人瞠目结舌。

佟辛想起自己十八岁生日许的"小富婆"之愿，简直是班门弄斧，蠢兮兮的。

霍礼鸣点完菜回来，从后面顺手揉了把她头发："又发呆。"

佟辛回过神，依旧兴致不高："你别点太多菜，这一天天的花钱如流水。"

霍礼鸣笑道："管我钱啊？"

佟辛丢了记你想太多的眼神："我怕我过几天还不起，还得分期付款。"说完，她站起身，"我去一趟洗手间。"

可从站起来那一瞬起，佟辛就发觉不对劲了。女生的直觉又精准又敏感，她心里一凉，小腹的坠胀提示着迟来的姨妈大概率光临了。

佟辛到洗手间一看，果不其然。她怎么都没想到生理期来得这么凑巧，并且来势汹汹。佟辛郁闷了，她没带卫生巾，而且就这么出去，用不了一个小时，裤子都能浸脏。

过了十分钟，佟辛才磨磨蹭蹭地回到座位。

霍礼鸣皱眉："去了这么久，怎么了？"

佟辛低着头，脸涨得通红，声音小得跟蚊子叫似的："你可不可以帮我个忙？"

霍礼鸣没明白："什么忙？"问完之后，随即反应过来。

尴尬不过三秒，他随即笑了笑，轻松自然地安慰："多大点事，不知道的还以为我欺负你了。多正常的一件事，没什么羞于开口的。你坐着休息，我去给你买。"

霍礼鸣语气太淡定自然，无形之中宽慰人心。佟辛怔怔看着他背影远去，心里暖得像被小太阳烘烤。

霍礼鸣很快回来，佟辛愣了下，这……拎的东西是不是有点多啊？事实证明确实很多，光卫生巾就有一大袋，夜用、日用、纯棉、网面、超薄、护翼，还有什么液体卫生棉，能想到的牌子全在这儿了。

霍礼鸣难得惜字如金："不知道你平时用哪种，你用的里面有吗？"

见佟辛默默点了下头，他松了口气，又递给她两个纸袋："顺便在附近商场买了条裤子，你要用得上，就凑合穿穿。"怕她裤子也脏了，所以有备无患。

佟辛抱着两大袋东西，满当的不只是怀抱，还有沉甸甸的心。等她收拾完自己出来，菜已经上齐。

霍礼鸣无事人一般，说道："快吃，不要饿死当代大学生。"

吃完后，他又半哄半诱地领着人去买了甜品，一份不够，说四份一起打包，拿回宿舍给她室友一块儿吃。什么"好东西要一起分享，我是帮你维系舍友感情"，说得道貌岸然的，在佟辛听来，怎么像是隔空贿赂呢。

上车后，霍礼鸣解开安全带："等我一会儿。"便又下了车。

五分钟后回来，塞给她一个保温瓶，云淡风轻地说："这餐厅老板跟我熟，特意让他炖了盅燕窝，保温不会冷掉，但也别拖太久，你回宿舍就赶紧喝了。"

车里安安静静，只有暖风送香的细微声响。

佟辛问："你给我买这么多东西，我真的还不了这么多钱。要不，要不我分两个月给你，行吗？"

霍礼鸣嘴角笑意淡淡的："不行，我又不是放高利贷，还分期付款啊？"

佟辛抬起头真诚道："花太多了，我真还不了这么多。"

霍礼鸣腹诽，这小妞说话真够伤人心的，跟他还要这么有距离感。好歹也是表白过的人，一点旧情都不顾念了，啧！

他表面若无其事装淡定："不还也没关系，还有一个方法。"

佟辛着了道："什么？"

"你看，这几天我带你吃饭，油钱、饭钱、零食也花了不少钱。以咱俩目前的关系来看，花得是有点多。"他一本正经道。

佟辛沉默半刻，没法否认，是这个理，但他亲疏有别的态度，让她的心痛了痛。

窄小昏黄的车厢里，两人的距离不过半臂宽。霍礼鸣看着眼前的女孩儿，清新如百合花，用纯真点缀，让她像一个玫瑰色的梦，这个梦能够让人离幸福更近一点。

霍礼鸣活了二十六年，也有过阖家团圆的完美时刻，但更多的，是惨烈碎片修补的记忆。他以为没心没肺就能潇洒坦荡地和这一生死磕到底。

到底，就是结局。

却从未想过这一程，山青水绿，繁花簇拥，他不敢奢求遇见这样的风景。佟辛的出现，像一场不事声张的海啸，兜头扑下，卷他入浪，乘风远航，驶入疯狂的深海。

他一身反骨，嚣张狂妄时，也曾将生死置之度外。但这颗星星，打破他的设想，让他想要努力，想要争取，想宁死不放手，去争取这可靠的温暖。

霍礼鸣清晰感知自己的心扑通直跳，拼画出毫无保留的真心。

他目光渐深，如傲立坚定的山川脊梁："为别人花钱，得算计；但为喜欢的人花钱，我心甘情愿。"

霍礼鸣用眼神包裹住她："你能不能成全我这份心甘情愿？"

佟辛彻底怔住。

霍礼鸣也彻底直白。

"我喜欢你。十八岁的生日愿望，你还愿不愿意让它实现？"

再不明白，就是装傻充愣了。

佟辛内心反而一片宁静，有一种"终于说破"的放松。她觉得自己身体里扎满了气球，飘飘然，且又有些没着落。

她十八岁生日的愿望，关于一个男人。而这个男人，此刻近在咫尺，真真切切地对她说，那个愿望，她还愿不愿意让它实现。

佟辛出神的表情让霍礼鸣没底，开始有些紧张："哎，你别下一句话就是'不可以，这么多年过去，我的审美改变了'，那我很没面子啊。"

佟辛拉回思绪，眼眶克制不住地红了。她低下头，任由长发遮住侧脸："你现在知道没面子，那时候怎么没想过我也没面子呢？"

霍礼鸣举手投降："对不起，是我的错。"

"你这样的语气，"佟辛顿了顿，幽幽道，"像个渣男。"

霍礼鸣半晌才说："你那时候就要上高三，我一个没上过大学的都知道高考的重要性。你年纪小，可以不懂事，但我不能不懂事。"

佟辛忍着哽咽，干巴巴地说："哦，那还得表扬你。"

那还是不必了，怪心虚的。霍礼鸣敛敛眉："而且被你家里知道，能恨我一辈子。"

佟辛有点小情绪："你现在就不怕被他们知道了？谁给你的胆子？"

霍礼鸣眉毛往上扬了扬："估计还是会恨，但应该罪不至死。毕竟你也成年了，你总不能一辈子不谈恋爱吧？"

"……"

有理有据。

霍礼鸣循循善诱，手指搭在方向盘上轻敲，趁她沉默之际步步为营："谈恋爱肯定得挑个顺眼的。你看我，长相应该拿得出手，你同学聚会，我也能给你撑脸面。浦东新区有套复式公寓楼，面积虽然不大，但以后可以换个大房子。我父母过世得早，你还没有了婆媳关系烦恼。"

佟辛不为他的糖衣炮弹所动，平静地说："我从不觉得婆媳关系是烦恼，我这人从小到大，特别喜欢跟长辈相处。"

霍礼鸣凑近，似笑非笑："这么说，你很久以前就想过这个问题啊？"

佟辛："嗯？"

霍礼鸣悠悠地感慨："连婆媳问题都想好了，妹妹很早熟啊。"

佟辛一点也不上道儿，用普普通通的语气提醒："你过过嘴瘾很快乐吧？"

霍礼鸣收了收笑意，看着她。

"我看你拥有这一份快乐就够了，用不着煞费苦心地去帮人实现什么愿望了。"佟辛推门下车，潇洒地挥了挥手。

霍礼鸣滑下车窗："辛辛。"

佟辛侧过身。

他单手撑着车窗沿，一副散漫却势在必得的神情："做个准备啊。"

"干吗？"

他吹了声俏皮的口哨，眉眼里也有了栩栩如生的少年气："等着我追你。"

佟辛回到宿舍，脸颊依旧像发了烧一般的烫。坐也不是，站也不是，一个劲儿地喝水。

"你怎么啦？不舒服啊？"福子问。

陈澄正从外边进来，听见这话，顺手探了探佟辛的额头："你脸这么红，没发烧吧？不烫啊。"

佟辛一边说着"没事没事"，一边又克制不住地想解决困惑。

喝完半杯水后，她坦白说："问你们个事情啊，如果你喜欢过，却又被他拒绝过的男生，过了两年之后又向你表白，这个诚意有多高？"

薇薇很快反应过来："就是你十八岁告白过的那个酷哥吧？"

福子惊叹："他对你表白了？！"

陈澄："哇！咱们宿舍你第一个脱单！"

佟辛无语，强撑着这股志气辩驳："我还没答应，还在考虑呢。"

四个人里，就只有陈澄有过恋爱经验，她搬了把椅子坐在佟辛对面，帮她认真分析："你考虑哪些方面？"

佟辛娓娓道来："他这个人吧，长得跟坏男人一样，看着不怎么靠谱，像欠了很多风流债，而且脾气也不太好，我看过他打架，太不要命了。跟他说话，都不知道真假，而且有时候怼得你挺生气。"

陈澄不以为意："可你还是喜欢他啊。"

佟辛不坚决地反驳："我现在也不确定还喜不喜欢他。"

陈澄说："很简单，你想不想抱他？想不想牵他的手？想不想和他天天在一起？"

佟辛迟疑不定的样子，反倒验证了一半答案。

陈澄继续开导："那换个角度，设想一下，他抱着别的女生，和她牵手、接吻。女生的手掌触摸他的腹肌。他表情享受，不能自拔。然后这个女生回过头望着你，冲你挑衅地笑，你会是什么感受？"

佟辛低头，静了两秒，诚实地说："我还是很喜欢他的，但我觉得他是个有故事的人。他能离开我一次，哪怕有多么值当的理由解释，但我害怕他还会有第二次、第三次。"她语气一顿，"我是个不喜欢离别的人。是我的，我就要永远抓住。"

薇薇和福子都听明白了："所以，别让他得到得太容易！"

"行了行了，你们别鼓吹她，"陈澄拍了拍佟辛的肩膀，"也别太刁难，到时候他真的放弃了，多不划算。"

佟辛这一晚睡得很踏实。

后半夜做了个梦，梦到高三那一年，她收拾心情，奋发进取。她开始意识到，对你再好的人，也有可能出尔反尔，唯有成绩和分数不会骗人。

高二那个暑假，她卸载了微信。到高三，便彻底不用手机了。那一年，学习之外的事，都是过眼云烟。"仲夏柠叶"依旧很多人光顾，但佟辛不怎么喝奶茶了。

积分卡只积了 15 分，她也不想凑满 20 分去兑杯子。她把这些收进最底层的抽屉里，偶尔会看到"仲夏柠叶"的橱窗换上新的兑换礼物。有个奶牛卡通图案的杯子很可爱，高考前最后一天放学，佟辛驻足在那儿，静静看了很久。

由于高三学习时间紧迫，佟辛偶尔才会遇见宁蔚。宁蔚一贯的冷艳，背着吉他，烟熏妆，高挑的身材像一颗移动的夜明珠。佟辛很乖地喊"姐姐好"，宁蔚冲她友善一笑，别的都不再提。

再后来，她考了市状元。社区都拉了红色横幅，巨浮夸，还有报纸媒体想来采访，但佟辛都没有接受。其实也说不上欣喜若狂，她甚至觉得很安宁。像是在证明给某个人看——你说好好学习就能早点实现愿望。

现在我是状元了，但那个愿望，我不要了。

毕业季那一晚班级聚会，很多人抱头痛哭，有的烂醉如泥。隔壁班还有鼓起勇气对佟辛表白的，欢乐过后一片寂寥。佟辛走到外面，仰头看星空。

有酸有甜，有希冀也有负气。

换个角度想，她的青春也完整了。

次日早上没课，大家都起得晚了些。福子接到宿管阿姨的电话，说有人送东西过来，让她过去拿一下。福子回来后一脸蒙："谁买的早餐？"

薇薇兴奋地喊道："哇！竟然是这家店！巨难排队每天还限量！"

大家都在猜谁是好心人时，"好心人"的微信语音电话就打了过来。

陈澄眼尖，看到了佟辛的手机屏幕："是十八哥。"

"十八哥"这个外号是给霍礼鸣量身定制的，源于佟辛说的十八岁告白那事儿。佟辛本不想接的，但碍于她们的催促，只得磨磨蹭蹭地接通。

霍礼鸣言简意赅："给你们宿舍送了早餐，趁热吃。"

佟辛还没说什么呢，福子她们起哄，齐声喊："谢谢！"

霍礼鸣被这动静给逗笑了，提高音量："各位妹妹，帮忙多照顾我这妹妹，大恩不言谢，早餐还是可以包办的。"

佟辛脸颊微热："你送早餐干吗？"

霍礼鸣不怎么正经地说："贿赂你室友。我上网查了，针对你这种情况，首先就是要拉拢人心，安插辅助，才方便日后披荆斩棘，攻下城门。"

佟辛翻了个白眼："这网站你自己开的吧？"

霍礼鸣笑了："行了，就是一说辞，主要是想让你按时吃早餐。"

佟辛"嗯"了声，站在窗户边，鞋底有一下没一下地蹭着地面："那我挂了。"

"这就挂？你就没什么想对我说的？"

"没有。"佟辛说完后又有点后悔，态度是不是太强硬了，跟泼冷水似的。

刚想打个圆场，电话那头一声轻笑："你没有就好。"

佟辛："嗯？"

"我有好多话想对你说，本来还担心说不完。"

"……"

这男人想骚的时候，真让人心里没底。语音还开着免提，佟辛真怕他蹦出不干不净的话，于是直接给挂断。

上午就两节课，中午的时候，佟辛接到佟斯年的电话。

"哥哥，你要来上海？！"

佟斯年今年在评职称，院里有意栽培提拔，一个国际医学交流讲座下周在上海举办。急诊科的名额给了佟斯年，交流会日程是三天，但佟斯年这两个月都没休过假，攒了四天过来看看佟辛。

佟辛高兴得在电话里就开始撒娇："上海没清礼好，好干燥的，我总是流鼻血。"

佟斯年说："我过来时给你带几瓶药喷喷鼻腔。"

"哥哥，我又瘦了！"

佟斯年宠溺道："嗯，哥哥马上给你打钱。"

倒也不是这个意思。佟辛小声说："我就是……很想很想你。"

佟斯年笑着说："这么委屈啊，像被人欺负了。哥哥会尽早过来，过来给我家辛辛撑腰的。"

佟辛沉浸在哥哥要来的喜悦与期待里，连带着对霍礼鸣的态度都好了些。霍礼鸣发的信息偶尔拣几条回复，晚自习后的电话也大发慈悲地接一接。

周五下午，霍礼鸣掐着她下课的点打来电话，问她要不要出来透透气。

佟辛这边有说有笑的："不了，我们社团晚上聚餐。"

霍礼鸣悠悠地问："聚餐啊？很多人吧，男的多还是女的多啊？"

什么阴阳怪气的语气，佟辛故意骗他："学长多。"

"上次那个追你的，在没在里面？"

说的是靳清波。佟辛默了默："不在。"

"也是，看到我这样的男朋友，他要还敢在，只能说心理素质够强。"霍礼鸣还有几分优越感。

佟辛叹了口气："你不看社会新闻吗？"

"嗯？"

"他犯罪被抓了。"

"……"

佟辛把靳清波的后续简单说了一遍，由衷地道："其实我一直没跟你好好道谢，真的真的很谢谢你。"

那头迟迟不吭声，佟辛就把电话挂了。

佟辛加入的是天文社团，团里男生多，也有几个很好相处的学姐。一行人浩浩荡荡，佟辛和学姐走在后面。

快到时，她抬头看了下饭店名字，结果这一看还以为自己花了眼。

饭店门口停了一辆车，驾驶位的车窗放下，里面的人恰好也看过来。对上视线，霍礼鸣弯了弯唇，对她笑了下，却也没打招呼。

手机响，他发来的微信：【不用管我，你好好吃饭。】

佟辛有点蒙：【你怎么来了？】

【来看看还有没有变态。】

【你哥说了，让我在上海好好照顾你，我总不能不遵照你哥的指令吧？】

佟辛本来想说他过于夸张了，可一想到他一大男人，在听说她差点儿受伤害后，立刻开车过来守着，佟辛又有点儿心不忍了。吃饭的时候，佟辛也有点心不在焉。

她默默夹菜放在干净的碟子里，又怕夹太多让大家没得吃，所以自己几乎没怎么动。细心的学长发现了，问道："佟辛，你怎么不吃菜？"

佟辛咧嘴笑："我减肥呢。"

然后大家都发出惊叹："你都这么瘦了还减什么肥啊！"

佟辛不好意思，只能夹着碟子里的食物，慢吞吞地挑一样咬一小口，再放回去。学生们的聚餐时间不长，佟辛偷偷出去问服务生拿了打包饭盒，趁大家不注意的时候将碟子里留的菜装好。

走时，她借口有事，等大伙儿离开后才出饭店。

霍礼鸣的车还停在那里，车窗半开着，他靠着椅背闭眼养神。佟辛走近，轻轻敲了敲车窗，霍礼鸣瞬间醒了，眼神有种软趴趴的无辜感。

佟辛把饭菜递给他："饿不饿？吃点吧。"

霍礼鸣挑眉："这么舍不得我挨饿？"

佟辛怕他又蹦出几句骚话，抢先一步堵他的嘴："你别说话了，吃饭时人多，我不好单独给你留菜，所以这都是我的那一份，你要不想吃就还给我，我还没吃饱呢。"

霍礼鸣愣了愣。

佟辛呼出一小口气:"别太感动,我对小区门口的保安叔叔也这样善良。"

霍礼鸣笑出了声:"头一回觉得当保安也挺好的。"

她上车后,霍礼鸣不废话,掀开盒盖,第一块肉直接夹到佟辛嘴边:"张嘴。"

佟辛愣了下。

"张嘴。"他重复。

佟辛懵懵懂懂地启唇,就这么被他喂饭。这人没点表情,喂完了就自己吃,低头大快朵颐也不吭声。

佟辛忍不住提醒:"哎,那块蟹排你别吃,我咬过一小口。"

霍礼鸣抬起手:"这块?"小小的牙印还挺明显。

被他这样问,佟辛有点不自在。下一秒,霍礼鸣一口吃掉,赞赏有加道:"好吃。"

这是不是间接接吻了?

"别想太多,我可没有间接接吻的意思。"

这种默契,她宁愿不要。

霍礼鸣迅速地把剩下的全部吃完,这才问:"明天周六,休息吧?"

佟辛点了点头:"嗯。"

"帮我个忙,我家窗帘坏了,你们女生眼光好,帮我选选样式。"

佟辛想了想:"上午我有空,下午不行。"

佟斯年的航班下午到上海,她要去接机。她不打算把这事告诉霍礼鸣。

第二天,霍礼鸣准时过来接佟辛,有板有眼地说:"你先去我家看看装潢风格之类的,到时候也好选窗帘。"

佟辛无语:"你就不能拍个照片发我?"

"又不远,"霍礼鸣正儿八经地解释,"顺路看一下又不会少块肉。"

佟辛小声说:"癫皮狗。"

霍礼鸣:"汪。"

他的公寓位置绝佳，两套打通成一个复式楼，一百多平方米，装修极其用心。佟辛看到客厅一整面的落地窗时，内心是震撼的。疾风斜雨给黄浦江披了一层薄纱，若隐若现，风景旖旎。

"喜欢？"霍礼鸣悄然站近她身后，沉声劝诱，"那就常来。"

佟辛耳尖战栗，很快镇定，侧头睨他一眼："不用常来了，这块玻璃拆了送我吧。"

破坏气氛第一名。

眼见雨越下越大，这时候出门不是上赶着找罪受吗？两个人达成共识，都默认那就别出门了吧。

霍礼鸣指了指投影仪："要不要看电影？我家投影的效果还不错。"

佟辛腹诽，看电影是跟男朋友才能一起做的事，你现在还不是。

她从包里拿出一本书："不要，我看书，等雨停了你再送我。"

霍礼鸣精心挑选的十部爱情片白费心思了。

"妞妞，"他眯着双眼，合理怀疑，"你故意的？"

佟辛淡淡瞥他一眼："我读小学就有这习惯，一寸光阴一寸金，不然你以为状元是怎么考来的？"

霍礼鸣蓦地一笑，行，脾气全没了。

很多年以后，他都对这个雨天记忆犹新。室内暖风轻抚，没什么烟火气的房子，因为一个女生的到来，空气里似乎都弥漫了她身上的香味。那种淡淡的、安慰人心的味道，一丝一丝霸占他的感觉。

润物细无声，最是汹涌。

佟辛坐在藤椅上，姿态很好看，背脊永远是挺直的。羊绒衫勾勒出她柔软又瘦削的线条，安静的样子像一颗雨后樱桃。

霍礼鸣很想做第一个摘樱桃的人。第一个，也是最后一个。

佟辛抬起头，和他流连的目光撞上。霍礼鸣不躲不藏，渴望和心意让她看得明明白白。他睡在沙发上，很颓废的一个姿势，但与他此刻的神情相匹配，有一种奇妙的性感和勾引。

他轻抬下巴，吊儿郎当地问："这么看着我，是看上我这沙发了？"

佟辛轻眨眼睫，没吱声。

霍礼鸣往里挪了挪，有模有样地拍了拍身侧空位，藏不住痞气："让你一半儿就是了。来，一起睡个午觉。"

佟辛定定坐着，面无波澜。手机响起，她接得快，清脆地喊了声："哥哥，你登机了吗？"

霍礼鸣："嗯？"

佟斯年那边已登机，还有十分钟起飞。

佟辛眉眼弯如月："那你注意安全哦，我来接机！"

电话挂断，霍礼鸣还以为自己听错了："谁？佟医生？你哥？来哪儿？"

佟辛扬了扬眉："我哥。佟斯年。来上海。抓流氓喽。"

霍礼鸣："……"

开车去机场的路上，霍礼鸣还有点恍惚。身旁这小妞淡定自然，一会儿看窗外风景，一会儿哼点小曲，一会儿又热情地给他递了瓶矿泉水，还又乖又殷勤地说："开车辛苦啦。"

霍礼鸣沉着脸，深刻怀疑自己被套路了。他自以为精心设计，理由完美，天公作美，能把她骗过来一起看部爱情电影。没想到，最后自己沦为她的车夫。

那句话怎么说来着？扮猪吃老虎。

他更料想不到的是，佟斯年竟然来上海了！他怎么能这个时候来上海呢？霍礼鸣没忘事儿，两年前在清礼市被佟斯年误会，佟斯年之后跟他明里暗里说的那些话，意思不是不明白，大概的意思就是——你不是我理想的妹夫人选。

霍礼鸣神情恍惚，差点儿闯了个红灯。

十二点半，航班抵达。佟辛在接机口殷殷张望，人群里，佟斯年一身杏色风衣温文尔雅。他推着行李箱缓步走出，英俊容颜未变，出类拔萃。

佟辛踮脚招手："哥哥！"

佟斯年还没站稳，佟辛就扑入他怀抱说："这是哪个美女的哥哥啊，怎么这么好看！"

佟斯年乐了："夸人还不忘夸自己。"

任由她在身上腻歪一会儿，佟斯年摸了摸妹妹的后脑勺："多大的姑娘了，还跟小屁孩似的，让礼鸣看笑话了。"

佟斯年拨开佟辛，向前一步，笑着张开双臂："礼鸣，好久不见。"

霍礼鸣也笑得真心实意，揽了下他的肩："佟哥，好久不见。"

佟斯年由衷地说道："辛辛在上海给你添了不少麻烦，谢谢你对我妹妹的无私照顾。"

霍礼鸣心里一阵虚，不是无私，我对你妹妹的私心，又多又赤烈，但还是谦虚道："不用谢，应该的。"

他稳了稳，礼尚往来，亦诚心诚意道谢："宁蔚在清礼给你添了不少麻烦，佟医生，谢谢你对我姐的关照。"

佟斯年笑得坦然，淡声说："不用谢，我也是应该的。"

两人颇有几分惺惺相惜的意味。

佟辛在旁边看得极其无语。她头一次发现自家哥哥也是个高能演技派。

霍礼鸣热情地帮佟斯年拿行李箱："佟哥，咱们先去吃饭。"

佟斯年也不假意推辞，笑着说："那就不客气了。"

"跟我还要客气？"霍礼鸣边说边看了一眼佟辛，心说，迟早都是一家人。

霍礼鸣尽地主之谊，招待没的说，吃过饭后把佟斯年送回酒店："佟哥你先休息会儿，五点我再过来接你吃晚饭。"

佟斯年问道："会不会打扰你？"

"不打扰，"霍礼鸣晃了晃车钥匙，转头看佟辛，"你呢，要不要送你回学校？"

佟辛拽着佟斯年的衣袖，巴巴地抬头望着他。

佟斯年笑了："什么眼神，行，你留下来陪哥哥吧。"

霍礼鸣离开前，还让酒店送了两份下午茶去房间。为了讨未来大舅子的欢心，也真是拼了。

房间里，佟斯年一边收拾行李，一边问佟辛："过得还好？"

"好着呢。"

"上次看你们学校的新闻，那个男生也太出格了。你们在学校应该没交集吧？"

佟辛点点头："他被刑拘了。"

佟斯年回忆道："我上大学的时候，学校也出了类似的事，一个打篮球认识的男生，他经常约我出去玩。后来出了事才知道他从事网络诈骗，后来被判了五年。"

佟辛下意识地问："是代烧香祈福化太岁的网站吗？"

佟斯年愣了下："还有这种网站？我不记得了。"

佟辛默了默，不再吱声。

收拾完行李，佟斯年合上行李箱，忽然问道："你和礼鸣经常在一块儿？"

佟辛心跳加速，极力维持镇定："没有啊，我课排得很满，没空和他出去。"

佟斯年安静地看着妹妹，数秒后说："那就是他经常过来找你，只不过你没空而已？"

"还好，他房子离我们学校不远，有时候顺路会问问我。"

佟斯年慢条斯理地问："你连他住哪儿都知道，你去过他家？"

这么敏锐的吗佟医生？佟辛飞快地解释："只是知道他住哪里而已，知道又不代表一定去过。不像你，要姐姐住进你房子不够，还要租房子跟她做邻居！"

佟斯年一怔，差点儿没给气笑，走过来揉了揉她脑袋："帮哪边的，嗯？"

佟辛咧嘴一笑："给佟家人打 call ！"

佟斯年悦色浮面："乖。"

佟辛眼珠一转，试探着问："哥哥，你跟姐姐到哪一步了？告白了吗？"

佟斯年不隐瞒："嗯。"

佟辛眼睛发光："那我有嫂子啦！"

"姐姐拒绝了，"佟斯年低了低头，掩饰淡淡的辛酸，"但没关系，哥哥会继续努力的。"

"这样啊，"佟辛挠了挠鼻尖，情绪平静得很，没有丝毫义愤填膺的共情心，"你可得好好反思，总结经验，改正缺点，争取早日获得芳心。"

佟斯年蹙了蹙眉，语气跟山泉似的凉了下来："妹妹。"

"啊？"

"你究竟是霍家人，还是佟家人？"

下午，佟斯年补了会儿午觉。他睡觉习惯很好，双手轻搭胸口，五官柔和平静。佟辛坐着玩电脑，一时性起，拿手机悄悄拍了佟斯年的睡容，然后发给了霍礼鸣。

霍鸭鸭：【什么意思？】

小星星：【别说我不帮你。男生整容经典范本，明白了吗？】

那头过了两分钟才回信息：【巧了，我这也有个经典模板。】

佟辛点开一看，是霍礼鸣的自拍照。

臭不要脸！她暗骂，骂着骂着又不自觉地笑起来。再仔细看这张照片，没有磨皮修脸加滤镜，前置摄像头的颜值都这么经看。

五点，霍礼鸣准时来酒店接两人去吃饭。他是真会找地方，巷子旮旯里的私房菜馆都能被他翻出来。

点菜时，霍礼鸣边点边问："佟哥，带花椒的吃得惯吗？"

"可以。"

"鱼你想怎么吃，清蒸还是红烧？"

"都行。"

"佟哥，这儿的老鸭汤炖得不错，我给你点一盅？"霍礼鸣事无巨细，什么都得问佟斯年意见。

佟辛一言难尽，总觉得这人不安好心。

点完菜，霍礼鸣把菜单还给服务生，叮嘱说："少辣，怕佟辛流鼻血。"

几乎同时，佟斯年也说："清淡点，辛辛容易流鼻血。"

气氛瞬间死寂。佟斯年端茶杯的手停在半空，若有所思地看向霍礼鸣。这句话是不是超出了一个邻居该有的关心了。

佟辛一边垂着脑袋装死，一边又隐隐期待，不知道霍礼鸣会怎样回答。

霍礼鸣皱眉无奈地说："我真是怕了她，上次在路上正巧碰见她们宿舍四个人，就顺路送她们回学校。结果你妹妹在车上流鼻血了，滴在车垫上弄脏了车子。"

佟斯年将信将疑，随即笑着赔礼："她从小就爱流鼻血，抱歉了。"

佟辛低头喝水，偷偷瞥霍礼鸣一眼。嗯，是个影帝。

佟斯年晚上就要去会场报到，自此三天都没时间陪佟辛。不知是不是心理作用，佟辛觉得这几日姓霍的也安分不少。

周五交流会结束，晚上，佟斯年特意请霍礼鸣吃饭，礼尚往来，亦是维系曾经的邻里之情。霍礼鸣也爽快，大大方方赴约。

平日滴酒不沾的佟斯年今天也破了例，酒兴助澜，聊天也恣意了不少。除却旁的因素，他是很喜欢霍礼鸣的。

性格磊落，长得也养眼，还有点江湖气，这让霍礼鸣的气质看上去很妙。佟斯年忽地想起一件事，释怀地解释："之前我误会过你喜欢我妹妹。"

"咳！咳咳咳！"霍礼鸣正喝水，猛地被呛，呛得眼角都红了。

佟斯年好心递去纸巾，等他缓过来些才继续道："我当时说了些可能让你不太舒服的话，抱歉，是我对妹妹太敏感。其实我明白，你那句'强制爱，变态坏'都是戏言。你大辛辛这么多岁，和我一样，你就是她的哥哥。哥哥是喜欢妹妹，但我相信，你是真的把她当妹妹而已。"

霍礼鸣低着脑袋，老老实实地吃饭。

"当时和你站一起的男生是辛辛的同学。我知道那小子一直挺喜欢辛辛的，"佟斯年笑了下，"我听辛辛说，他去复读了。"

霍礼鸣对杨映盟相当敏感，幽幽地问："佟辛总跟你提他？"

佟斯年不以为意："对，当然，谈恋爱这种事，也看缘分，没准几年后，老同学变恋人也不是没可能。"

霍礼鸣坐直身子，淡声应道："那可能性还是不大。"

佟斯年问："你呢，怎么没见你谈女朋友？"

霍礼鸣诚实地说："正在追。"

佟斯年心领神会，点了下头："那祝你早日成功。"

霍礼鸣脸比城墙厚，没一点愧疚和心虚，反问道："佟哥你呢？工作再忙，也别耽误生活。"

佟斯年眼睫长而翘，隔着薄薄的镜片，温润气质展现得淋漓尽致。他看着霍礼鸣，随即笑了下："我也正在追。"

霍礼鸣与他眼神交会，分明读出了几分心有戚戚的共情。霍礼鸣亦真诚祝福："也祝你早日成功。"

佟斯年乘周六中午的航班回清礼。

霍礼鸣和佟辛送他去机场。路上比想象中顺畅，所以到得足够早。佟辛巴巴地牵着佟斯年的手，跟小孩儿似的还不肯松了。

佟斯年笑道："十九岁的姑娘了，怎么还跟三岁一样？"

佟辛嘟囔："你这么舍得我啊？"

"你就二十来天放寒假了，这不是小神兽快出笼了吗？"佟斯年话是这么打趣，但还是下意识地将妹妹的手牵紧了些。

霍礼鸣买了咖啡过来，一见佟辛这表情，心里幽幽泛酸，就没见她在他面前这么乖过。

"佟哥，给，"递过咖啡，霍礼鸣睨她一眼，"别说她，我挺理解的。我在上海也有个哥，对我百般照顾，以前年纪小的时候，特别依赖他。他做什么都是对的，恨不得参照他的人生模板过日子。我十五岁的时候生了一场重病，差点儿挂了，都是我哥忙前忙后。他就是个太阳，我做什么都想跟在他身后，不然不踏实。"

霍礼鸣的过往，佟斯年略有耳闻。他说起这些时，坦荡光明，每一个字都是诚挚的。

佟斯年抿抿唇："能感受到你对他的敬重。"

安静待在一旁的佟辛收起目光里的狡黠，悠悠地问："你在我哥面前表扬你哥，佟医生会多想的哦。"

霍礼鸣没反应过来："嗯？"

佟辛笑得纯真无害，眼神也伪善无辜："你见过这么多哥哥，那你觉得是我哥哥帅，还是你哥哥帅？"

霍礼鸣心里"咯噔"一跳，就知道这小妞要使坏。

目前这个情况，他负重在身，且必须讨好未来的大舅哥，为以后见家长拉取关键选票。

于是，霍礼鸣彩虹豆全往佟斯年身上倒，一顿猛夸："不是我说，我去过这么多地方，见过这么多人，就没见过佟医生这么优秀！学富五车，貌比潘安，医者仁心。我虽然也有哥，但抛开私心，参选中国好哥哥比赛的话，那一定是佟医生勇夺第一，当之无愧。"

佟辛被他的口才整蒙了，嘴唇微启，慢半拍地提醒："哎，后面有人一直看着你，是你熟人吗？"

霍礼鸣下意识地转过头，这一转，瞬间变脸。

三五米不到，身着黑色大衣，英俊儒雅的唐其琛眸色如点墨，沉稳而安静地看着霍礼鸣。他没有说话，亦没有动作，半晌，才侧头吩咐秘书："晚上的家宴，取消。"

唐其琛与霍礼鸣擦肩而过，只留下身上幽淡的男士香水味。

霍礼鸣低骂一声，飞快追上去："哥，你听我解释！"

唐其琛去江苏出差回来，刚下飞机，原以为看错了人。

柯礼提醒："是小霍。"这还不如不提醒。

唐其琛撇开霍礼鸣，对他的呼喊置若罔闻，坐直梯去地下停车场。宾利驶远机场后，唐其琛掐了掐眉心，竟不知这小子是这等白眼狼。

柯礼坐副驾，隔了好久还是想笑："跟小霍在一起的那个女生以前从没见过，这是交女朋友了？"

唐其琛的指尖定在眉心，方才的不悦一瞬即逝，如果是，那还真令人倍感欣慰。

送走佟斯年，佟辛看着蹙眉发愁的霍礼鸣又有点想笑。

"刚才那个就是你经常提起的哥哥吗？"她问道。

"是，"霍礼鸣微微叹气，"妞妞，你是老天派来收我的？"

佟辛喊了声："别自作多情。"

霍礼鸣觉得理所当然："为什么？自作多情这么快乐的事，就该经常干。"

佟辛忽然转移话题："你就没打算把你姐接到上海来吗？"

"不是没想过，"霍礼鸣无奈，"但她不愿意。"

"哦，"佟辛试探地问，"你对你姐夫有没有什么要求？"

"她说追她的人比小强叔包子铺排队的人还要多，不知上哪儿学的吹牛皮。非要有要求，就一个，对我姐好就行，"说到这里，霍礼鸣饶有兴致地低下头，"那你哥对你以后找男朋友有没有特殊要求？"

佟辛瞥他一眼："有一个，唯一的一个。"

霍礼鸣提起精神："说说看。"

"不要有文身的。"

过了中午，温度下降迅速，回到宿舍时，佟辛的脸被风吹得现在还没缓过来。她双手搓脸，然后深叹一口气，拿起手机翻了翻，找到宁蔚的微信。

都多久没联系了。佟辛觉得佟医生追人太辛苦，于是起了小心思，想跟宁蔚套近乎。

小星星：【姐姐，你没来上海吧？】

Wei：【？】

小星星：【我今天在街上看到一个人，长得好像你！我还以为你来上海了呢！都是长头发，高挑身材，长得可漂亮啦！】

Wei：【没来。】

小星星：【那就好，幸亏我没冲动打招呼，不然可丢死人了。姐姐，你在干吗呀？】

Wei：【？】

佟辛腹诽，这么高冷的吗，酷姐本姐了。她刚找好卖萌的表情包准备发过去，宁蔚连续发来三条信息：

【不要套近乎。】

【不要费心思。】

【不当你嫂子。】

佟辛一愣，心想，这么一对比，霍礼鸣真是可爱宝宝了。

宁蔚心情似乎不太好，话都说到了这份儿上，再上赶着缠人就挺没意思的。恰在这时候，霍礼鸣无缝对接发来消息。

霍鸭鸭：【睡否？】

小星星：【不要套近乎。】

【不要费心思。】

【不当你女朋友。】

霍礼鸣直接一个电话打了过来，给气笑了："这都跟谁学的？"

佟辛心说，姐债弟偿。

宿舍快熄灯了，室友们敷面膜的、洗袜子的、玩游戏的，渐渐归于安静模式。

佟辛轻手轻脚走到宿舍外面接电话。

"怎么啦？"她声音不自觉地放软，"我宿舍快熄灯了，不陪聊。"

霍礼鸣听见风声："你在外面？"

"嗯，室友们都在干自己的事，怕打扰到她们。"佟辛拢紧外套，往门里边站了点，躲风。

"你穿外套了没有？"他问道。

佟辛心里是暖的，嘴唇上翘："没穿呀，就一件秋衣，冻死人了。"

霍礼鸣不疾不徐地说："等着，我现在开车过来给你送外套。"

佟辛没憋住，笑出了声："毛病。"

霍礼鸣近乎自言自语："我总得找点事做给你看，不然你都忘记我在追人了。"

佟辛一时不知道怎么反驳，她内心明白，自己开口说话，一定是他不爱听的。天是冷的，心却是热的，热得她不想破坏这一刻的气氛。

感受一个人对自己全心全意，是一种占有欲爆棚的微妙满足。小霍爷就有不让任何气氛冷场垮台的本事。他吊儿郎当的语气透过电流，带着奇妙的酥感："辛辛，明天陪我吃晚饭。"

佟辛哎哟一声："现在你学绅士啦，都会提前预约了？"

霍礼鸣阴阳怪气地说："这不是，事发突然嘛。我最近得了一种怪病，一个人吃不好，睡不好，非得有人陪才吃得下饭。辛辛，你不能见死不救啊。"

"……"

要点脸。

翌日，佟辛对着衣柜发了半小时呆。连衣裙加呢子外套？这套好像比较漂亮。佟辛伸到一半的手又迅速收回来。

算了，他暂时还不配。

佟辛视线挪到最左边的红色外套上，这是辛滟给她买的，颜色艳，很衬她肤色。佟辛觉得不太耐脏，试了一次就没再穿过。

佟辛记得周嘉正说过，霍礼鸣从不让穿红衣服的人坐他的车。她起了顽皮心思，决定就穿这件红色外套了。